Gena Showalter

LA SEDUCCIÓN MÁS OSCURA

Editado por Harlequin Ibérica.
Una división de HarperCollins Ibérica, S.A.
Núñez de Balboa, 56
28001 Madrid

© 2012 Gena Showalter. Todos los derechos reservados.
LA SEDUCCIÓN MÁS OSCURA, N° 26 - 1.1.13
Título original: The Darkest Seduction
Publicada originalmente por HQN™ Books

Todos los derechos están reservados incluidos los de reproducción, total o parcial. Esta edición ha sido publicada con permiso de Harlequin Enterprises II BV.
Todos los personajes de este libro son ficticios. Cualquier parecido con alguna persona, viva o muerta, es pura coincidencia.
® Harlequin y logotipo Harlequin son marcas registradas por Harlequin Books S.A.
® y ™ son marcas registradas por Harlequin Enterprises Limited y sus filiales, utilizadas con licencia. Las marcas que lleven ® están registradas en la Oficina Española de Patentes y Marcas y en otros países.

I.S.B.N.: 978-84-687-2458-4
Depósito legal: M-36791-2012

Cuando yo hablo, los humanos tiemblan de miedo. Hablo y mi pueblo me obedece... pero aun así, tratan de destruirme. Mi salvación tiene alas del color de la medianoche, pero también es mi gran carga. Ella desata mi ira y es capaz de condenarnos a todos con un solo movimiento de su espada. He dicho.

Pasaje del diario privado de Cronos, rey de los Titanes.

Habla todo lo que quieras, pero yo voy a recuperar lo que me pertenece.

Paris, Señor del Inframundo.

Prólogo

–Esa cólera...
–Lo sé.
Desde los cielos, Zacharel observaba el mundo que tenía debajo. Observaba mientras Paris, que en otro tiempo había sido un ser cordial, asesinaba a otro más de sus enemigos, los Cazadores. El ángel no habría sabido decir cuántas nuevas víctimas había sumado solo en la última hora. Hacía tiempo que había perdido la cuenta y, aunque se hubiese detenido un momento a repasar el número, la cifra habría cambiado un segundo después en el momento en que hubiese caído otro cuerpo, atravesado por las espadas cubiertas de sangre que empuñaba el guerrero.

Por supuesto, Paris, jadeante y empapado en sudor, se dio media vuelta para enfrentarse a dos nuevos adversarios con movimientos tan ágiles como letales... y tan imparable como una avalancha. Al principio parecía estar jugando. Un puñetazo capaz de romper huesos, una patada que aplastaba los pulmones. Se rio mientras pronunciaba las más terribles maldiciones. Pero muy pronto todo eso dejó de ser suficiente para aquel soldado poseído por el demonio y decidió pasar el filo de sus espadas por los tendones de los tobillos de sus enemigos, dejándolos completamente a su merced, fáciles de eliminar.

Paris se había ofrecido como cebo con el fin de atraer

a aquellos Cazadores, que habían acudido, felices y ansiosos por hacer salir al terrible demonio que se había apoderado de él y así acabar con Paris para siempre. Por eso Zacharel no podía culpar al guerrero por defenderse, a pesar de los numerosos cuerpos que se amontonaban ya sobre un charco carmesí. Pero tampoco podía elogiarlo por ello.

No estaba asesinando por compasión, ni lo impulsaba una sed de venganza. No, lo que lo impulsaba eran un odio y una desesperación más ardientes que el fuego del mismo Infierno.

—Es como una manzana envenenada –le dijo Zacharel al ángel que tenía al lado. Como Paris estaba vinculado al demonio de la Promiscuidad, no era a los humanos, entre los que vivía, a los que correspondía eliminarlo, sino a los ángeles de Dios, que vigilaban los distintos reinos del mal–. Esa clase de veneno se extiende lentamente, pero corrompe por completo.

Alrededor de Zacharel caían copos de nieve, como ocurría siempre últimamente, el aliento se le condensaba delante de la cara. Cada uno de aquellos pequeños cristales de hielo debía recordarle todos sus pecados. Pero, a diferencia de Paris, Zacharel no se refugiaba en sus desgracias, no se alimentaba de ellas, ni las hacía crecer y crecer. A Zacharel ya no le importaba absolutamente nada.

En su lucha por destruir a los demonios que le habían arruinado la vida, había acabado con seres humanos «inocentes» y ese debía ser su castigo: cargar para siempre con la desaprobación de Dios.

—Para otros, esa manzana resulta muy suculenta –afirmó Lysander–, y están dispuestos a probar cualquier cosa que les ofrezca Paris.

Zacharel miró al hombre que le había enseñado a sobrevivir en el campo de batalla. Aquel guerrero de elite era una torre de músculos de fuerza inquebrantable. Llevaba una larga túnica blanca y sus majestuosas alas parecían ríos de oro fundido. El hielo de Zacharel también lo rodeaba a él, pero los pequeños pedazos no osaban a posarse sobre él. Quizá el hielo lo temía, como les ocurría a muchas otras criaturas, y con razón. En su mundo, él era juez y parte, su palabra era la ley.

—¿Eliminamos la tentación? —preguntó Zacharel, que desde hacía siglos ejercía de verdugo a las órdenes de Lysander.

—No, no voy a ordenar su asesinato —respondió Lysander con firmeza—. En estos momentos, Paris se puede redimir.

Eso sí que era algo inesperado. A pesar de la distancia que separaba el Cielo de la Tierra, Zacharel oía perfectamente los quejidos y los gritos que Paris provocaba en sus enemigos. Suplicaban clemencia, pero el eco de dichas súplicas resonaría hasta la eternidad sin que nadie les hiciera el menor caso. Y, con la determinación que caracterizaba a aquel Señor del Inframundo, eso no era más que el comienzo.

—¿Qué quieres que haga entonces?

—Paris está buscando a su mujer para liberarla del rey de los Titanes, que la ha convertido en su esclava. Quiero que lo ayudes, que cuides de él y de la chica. Pero en cuanto desaparezca el vínculo que la ata a Cronos, debes traerla aquí, donde vivirá toda la eternidad.

Eso era aún más inesperado. Aquella misión denotaba una indulgencia que Lysander solo había mostrado una vez en los miles de años que llevaba vivo y lo había hecho con otro ser inmortal poseído por un demonio: Amun, el amigo de Paris. Y solo porque se lo había pedido Bianka, la arpía con la que Lysander compartía su vida.

Seguramente también le había pedido que hiciera aquello y era bien sabido que Lysander no podía hacer absolutamente nada en contra de las artimañas de su compañera. Pero por muy enamorado que estuviese, tenía la misión de gobernar el Cielo y era el responsable de todo lo que allí aconteciera. ¿No debería entonces haberle pedido a otro ángel que hiciera lo que debía? ¿Ayudar a un demonio y llevar a otro para que viviera allí? Era horroroso.

Zacharel no puso objeción. A pesar de que él jamás había experimentado el deseo, haría todo lo que estuviese en su mano para curar a Paris del suyo, de manera que, cuando llegara la inevitable ruptura con aquella mujer, el guerrero no volviera a verse invadido por la ira.

—Paris se opondrá a perderla —después de todo lo que había hecho ya para encontrarla y salvarla y todo lo que haría muy pronto... claro que iba a oponerse, y se serviría de sus espadas para defender su opinión.

—Debes convencerlo de que estará mejor sin ella —le dijo Lysander.

—¿Será así realmente?

—Por supuesto —respondió sin titubear y con cierta furia.

No era necesario mostrarse tan firme, porque Zacharel sabía que Lysander jamás mentiría, no podría hacerlo.

—¿Y si no logro convencerlo de ello? —tenía que preguntárselo para que la amenaza del castigo por no hacerlo lo acompañara siempre y lo impulsara a cumplir la misión con éxito.

Lysander lo miró con unos ojos de un azul inmenso en el que se adivinaba la fuerza interior propia de un guerrero.

—Entonces estaremos perdidos, porque se avecina la mayor guerra que ha conocido el mundo. Esa chica nos conducirá a la victoria... a nosotros o a nuestros enemigos. Así de simple.

Muy bien. Cuando llegara el momento, Zacharel se haría con ella sin importarle cómo le afectara eso a Paris.

Paris lo odiaría y seguramente haría algo más que dejarse llevar por la ira. No había manera de evitarlo, pues la oscuridad se había apoderado de él y le había corrompido el alma más de lo que podría haberlo hecho cualquier veneno espiritual. Pero eso no iba a impedir que Zacharel cumpliera con su obligación.

Nada podría impedirlo.

Capítulo 1

Paris se bebió de un trago los tres dedos de whisky Glenlivet y le hizo una seña al camarero. Quería el vaso lleno e iba a conseguirlo por las buenas o por las malas. Pero poco después de beberse el primer trago, se dio cuenta de que ni siquiera un vaso entero serviría para calmarlo, ya que la furia y la frustración habían adquirido vida en su interior y chisporroteaban a pesar de la lucha que acababa de librar.

–Deja la botella –dijo en cuanto vio que el tabernero se disponía a servir a otro cliente.

Pero, por desgracia, Paris sabía que probablemente no le bastara con todo el alcohol que pudiera encontrar en un radio de diez kilómetros. Pero bueno, era un momento de desesperación.

–Claro. Lo que usted quiera –el muchacho soltó la botella y salió corriendo.

¿Tan peligroso parecía? Por favor. Se había lavado la sangre, ¿verdad? A ver. ¿No lo había hecho? Bajó la mirada. Mierda. Estaba cubierto de sangre de arriba abajo.

Bueno. No estaba en una taberna de humanos, así que las «autoridades» no iban a ponerle problemas. Estaba en el Olimpo, aunque el nombre de aquel reino celestial acababa de cambiar a Titania. En otro tiempo solo los dioses y diosas podían entrar allí, pero desde que Cronos se había hecho con el reino las cosas habían cambiado y ahora también se permitía el paso a vampiros, ángeles caídos y otras criaturas de la oscuridad que no dudaban en pasar allí el rato. Sin duda había sido una pequeña venganza contra el anterior rey, Zeus.

«Llama otra vez al tabernero», dijo Promiscuidad, el demonio que llevaba dentro y que lo controlaba. Y lo hacía enfurecer.

«¿Te acuerdas cuando yo quería fidelidad, monogamia?», respondió Paris dentro de su cabeza. «Bueno, no siempre conseguimos lo que deseamos, ¿verdad?»

Oyó en su interior un gruñido que conocía bien.

Apuró el segundo vaso de licor para enseguida hacer lo mismo con un tercero. El agradable ardor que le provocaron ambos hizo que se sirviera un cuarto. El alcohol le quemaba en el estómago y le inundaba las venas. Qué bien.

Sin embargo, su espíritu seguía tan lóbrego como siempre; la furia y la frustración que sentía no se dejaban mitigar. No podía deshacerse de la rabia que le provocaba el no haber sido capaz de salvar a una mujer a la que debería odiar, a la que odiaba, al menos un poco, pero a la que también deseaba en cuerpo y alma.

—Si le pidiera que se fuera, ¿lo haría? —dijo una monótona voz junto a él. Una voz acompañada por una ráfaga de aire gélido.

Paris no necesitaba mirar para saber que el que acababa de sentarse a su lado era Zacharel, extraordinario ángel guerrero y reputado asesino de demonios. No hacía mucho que se habían conocido, cuando el guerrero emplumado había ido a Budapest para acabar con Amun, el amigo de Paris. Si el viejo Zach se hubiese salido con la suya, habría acabado con dos espadas de cristal clavadas en la columna.

«Lo quiero», dijo el demonio.

«Que te den».

«Por fin pensamos del mismo modo».

«En estos momentos te odio».

Había habido un tiempo en el que el demonio había hablado a Paris con una frecuencia muy molesta, después el estúpido demonio del sexo había dejado de hacerlo y se había limitado a presionarlo para que se acostara con una persona u otra, sin importarle que fuera hombre o mujer y, mucho menos, lo que Paris pudiera sentir hacia ellos. Ahora había vuelto a hablarle y era aún peor que antes, porque deseaba a todo el mundo, especialmente a aquellos por los que Paris no sentía la menor atracción.

–¿Y bien? –le preguntó el ángel.

–¿Marcharme después de haber tenido que suplicarle a Lucien que me trajera aquí y sabiendo que no podría conseguirlo de nuevo? No, pero sí me gustaría saber por qué diablos te importa a ti mi paradero.

–No me importa.

Lo cierto era que a Zacharel no le importaba nada, algo de lo que uno se daba cuenta enseguida al tratar con él.

–Entonces piérdete.

Mientras daba cuenta de un quinto whisky, Paris observaba el espejo sucio que tenía delante para examinar el lugar. Del techo colgaban arañas que iluminaban el local, las paredes eran de mármol rosa, con decoraciones en madera de ébano y el suelo estaba salpicado de diamantes aplastados.

Había hombres y mujeres hablando y riendo, entre los que había dioses menores y ángeles caídos que intentaban encontrar la manera de volver al santo redil. «Bien vais intentando conseguirlo en una taberna. Estúpidos». Seguramente habría también algún demonio entre los presentes, pero Paris no habría sabido decir quién de ellos lo era.

Los demonios eran tan escurridizos como crueles. Podían pasearse por allí con su propio aspecto, luciendo orgullosos sus cuernos, sus garras y sus colas... y acabar decapitados por ángeles guerreros como Zach. O podían poseer el cuerpo de alguien y esconderse bajo la piel de otra persona.

Paris tenía miles de años de experiencia con esa estrategia de distracción.

—Me iré, tal y como me has sugerido tan finamente —dijo Zacharel—, después de que me respondas a otra pregunta.

—Está bien —otra cosa que Paris sabía por experiencia era que los ángeles eran tremendamente obstinados.

Así pues, lo mejor sería escuchar la pregunta, si no, acabaría con una nueva sombra. Se volvió hacia el ángel de cabello negro y ojos de color del jade y se quedó boquiabierto. Siempre le maravillaba el increíble magnetismo de aquellas criaturas. Daba igual el género o si tenían una personalidad completamente insulsa, siempre llamaban la atención, absolutamente siempre. Y, por algún motivo, Zacharel lo hacía de una manera más intensa que muchos otros.

Pero no fue ese magnetismo lo que llamó la atención de Paris esa vez. De sus majestuosas alas, que se alzaban por encima de los anchos hombros del ángel, caían copos de nieve como si de nubes de invierno se tratara.

—Estás nevando —el señor Obvio, ese era él.

—Sí.

—¿Por qué?

—Puedo contestarte, o hacerte una pregunta y marcharme —con la larga túnica blanca que solían llevar los de su especie, Zacharel debería haber parecido inocente y pulcro, pero más bien parecía el hermano malo de la muerte: sin sentimientos, tan frío como la nieve que caía de él y listo para matar—. Tú eliges.

No era necesario pararse a pensarlo.

—Pregunta.

—¿Deseas morir? —preguntó Zacharel con la misma sencillez con la que había dicho todo lo demás, al tiempo que el aliento se congelaba frente a su rostro, creando una especie de neblina que parecía salida de un sueño.

Sin duda estaba listo para morir, pensó Paris.

–¿Tú qué crees? –dijo porque, sinceramente, ya no sabía muy bien la respuesta a esa pegunta.

Llevaba siglos luchando por vivir, pero ahora se lanzaba constantemente al fuego y esperaba a quemarse. Le gustaba quemarse. ¿En qué clase de enfermo se había convertido?

El ángel le mantuvo la mirada sin inmutarse.

–Creo que deseas a cierta mujer más de lo que deseas a nadie, o a nada. Incluso la muerte… o la vida.

Paris apretó los labios.

Se llamaba Sienna Blackstone. En otro tiempo había formado parte de los Cazadores y siempre había sido su enemiga porque los Cazadores eran un exasperante ejército de humanos que querían liberar al mundo de los demonios de Pandora. Después había sido su amante durante un breve periodo de tiempo. Entonces había muerto y desaparecido. Hasta que la habían hecho volver de la tumba, con el alma unida al demonio de la Ira. Ahora estaba en alguna parte y estaba sufriendo. Cronos la había convertido en su esclava con la intención de utilizar a su demonio para castigar a sus adversarios, pero como había perdido el control sobre ella, iba a torturarla hasta conseguir someterla.

Sienna le había hecho cosas que no le gustaban, y sí, como ya había admitido, una parte de él incluso la odiaba, pero ni siquiera ella merecía un castigo tan cruel y eterno como el que se le iba a infligir.

«La encontraré y la salvaré». De Cronos y de él mismo. Paris no podía dejar de pensar que estaba sufriendo, pero una vez que solucionara eso, la olvidaría para siempre. Tenía que olvidarla.

–Sí, la deseo –acabó por decirle al ángel. No quería hablar de Sienna–. Menudo descubrimiento has hecho.

Zacharel agitó las alas, lo que hizo caer más nieve.

−En cuanto a ti, tengo la impresión de que, al margen de lo que tú desees, tu demonio se conforma con cualquiera al que le lata el pulso.

−A veces ni siquiera hace falta que tenga pulso −murmuró porque era cierto. Sexo, así era como había empezado a denominar a su oscuro acompañante, deseaba a cualquiera, pero solo una vez a cada uno. Con la excepción de Sienna, Sexo no permitía que Paris se excitara más de una vez con la misma persona.

¿Por qué con Sienna sí? No tenía la menor idea.

−Pero, ¿qué más da eso?

−A pesar de lo mucho que deseas a esa mujer, te acostaste con la futura esposa de tu amigo Strider. Es el Guardián de la Derrota y lo que hiciste complicó mucho su cortejo de la arpía.

−Te estás adentrando en terreno peligroso −eso no quería decir que Paris tuviera nada por lo que disculparse.

Aquel encuentro de una sola noche había tenido lugar semanas antes de que Strider y Kaia se comprometieran, cuando ni siquiera habían empezado a considerar la idea de hacerlo. Por tanto, Paris no había hecho nada malo. Al menos en teoría. El problema era que ahora sabía el aspecto que tenía Kaia desnuda y Strider sabía que lo sabía, lo que quería decir que los tres sabían que Sexo le hacía ver la imagen de su desnudez siempre que estaban juntos. Algo que Paris detestaba, pero que no podía evitar.

Zacharel inclinó la cabeza en un gesto reflexivo que resultaba aún más misterioso por culpa de la neblina helada que formaba su aliento.

−Solo quería señalar que has llevado a cabo otras conquistas en las que no has puesto demasiadas condiciones, por eso no comprendo que sigas obsesionado con Sienna.

Porque estando con Sienna había probado la monogamia por primera y última vez. Porque, inconscientemente, había sido el causante de su muerte. Porque cuando ella había muerto, había sentido que lo perdía todo.

–Eres muy exasperante –espetó Paris–. No quiero hablar más contigo.

Pero el ángel insistió.

–Creo que te sientes culpable por todos y cada uno de los corazones que rompes, por todos los sueños de felicidad que destruyes y por el sentimiento de culpa y de desprecio por sí mismos que provocas a tus conquistas cuando se dan cuenta de la facilidad con la que les haces olvidarse de las objeciones que sentían hacia ti. También creo que te consienten demasiado y que das lástima. No tienes derecho a andar llorando por ahí, lamentándote de tus problemas.

–¡Oye! Yo nunca he llorado –Paris dejó el vaso sobre la barra con tal fuerza que lo hizo añicos. Le empezó a sangrar la mano, pero apenas sintió dolor–. ¿Sabes una cosa? Creo que corres el riesgo de acabar despedazado por todos los rincones del local.

«Pero antes podemos hacerlo nuestro».

«Cierra la boca, Sexo».

–Aquí tiene –le dijo el tabernero al tiempo que le tiraba un trapo limpio. Le temblaba la mano. Seguía teniéndole miedo.

«Lo quiero».

«¡He dicho que cierres la boca!».

–Gracias –Paris se apretó la mano con el trapo antes de que alguien pudiera olerlo y verse afectado por las potentes feromonas que expulsaba su demonio.

Solo con oler aquel aroma, todos los que lo rodeaban se excitarían hasta el punto de no importarles dónde ni con quién estaban. Solo desearían a Paris y, si bien sería una terrible manera de acabar el día, al menos disfrutaría de rechazar a los hombres a puñetazos.

Pero las feromonas nunca lo envolvían a él. Sexo deseaba a todos aquellos que habían visto aquella noche. ¿Por qué no aprovecharse de dichas feromonas y hacer que también las clientas lo desearan?

Paris volvió a mirar a Zacharel, preguntándose si el ángel tendría algo que ver en todo aquello.

—Creo que esperas poder salvar a Sienna, y eso es bueno. Pero también creo que quieres quedártela después, y eso no es tan bueno. Por mucho que la desees y que sea tu única oportunidad de estar con alguien para siempre, tu demonio acabará por destruirla, porque los seres humanos no están preparados para enfrentarse a los demonios y, en el fondo, sigue siendo humana.

—¿Y qué me dices de su demonio? —le preguntó Paris.

—Si uno está mal, dos es peor aún.

—¡Ya está bien! —si continuaban así, la furia y la frustración acabarían apoderándose de él y se olvidaría de cuál era su objetivo esa noche—. No voy a quedarme con ella —lo haría si tuviera oportunidad y si ella lo aceptara, claro, pero eso era imposible.

—Estupendo. Porque no creo que le guste nada en lo que te has convertido.

Paris se pasó la mano sana por el pelo.

—Tampoco le gustaba lo que era antes —pero menos le gustaría ahora que había sobrepasado hacía tiempo la línea que separaba el bien del mal.

Siempre había sabido que lo que hacía era censurable, y, aun así, había seguido haciéndolo. Había matado, y de forma cruel, había seducido, mentido, engañado y traicionado. Y volvería a hacerlo una y otra vez.

—¡Pero sigues empeñado en salvarla! —exclamó Zacharel.

Sí. Era tan imbécil como los ángeles caídos que frecuentaban aquel lugar. Qué más daba. Lo sabía y no le importaba.

—Escucha, no voy a contestarte. No tengo por qué justificarme. Además, ¿a qué vienen tantas preguntas? Has dicho que solo sería una.

–Solo te he hecho una, lo demás han sido simples observaciones. Y tengo una más –Zacharel se inclinó hacia él y susurró–. Si sigues por ese camino de destrucción, acabarás perdiendo todo lo que amas.

–¿Es una amenaza? –Paris agarró al ángel por la pechera de la túnica–. Vamos, inténtalo, angelito. Veamos que...

Aire. Lo único que tenía en la mano y delante era aire.

Soltó un gruñido al dejar caer el brazo. Lo único que le confirmaba que Zacharel había estado allí era la temperatura a la que se le habían quedado las manos. Estaban prácticamente congeladas.

–¿Con quién hablabas? –le preguntó el tabernero, tratando de parecer relajado mientras limpiaba un trozo de barra que estaba ya limpio.

Cuando un ángel no quería que lo vieran, nadie lo veía, ni siquiera los de su especie. Así que solo Paris había visto a Zacharel. Estupendo.

–Conmigo mismo, parece ser, y prefiero hacerlo sin público.

Paris se preguntó si Zacharel seguiría allí o si ya se habría materializado en alguna otra parte. ¿A qué venía esa charla sobre que debía alejarse de Sienna? ¿Qué le importaba al ángel?

Paris soltó el trapo y se volvió a mirar a la concurrencia. Había varios guerreros mirándole con mala cara. ¿Por qué? Corrían el riesgo de ensuciar la elegancia del lugar con su sangre. Paris se llevó la mano a la nuca y trató de no pensar en Zacharel, ni en la amenaza que le había lanzado. Tenía cosas más importantes y peores de las que ocuparse. Había ido allí en busca de Viola, Diosa de la Vida del Más Allá, una diosa menor poseída por el demonio del Narcisismo, que ya debería haber aparecido.

Quizá había oído que él iba a ir y se había acobardado, en tal caso, él no podría culparla de hacerlo. Sus amigos y él habían robado y abierto la caja de Pandora, liberando así el mal que había dentro. Como castigo habían sufrido la maldición de albergar dentro de sí los demonios que habían dejado salir. Por desgracia había más demonios que guerreros y guerreras que pudieran albergarlos y, al desaparecer la caja, el resto de espíritus malignos habían tenido que buscar un lugar en el que alojarse. ¿Qué mejor lugar para los griegos que los desafortunados habitantes del Tártaro, la prisión para inmortales del Olimpo, de la que nadie podía huir?

Así pues, Paris era responsable en parte del lado oscuro de Viola, que había sido una de los prisioneros. Pero no era el único responsable, ya que la muchacha era una delincuente tan peligrosa como para que hubiera merecido que la encerraran lejos de los mismos dioses a los que a menudo se alababa por sus vicios.

Paris no sabía qué delito había cometido Viola y tampoco le importaba. Podría hacer lo que quisiera con él, siempre y cuando le diera la información que necesitaba. La última pieza del rompecabezas que debía completar para poder salvar por fin a Sienna.

Según los Cazadores a los que había asesinado esa misma mañana, Viola iba allí todos los viernes por la noche para jugar al billar y presumir delante de unas cervezas. Por lo visto, dichos Cazadores habían estado observándola con la intención de «persuadirla» de que se uniera a ellos. Así que, en cierto modo, le debía una.

«¿Dónde demonios está?», se preguntó una vez más, buscando con la mirada esa melena rubia, esos ojos color canela y ese cuerpo impresionante que...

Apareció envuelto en una nube de humo blanco.

Allí, en la única puerta del local, apareció una seductora mujer rubia con los ojos color canela. Paris se puso recto, en tensión, impaciente. Así de simple. Presa localizada. Objetivo fijado.

Capítulo 2

«La deseo», dijo Sexo mientras Paris observaba a Viola.

«Claro», respondió él con sequedad.

La nube de humo que había acompañado a la aparición de Viola se fue alejando de ella para revelar un diminuto vestido negro. Los tirantes acababan en un pronunciado escote que se extendía hasta el ombligo, donde lucía un piercing, y la micro minifalda apenas le cubría la ropa interior.

Si la llevaba.

Paris bostezó. Había estado con mujeres hermosas, feas y todo lo que cupiera entre medias, y había aprendido una lección: detrás de la belleza podía esconderse una bestia y podía haber una bestia escondida tras una belleza.

Sienna pertenecía al grupo de aquellas que escondían una bestia tras un aspecto increíblemente bello, al menos para él. Mientras que él se volvía loco de deseo por ella, ella había estado ideando cómo acabar con él. Y quizá Paris estuviese tan mal como el demonio que llevaba dentro porque una parte de él pensaba que incluso eso era sexy. Una mujer delgada como un junco había vencido a un guerrero curtido en mil batallas, y a él eso le parecía tremendamente excitante.

Sienna se consideraba poca agraciada y quizá en otro tiempo, Paris le habría dado la razón, pero desde el principio había visto en ella algo tentador. Algo que lo atraía y lo atrapaba. Ahora cada vez que pensaba en ella, veía una joya perfecta y sin igual.

«Concéntrate», le ordenó el demonio, que seguía deseando a aquella diosa menor, y él se reprendió a sí mismo.

Viola se echó la sedosa melena sobre uno de sus bronceados hombros y examinó el lugar. Los hombres la admiraban boquiabiertos, las mujeres trataban de disimular su envidia sin el menor éxito. Su mirada se detuvo en Paris, lo miró de arriba abajo, con los ojos entreabiertos, y luego hizo algo sorprendente, continuó observando a los presentes sin dedicarle ni un segundo más.

La última vez que al demonio de Paris le había fallado su poder de seducción con un posible compañero de cama había sido poco antes de que Paris conociera a Sienna. ¿Significaría eso que...? La impaciencia creció dentro de él hasta que sintió una vibración en su interior. Esa noche iba a obtener la información que buscaba, no le importaba lo que tuviese que hacer para conseguirlo.

Paris miró a Viola, esforzándose por que la expresión de su rostro denotase únicamente admiración. Tenía que cautivarla con su encanto, si aún recordaba cómo ser encantador. Después la obligaría a hacer lo que él deseaba, eso sí que recordaba perfectamente cómo hacerlo.

Sin hacerle el menor caso, Viola se agachó para sacarse un diminuto teléfono rosa de una de sus botas de cuero negro. Los hombres sonrieron e intercambiaron miradas de satisfacción como si acabaran de vislumbrar un rinconcito del paraíso. También los inmortales podían comportarse de un modo infantil. «Yo, nunca». Ella se puso a marcar sobre el pequeño teclado del teléfono, ajena a las miradas o quizá despreocupándose de ellas.

Paris frunció el ceño.

–¿Qué haces?

No era la mejor manera de entablar conversación, y menos si lo hacía en tono de acusación. Pero si Viola estaba pensando en pedir ayuda, en llamar a alguien que se enfrentara a él, incluso a un Cazador que lo matara, no tardaría en darse cuenta de que se había convertido en su rehén, y también en su informante.

—Estoy escribiendo algo en Screech. Es la versión inmortal de Twitter, que es lo que tenéis los seres inferiores —respondió sin levantar la vista hacia él—. Tengo montones de seguidores.

Vaya. Desde luego no era la respuesta que Paris habría esperado oír. Después de pasar tanto tiempo con los seres humanos, sabía que les gustaba compartir con el mundo hasta el pensamiento más intrascendente y estúpido. Pero era la primera vez que veía hacer lo mismo a una Titán.

—¿Qué les dices? —¿estaría Cronos entre esos «montones» de seguidores? ¿O Galen, el líder de los Cazadores?

—A lo mejor les estoy hablando de ti —en sus labios carnosos apareció una sonrisilla mientras seguía apretando teclas—. El Señor del Sexo está hecho un desastre, pero con ganas de ligar. A mí no me interesa, pero ¿debería ayudarlo para que seduzca a otra persona? Enviar —por fin levantó la mirada y le clavó aquellos seductores ojos castaños—. En cuanto me conteste alguien, te lo digo. Hasta entonces, ¿quieres saber alguna otra cosa sobre mí antes de que me dé media vuelta y pase de ti?

El Señor del Sexo, eso era lo que había dicho. Lo que quería decir que sabía quién era, lo que era, y sin embargo no había huido de él, no le había insultado, ni le había gritado por sus actos. Era un buen comienzo.

—Sí, hay algo que quiero saber. Se trata de algo personal, muy importante para mí —en otras palabras: «Ni se te ocurra escribirlo en Screech».

—Vaya. Me encantan los asuntos personales e importantes de los que se supone que no debo hablar, porque soy una persona muy generosa. Te escucho.

A pesar de acabar de confesar, del modo más enrevesado, que no tenía intención de ser discreta, dejó de escribir. Bien. Paris comenzó a hablar.

—Quiero poder ver a los muertos. ¿Cómo puedo hacerlo?

Ahora Sienna era un alma sin cuerpo, un alma que él no podía percibir con ninguno de sus sentidos. Solo aquellos que estaban en íntima comunión con los muertos podían verla, oírla y tocarla. Pero se decía que Viola conocía un truco que hacía que no fuera necesario tener ese don.

Viola parpadeó y Paris se fijó en que llevaba las pestañas pintadas del mismo tono rosa que el teléfono.

—Te diré lo que acabo de escuchar. Bla, bla, bla, yo, yo, yo. ¿Y qué hay de mí?

Paris apretó la mandíbula. Una cosa era ser encantador y otra ser un imbécil. Él no era un imbécil. Al menos no siempre.

—Muy bien, te diré algo sobre ti. Tú puedes ver a los muertos y vas a enseñarme a hacerlo —una orden que más le valía acatar.

Viola arrugó la nariz.

—¿Para qué quieres tú ver a los muertos? Si siguen por aquí, ocasionan problemas y... ah, espera un momento. Ya he resuelto el misterio, porque soy muy inteligente. Quieres ver a tu amante humana asesinada.

La furia de Paris salió a la superficie de inmediato con una intensidad capaz de levantar ampollas. No le gustaba que nadie mencionara siquiera a Sienna; ni Zacharel, ni mucho menos aquella extraña diosa menor aficionada al chismorreo. Debía proteger a Sienna, incluso en eso.

—Verás...

—Calla. No hace falta que me lo confirmes —Viola le dio una palmadita en la mejilla, como si quisiese mostrar dulzura con su poca capacidad mental–. Sobre todo porque no puedo ayudarte.

Trató de alejarse, pero Paris la agarró de la mano.

–¿No puedes, o no quieres? –había una gran diferencia entre una cosa y otra. Si se trataba de la primera, Paris no podría hacer nada al respecto. Pero, si era la segunda, Viola iba a descubrir lo que era capaz de hacer con tal de hacerla cambiar de opinión.

–No quiero. Hasta otra –Viola retiró la mano, sin imaginar que estaba desatando una furia incontrolable. Se alejó de él hacia el fondo del local, meneando el trasero y golpeando el suelo con los tacones.

Paris la siguió, apartando a todos aquellos que se interponían en su camino, que protestaban con quejidos y gruñidos. Nadie intentó detenerlo, pues sin duda se daban cuenta de que era más fuerte y fiero que cualquiera de ellos.

–¿Cómo sabes quién soy? –le preguntó a Viola en cuanto la alcanzó. Empezaría por ahí y luego se encargaría de hacerle cambiar de opinión, por si lo uno dependía de lo otro.

Meneó de nuevo la cabeza de un modo exagerado, como si fuera una modelo que hubiese llegado al final de la pasarela. Paris era alto y estaba acostumbrado a mirar a las mujeres desde arriba, pero Viola apenas sobrepasaba el metro y medio de altura, con lo cual parecía una enana a su lado.

Sienna, sin embargo, tenía la altura perfecta; de pie, de rodillas o tumbado, Paris alcanzaba a tocar las mejores partes de su cuerpo sin problema alguno.

–Lo sé todo sobre los Señores del Inframundo –respondió Viola–. Me encargué de averiguarlo cuando me escapé del Tártaro y me enteré de que la situación en la que me encontraba era culpa vuestra.

Entonces sí que lo culpaba de que la hubiese poseído un demonio. Paris notó entonces que olía a rosas, un aroma que le llegó a la pituitaria y lo envolvió en una cálida sensación de paz.

Lucien, poseído por el demonio de la Muerte, hacía lo mismo con sus enemigos, los calmaba antes de asestarles el golpe con el que acababa con sus vidas.

La furia y la frustración de Paris enseguida espantaron la paz.

−Deja de hacer eso.

−Vaya, menuda mirada −dijo ella antes de mirarse las uñas rosas y susurrar−. Me encanta.

«Acaríciala».

Paris hizo callar a su demonio y decidió dar una nueva oportunidad a la estrategia de resultar encantador. Necesitaba la ayuda de aquella mujer de la manera que fuera y, si le fallaba el encanto, desataría la bestia que llevaba dentro y la dejaría actuar libremente... y no se refería a Sexo. Había mucha oscuridad dentro de él, una oscuridad que lo impulsaría a hacer lo que fuese necesario, por muy cruel que fuera.

No podía culpar a nadie salvo a sí mismo, pues había sido él el que se había expuesto a ello. Al principio se había abierto a la oscuridad mínimamente, apenas una rendija, pero el problema era que, una vez que entraba la más ligera brisa, no había manera de detenerla. Empezaban el viento, la tormenta, los rayos y relámpagos, hasta que uno ya no podía cerrar esa pequeña rendija... y tampoco quería hacerlo. Así era esa nueva oscuridad, el mal en su estado más puro, una entidad que, igual que Sexo, lo poseía irremisiblemente.

Paris pensó que debía mentir, engañar y traicionar. Como las otras veces.

Se inclinó sobre Viola, mirándola con gesto más suave y dejando que el deseo de su demonio aflorara a la superficie. Sintió que se le caldeaba la sangre y que el aroma de la excitación salía de él, embriagador como el champán, delicioso como el chocolate. No era Sexo el que estaba utilizando las feromonas, era él mismo. Detestaba hacerlo porque, al igual que les pasaba a los demás, acababa perdiendo la cabeza y se convertía en un ser hambriento. Pero lo peor era lo que obligaba a hacer y a desear a los demás.

–Viola, preciosa. Háblame. Dime lo que quiero saber –su voz era como una seductora caricia, llena de seguridad.

Pero, a pesar del efecto de las feromonas, Paris deseaba solo a una mujer, y no era Viola.

–Tenía intención de darte las gracias por mi demonio –dijo ella como si Paris no hubiese dicho nada, como si no sintiese su olor–. ¡Es genial! Pero cuando iba de camino a Budapest en busca de nuestro castillo, me olvidé por completo de ti. Seguro que lo comprendes –apartó la mirada de él para saludar a alguien–. Pero bueno, ahora que te tengo aquí, muchas gracias. Díselo también a los demás. Ahora vas a tener que... ¡Puaj! ¿Quién ha puesto ahí ese espejo? –exclamó con un chillido.

Su rostro se llenó de ira durante un instante para después dejar paso a una expresión de éxtasis inconfundible.

–Estoy preciosa.

–Viola –pasaron varios segundos durante los cuales ella no dejó de admirar su propia imagen, incluso se lanzó un beso a sí misma. Muy bien. Tendría que utilizar la otra estrategia–. Puedo hacerte suplicar que te acaricie, delante de todo el mundo. Créeme, llorarás y gritarás, pero no podrás saciarte porque yo no permitiré que lo hagas. Pero eso no es lo peor que puedo hacerte.

Transcurrieron unos segundos más sin que ella dijera nada.

La furia...

La frustración...

Crecían dentro de él. Deseaba hacer daño, matar.

Paris respiró hondo... sintió el olor a rosas... y soltó el

aire. Bueno, esa vez permitió que el fuego de su interior se apagara antes de explotar y se calmó.

De pronto se le ocurrió que quizá Viola no pudiese evitarlo. Como bien sabía él, todos los demonios de la caja de Pandora tenían algún defecto, quizá aquel fuera el de ella. Al fin y al cabo estaba poseída por el Narcisismo, el amor a uno mismo.

Para comprobar dicha teoría, Paris dio un paso y se interpuso entre Viola y el espejo. Todo su cuerpo se puso en tensión, miró a un lado y a otro como si buscase a algún intruso que podría haber intentado hacerle daño mientras se encontraba indefensa. Comprobó que no había nadie alrededor y desapareció la tensión.

–¡Destruiré al culpable! –susurró Viola con furia.

Bravo. Había dado con su punto débil, algo que sin duda la sacaba de sus casillas.

–Concéntrate en mí, Viola –la agarró de los hombros y la zarandeó hasta que consiguió que lo mirara a los ojos–. Dime lo que quiero saber y saldrás ilesa de todo esto.

Pero seguía sin dejarse intimidar.

–Qué impaciente eres. Debería haberme acostumbrado, pero sigue siendo una pesadez que los hombres se enamoren de mí de ese modo.

–¡Viola!

–Está bien. Veamos lo que dicen mis fieles, ¿te parece? –levantó el teléfono y leyó lo que aparecía en la pantalla–. Cuatrocientos ochenta y cinco votos a favor de «Ayúdale dándole mi número de teléfono». Doscientos siete votos a favor de «¿Estás tonta? Móntalo como si fuese un caballo», y ciento veintitrés personas que dicen «Aléjate de él, perra. Es todo mío» –levantó la mirada hacia él con una sonrisa en los labios–. Ya ves, la gente ha dado su opinión. Así que te diré lo que quieras saber de los muertos.

La impaciencia pudo más que la alegría.

–Pues dímelo ya.

—Oye, tú, cerdo —se oyó una voz detrás de ellos.

Era uno de los tipos con los que Paris había chocado antes, que parecía haber reaccionado. Paris le apretó los hombros a Viola.

—Dímelo —en cuanto lo consiguiera se largaría de allí en busca de la verdad.

—¡Suelta a mi mujer!

Quizá no pudiera irse tan rápidamente. La sed de violencia volvió a aflorar en Paris al oír el tono de aquel tipo.

«Contrólate», le aconsejaba el sentido común. «Tienes la victoria al alcance de la mano».

—¿Es amigo tuyo?

—Yo no tengo amigos —respondió ella, apartándose un mechón de pelo de la cara con delicadeza—. Solo admiradores.

—Estoy hablando contigo, demonio —insistió el recién llegado.

La violencia crecía dentro de él, era como una nube negra que no se disiparía hasta que hiciera correr la sangre.

—Si quieres que este admirador en concreto siga con vida, sácame de aquí ahora mismo —siempre que alguien lo teletransportaba, Paris sentía ganas de vomitar, pero prefería eso a tener que perder más tiempo.

—No quiero —dijo ella—. Que siga con vida, quiero decir.

La nube negra invadió la mente de Paris hasta que solo pudo pensar en una cosa. Aquel tipo era un obstáculo en su camino hacia Sienna y lo único que se podía hacer con los obstáculos era eliminarlos. Cuanto antes.

Pero la voz de la razón le habló, iluminando su camino en medio de las tinieblas.

—Zacharel... el camino... la destrucción.

—Mírate al espejo, diosa —le ordenó aquel tipo a Viola—. No quiero que veas lo que le hago a este demonio.

Viola obedeció mientras maldecía, como si no pudiese

controlar sus movimientos y detestara hacerlo. Un segundo después volvió a quedar completamente hipnotizada por su propia imagen.

La voz de la razón desapareció de su mente y se impuso la violencia. La muerte era inevitable. Paris se dio media vuelta para mirar a su rival.

Estaba a punto de correr la sangre.

Capítulo 3

Paris se había equivocado en algo. No tenía un rival. Tenía varios. Al descubrirlo sintió aún más impaciencia. El día iba mejorando por momentos. Antes había matado a un puñado de Cazadores y ahora, de postre, tenía un trío de ángeles caídos, a cual más grande. Llevaban el pecho descubierto, ¿sería una nueva moda? Podía ver las cicatrices de su espalda en el espejo que había en la pared.

Entre los tres formaban un muro de músculos, con los brazos cruzados sobre el pecho y las piernas separadas para repartir el peso del cuerpo entre ambas. Una postura típicamente amenazante.

«Los deseo», dijo Sexo, como si fuera algo nuevo.

–No vais a salir de esta –los amenazó. Últimamente no podía permitirse dejar supervivientes porque tenían la mala costumbre de volver en busca de venganza.

–Te he visto –dijo el de la izquierda–. Sonríes y las mujeres caen rendidas a tus pies, pero dejará de ser así cuando te saque la columna vertebral por la boca. Después les diré a tus enemigos dónde estás. Sí, sé quién eres, Señor del Sexo, y también sé que los Cazadores están deseando tener el placer de matarte.

El de la derecha esbozó una sonrisa con la que parecía decir: «Sí, he perdido las alas y estoy encantado de ser malo».

–Me gusta cómo suena eso. Puede que me una a ellos solo para ver lo que hacen contigo cuando nosotros hayamos terminado.

El del centro, el más grande de los tres, le puso una mano en el hombro al que acababa de hablar para hacerlo callar. Tenía un halo blanco tatuado en el cuello, lo que quería decir que o acababa de caer, que aún tenía algún vínculo con los ángeles, o que le gustaba recordar los viejos tiempos. En cualquier caso, iba a acabar igual que sus amigos.

–Menos palabras y más dolor.

–Sí, más dolor –aceptó Paris al tiempo que desenvainaba sus dos puñales preferidos, cuyos filos brillaban como arcoíris.

–Oye, aquí dentro no se pueden utilizar armas –le advirtió el camarero–. Solo los puños.

El bar entero enmudeció y observó la escena con interés.

–Intenta quitármelas –así tendría más adversarios y habría más derramamiento de sangre. Lo que le reportaría más satisfacción.

–Eso sería injusto –dijo alguien.

Exacto. Sin hacer trampas, no era tan divertido. Pero, a pesar de lo perdido que estaba en el oscuro placer de la violencia, Paris seguía sabiendo fingir, así que ordenó a los puñales que desparecieran para que nadie pudiera verlos aunque siguieran en sus manos. Y, como eran mágicos, lo obedecieron.

–No me importa las armas que utilices –aseguró el del halo.

–No deberías haber venido por aquí –dijo el de la izquierda a la vez que descruzaba los brazos–. Este es nuestro territorio y tenemos que defenderlo.

–Vamos a asegurarnos de que no puedas volver nunca más –añadió el tercero, apretando los puños–. Va a ser divertido.

—Sin duda —respondió Paris, aproximándose a ellos—. Pero para mí.

Los tres se acercaron también.

Se encontraron en el centro. En cuanto los tuvo al alcance, Paris le lanzó una patada al de la izquierda al tiempo que le daba un puñetazo al de la derecha. El primero se encogió de dolor. El segundo murió en el acto. Paris lo había golpeado con el puñal invisible, que se le había clavado en la carótida.

Uno menos. Aún quedaban dos.

El del halo le lanzó un puñetazo, pero Paris se agachó justo a tiempo para que solo le diera al aire, el impulso le hizo girar sobre sí mismo. Cuando Paris volvió a ponerse recto se encontró con el de la izquierda, que había recuperado las fuerzas y se había abalanzado sobre él para tratar de desgarrarle la traquea con unas garras que antes no había tenido. Quizá por suerte, o quizá gracias a su talento, el muy bastardo movió la mano al ver que Paris cambiaba de posición y lo alcanzó en el tendón que iba del cuello al hombro. Le hizo un profundo desgarro antes de que Paris lo apartara de un golpe, y no pudo evitar que se llevara consigo parte de su piel y sus músculos.

Pero no le dejó marchar. Lo sujetó a pesar de que el del halo había vuelto a la carga, y consiguió golpearlo, primero en los riñones, para sorprenderlo e inmovilizarlo, y luego en el corazón, para matarlo. Murió del mismo modo que su amigo.

Dos menos. Solo quedaba uno.

Paris soltó el cuerpo sin vida y sonrió al oír el golpe seco que hizo al caer al suelo. Mientras tanto, el del halo seguía dándole golpes. Uno tras otro. Paris sintió el dolor en el ojo y luego en el labio. La sangre le caía por la cara y veía puntitos brillantes. Sexo parecía haberse escondido en algún rincón de su mente. Los puñetazos le hacían aterrizar sobre las mesas, sobre las sillas y sobre la gente.

Por fin consiguió esquivar uno de los golpes, lo que le

permitió recuperar el equilibrio y volverse hacia su oponente con la intención de desgarrarle la pierna y hacerlo caer. Pero aquel ser que en otro tiempo había sido un ángel parecía conocer todos los trucos sucios y dio un salto justo a tiempo.

A un metro de distancia el uno del otro, se miraron mutuamente. Paris aún no había conseguido golpearlo ni una sola vez. Quería hacerlo e iba a hacerlo y, cuando lo tuviera inmovilizado, lo abriría en canal desde el ombligo hasta el cuello.

Por el rabillo del ojo vio un brillo de alabastro y oro entre las plumas de un ángel guerrero, y también la nieve que parecía haberse convertido en la acompañante fiel de Zacharel.

«Ese hombre desea a su mujer tanto como tú a la tuya. ¿Vas a castigarlo por ello?».

Aquellas palabras retumbaron en la mente de Paris, como un rayo de luz cargado de esperanza, y, para su propia sorpresa, la oscuridad perdió fuerza y pensó: «No, no quiero castigar a un hombre por luchar por la mujer a la que desea. Aunque en este caso el obstáculo sea yo».

–Seguramente voy a lamentar esto –dijo Paris, apretando los puñales con fuerza, por si acaso–, pero estoy dispuesto a dejarte marchar. Solo te lo ofreceré una vez. Lárgate y no te mataré. Así de simple. No voy a negociar.

Halo lo miró fijamente y levantó bien la cabeza. Paris no sabía quién era, pero no ponía en duda su atractivo de rockero punki. Tenía el pelo teñido del mismo color rosa que el teléfono y las uñas de Viola, una lágrima tatuada bajo cada ojo y un aro de acero en el labio inferior.

–No voy a irme. Esa mujer es mía y no voy a permitir que la hagas tuya, que te aproveches de ella y luego la abandones cuando hayas acabado.

Paris pensó que al final todo se reducía a eso, asqueado consigo mismo y con el insaciable deseo sexual de su demonio. Aquel tipo había dicho lo único que podría invalidar su decisión de no negociar. Tendría que probar otra estrategia.

—¿Viola te corresponde?

—Lo hará.

Lo mismo que había creído Paris de Sienna. Para ser sincero, seguía creyéndolo. Esperaba que hubiera algo que pudiera decir o hacer para conseguir que cambiara de opinión sobre él, para que lo deseara como él la deseaba a ella.

¿Tendría alguna oportunidad aquel ángel caído? Las hembras eran las criaturas más obstinadas que había en el mundo.

—Solo para que lo sepas, yo no deseo a Viola —dio un paso a la izquierda, su adversario hizo lo mismo, de modo que acabaron los dos dando vueltas lentamente.

A cada segundo, Paris se acercaba un poco más a lo que había sido en otro tiempo: un ser honrado y valiente. Sabía que no duraría, pero decidió dejarse llevar mientras pudiera.

—¡Mentira! —exclamó el del halo con la fuerza de un volcán—. Yo nunca había deseado a ninguna mujer y, sin embargo, a ella la deseo. Todo el mundo la desea.

—Yo no. Solo he venido a averiguar algo que me sirva para salvar a mi hembra. Nada más.

Se hizo un largo silencio mientras el del halo estiraba y doblaba los dedos una y otra vez, tratando de decidir si Paris estaba mintiendo.

—No —dijo y meneó la cabeza con la misma obstinación que habría mostrado una mujer—. No te creo. Llevas dentro la maldad de un demonio, no podrías controlarte. Si te dejo, acabarás aprovechándote de ella.

No lo haría. Estaba demasiado cerca de Sienna, por lo que iba a esperarla todo el tiempo que pudiera. Pero para ello tenía que seguir con vida. Muy bien. Era posible que acabara acostándose con Viola. La lucha por la supervivencia lo había obligado a hacer cosas terribles. Quizá debiera decirle que también Viola llevaba un demonio dentro, pero no creía que su adversario fuera ya capaz de pensar de un modo lógico.

Paris respiró hondo. La oscuridad volvía a crecer en su interior.

—Entonces acabemos con esto.

Pars...

—¡No! —gritó para acallar la voz de Zacharel que retumbaba en su cabeza—. Lo he intentado a tu manera y no ha funcionado.

Se lanzaron el uno sobre el otro. Paris sintió los puñetazos y el dolor que provocaban, pero se dio cuenta de que el del halo no se protegía bien. No le clavó un puñal en una zona vital como había hecho con los otros dos, quizá le había quedado algo de la luz de Zacharel, lo que hizo fue asestarle una puñalada en el muslo, desgarrándole ligeramente el músculo femoral.

El ángel caído siguió golpeándole sin darse cuenta de que, si no le cerraban la herida pronto, no tardaría en desangrarse. Cayeron los dos sobre una mesa y de ahí al suelo, llevándose consigo varios vasos. Los cristales le cortaron los brazos y la espalda, pero Paris siguió defendiéndose hasta que por fin consiguió apartar a su adversario.

Lo vio ponerse en pie y parecía tener la intención de volver a la carga, pero la hemorragia había terminado por dejarlo sin fuerzas, por lo que cayó al suelo, como una roca en el mar. Se había quedado blanco y tenía los ojos inyectados en sangre.

Los ángeles caídos no se recuperaban como los inmortales sino como los seres humanos; lentamente. Y a veces no lo conseguían.

—Has...

—Ganado —conseguido. Había acabado con los tres—. Haz que te curen esa herida y puede que te recuperes.

—Pero has... —lo miró con incredulidad—. Has hecho trampas. He sentido el filo de un puñal. ¡Muchas veces!

—Siento ser yo el que te lo diga, pero son cosas que pasan. Puede que quieras probarlo alguna vez. Además, dijiste que te daba igual las armas que utilizase.

Oyó un murmullo a su espalda.

Paris se dio la vuelta lentamente. La gente estaba más preocupada por recuperar el dinero de las apuestas que en escapar de él.

—¿Quién es el siguiente? —preguntó mientras la sangre que goteaba de los puñales, todavía invisibles, formaba dos charcos en el suelo.

De pronto todos tenían mucha prisa por desaparecer. Su marcha le permitió ver a Zacharel. El ángel tenía los brazos cruzados sobre el pecho y lo miraba con cara de preocupación.

—¿Sigues aquí? —le preguntó Paris a modo de reto—. ¿Tú también quieres algo de mí?

Zacharel frunció el ceño y desapareció en silencio.

¿A qué venía tanto interés?

¿Acaso importaba? Paris volvió junto a Viola con impaciencia. Seguía mirándose al espejo, así que guardó los puñales y se la llevó de allí. Para empezar, no quería tener que luchar con nadie más. Tampoco quería que el del halo sufriera más viéndola con él. Y, por último, no quería que Viola tuviese tiempo de cambiar de opinión sobre lo de darle la información que necesitaba. Entonces tendría que acostarse con ella.

El del halo los vio marchar, mirándola con deseo y a él, con odio. No había duda de que volvería en busca de venganza. «Tendría que haberlo matado». Aún podía hacerlo, pero prefirió no volver a terminar el trabajo. Zacharel podría volver y armar jaleo.

—Oye —dijo Viola, que por fin había salido del trance—. ¿Qué crees que estás haciendo?

«La deseo», dijo Sexo, saliendo de entre las sombras de su mente.

«No me hagas perder el tiempo. Tengo algo importante que hacer».

—Voy a ponerte a salvo –le mintió Paris–. No querrás que tus admiradores te agobien, ¿verdad?

—Claro que quiero –respondió ella, tratando de zafarse de él–. Voy a enseñarte algo sobre las mujeres. Nos gusta que nos admiren de lejos y que nos adulen de cerca.

Paris no necesitaba lecciones.

—Quería decir que esos admiradores tuyos no estaban tratándote como mereces. No son dignos de tu presencia.

Eso bastó para que dejara de resistirse.

—En eso tienes toda la razón.

Por supuesto, Viola no había apreciado el sarcasmo de sus palabras.

Paris se detuvo al llegar a un callejón. Era el lugar perfecto. La luna estaba tan cerca que solo tenía que alargar la mano para tocarla. Las nubes estaban aún más cerca, envolviéndolo todo en una bruma húmeda. El lugar estaba bien iluminado, pero nadie podría ver lo que allí sucedía.

Acorraló a Viola contra la pared, apretándola con su cuerpo para obligarla a prestarle toda su atención. Pero, por desgracia, ya la tenía toda puesta en el teléfono y estaba tecleando de nuevo.

«¡La deseo. La deseo. La deseo!».

«Púdrete».

—El Señor del Sexo está más cubierto de sangre que antes y... magullado... No me gusta nada lo que veo. Enviar.

Paris le quitó el teléfono de las manos, pero en lugar de tirarlo al suelo y pisotearlo como le pedía el instinto, volvió a guardárselo en la bota.

—Ya escribirás más tarde. Ahora vas a hablar conmigo. ¿Qué tengo que hacer para ver a los muertos? Acuérdate de que tus seguidores te han pedido que me ayudes.

Viola hizo un mohín, pero no tardó en hablar.

—Quema el cuerpo del alma que deseas ver y quédate con las cenizas. Por cierto, ¿te he contado que una vez me quedé con las cenizas de...?

Siguió hablando sobre lo que había hecho, sobre sí misma y sobre su vida, pero Paris no la oía, solo podía pensar en Sienna. Ya había quemado su cuerpo y se había quedado con las cenizas. No sabía por qué lo había hecho; no había podido separarse de lo poco que quedaba de ella. Desde entonces, llevaba en el bolsillo un pequeño frasco con una parte de dichas cenizas.

De alguna manera debía de haber sabido que acabaría necesitándolas.

—Pero tiene que haber algo más —dijo cuando Viola se calló por fin. Hacía unas cuantas semanas que Sienna había escapado de Cronos y había ido tras Paris, pero él no la había visto.

Paris no se habría enterado de nada de no haber estado con William, otro guerrero inmortal capaz de ver a los muertos, que le había dicho que había una chica muerta a sus pies. Por supuesto, Cronos no había tardado en localizarla y volver a encerrarla.

Algo por lo que pagaría muy caro el rey de los Titanes.

—Claro que lo hay. Tienes que mezclar las cenizas con ambrosías y tatuarte los ojos con la mezcla —aclaró Viola—. Te prometo que la verás. Si quieres tocarla, tatúate la punta de los dedos. Si quieres oírla, tatúate detrás de las orejas, y así sucesivamente. Me acuerdo una vez que…

Paris dejó de escucharla una vez más. Podía hacerlo. A muchos podría parecerle asquerosa la idea de hacerse tatuajes con las cenizas de un muerto, pero Paris habría hecho cosas mucho peores.

—¿Podré olerla? ¿Y lamerla? —preguntó, interrumpiendo el monólogo de Viola.

—Solo si te tatúas el interior de la nariz y la lengua. Una vez, estando en el Tártaro, yo…

—Espera.

«¡Ya está bien! No me interesa», dijo Sexo de repente. «Busca a otra persona».

Por una vez estaban de acuerdo.

–¿Hay algo más que deba saber? ¿Alguna consecuencia de la que debas advertirme?
–Paris.

Aquella voz que tan bien conocía hizo que Paris se diera la vuelta rápidamente con el estómago revuelto. La visita de Lucien siempre iba acompañada de malas noticias.

–¿Qué ocurre?

Capítulo 4

La presencia de Lucien, poseído por el demonio de la Muerte, tenía una enorme fuerza a pesar de la neblina que lo envolvía. Igual que Viola, Lucien podía teletransportarse de un lugar a otro con solo pensarlo. Tenía el cabello alborotado y los ojos, uno azul y otro marrón, llenos de preocupación. También tenía las mejillas manchadas y llevaba la ropa rasgada.

–Dado que te dije que no vinieras a buscarme hasta que te enviara un mensaje, deduzco que no has venido por eso –Paris se llevó las manos a los puñales, solo por costumbre–. Será mejor que me lo digas cuanto antes.

Lucien miró a Viola.

–Antes deshazte de ella.

La aludida se puso en tensión.

–De eso nada. No soy una cualquiera que se pueda dejar así como así cuando... Oye, tú eres el hombre de Anya –la indignación desapareció de su voz y de su rostro–. ¡Hola! Yo soy Viola. Aunque supongo que ya lo habrás imaginado porque mi reputación me precede y seguro que Anya te ha hablado de mí miles de veces.

Conocía a Anya, la diosa de la Anarquía. Una mujer con más pelotas que la mayoría de los hombres... porque se las había cortado a aquellos que habían sido tan tontos como para entrometerse en su camino y las tenía de recuerdo. Era lógico que Viola la conociera. Quizá fueran diosas menores, pero desde luego eran las dos una molestia mayor.

Lucien frunció el ceño.

—No, nunca...

—Deja de hablar de ti —se apresuró a decir Paris, antes de que su amigo ofendiera a la egocéntrica de Viola. Le hizo un gesto que Lucien entendió de inmediato.

—Sí, siempre habla de ti —mintió.

Viola se echó a reír.

—No hace falta que me digas algo tan obvio. Sé lo mucho que se habla de mí.

—Deberías poner algo sobre el hombre de Anya en Screech —le sugirió Paris—. Cuenta cómo es o cuelga una foto.

Ella lo miró con gesto serio.

—Yo solo cuelgo fotos mías, para que mis seguidores no se enfaden. Pero claro que voy a hablar de él. Las descripciones son otra de las cosas que hago de maravilla —sacó el teléfono y comenzó a teclear— ... pelo negro azulado, ojos de color chocolate. Está frente a mí...

Paris miró a la cara a Lucien, que parecía no entender nada.

—Está poseída por el Narcisismo, solo presta atención cuando se habla de ella. Así que puedes hablar con total libertad.

Lucien volvió a mirar a Viola con los ojos abiertos de par en par.

—¿Otra poseída? ¿Cómo las has encontrado? ¿Y por qué no está...? Da igual. Ahora mismo eso no importa —volvió a concentrarse en Paris—. He venido porque Kane ha desaparecido.

Paris volvió a sentir el estómago revuelto y el vómito en la garganta.

—¿Cuándo?

—Hace unos días. William y él estaban juntos, alguien

los capturó y se los llevó al Infierno para ejecutarlos. Puede que fueran Cazadores, o puede que no. Otro grupo atacó a los que los habían capturado. William dice que la cueva en la que estaban se derrumbó y que perdió el sentido antes de que esos hombres pudieran hacerle nada. Cuando volvió en sí, estaba en la habitación de un hotel de Budapest. No había ni rastro de Kane.

Paris se pasó la mano por la cara.

—¿Kane... sigue vivo? —le costó pronunciar la ultima palabra, incluso pensarla. Si habían matado a su amigo mientras él se dedicaba a otra cosa, no podría perdonárselo nunca.

—Sí. Tiene que estarlo.

Porque ninguno soportaba la idea de perderlo.

—¿Estás reuniendo gente para buscarlo?

—A eso he venido.

—¿A quién tienes?

—Amun, Aeron, Sabin y Gideon.

Todos ellos eran luchadores feroces, los que Paris querría que lo buscasen si fuera él el desaparecido. Los únicos que podrían hacerlo mejor serían Jason Voorkees, Freddy Krueger, Michael Myers y Hannibal Lecter.

Amun albergaba al demonio de los Secretos y no había guerrero mejor; en pocos segundos era capaz de obtener información que uno llevaba años ocultando. Así que averiguar el paradero de Kane no sería problema para él.

Aeron había sido el guardián de la Ira hasta que lo habían decapitado y su alma había recibido otro cuerpo. Entonces su demonio había poseído a Sienna. Incluso sin su lado oscuro, Aeron disfrutaba haciendo gritar a sus presas antes de matarlas. Haría pagar al que hubiese hecho daño a Kane.

Sabin albergaba la Duda y era un guerrero con una fuerza y una determinación inigualables, por no hablar de una vena cruel que hacía que hasta los más duros criminales se manchasen los pantalones de miedo. Sabin se colaba en la mente de sus enemigos y les recordaba sus debilidades hasta destrozarlos por el peso de la culpa y las autorecriminaciones, momento en que los asesinaba con una sonrisa en los labios.

Por último, Gideon estaba poseído por el Guardián de las Mentiras. Tenía el pelo teñido de azul, el cuerpo lleno de piercings y tatuajes y un afilado sentido del humor. Su juego preferido consistía en lanzar a su demonio al cuerpo de su enemigo y sentarse a disfrutar viendo cómo el humano se destruía a sí mismo, consumido por el mal.

Paris casi sentía lástima por el que se hubiese llevado a Kane.

Casi.

—¿Te apuntas? —le preguntó Lucien.

—Pues... —deseaba decir que sí. Quería mucho a sus amigos, más de lo que se quería a sí mismo, probablemente incluso más de lo que se quería Viola a sí misma. Por cierto, seguía tecleando, contando en la red que el Señor de la Muerte la encontraba más atractiva que a la diosa de la Anarquía.

Sus amigos habían luchado junto a él, habían sufrido por él y siempre lo habían respaldado. Cualquiera de ellos estaría dispuesto a dejarse disparar por él. Eran capaces de matar, incluso de dejarse matar por él. Pero...

—No puedo —dijo, sin saber si podría perdonarse por ellos—. Al menos ahora mismo. Hay algo que tengo que hacer antes.

Había llegado muy lejos para echarse atrás.

Lucien asintió sin titubear.

—Lo entiendo —no intentó hacerle cambiar de opinión, ni dijo nada para que se sintiera culpable; no podría haber un amigo mejor que él—. ¿Quieres que te ayude en tu misión? —añadió, y eso sí hizo que Paris se sintiese culpable—. Si vas a enfrentarte a algo peligroso, puedo llamar a William.

William era el mejor amigo de Anya, alguien a quien

Lucien querría ver con un puñal clavado en la espalda. Y otro en el corazón. Y otro en la entrepierna. Willy no llevaba dentro ningún demonio, pero, por lo que decían, era hermano del mismísimo diablo y pariente de los Cuatro Jinetes del Apocalipsis.

No le tenía miedo a nada, pero lo mejor era que cualquier criatura malévola le tenía miedo a él.

–Tráemelo –le dijo Paris–. Me debe una –porque William había permitido que Cronos se llevara a Sienna sin luchar. En opinión de Paris, debía ser su esclavo de por vida.

–Hecho –Lucien miró de nuevo a Viola, inmersa en la tarea de escribir–. ¿Qué hacemos con ella? No podemos dejar que ande por ahí sola. Seguro que Cronos y los Cazadores estarían encantados de llevársela.

Cronos odiaba a los Cazadores y los Cazadores odiaban a Cronos. Ambos iban en busca de todos los seres inmortales poseídos por los demonios con la intención de reclutarlos, para lo cual no dudaban en utilizar toda la fuerza de la que disponían. A Paris le gustaba la idea de molestar a los dos bandos al mismo tiempo.

–Llévatela –le pidió a su amigo al tiempo que le ponía la mano en el hombro a Viola para sacarla de su ensimismamiento.

Pero lo que hizo fue sobresaltarla y, en un abrir y cerrar de ojos, pasó de ser una criatura de aspecto angelical a adoptar el aspecto del demonio que llevaba dentro. Le aparecieron dos cuernos en la cabeza, escamas rojas en la piel y los ojos empezaron a brillarle como dos rubíes radioactivos. De su boca salieron unos enormes colmillos y sus uñas se transformaron en garras. El olor a azufre sustituyó al aroma a rosas y adquirió tal fuerza que a Paris empezaron a picarle los ojos y oyó gritar a su propio demonio como un recién nacido.

Cuando quiso darse cuenta, Paris tenía sus garras clavadas en la muñeca y no pudo evitar que lo lanzara por los aires contra la pared del callejón, un muro de ladrillo macizo.

Se quedó sin aire en los pulmones y tardó un rato en volver a ver con claridad. Cuando por fin lo consiguió, comprobó que Viola volvía a ser Viola, toda belleza e inocencia.

—Uy —dijo riéndose—. No se puede tocar la mercancía. Dime, ¿querías algo de mí?

Lucien observaba la escena sin parpadear.

—Esto va a ser divertido.

—¿Te importa irte con Lucien? —le preguntó Paris mientras se ponía en pie y trataba de respirar sin que le doliera todo el cuerpo. Lo peor era que se le había abierto la herida del cuello. Con un solo golpe, Viola le había hecho más daño que los tres amigos con los que se había enfrentado en el bar—. Él te llevará con Anya y así podréis poneros al día —había creído que podría obligarla, pero ahora estaría dispuesto a suplicar si era necesario.

—¿De verdad? —preguntó Viola, entusiasmada, antes de lanzarse en los brazos de Lucien—. ¡Claro que me voy con él! Pero solo si me prometes que antes pasaremos a buscar a mi mascota, la princesa Fluffikans. Debo advertirte que vas a acabar enamorándote locamente de mí y que le romperás el corazón a Anya.

Era más probable que alguno de los guerreros acabara en la cama con ella, pero no era el momento de decírselo.

Lucien miró a Paris mientras intentaba liberarse de sus brazos de pulpo, pero se alejó de allí sin protestar. Paris se marchó también. La Muerte podría seguir su rastro fácilmente.

Ahora debía hacerse unos tatuajes.

El mundo de los inmortales se parecía terriblemente al de los mortales. Titania era una metrópolis llena de centros comerciales y restaurantes, por lo que Paris no tardó en encontrar todo lo que necesitaba para hacerse los tatuajes, comprarse ropa y buscar un motel tranquilo. Parecía que a los inmortales también les gustaba alojarse en lugares discretos donde nadie descubriera sus secretos.

Mientras esperaba a Lucien, comió algo por pura necesidad y luego se alivió sexualmente para satisfacer las necesidades de su demonio. No había practicado el sexo en todo el día, por lo que el orgasmo fue como una inyección de fuerza. Pero era una fuerza que no duraría mucho, no como la adrenalina que generaba un encuentro sexual con otra persona. Pero bueno, tendría que conformarse con lo que tenía.

Después se dio una ducha para limpiarse la sangre y las otras muchas cosas que le habían quedado en la piel. Había matado a muchos seres humanos a lo largo del día. Sobre todo hombres. Los Cazadores estaban reclutando cada vez a más mujeres. Paris se preguntó qué habría pasado si se hubiese encontrado con Sienna en el campo de batalla, o si alguna vez hubiese intentado interrogarla.

Eso era lo que había tenido intención de hacer, si no hubiese muerto tan pronto. Eso sí, lo habría hecho después de acostarse otra vez con ella. Quería pensar que no le habría hecho daño, pero... desgraciadamente no podía saberlo. Sienna había sabido cosas que no debería haber sabido. Cosas como dónde estaba él, por qué estaba allí, cómo distraerlo, qué utilizar para drogar a un inmortal al que no le afectaban las toxinas humanas. Ahora sabía que había conseguido toda esa información a través de Rhea, esposa de Cronos y auténtica líder de los Cazadores. No creía que lo hubiese hecho hablando directamente con ella, sino infiltrándose en sus filas. En cualquier caso, la próxima vez que estuviese con ella no iba a perder el tiempo en interrogarla. La deseaba demasiado.

«Deseas ponerla a salvo, ¿verdad?», le dijo la sarcástica voz de Sexo.

Prefirió no pensar más en ello. Se miró al espejo. Había perdido algo de peso, tenía ojeras y la cara y el cuello llenos de arañazos. Él mismo se había cortado el pelo cada vez que un mechón le molestaba para ver, por lo que llevaba un peinado desigual y caótico. ¿Qué pensaría Sienna de él si lo viera así? En otro tiempo se había sentido atraída por él a pesar de todo. ¿Seguiría atrayéndola? En aquel momento tenía una imagen demasiado salvaje para cualquier mujer. Era mezcla de náufrago y víctima de un shock traumático.

¿Y si ocurría lo imposible y de verdad volvía a desearlo? ¿Y si deseaba que él la poseyera de nuevo? Después de todo, había escapado de la prisión de Cronos y había ido en su busca.

Paris sabía que no podía confiar en ella, que sería una estupidez bajar la guardia. Podría acostarse con ella, claro, si seguía excitándose al verla. El tiempo lo diría. Si era así, y creía que sí porque se excitaba solo con pensar en ella, quizá pudiera quedarse con ella unos cuantos días. ¿Bastaría eso para acabar de una vez con el deseo que sentía por ella? ¿O seguiría creciendo? ¿Podría dejarla marchar cuando todo acabara?

¿Y si era ella la que quería quedarse?

No había nada que deseara más que eso, pero, tal y como le había dicho Zacharel, tendría que renunciar a ella si no quería destruirla. No por los motivos que le había dado el ángel, sino porque si Sienna y él estaban juntos y se separaban por algo, Paris tendría que engañarla con otra persona. Tendría que hacerlo si no quería morir. Si tenía que elegir entre la vida y la muerte, siempre elegía sobrevivir aunque fuese engañando.

Lo sabía por experiencia porque ya había intentado mantener una relación con otra mujer. Susan. La había hecho suya, había sabido que no podría estar con ella de nuevo, pero había deseado algo más; había sentido algo más por ella... pero al final la había engañado y le había hecho mucho daño.

Si engañaba también a Sienna, destruiría todo lo que habían conseguido construir, además de su corazón, su confianza y su inocencia. Entonces merecería todo el mal que ella pudiera hacerle.

No había salida.

Pagó su frustración con el espejo. Lo hizo añicos de un puñetazo. Los cristales cayeron a su alrededor, junto con las gotas de sangre que goteaban de sus nudillos. Si seguía así, pronto acabaría cosiéndose a puñaladas a sí mismo como Reyes, que estaba poseído por el Guardián del Dolor. No le importaba. Daría cualquier cosa por tener que preocuparse solo por sus propias heridas.

Aunque lo cierto era que se había acostumbrado a pasarse el tiempo preocupado y preguntándose qué pasaría, hasta el punto que no sabía muy bien qué haría sin dichas preocupaciones. Se puso la ropa que había comprado, pantalones y camisa negra, porque donde iba siempre era de noche y necesitaba pasar desapercibido.

Hacía poco se había colado en el harén secreto de Cronos y había seducido a una de sus concubinas, a la que le había ofrecido sexo a cambio de información. Paris sabía que Sienna se encontraba recluida en el Reino de Sangre y Sombras, que, a pesar de formar parte de Titania, era un lugar invisible para la mayoría y estaba protegido por las fuerzas del mal. Entrar allí significaba morir y todas esas cosas.

Paris lo encontraría sin problema; era capaz de llegar a cualquier lugar mediante sobornos y amenazas.

Salió del baño y se sentó a la mesa con el material necesario para los tatuajes. Estaba impaciente por salir en busca del Reino de Sangre y Sombras.

Por suerte, Lucien no tardó en aparecer en la habitación.

–Me sentía culpable por cargarte con Will, así que te he traído un regalo.

La Muerte empujó a William hacia Paris y luego dejó paso a Zacharel, que era el «premio».

–La verdad es que he venido yo solo –matizó Zacharel con su voz fría.

—Muchas gracias —le dijo Paris a Lucien, sin hacer el menor caso al ángel—. De verdad.

«¡William, mi dulce William! Lo quiero para mí», dijo Sexo, casi babeando. Sexo siempre deseaba a William, algo que Paris jamás admitiría en voz alta.

—Siento no poder quedarme —se lamentó Lucien, bromeando—. Por cierto, la mascota de Viola, ha resultado ser un demonio de Tasmania que también es un vampiro. Tienes suerte de que me vaya sin rajarte el cuello —dijo el guerrero antes de desaparecer de nuevo.

Zacharel observó la habitación con evidente desagrado.

—¿Qué haces aquí?

—Esto es un basurero, tío —añadió William—. Cuando estoy en el Cielo, yo solo me alojo en el West Godlywood. Al menos podríamos pedir una suite.

De eso nada. Iban a hacer lo que él dijese, nada más.

—¿Por qué últimamente no deja de nevar a tu alrededor? —le preguntó Paris a Zach.

—Hay un motivo para ello.

Eso no era decir mucho.

—¿Vas a decírmelo?

—No.

—¿Estás siguiéndome?

—Sí.

Al menos no se molestaba en negarlo. Claro que tampoco habría podido hacerlo porque los ángeles solo decían la verdad y nada más que la verdad, lo que hacía que su amenaza de matarlo resultara aún más convincente.

—¿Por qué?

—Aún no estás preparado para oír la respuesta.

A Paris le encantaban esas contestaciones tan crípticas.

—Si vas a quedarte, al menos haz algo útil y termina de hacerme los tatuajes —necesitaba una mano firme para hacerse la raya de los ojos—. Después puedes ayudarme a acabar con unos cuantos sin preguntar quién son.

Zacharel lo miró con la misma intensidad con la que seguía nevando a su alrededor.

—Nunca he hecho un tatuaje. Es posible que te lo haga mal.

Aun así lo haría mucho mejor que William, de eso no había ninguna duda.

—Lo peor que puedes hacer es sacarme los ojos, pero eso no me preocupa porque volverían a crecerme. Tarde o temprano.

Zacharel seguía frunciendo el ceño y los segundos pasaban.

—Está bien, lo haré.

—Muy bien, angelito. Mientras, estaré en el baño —anunció William, que tenía el pelo empapado y solo llevaba una toalla alrededor de la cintura, lo que dejaba a la vista unos músculos capaces de competir con los de Paris y un tatuaje de un mapa del tesoro que conducía a los genitales de aquel salvaje. Con solo mirarlo, uno se maravillaba de que alguien pudiera sobrevivir a un encuentro con él. El que lo hiciera, necesitaría terapia. Y pañales—. Tengo que terminar de lavarme el pelo y ponerme el suavizante.

Quizá no fuera tan salvaje.

Daba igual. Paris nunca había estado tan cerca de encontrar a Sienna y de poder salvarla. Con aquellos dos guerreros a su lado, lo conseguiría. No había duda.

Capítulo 5

Sienna Blackstone, recién coronada Reina de las Bestias, Princesa de la Sangre y las Sombras y Duquesa del Horror, tenía la espalda apoyada en la pared del castillo que se había visto obligada a considerar su hogar. Las alas le pesaban mucho y tiraban de los huesos y tendones que hacía poco que se le habían formado, lo que le provocaba un constante dolor tan intenso y humillante que a veces la hacía llorar.

Las alas se dejaron caer a los lados de su cuerpo como un manto de medianoche hasta que los extremos afilados tocaron el suelo. Recordaba haber visto esas mismas alas en Aeron, anterior dueño del cuerpo que albergaba al demonio de la Ira. En su cuerpo musculado y lleno de tatuajes, habían parecido suaves, livianas y hermosas como nubes de tormenta. Sin embargo en la delicada figura de Sienna, resultaban tan grandes y pesadas que le costaba mantener el equilibrio.

Desgraciadamente ese no era su mayor problema. Cronos, dios de dioses, según él mismo, y cretino de los cretinos, según ella, apareció delante de ella, echando pestes. Decir que estaba «molesto» habría sido como describir el océano Atlántico como un charco.

Cuando ella lo había conocido, Cronos tenía el aspecto de un viejo de cabello gris, piel arrugada y hombros encorvados. Ahora tenía el cuerpo y el rostro de un modelo de revista, aunque seguía siendo un bárbaro. El cabello castaño le caía sobre los hombros, anchos y fuertes. Tenía la piel suave y perfectamente bronceada. También se había deshecho de la remilgada toga y la había sustituido por camisa de malla negra y pantalones de cuero del mismo color.

El cambio era descomunal... y espeluznante. A Sienna le daban ganas de preguntarle por qué lo había hecho y ofrecerse para castigar a su estilista como merecía y sin cobrarle nada. Pero, claro, no se atrevía a hacerlo. Las quejas y gritos que estaba emitiendo podrían dejar paso a una paliza salvaje. Al menos esa era la impresión que daba.

—Yo te salvé —espetó con voz letal mientras iba de un lado a otro—. Te doté de fuerza, te regalé un demonio y, ¿cómo me lo pagas? Desobedeciéndome constantemente. ¡Es inconcebible!

¿Le había regalado? Menudo regalo cargarla con una maldición eterna que solo le reportaría dolor y tristeza.

—Yo te obedecí —le recordó Sienna. Al menos al principio.

—Al principio —añadió él, dando voz a sus pensamientos, pero al decirlo él se convertía en una acusación que dolía como un latigazo—. Y solo porque no tenías otra opción, pero desde entonces has aprendido a bloquear mi poder.

Era cierto. El hecho de que lo hubiese conseguido era un vestigio de su férrea obstinación. Con solo pensarlo, aquel ser que gritaba y resoplaba era capaz de causar un dolor indescriptible. Con mover la mano podía hacer desaparecer ciudades enteras. Algo que Sienna no debía olvidar.

Por eso eligió sus palabras con mucho cuidado.

—Para ser justos deberíamos decir que me engañaste —bueno, quizá no las eligiera con tanto cuidado. Por lo menos no había utilizado un tono agresivo o de acusación.

La mirada que le lanzó Cronos hizo que le temblaran las rodillas.

–¿En qué te engañé?

Sienna se apretó contra la pared.

–Me prometiste que vería a mi hermana pequeña.

«Eres tan guapa, *Enna*».

«¿De verdad?».

«Claro. ¡Eres la chica más guapa del mundo entero!».

Skye, su única hermana, una niña a la que Sienna había adorado con todo su corazón, había sido raptada hacía años y nunca más habían vuelto a verla o a saber nada de ella. Sienna la echaba de menos tremendamente, rogaba por que estuviera bien y que no le hubiesen hecho demasiadas crueldades.

–Pero lo único que hiciste fue permitirme un fugaz vistazo –añadió Sienna, pasándose la mano por el estómago, como hacía siempre que pensaba en su hermana, acordándose de otra niña a la que había querido y a la que había perdido... Cortó aquel pensamiento de raíz. «No voy a venirme abajo delante de esta criatura».

Cronos apretó los dientes con un chirrido.

–Ese vistazo... debería haber sabido que me traería problemas –hizo una pausa, parecía a punto de lanzar un gruñido–. Supongo que al menos debería admitir la verdad. Lo que viste no era más que una ilusión, no era realmente tu hermana.

Un momento, un momento. ¿Una ilusión? Sienna se mordió la lengua. ¿Por qué iba a...? ¿Cómo era posible...? Se hiciese la pregunta que se hiciese, la respuesta era la misma. Cronos había jugado con ella, lo mismo de lo que Paris la había acusado una vez a ella. Llamarlo bestia cruel era demasiado suave.

«Tranquila, cálmate».

–¿Al menos sigue viva? –le preguntó entre dientes.

–Por supuesto.

Con Cronos no había nada que pudiese darse por supuesto; él vivía según sus propias reglas y ni siquiera las acataba siempre.

Cada vez que aparecía, el demonio de Sienna le mostraba las atrocidades que había hecho Cronos: las vidas con las que había acabado, no solo las de sus enemigos, incluso las de su propia gente, la de cualquiera que se atreviese a desafiarlo. También había robado. Se había apoderado de objetos antiguos, de poderes que pertenecían a otras personas, de mujeres. No tenía vergüenza. Ni límite.

–¿Cómo sé que ahora dices la verdad?

–No puedes saberlo, pero tu demonio sí.

Se hizo un intenso silencio mientras Sienna buscaba en su interior. Ira estaba tranquilo, no parecía frenético por castigar a Cronos por mentir. Efectivamente, la imagen de Skye que había visto había sido una ilusión, pero era cierto que Cronos pensaba que estaba viva. Sienna volvió a apretar los dientes para decir:

–Tráemela, tráeme a la verdadera Skye y deja que se quede conmigo. Después, haré lo que me pidas.

–No.

–¿Por qué? –dio una patada al suelo. Sabía que era una reacción infantil, pero no tenía otra manera de mostrar el desagrado que sentía hacia aquella criatura–. ¿Acaso tú, que se supone que todo lo sabes, no sabes dónde está?

Cronos la miró con cara de pocos amigos y echándole el aliento.

–¡Ya está bien con tu hermana! ¿No tienes curiosidad por saber por qué te he regalado a tu Ira? ¿A ti, a una mujer tan frágil, fallecida hace poco y que hizo enfadar a uno de mis guerreros más fuertes? ¿No quieres saber por qué tengo tanto empeño en que participes en mi guerra?

«No le sugieras al rey de los Titanes que debería tomarse una pastillita de menta», pensó Sienna tratando de no respirar. «Y no se te ocurra pensar en el guerrero al que hiciste enfadar. Ni se te ocurra pensar en Paris». No, no, no.

—S... sí —¿ahora estaba tartamudeando? «¡Ten un poco más de valor, Blackstone!».

Cronos tenía un brillo rojo en la mirada. Rojo demonio. Un brillo diabólico que parecía una mezcla de sangre y toxinas nucleares. Además de ser el rey de los Titanes, estaba poseído por la Codicia... y en esos momentos estaba claro que era el demonio el que controlaba lo que hacía y lo que decía. El castillo comenzó a temblar, la ira consiguió sacudir hasta los cimientos.

—Conoces a los Cazadores, sabes cómo actúan porque formaste parte de su causa.

—Lo sé —jamás podría olvidarlo o perdonarse a sí misma por ello. Había llegado a llevar el símbolo del infinito en la muñeca, la marca de los Cazadores que le recordaba constantemente cuáles eran sus objetivos. Ahora que era un espíritu, no tenía más tatuaje que la mariposa que llevaba alrededor de las alas, algo por lo que se sentía muy agradecida—. Pero podrías decir lo mismo de muchos otros, de miles, quizá.

Pero esos miles no tenían la menor idea de lo tontos que eran, de que eran completamente prescindibles; poco más que marionetas manejadas por otros mediante hilos. Igual que lo había sido ella... hasta que la realidad le había dado un buen golpe y había cortado esos hilos bruscamente.

Poco después de que la poseyera la Ira, Cronos la había llevado a tierras de Cazadores. Como Cronos podía hacerse invisible y ella ya lo era para el ojo humano, nadie se había enterado de que estaban allí. Del mismo modo que había visto los pecados del rey de los Titanes, Sienna había podido ver las atrocidades que cometían los Cazadores: robos, violaciones y asesinatos, todo en nombre del «bien». Solo pensar que en otro tiempo ella había sido parte, una parte supuestamente esencial, de su causa, que los había ayudado...

«Castígalos... Robo, violación, asesinato...».

Ahí estaba. Ira. Su oscuro acompañante. Al recordar lo que había visto y sabiendo que estaba a varios mundos de distancia de los responsables de dichas atrocidades, el demonio la impulsaba a vengarse de los Cazadores. No quería que tuviera piedad con ellos, ni siquiera con los seres inocentes que pudiera haber entre ellos, por todo el dolor que habían causado, quería que les hiciera mucho más daño del que habían hecho ellos a otros.

«Castígalos».

Sienna se tapó los oídos.

–Calla, calla, calla –pidió una y otra vez.

A veces podía resistirse a sus deseos, otras, no. Era entonces cuando el demonio se apoderaba de ella y todo se volvía negro. Al menos durante un tiempo.

Ella estaba condenada a vivir recluida en aquella monstruosidad de castillo, sin embargo, por algún motivo, su demonio no sufría dicha condena. Cuando Ira controlaba la mente de Sienna, podían salir de allí y el demonio solía utilizar su cuerpo para castigar a otros como le placía.

Días después, Sienna despertaba con las manos cubiertas de sangre y, por supuesto, el recuerdo de lo que había hecho el demonio no tardaba en invadir su mente. Eran siempre actos crueles y sádicos que le revolvían el estómago. Sin embargo, nada, absolutamente nada, de lo que la había obligado a hacer era tan repulsivo como lo que estaban haciendo los Cazadores con seres humanos inocentes.

Humanos. Qué extraño le resultaba hablar de ellos en tercera persona. Ella había sido humana, una humana muy tonta. «¿Cómo pude llegar a creerme que los Cazadores pretendían acabar con el mal?».

Bueno, en realidad era fácil de comprender. Durante la adolescencia había visto actuar a un terrible demonio, o lo que había creído que era un demonio; la experiencia la había dejado aterrada y la había hecho convencerse de que dicho mal era el motivo por el que se habían llevado a su hermana. Eso, unido al shock que había supuesto descubrir que en el mundo había muchas otras cosas además de seres humanos, que estaban rodeados de infinidad de criaturas...

Al menos ese otro mundo de criaturas sobrenaturales sí había resultado ser cierto. Sin embargo el resto... Sí que existían los demonios, pero lo que ella había visto aquella noche no había sido uno de ellos. Su novio, un Cazador, la había drogado, que era el método preferido de esos seres abyectos para reclutar seguidores, después había creado el ambiente perfecto para infundirle miedo y su cerebro, preparado para sufrir alucinaciones, había hecho el resto. Tras hacerle creer que había visto un demonio, su novio había alimentado su miedo con historias sobre el mal contra el que podrían luchar y el bien que podrían hacer, asegurándole incluso que quizá pudiera encontrar y salvar a su hermana.

Lo que no le había dicho era que los seres humanos tomaban sus propias decisiones, influidos por demonios o no. Eran ellos los que decidían abrazar la oscuridad o correr hacia la luz.

No todos los Cazadores disfrazaban su malevolencia de honradez. Sienna lo sabía, de verdad que sí. Algunos eran sinceros y realmente deseaban liberar al mundo de todo mal, sin crear un mal propio para conseguir sus propósitos. Pero nunca podría superar el hecho de haber contribuido voluntariamente a una causa tan retorcida. Y lo peor de todo era que había hecho daño a Paris, un guerrero dispuesto a dar la vida por aquellos a los que amaba.

No pudo frenar los pensamientos que inundaron su cabeza a continuación, todos ellos sobre el hombre al que había causado un daño irreparable. Lo había atacado en su momento más débil y habría llegado a participar en su asesinato a sangre fría si él no hubiera huido con ella.

Durante dicha huida, Sienna había sufrido un disparo

y había llegado a culpar de ello a Paris, pues había creído que Paris la había utilizado como escudo para protegerse a sí mismo. Cuánto lo había despreciado por ello. Sin embargo ahora a la única que despreciaba era a sí misma.

No, eso no era del todo cierto. También odiaba a los Cazadores y todo lo que representaban.

Cronos quería que los castigase. Su demonio quería castigarlos. Ella también quería hacerlo. Pero Cronos se negaba a ponerla en libertad; le exigía que espiara a Galen, mano derecha del líder y guardián del demonio de la Esperanza. Sí, un demonio era el segundo al mando de los asesinos de demonios, pero ninguno de ellos lo sabía. Todos pensaban que era un ángel.

—Con la devoción que mostraste en vida hacia los Cazadores, Galen creerá que realmente quieres volver a unirte a él en muerte —le explicó Cronos, como si le hubiera leído el pensamiento. Quizá lo hubiera hecho—. Te recibirá con los brazos abiertos.

—Pero si no podrá verme.

—Claro que podrá. Eso déjamelo a mí.

—¿No se preguntará por qué estoy poseída por un demonio? ¿Cómo es posible que lo esté?

—Lo sabe porque mi mujer, su líder, se lo dijo. Pero tiene tanta seguridad en sí mismo, en su atractivo y en su fuerza, que creerá que es él el que te vigila a ti.

—En tal caso, nunca me dirá nada.

—No, te dará información falsa de la que podremos deducir la verdad.

—¿Y si me pide que le demuestre mi lealtad?

—Lo hará.

Y ella se vería obligada a hacer lo que él le pidiese. ¿Le pediría que hiciese daño a guerreros a los que en realidad a ella le gustaría ayudar? ¿O que maltratara a seres humanos inocentes? Su respuesta siempre sería la misma. ¡Jamás!

«Mírame. Fui un ser humano que desconocía por completo el mundo sobrenatural, después una Cazadora atrapada en medio de todo, odiaba a los demonios que perseguía, y ahora soy uno de esos demonios... y espero ayudar a otros».

–Lo siento, pero voy a tener que volver a responderte lo mismo.

Otra vez apareció ese destello rojo en los ojos de Cronos, pero esa vez aún con más fuerza. Si tenía sentido común, ella se tomaría aquel color rojo como una señal de que debía dejar de oponer resistencia.

Pero, ¿por qué empezar a ser sensata ahora?

–Por si lo has olvidado, mi primera respuesta fue un no rotundo –aclaró con firmeza.

–Tu superior te ordenó que te acostaras con Paris y lo hiciste –rugió Cronos–. Así que no me vengas ahora con esa actitud de superioridad moral.

Sí, pero con Paris había sentido una atracción inmediata y abrumadora. Lo había deseado como nunca lo había hecho.

Sí, lo había deseado a pesar de creer que el demonio que llevaba dentro era el culpable de la infidelidad, de la ruptura de los matrimonios, de los embarazos adolescentes, de las violaciones y de la peligrosa propagación de las enfermedades de transmisión sexual. A pesar de que Paris tenía, y siempre tendría, un sinfín de amantes, algo que Sienna había comprobado gracias a una compañera de trabajo que lo había observado durante días y le había hecho fotos con todas las mujeres con las que se acostaba, unas fotos que después le había mostrado a Sienna. Aun así, ella había sentido un ataque de celos y una emoción que jamás debería haber sentido tratándose de una misión de trabajo.

¿Había dicho ya que era una tonta?

–Si te pide que mates por él, sedúcelo y llévatelo a la cama –siguió diciendo Cronos–. Así evitarás tener que hacer cosas desagradables.

Sin duda tenían ideas muy distintas de lo que era algo desagradable.

—Sería más fácil que me pidieras que te trajera la cabeza de Galen en una caja mágica a lomos de Pegaso porque él no sentirá ningún deseo sexual por mí. Nunca he sido de las que atraen la atención de los hombres.

Sabía bien el aspecto que tenía. Unos ojos castaños demasiado grandes para su cara, unos labios también demasiado grandes, una piel llena de pecas y un cabello ondulado que no era ni liso y sedoso ni realmente rizado... en resumen, corriente y nada atractiva.

Cronos no se dejó disuadir.

—Tienes razón, nunca lo has sido.

«La verdad no puede hacer daño», se dijo a sí misma a pesar del dolor que sentía.

—Pero tu aspecto no importa —prosiguió él—. Galen se sentirá atraído por tu poder demoniaco. Querrá controlarte y darte toda esa información falsa para aprovecharse de ti. Cuanto más lo pienso, más me gusta la idea. Te acostarás con él.

Sienna respiró hondo.

—Lo que realmente haría daño a los Cazadores sería que matara a Galen, no que me acostara con él.

—Sí, pero la muerte no forma parte de su destino.

—¿Cuál es su destino, entonces? ¿Qué es lo que crees que puede hacer por ti?

Se hizo el silencio.

Sienna volvió a tomar aire y a soltarlo lentamente.

—Está bien, el plan tiene dos inconvenientes. Galen es un asqueroso y yo soy un desastre en la cama —un momento, eso no había sonado como debía—. Quiero decir que, aunque me desee por el poder de mi demonio —le rechinaban los dientes solo de decir aquellas palabras—... o porque piense que puede darme información falsa, o controlarme, o por los motivos que quieras, jamás querría repetir. Y el plan sería un desastre.

La única razón por la que había despertado el interés de Paris era que él había estado desesperado por acostarse con alguien... ¡con quien fuera! Solo para poder sobrevivir.

—Es más probable que Galen se ría de mí que me cuente sus secretos.

Cronos la miró fijamente y enarcó ambas cejas con un gesto de condescendencia.

—Se te puede entrenar para que lo hagas mejor.

—Y también a los perros, pero pueden morderte —ella haría algo mucho peor.

Hubo un instante de silencio.

—¡Me sacas de quicio, mujer! No te pido que te ofrezcas voluntaria a que te torturen, solo que permitas que un hombre te haga suya para cumplir con tu obligación... algo que, además, ya has hecho antes.

—Para mí es un compromiso demasiado grande. Lo único que puedo hacer es matarlo, nada más.

—Galen es un guerrero inmortal, lleva miles de años en campos de batalla. ¿Cómo piensas matarlo?

—Eso déjamelo a mí —respondió Sienna, repitiendo las palabras que había dicho él antes—. Se me ocurre otra idea. ¿Por qué no puedes matarlo tú? Pensé que eras todopoderoso.

—¡Ya está bien! —exclamó Cronos a la vez que golpeaba la pared con los puños, uno a cada lado de la cara de Sienna. La fuerza de sus puños hizo dos agujeros en el muro y cayeron varios ladrillos.

Estupendo. El castillo volvía a temblar.

—¿Cómo te atreves a cuestionarme, tú, que eres una insignificante esclava? Soy tu dueño y señor, tu destino está en mis manos. No respondo ante nadie.

«Excepto ante tu mujer». Con los reyes, cuando se hería a uno siempre se hería a otro, pues el dolor se traspasaba por el vínculo que los unía. Pero Sienna no iba a hablarle de ella.

—No me importa quién seas. No pienso acostarme con Galen.

Antes de que pudiera hacer nada para evitarlo, Cronos la agarró del cuello y apretó hasta dejarla sin respiración. Le ardían los pulmones y sentía un sabor ácido en la garganta. Los muros del castillo temblaban, como si todo fuera a derrumbarse de un momento a otro.

—Puedo acabar con tu alma y entonces ya no existirías en modo alguno, pero también puedo salvarte y concederte por fin un poco de paz —apretó más y más fuerte... y entonces la soltó de golpe—. Recuérdalo porque eres tú la que va a elegir su destino.

Sienna apenas podía contener la necesidad de golpearlo con los dos puños.

—Decida lo que decida —respondió sin preocuparse por las consecuencias—, seguirás siendo un imbécil.

Inesperadamente, Cronos esbozó una amplia sonrisa que dejó a la vista todos sus dientes.

—¿Ah, sí?

En otro tiempo, Sienna siempre había tenido miedo de ofender a los demás y había tratado de evitar cualquier confrontación. Pero quizá el mal carácter del demonio había hecho mella en ella, o quizá ese nuevo genio había nacido en ella al comprobar lo inútil que había sido su vida. En cualquier caso, nunca había tenido más que perder y le había importado tan poco.

—Deberías haber elegido a otro para albergar la Ira. Porque... verás... mi respuesta sigue siendo... no.

En lugar de encender más la ira de Cronos, dio la impresión de que sus palabras lo calmaron. Se le suavizó el gesto y el brillo asesino desapareció de su mirada. Incluso apartó los brazos de ella.

Increíble.

—No —dijo con voz tranquila—. No había nadie mejor que tú.

El corazón le latía con fuerza en el pecho. Aunque estaba muerta, su espíritu tenía corazón y la necesidad de respirar desde el momento en que el demonio había entrado en su cuerpo. Por desgracia, eso quería decir que también sentía dolor y que, si le hacían un corte, sangraba.

—¿Por qué yo? —le preguntó por fin—. Tienes que darme alguna explicación.

—¿Tú crees? —se dio media vuelta, haciendo caso omiso a su pregunta—. En este reino escondido del resto del Cielo, donde nadie podría encontrarte, no tengo por qué hacer absolutamente nada.

Sienna se fijó en que tenía la mandíbula apretada y, antes de que pudiera hablar, él añadió:

—¿Te gusta vivir aquí, Sienna?

—No —no porque no pudiera salir de aquel castillo, sino porque Cronos había hecho todo lo que estaba en su mano para amargarle la vida.

Se había adentrado en su mente y había hecho aflorar sus peores recuerdos, que veía proyectados como películas en todas las habitaciones. Una constante persecución que causaba en ella culpa y vergüenza.

Todos los días tenía que revivir el secuestro de Skye. Se veía a ella misma, sin poder evitar que ese hombre se la llevara. Presenciaba un día tras otro la pérdida de ese bebé que no había podido dar a luz, algo que odiaba recordar, en lo que habría preferido no volver a pensar nunca más. Veía cómo había traicionado al hermoso Paris, el daño que le había ocasionado al primer hombre que había hecho que deseara algo más. Cómo lo había condenado solo por su raza.

—Es una lástima —dijo Cronos—. Porque vas a seguir aquí hasta que accedas a volver al rebaño y ser mi espía.

Sienna levantó bien la cabeza y lo miró.

—Si esas son las opciones, me quedaré aquí para siempre.

Cronos volvió a sonreír, esa vez con fría crueldad.

—¿De verdad? ¿Y si te dijera que te elegí a ti por tu hermana?

—Insistiría en que me explicaras por qué —lo miró fijamente, el rey de los Titanes en el punto de mira. Era un ser sin moralidad, sin escrúpulos, taimado. Debía tener cuidado—. También te diría que podrías haber utilizado esa excusa mucho antes.

—No si temía que te obsesionaras con ella y te olvidaras de mi objetivo. Pero no me has dejado otra opción.

Sienna fingió despreocupación.

Algo que sacó de quicio a Cronos.

—¿Y si te digo que tu querida Skye vivió con Galen? ¿Que incluso le dio un hijo?

«Llévame a nadar, *Enna*. Por favor, por favor, por favor. No volveré a pedirte nada nunca más».

—No te creo —las palabras salieron de su boca en un tono agudo, desesperado. «Está mintiendo. Tiene que ser mentira»—. Por favor —añadió a su pesar.

Pero Cronos aún no había terminado.

—¿Y si Galen es el único que sabe dónde están tu hermana y su hijo? ¿Y si los tortura? ¿Y si convertirte en su puta fuera la única manera de averiguar la verdad? ¿La única manera de salvarlos?

—Yo… —no sabía qué decir.

«¡Es mentira!» El grito de desesperación retumbó en su mente y no lo había emitido el demonio sino ella misma. Tenía que ser fuerte. Tenía que conseguir que le diera alguna prueba antes de decir nada.

—Piensa en todo lo que te he dicho, mi querida Sienna. Volveré pronto y hablaremos de las nuevas obligaciones que quieras aceptar —dicho eso, desapareció.

Sienna cayó al suelo de rodillas, como si Cronos se hubiese llevado su fuerza consigo. Le ardían los ojos y le temblaba la barbilla. Las alas tiraban de la espalda y se doblaban de un modo extraño, y entonces salió de sus labios un intenso grito. Todos los días aprendía una lección más terrible que la anterior.

Las lágrimas empezaron a caerle por la cara, quemándole la piel. ¿Cuánto más podría soportar? ¿Cuánto aguantaría antes de derrumbarse para siempre?

Estaba dispuesta a hacer cualquier cosa por Skye y Cronos lo sabía. Ella era lo único que le quedaba; era como si se hubiese convertido en su hija además de su hermana. Pero lo cierto era que tenía sentido porque solo la había visto siendo niña y el bebé que había perdido también era una niña, una niña que no había tenido la oportunidad de crecer. Y ahora descubriría que quizá tuviese un sobrino o una sobrina. Sí, estaba dispuesta a hacer cualquier cosa.

Cronos lo sabía. Ahora comprendía que hubiese controlado su ira de ese modo. No tenía por qué hacerle daño para conseguir lo que quería. Por eso la había elegido a ella para que participara en sus jueguecitos. Volvía a ser una marioneta, los hilos que creía rotos ahora los manejaba otra mano.

La mano de un ser contra el que no podía luchar.

Capítulo 6

Paris se tumbó en una cama desconocida, una mano en el costado, agarrando un puñal de cristal, y la otra sobre la frente, tapándose la luz. Después de varios días de viaje, más cerca de su objetivo que nunca, se encontraba en otro motel de Titania, con Zacharel... en alguna parte, y con William roncando plácidamente a su lado.

En momentos de tranquilidad como ese, la mente de Paris siempre se subía al tren de los recuerdos y lo llevaba a cuando había conocido a Sienna. Esa noche no fue distinta. Recordaba cómo había deambulado por las calles de Roma en busca de una amante, pero todas las mujeres con las que se encontraba lo rechazaban como si fuera repugnante. Entonces alguien había chocado con él por detrás y, tan débil como estaba por la falta de sexo, Paris había estado a punto de caer de bruces.

—Lo siento mucho —la había oído decir mientras trataba de mantenerse en pie.

Se había dado la vuelta muy despacio, pues el sensual timbre de su voz lo había hecho estremecer y tenía miedo de que saliera huyendo como las demás si se movía demasiado rápido. Se agachó a ayudarla a recoger los papeles que se le habían caído al suelo. Lo primero en lo que se había fijado era en el cabello oscuro que caía sobre un rostro escondido en las sombras.

—A ver si así aprendo a no leer mientras camino —murmuró ella.

—Me alegro de que fueras leyendo —respondió Paris—. Me alegro de que hayamos chocado —más de lo que ella habría podido imaginar.

Ella levantó la cara y sus miradas se encontraron. Ella abrió la boca y él tuvo la sensación de tambalearse. Tenía un rostro corriente, con unos ojos y unos labios demasiado grandes y la piel plagada de pecas, pero poseía una elegancia y una fuerza a la que podían aspirar pocos mortales.

—Tu nombre no empezará por A, ¿verdad? —le preguntó, desconfiando repentinamente del destino.

Hacía poco que Maddox había perdido la cabeza por una mujer llamada Ashlyn y Lucien había abandonado su hombría por Anya. Paris se negaba a hacer lo mismo por nadie.

Ella frunció el ceño con confusión y luego meneó la cabeza, haciendo que la melena se le moviera sobre los delicados hombros.

—No, me llamo Sienna. Aunque supongo que no te importa y ni siquiera me lo has preguntado. Lo siento. Lo he dicho sin pensar.

—Claro que me importa —respondió él con voz grave mientras pensaba en lo bien que iba a pasárselo desnudándola. Para empezar, porque llevaba una ropa muy holgada que escondía los secretos de su femineidad. Y, por último, porque parecía asustadiza y parloteaba de un modo encantador. Esperaba que en la cama tuviera una reacción similar—. ¿Eres... estadounidense?

—Sí. Estoy aquí de vacaciones y para trabajar en mi manuscrito. Pero eso tampoco me lo has preguntado. ¿Tú de dónde eres? No identifico tu acento.

—Hungría —dijo, dándole la respuesta más sencilla. Los Señores llevaban ya un tiempo viviendo en Budapest y no podía explicarle sin parecer un loco que hablaba idiomas que ella ni siquiera sabía que existieran–. Entonces, ¿eres escritora?

–Sí. Bueno, espero serlo algún día. Espera, no es así. Sí, soy escritora, lo que ocurre es que aún no me han publicado nada.

Por supuesto, ahora Paris sabía la verdad. No era escritora. Las hojas que se suponía formaban parte de su novela romántica solo habían sido la excusa perfecta para empezar aquella sensual conversación, nada más.

Cuando ella le había propuesto que se tomaran un café juntos, Paris le había dicho que sí. Habían charlado y se habían reído sin parar, y él había disfrutado cada minuto. Se había sentido relajado, algo que no había sido capaz de hacer con muchas otras. Pero Sienna tenía una sonrisa contagiosa, mucho ingenio y una elegancia que se reflejaba tanto en su porte como en sus movimientos.

Mientras, su demonio no había dejado de lanzar feromonas, así que no había resultado difícil convencerla de que lo acompañara a un hotel. O eso era lo que él había pensado entonces. De camino al hotel, Sienna había fingido que cambiaba de opinión. O quizá realmente lo hubiese hecho. Quizá también había sentido simpatía por él y había decidido no entregarlo a sus hermanos los Cazadores. Pero, poseído por el demonio de la Promiscuidad como estaba, Paris había insistido, la había llevado a un callejón desierto y la había besado apasionadamente.

Había sido entonces cuando ella lo había drogado con ayuda de una aguja que llevaba escondida entre los anillos. Paris había despertado atado a una camilla, desnudo y aturdido. Al ver a Sienna agachada a su lado había dado por hecho que también la habían hecho prisionera. Hasta que había dicho cuatro palabras que habían cambiado la naturaleza de su relación.

–Te he atado yo.

¿Cuál había sido su brillante respuesta?

–¿Por qué lo has hecho? –se había negado a creer que

aquella mujer que tanto deseaba tuviese algo que ver con el estado en el que se encontraba.

–¿No te lo imaginas? –le había preguntado ella. Había inclinado la cabeza y, mirándolo al cuello, le había puesto el dedo en un punto que le dolía. El lugar donde lo había pinchado.

Y entonces lo había comprendido todo.

–Eres mi enemiga.

–Sí –y después había añadido arrugando el ceño–. La herida no se te cierra. No pretendía clavarte la aguja con tanta fuerza. Lo siento.

Paris la había mirado, desconcertado por su traición.

–Me has engañado. Has jugado conmigo.

–Sí –había admitido de nuevo.

–¿Por qué? Y no me digas que haces de cebo porque no eres lo bastante guapa –lo había dicho para hacerle daño porque había querido ser cruel, pero se estremecía cada vez que lo recordaba. No era de extrañar que luego ella le hubiera hecho lo que le había hecho y le hubiera dicho lo que le había dicho.

–No, no hago de cebo –había dicho, con las mejillas sonrojadas–. Al menos no lo hago normalmente, solo lo habría hecho con un guerrero como tú. Porque claro, a ti te da igual con quien te acuestas, ¿verdad, Promiscuidad? –las palabras habían salido de sus labios con asco, ni rastro de su tono encantador. Sin embargo, la elegancia... eso no había desaparecido.

–Está claro que no –con eso la había hecho sonrojarse aún más–. ¿No te da miedo que te haga daño? –había añadido para provocarla.

–No. No tienes la fuerza necesaria para hacerlo. Me he asegurado de que así fuera.

Le había dolido que de pronto se mostrara tan dura con él. El género femenino lo adoraba, siempre. Bueno, casi siempre.

–Has disfrutado mucho estando entre mis brazos. Reconócelo. Sé mucho de mujeres y de pasión. Y tú ardías de pasión por mí.

—Cállate —le había espetado ella.

Y él se había alegrado de ver que se alteraba.

—¿Quieres probarlo antes de que vengan tus amigos?

Al oír eso, Sienna había salido corriendo, pero no se había marchado de la habitación, solo había buscado una distancia prudencial. Había admitido que era una Cazadora y le había contado exactamente lo que los suyos tenían pensado hacer con él.

—Vamos a experimentar contigo. Queremos observarte. Y utilizarte como cebo para apresar a más demonios. Luego, cuando encontremos la caja de Pandora, sacaremos a tu demonio, te mataremos y encerraremos al monstruo.

Su experiencia como guerrero curtido en mil batallas le había enseñado que, por mucho esfuerzo que le costara, lo que debía hacer era mostrar indiferencia.

—¿Eso es todo?

—Por el momento.

—Entonces si quieres, puedes matarme ya porque mis amigos no se entregarán solo para salvar a alguien tan insignificante como yo.

—Eso ya lo veremos, ¿no crees?

Al ver que llevarle la contraria no estaba beneficiándole, Paris había optado por seducirla, su recurso más habitual. Proyectó imágenes sexuales en su mente, algo que detestaba hacer y que, de hecho, ya nunca hacía. Y, mientras ella veía lo que él quería que viese, a ellos dos juntos, desnudos y a punto de alcanzar el clímax, Paris había visto cómo se le endurecían los pezones bajo la camisa, una camisa blanca que no escondía nada. El sujetador de encaje que llevaba debajo era la demostración de que Sienna tenía una faceta sensual secreta.

Casi había conseguido hacerla suya, pero al final ella se había dado cuenta porque había cometido el error de llamarla «cariño», el mismo apelativo que había utilizado con muchas otras. Sienna lo había descubierto y no había tardado mucho en adivinar que la había llamado así porque no recordaba su nombre... ni el de ninguna otra.

Entonces sí se había marchado de verdad y no había vuelto hasta unos días después, cuando Paris se encontraba al borde de la muerte. Por fin se había desnudado para él y le había dado el placer que necesitaba.

Y él la había matado.

Capítulo 7

A la mañana siguiente, Paris observaba desde lo alto de un acantilado el Reino de Sangre y Sombras, todo su cuerpo preparado para la guerra. Por fin había llegado a su destino, oculto en un apartado rincón de Titania, con una entrada invisible para todos excepto para William. ¿Quién iba a pensarlo? El chico servía para algo.

Ahora podría encontrar a Sienna.

La furia hacía que le hirviera la sangre, una furia que llevaba demasiado tiempo frenando. Los músculos le quemaban y le vibraban los huesos; necesitaba actuar, hacer daño a alguien. A muchos.

Pronto.

Soplaba el viento, pero no conseguía desvanecer la gruesa mortaja de neblina que lo envolvía y se le colaba dentro. El olor a cobre inundaba el aire y dejaba una película de humedad en todas partes, incluyendo su nariz. A lo lejos, por todas partes, se oían gritos ahogados de dolor. En el cielo, la luna era un garfio amarillento con los extremos deshilachados, deshaciéndose en una noche cruel. Abajo, un océano de lágrimas de color carmesí que, con su movimiento, creaba una segunda sinfonía de angustia y dolor.

Y allí, en medio de todo, se alzaba un oscuro castillo que parecía salido de una pesadilla. Sus muros de piedra estaban cubiertos por hiedra trepadora, con hojas que parecían arañas. El tejado tenía varios picos, en cada uno de los cuales había clavado un cuerpo, atravesado por el corazón, desangrándose sobre los cristales de todas las ventanas del edificio. Las esquinas y balcones estaban rematados con gárgolas de distintos tamaños.

Gárgolas que en cualquier momento adquirirían vida.

Unas sombras escurridizas se movían alrededor del edificio, sin rozar siquiera los muros del castillo. Mantenían cierta distancia como si una barra de hierro se lo impidiera. Paris tenía la impresión de que, en cuanto oyeran la señal, se liberarían y empezarían a atacar a todo aquel que se encontrase cerca.

—Está dentro —les dijo a sus compañeros de viaje—. Lo sé.

Quería entrar, estaba desesperado por entrar a golpe de puñal, pero no iba a hacerlo. Todavía no. Antes tenía que disponer de información.

La muerte dependía de los detalles.

—Me alegro mucho, pero, ¿puedes decirme qué hago yo aquí? —le preguntó William, rascándose la cabeza, situado a la izquierda de Paris y vestido como si fuera a desfilar por una pasarela en lugar de enfrentarse al enemigo. Traje de seda, ni una sola arma y un bote de suavizante en el bolsillo. Sí, otra vez el suavizante, para puntas abiertas, porque se había dañado el pelo en una pequeña excursión al Infierno. Por eso ahora llevaba siempre encima todo el «tratamiento diario necesario».

Cada vez que oía su voz, Sexo ronroneaba como un gatito. Era asqueroso.

—Aún estoy recuperándome de un tremendo trauma físico y emocional —añadió William.

Era cierto que había estado a punto de no salir con vida de esa incursión al Infierno, pero tampoco era tan traumático que unos demonios hambrientos y sedientos de sangre le hubiesen hincado los dientes y le hubiesen apedreado.

—No sé, puedes considerarlo como un castigo por abandonar a Kane –le dijo Paris.

¿A cuántas gárgolas iba a tener que enfrentarse? Haciendo un cálculo rápido, había cincuenta y nueve en la fachada principal y probablemente otras tantas en la parte posterior. La mitad de ellas eran grandes como dragones, pero había algunas tan pequeñas como ratas.

Como seguramente le habría dicho William, no siempre importaba el tamaño. ¿Cuál de esas criaturas sería más peligrosa?

—Yo no lo abandoné exactamente –aseguró William al tiempo que se quitaba un hilito del hombro–. Me apedrearon, y cuando desperté estaba en un hotel de Budapest. Estaba muy confuso. Pensé que alguna dama demoníaca, ardiente de pasión, había visto mi impresionante cuerpo y nos había rescatado, pero que a Kane se le había ocurrido apartarla de mi atractivo animal y se la había llevado a tomar un café, sin darse cuenta de que lo único que estaba haciendo era darle fuerzas para el maratón sexual que la esperaba. Conmigo, claro, por si no ha quedado claro.

Paris ni siquiera se molestó en menear la cabeza. Sin duda, William era el equivalente masculino de Viola.

—En realidad estás aquí porque le debes un favor a Paris –aclaró Zacharel, situado al otro lado de Paris. La nieve había parado un poco. Había ocurrido en cuanto habían entrado en aquel reino, Zacharel seguía llevando la túnica, pero se había atado multitud de puñales y espadas a su musculoso cuerpo, convertido en guerrero–. Pero sobre todo estás huyendo de tu novia.

William lo miró con rabia.

—Primero, yo no le debo ningún favor a nadie y segundo, no tengo novia. ¿Te has enterado, cretino con alas?

—¿No? –le preguntó Zacharel inocentemente, sin dejarse ofender por el insulto–. ¿Qué es entonces para ti la joven Gilly?

Gilly era una humana que se había enamorado de William. El guerrero aseguraba que solo eran amigos, pero si alguien podía descubrir el deseo en una mirada, ese era Paris. Y estaba claro que William deseaba mucho a esa chica. Lo que era sorprendente era que aún no hubiese hecho nada al respecto. Solo la había mimado y consentido, por eso Paris no la había destruido; Gilly ya había sufrido demasiado en su corta existencia sin tener que sufrir el letal encanto de William.

William respondió con un susurro, peligroso como un rayo, letal como el filo de una daga.

—Estás a punto de probar el sabor de tu propio hígado, amigo mío.

—Ya lo he probado —respondió Zacharel con su monótona voz. La nieve empezó a caer, al principio en diminutos copos para luego ir tomando fuerza y aumentando de tamaño. A su alrededor se levantó un viento ártico—. Me pareció un poco salado.

¿Cómo se podía responder a eso? William tampoco debía de saberlo porque se quedó mirando al ángel con la boca abierta un rato.

—Quizá si le hubieses puesto un poco de pimienta... —dijo al fin.

Definitivamente, William tenía respuesta para todo.

—Ya está bien —intervino Paris.

Por el momento controlaba la fuerza oscura de su interior, pero eso podía cambiar en cualquier momento. Nunca había estado tan cerca de Sienna, de volver a verla, de poder tocarla; la impaciencia lo tenía en tensión. Era una estupidez. Lo sabía perfectamente.

En realidad no la conocía, solo había estado con ella dos veces. Sin embargo, cada vez que recordaba esos momentos tenía la certeza absoluta de que nunca había sentido esa conexión con nadie. Aún recordaba su voz delicada, un timbre suave y musical que lo había acariciado y provocado. Casi podía sentir su olor a flores silvestres y el tacto suave de su cuerpo, apretado contra él.

No podía evitar preguntarse si sentiría lo mismo por ella al margen del sexo. ¿Le parecería irritante? ¿Y ella... seguiría viéndolo como una personificación del mal, aunque ahora ella llevara un demonio dentro?

—Vamos a concentrarnos, señoritas —«eso también te incluye a ti», añadió para sí. Si podía evitar la vigilancia exterior de la fortaleza, llegaría dentro en perfectas condiciones—. Zacharel, quiero que me teletransportes al interior del castillo.

—No, no puedo.

Paris no se molestó en preguntarle por qué. Recordó una vez más que el ángel siempre decía la verdad, eso quería decir que realmente no podía hacerlo. La razón no importaba.

—¿William?

—Acabo de empezar a teletransportarme yo y, aunque lo hago muy bien para ser nuevo, por supuesto, aún tengo que familiarizarme con mis magníficos dones. Así que no puedo trasladarte a ninguna parte.

Paris respiró hondo.

—¿Se puede cruzar nadando?

—No. El agua es venenosa, pero lo más peligroso es que en ella viven demonios carnívoros —William señaló el desvencijado puente que conducía hasta la entrada principal, donde también había goteado el líquido rojo—. Tienes que utilizar el puente levadizo y dejar que sean los guardias los que te lleven. No hay otra alternativa.

—Nunca me he enfrentado a una gárgola —Zacharel meneó la cabeza, le cayó un mechón de pelo mojado de nieve sobre los ojos color esmeralda. Él no parecía notarlo—. Pero estoy seguro de que no tardarán en matar a Paris antes de dejarlo entrar.

William estiró los brazos como si fuera el único ser inteligente que quedara con vida.

—¿Y qué problema hay? El caso es que acabe dentro del castillo, que es donde quiere ir. Por cierto —añadió, parpadeando con unas pestañas tan largas que parecían de chica–, ese perfilador permanente que llevas es muy bonito. Serás un cadáver precioso.

«No dejes que te ofenda». Si lo hacía, no dejaría de burlarse de su tatuaje de ambrosía.

–Gracias.

–Pero el que más me gusta es el de los labios. Ese pequeño toque femenino te sienta de maravilla.

–Gracias de nuevo –respondió Paris entre dientes.

«Nos desea».

«Qué demonio tan estúpido».

William sonrió.

–A lo mejor luego podríamos enrollarnos. Sé que me deseas.

«¡Di que sí!»

«No quiero oír una palabra más o…».

–¿Paris? ¿William? –los interrumpió Zacharel–. ¿Me estáis escuchando?

–No.

Zach asintió, no parecía ofendido.

–Gracias por la sinceridad, pero creo que sufrís lo que los humanos denominan TDAD.

–Sí. Yo sin duda tengo un trastorno por déficit de atención por demonio.

–Bueno, cambiando de tema, porque yo tampoco hago caso al ángel –dijo William–. Dado que vamos a poner en marcha mi genial plan, vas a tener que bajar por el acantilado y subir al puente levadizo. Cuando llegues allí, las gárgolas adquirirán vida y te atacarán. Cuando más luches, más te morderán y arañarán. Así que si te quedas relajado, solo te harán unos cuantos rasguños antes de llevarte dentro. Al menos en teoría.

Estupendo. Pero si era a lo que se enfrentaba Sienna a diario, él no podía ser menos. Y si las gárgolas habían podido con ella…

Respiró hondo, el aire le quemaba la garganta y los

pulmones. Estiró bien el cuello. La furia le corría por las venas, llegando a todos los rincones de su cuerpo. Iba a salvar a Sienna y a prender fuego a aquel castillo, con todas las criaturas que vivieran dentro.

Zacharel se cruzó de brazos, completamente cubierto de nieve. Se le había quedado el pelo blanco porque los copos no llegaban a derretirse antes de que cayeran más encima.

—¿Por qué sabes tanto sobre este castillo y los guardias que lo protegen, William?

—Es verdad —dijo Paris, examinando las gárgolas. Eran horrendas. Las grandes tenían alas, cuernos de carnero, colmillos largos como sables y seguramente igual de afilados y uñas como puñales... tanto en las manos como en los pies. Las pequeñas simplemente parecían hambrientas y seguramente infectadas de rabia.

—Puede que en otro tiempo fuera uno de los dirigentes del Inframundo y buscara todos los escondrijos de Cronos y sus seguidores con la intención de chantajearlos. O puede que haya visto el futuro y por eso supiera que algún día vendríamos aquí. También puede que las gárgolas fueran mis sirvientas y me llamaran Amo Ardiente.

Paris leyó entre líneas.

—Puede que una vez te tiraras a una gárgola que no sabía guardar secretos —si había alguien más promiscuo que Paris, sin duda era William.

William se encogió de hombros.

—Es posible.

Zacharel agitó las alas.

—¿Y por qué estás tan seguro de que tu Sienna está ahí dentro, demonio?

«No te dejes provocar».

—Porque sí —Arca, la diosa del harén de Cronos a la que había seducido, a la que había prometido liberar en cuanto hubiera rescatado a Sienna, le había dicho que solo había dos lugares donde pudiera estar. Si se encontraba en el otro lugar, su alma se habría marchitado y muerto en solo unos días. Así que tenía que estar allí–. Voy a provocar a esos guardianes –decidió, pensando en voz alta–. Pero no los haré enfurecer demasiado. Conseguiré que me lleven dentro para encerrarme y me liberaré antes de que vuelvan a por mí, encontraré a Sienna y escaparemos juntos. Así de simple.

Sí, claro.

–Yo me quedaré aquí para vigilar –propuso William, claramente satisfecho con la idea–. Si no vuelves en el tiempo que tarda el suavizante en penetrar en el cuero cabelludo, iré en tu busca –soltó una risilla–. Sí, he dicho penetrar.

Lo que había que aguantar.

–Conociéndote, no tardarás en olvidarte de mí y marcharte a un salón de belleza a que te hagan la manicura –lo cierto era que Paris no estaba seguro de si William lo protegería o lo apuñalaría por la espalda–. Así que, ¿sabes una cosa? Vas a venir conmigo. Zach se quedará aquí vigilando.

–A lo mejor llevas tanto tiempo viviendo en Hungría que no te has enterado de lo que te he dicho –así que se lo repitió en tres idiomas distintos–. Yo me quedo aquí y no hay más que hablar –William se pasó la mano por la melena y frunció el ceño al encontrar un mechón enredado. Sin dudarlo un momento, sacó el frasco de suavizante, se puso unas gotas en la mano y se peinó el pelo con los dedos hasta que volvió a estar suave y suelto–. Yo soy amante, no luchador.

–Vamos, sé que apuñalaste a tu propia madre después de que te diera a luz. Te advierto una cosa, si no haces lo que te digo, te seguiré el resto de tus días y te quitaré a todas las mujeres que te gusten.

Hubo una intensa pausa.

–Está bien –murmuró William después de un rato–. Iré contigo, pero solo porque necesito hacer un poco de ejercicio aeróbico.

Bien. Paris había hablado completamente en serio. No había llegado tan lejos para rendirse al primer contratiempo. Estaba dispuesto a mentir, engañar y acabar con quien fuera necesario hasta que Sienna estuviese a salvo.

Revisó todas sus armas. Los puñales estaban en sus vainas y las pistolas sin seguro.

—Supongo que sabes que no podrás matarlos con balas —le aclaró William—. Solo conseguirás hacerlos enfurecer.

—No me importa —las balas le ayudarían a ganar tiempo, y a veces eso era lo único que se necesitaba para alcanzar la victoria.

William le dio una palmada en el hombro que hizo vibrar a Sexo.

—Antes de nada, quiero hacerte una pregunta y no puedes mentirme. Es muy importante.

A Paris se le revolvió el estómago al pensar en lo que podría querer saber aquel depravado.

—Adelante.

—¿Me vas a pedir que te bese para darte suerte, fuerza o lo que sea que necesita ese demonio tuyo?

Con esa pregunta, el guerrero se ganó un gesto obsceno.

—¿Eso quiere decir que no?

Paris apretó los dientes para no responderle nada más.

—Permíteme que te ayude a bajar del acantilado —dicho eso, lo lanzó al vacío de un empujón.

Se oyó un golpe seco.

Sexo protestó con fuerza.

—Eso no ha estado nada bien —le dijo Zacharel, pero en su mirada había un brillo que Paris no había visto nunca. Parecía haberle hecho cierta gracia.

—¿Qué plan tienes? —le preguntó Paris.

—El tiempo lo dirá.

—¿Me esperarás aquí?

—Es posible.

Muy bien. Con la críptica respuesta del ángel en la cabeza, Paris se puso un puñal en la boca y comenzó a descender por la pared casi vertical de la montaña. De entre las grietas salieron ramas que lo tocaban, intentaban agarrarlo de las muñecas y de los tobillos. Se detuvo solo el tiempo necesario para defenderse; agarrándose a la roca con una mano, desgarró la rama más cercana con el cuchillo.

Enseguida lo atacó otra y tuvo que cortarla también. Estaban por todas partes, una le hizo una profunda herida en el brazo con el que se agarraba a la pared. El miedo y la impaciencia hicieron que se le detuviera el corazón durante un segundo. Bajó la mirada hacia el puente. No había otra alternativa.

Paris respiró hondo, cortó la rama que lo tenía agarrado, se impulsó con las piernas y se tiró. Al golpear el suelo, se quedó sin aire durante varios segundos.

No tardó en aparecer William, sangrando, gruñendo y con la ropa rasgada.

−¿Sabes todo el pelo que acabo de perder?

−Las matemáticas no son lo mío, pero supongo que mucho.

Le lanzó una mirada aterradora.

−Eres un sádico. Mi pelo necesita muchos cuidados y… ¡mira lo que has hecho! ¡Maldito seas! He destripado a hombres por mucho menos.

−Lo sé. Te he visto hacerlo −Paris echó un vistazo a su alrededor, al saliente de piedra en el que se encontraban, sobre el fiero océano que los rodeaba por todas partes. El puente levadizo estaba a solo unos metros−. No la pagues conmigo, pero me parece que a partir de ahora tendrás que describirte como calvo.

Vio cómo el fiero guerrero se ponía rojo de furia buscando una respuesta que darle.

Ya estaba bien de juegos. Había llegado el momento de la verdad. Pronto rescataría a Sienna.

Quizá después se quedara unos días con él y pudieran

hacer el amor una y otra vez. Al menos por un momento podría fingir que tenían todo el futuro por delante.

Claro que también era posible que quisiera marcharse de inmediato y no hicieran el amor ni una sola vez. Entonces Paris se vería obligado a acostarse con otro en cuanto la perdiera de vista.

¿A quién quería engañar? Sienna no iba a quedarse con él ni un segundo. Había muchos obstáculos que se interponían entre ellos. Los demonios que llevaban dentro, para empezar. El hecho de que él se hubiese acostado con infinidad de personas o el que hubiese utilizado su cuerpo como escudo para salvarse, aunque hubiese sido inconscientemente. El que ella lo hubiese engañado para que bajara la guardia y así poder drogarlo y dejar que los Cazadores lo apresaran. Que se hubiese quedado mirando mientras lo torturaban. O que lo odiara.

Quizá cuando la salvara, Paris se diera cuenta de que no estaba hecha para él y quizá fuera él el que la dejara. Quizá descubriera que en realidad no podía volver a acostarse con ella. Que había cometido un error.

Todo eso era posible. Pero aún quedaba mucho para saber qué ocurriría.

—Uno de estos días despertarás y te darás cuenta de que te he afeitado —respondió por fin William—. Por todas partes.

—Las mujeres seguirán volviéndose locas por mí. Pero, ¿sabes una cosa? Lo que te he hecho no ha sido cruel, Willy —le dijo con una sonrisa en los labios—. Esto, sin embargo, sí lo es.

Lo agarró de la muñeca, le dio varias vueltas y finalmente lo lanzó hasta el puente. Varias cuerdas y tablones de madera cedieron al impacto. William se quedó allí tirado, intentando recuperar el aliento mientras miraba a Paris con verdadero odio. Desde los salientes del castillo, las gárgolas comenzaron a emitir sus gritos de guerra.

Capítulo 8

¿Debía o no debía hacerlo? Hacía ya horas desde que Cronos le había lanzado el ultimátum y había desaparecido de su vista, pero Sienna seguía haciéndose la misma pregunta. ¿Debía entregarse a Galen y quizá salvar así a su hermana, o debía seguir negándose por si Cronos estaba engañándola, aunque eso pudiera implicar que su hermana siguiese sufriendo?

Pero la pregunta más importante era: ¿Si cabía la posibilidad, por remota que fuera, de poder salvar a Skye, no debería tratar de aprovecharla? Había jurado que haría cualquier cosa, fuese lo que fuese, y acostarse con Galen estaba dentro de ese margen de cosas.

La respuesta estaba clara. Sí.

Se había pasado toda la vida buscando a Skye y, si era necesario, pasaría también toda la muerte. Al menos ahora era consciente de la realidad y sabía que iba a seducir a un monstruo.

Se imaginó en la cama con Galen y tuvo que hacer un esfuerzo para no vomitar.

Desearía ser más fuerte y hábil, poder luchar por Skye a su manera, sin que Cronos manejara los hilos.

Claro que... quizá pudiera lograrlo. Si escapaba de allí antes de que él volviera, podría ir en busca de Galen, torturarlo hasta sonsacarle la información que necesitaba y luego matarlo, sin necesidad de acostarse con él. En teoría era fácil de hacer. En la práctica, seguramente era imposible. Se rio amargamente, la única forma en que sabía hacerlo últimamente. Sintió un escalofrío. Había intentado escapar de allí una y otra vez y siempre había terminado llegando a la conclusión de que, por mucho que pudiera abrir puertas y ventanas, no podía salir por ellas. Empezaba a temblar y surgía un tremendo dolor, como si le estuviesen clavando agujas por todo el cuerpo, hasta que se derrumbaba y perdía el conocimiento.

El dolor no le importaba, podía soportarlo. Pero si se desmayaba, ya no podía hacer nada más.

Lo que quería saber era si había alguien que pudiera salir de allí y, por suerte, en el piso de arriba había tres candidatos a darle una respuesta. Lo único que tenía que hacer era liberarlos.

Era el momento de hacerles una visita, pensó con un estremecimiento que no tenía nada que ver con el frío. Pero ¿por qué había bajado tanto la temperatura de pronto?

Recorrió el pasillo arrastrando las alas por el suelo y, al llegar al enorme salón de baile, se le encogió el corazón al ver proyectados en las paredes los recuerdos que Cronos le había arrebatado. A su izquierda, una joven Skye pedía ayuda a gritos. A su derecha, un grupo de gárgolas arrastraba el cuerpo de Paris, magullado pero despierto.

Sienna se detuvo en seco. Tenía un nudo en la garganta y el vello erizado. Cronos sabía bien cómo atormentarla, sabía qué imágenes la hacían sufrir más.

Aquella imagen de Paris… fuera quien fuera el que la había creado, había hecho un gran trabajo. Qué hermoso era. Ningún mortal podría aspirar a compararse con él. Ningún otro inmortal o dios mítico estaría jamás a su altura. Tenía un rostro diseñado para el placer sexual, pero también para la ferocidad del campo de batalla. Y un cuerpo deliciosamente musculado. Sus seductores ojos azules lucían una sombra oscura que nunca le había visto.

Era la perfección personificada y, aunque sabía que no era más que un espejismo, Sienna deseaba correr a su encuentro, ahogarlo a besos y suplicarle que la perdonara.

Un perdón que no merecía.

Al menos en aquella visión, Paris no parecía tener heridas graves, lo cual le sirvió de consuelo.

De pronto apareció otra imagen detrás de Paris. Otro grupo de gárgolas arrastraban a un segundo guerrero de cabello oscuro. Era tan alto como Paris, igual de fuerte y, aunque pareciese un milagro, casi tan guapo, pero él sí que estaba gravemente herido. Tenía los brazos y el torso llenos de marcas de mordiscos y cornadas. Qué extraño. Era la primera vez que lo veía; no recordaba que lo conociera.

Volvió a mirar a Paris. Dos de las gárgolas estaban... ¿montándolo? Sí. Tenían la lengua fuera y se movían con ímpetu contra él. ¿Por qué iba Cronos a mostrarle esa imagen? ¿Para ponerla celosa... de las gárgolas?

Había algo extraño en todo aquello.

No había conseguido descifrar el misterio cuando Ira se desató en su interior y la distrajo. Le latían las sienes y en su cuerpo estalló un calor incontrolable que la hizo sudar y jadear. Siempre que aparecía ante ella un recuerdo de Paris, su cuerpo y el demonio reaccionaban de ese modo.

«El Cielo y el Infierno», siempre era así cuando veía a Paris o Ira se lo recordaba. «Él puede ayudarnos», añadió el demonio.

–Lo sé –susurró ella, que ya no se sorprendía de descubrirse hablando con la bestia que llevaba dentro–. Supongo que es nuestra única salvación, ¿no? –el único rayo de esperanza.

Vaya, vaya. Cuánto había cambiado. Había pasado del odio al... ¿amor? ¿Acaso lo amaba? No podía ser. Apenas lo conocía. Pero si fuera algo más que un truco cruel para hacerla reaccionar, podría conocerlo un poco más, pensó con melancolía.

—¿Sienna? —era la voz de Paris.

Un nuevo escalofrío sacudió su cuerpo al encontrarse con su mirada. «¡Basta!», estuvo a punto de gritar. «Ya me has torturado bastante. Haré lo que me pidas».

—¡Sienna! —era un grito de desesperación, de impaciencia—. ¡Sienna!

—¡Ya basta! —esa vez lo dijo en voz alta. Las lágrimas le quemaban en los ojos y le temblaba la barbilla. Se agarró la camisa con fuerza para no estirar el brazo para tocarlo.

Al principio había creído que aquellas imágenes eran reales y se había lanzado hacia ellas, solo para comprobar que no eran más que una ilusión.

«¡Ayúdanos!».

—¡Sienna! —repetía la imagen de Paris, forcejeando con las gárgolas; retorciéndose, pataleando y pegando puñetazos con tal fuerza que se le salió un hombro—. ¡He venido a buscarte y no voy a irme sin ti, Sienna!

«¡Ayúdanos! ¡Cielo Infierno!».

Tenía la sensación de tener una bola de fuego en el estómago. Se soltó la camisa y se clavó las uñas en los muslos, con la intención de llegar hasta el hueso. «Cálmate». Quería hacer algo para calmar a Paris, pero sabía que cuanto más hiciera, más lucharía él. «No es real. Él no es real».

—¡Sienna!

La imagen de Paris y las gárgolas desapareció por fin por una esquina y, si hubiesen sido reales, habrían ido camino de las mazmorras. Paris seguía gritando y ella estuvo a punto de seguirlo sin importarle ya si era o no de verdad.

—Lo siento —decía Sienna—. Lo siento mucho.

Ira sollozaba dentro de ella.

Habría querido acurrucarse en el suelo y llorar, pero se obligó a sí misma a caminar en dirección contraria a Paris. Y entonces apareció ante sí otro recuerdo. La imagen de su madre, muerta hacía mucho tiempo, sentada en la oscuridad, tomándose un vaso de vodka.

«Ojalá te hubiesen raptado a ti», decía entre lágrimas. «Lo siento. No quería decir eso, mi amor. Lo siento». Una bofetada. «Te odio. Apártate de mí». Más sollozos. «Lo siento. No debería haberte pegado».

Muchas familias habían sufrido tragedias parecidas y Sienna siempre trataba de no dejarse afectar por aquellos recuerdos. Desde luego, le hacían menos daño que la imagen de Paris. Se concentró en la tarea que tenía entre manos; debía liberar a los tres inmortales que había arriba.

Cronos había ordenado a los Señores que encontraran a todos aquellos que llevaran dentro los males de la caja de Pandora, pero él no había cesado en su búsqueda. Por eso tenía tres encadenados en el piso superior de su castillo. Eran los poseídos por los demonios de la Obsesión, la Indiferencia y el Egoísmo. Ninguno de los tres sabía que ella estaba allí.

Como aún no había aprendido a volar y no estaba segura de tener algún día la fuerza necesaria para hacerlo, subió por las escaleras. Las alas se le enganchaban con la alfombra constantemente, tirando de unos músculos que ya le dolían bastante. Los muslos le ardían del esfuerzo que suponía mantenerse erguida y tuvo que parar a descansar dos veces.

Cuando por fin llegó al piso superior, se puso recta y levantó bien la cabeza. Los guerreros que había allí encerrados eran capaces de sentir cualquier debilidad, aunque no viesen al propietario de dicha debilidad. Cuando eso ocurría se lanzaban contra la puerta y las paredes de su celda, y gritaban todo tipo de obscenidades y de amenazas, como si ella fuese la culpable de su reclusión.

«Vamos, vamos, tú puedes. Mira a cuántas cosas has

sobrevivido». Aquellas palabras conseguían darle ánimos.

La primera habitación era la que albergaba a Cameron. No era difícil darse cuenta de que era el que estaba poseído por la Obsesión. Era un ser de costumbres y, como cada día cuando estaba a punto de ocultarse el sol, estaba en el suelo, haciendo flexiones.

La Ira volvió a estallar en su interior, como ocurría siempre que lo veía. Sintió el dolor que precedía siempre a las imágenes en las que veía algunas de las violentas fechorías que Cameron había llevado a cabo a lo largo de su vida. Sangrientas batallas, una mujer muerta entre sus brazos y él gritando y maldiciendo, jurando venganza…

Sienna echó a correr, pero no lo bastante rápido para que la imagen de su torso desnudo y sus ojos color lavanda no quedara grabada a fuego en su mente.

En la siguiente habitación estaba Púkinn. La Indiferencia. Ira guardaba un silencio que presentía peligroso, una reacción que Sienna no comprendía y que el demonio se negaba a explicarle.

Púkinn llevaba sangre egipcia en la venas, algo que se adivinaba en su estructura ósea y en la sensualidad de sus ojos negros. Tenía el cabello largo, negro y liso. Sin embargo, el resto de su cuerpo se parecía más al de una bestia. Tenía garras en lugar de manos, las piernas cubiertas de pelo y dos enormes cuernos en la cabeza.

Cameron lo llamaba Irish porque, a pesar de su aspecto y de sus ancestros, hablaba con el seductor acento de Irlanda.

Por último llegó a los aposentos de Winter. El Egoísmo. Ira no parecía tener una opinión clara sobre ella, por lo que no le mostraba imágenes ni reaccionaba en modo alguno. Algo que Sienna tampoco comprendía.

Winter estaba apoyada en el umbral de la puerta, con los brazos cruzados sobre el pecho. Movía los dedos con impaciencia. Se parecía tanto a Cameron que sin duda tenían que estar emparentados. Ambos tenían la piel bronceada, el cabello castaño, ojos color lavanda, unas piernas interminables y un cuerpo que no era solo peligroso, era letal.

La intensidad de su femineidad era el contraste perfecto de la masculinidad de Paris.

Sienna se puso en tensión al pensar en él. «Él es mío».

Pero no era cierto, jamás sería suyo. Había intentado ponerse en contacto con él, pero él no había podido verla. Y quizá fuera mejor así. Después de todo lo que le había hecho, del daño que le había ocasionado, Paris no podría confiar en ella.

—¿Quién hay ahí fuera? —rugió Cameron. Como era lógico, se había obsesionado con descubrir quién rondaba sus habitaciones. Quizá no debería haberlos visitado tantas veces, pero, ya desde el principio, se había empeñado en encontrar la manera de soltarlos—. Sé que hay alguien ahí. Identifícate.

—Seguro que es un espía de Cronos —dijo Winter. Tenía la voz suave y seductora como una caricia—. Antes lo he oído hablar.

—Te voy a hacer pedazos —prometió Cameron, dirigiéndose a Sienna, no a Winter, a quien nunca amenazaba, aunque sí le gritaba a menudo.

Si había alguien capaz de dar con la manera de matar a un espíritu, sin duda sería Cameron que, cómo no, nunca paraba hasta conseguir lo que se proponía.

—¿Es que no puedes descansar un momento? —preguntó Irish.

—No, estúpido irlandés —lo defendió Winter—. Y si no te callas, será a ti al que haga pedazos.

—Alguien debería haberte dado un par de azotes hace tiempo, muchacha —respondió Irish.

—Tócala y haré que te comas tus propias pelotas, pero eso solo sería el aperitivo, después tendrías que comerte el plato principal —contraatacó Cameron.

Sienna no se asustaba de oír todo aquello; no era nada comparado con lo que le habían dicho a ella otras veces. Pero, a pesar de las amenazas que se lanzaban entre sí, se unían de inmediato y sin dudarlo en cuanto aparecía Cronos, pues el odio que sentían hacia él era un vínculo irrompible.

Estiró la mano hacia el escudo que la separaba de la habitación de Winter y suspiró al comprobar que no podía atravesarlo. El día anterior había estado buscando algún punto débil en la parte superior. Ahora probaría en la mitad inferior.

—¡Sienna! —la voz de Paris retumbó al otro lado de los muros—. ¡Sienna! ¿Dónde te has metido?

El corazón le dio un vuelco y volvieron a llenársele los ojos de lágrimas. «Maldito seas, Cronos». Era la peor de las torturas a las que la había sometido. Siguió examinando el escudo con las manos.

—¡Sienna!

Los recuerdos nunca la habían seguido hasta allí. Normalmente cuando cambiaba de habitación, aparecían nuevas imágenes, era la primera vez que la perseguían de ese modo. Las lágrimas empezaron a caerle por las mejillas, dejando un rastro de rabia y dolor.

Pero entonces se quedó inmóvil. Aquello no podía ser un recuerdo porque, por lo que ella sabía, Paris nunca había estado en el castillo y las gárgolas nunca se alejaban de allí. Eso quería decir que nunca habían podido enfrentarse en su presencia.

¿Sería posible que...?

El corazón estaba a punto de salírsele por la boca.

—¡Sienna!

—¿Quién es ese? —preguntó Winter.

—¿Otro prisionero? —dedujo Cameron.

—¿Y quién es esa Sienna? —quiso saber Irish.

Ellos también habían oído la voz de Paris. Nunca antes habían oído o visto sus recuerdos. No podía ser... El corazón se le paró de golpe.

—¡Sienna! ¡Maldita sea! Suéltame, amasijo de piedras —se oyeron golpes—. ¡Sienna!

No era un recuerdo, ni una visión. Estaba sucediendo de verdad. Paris estaba allí. Había ido a buscarla. Por fin reaccionó. Quizá estuviera herido, era muy posible que las gárgolas le hubieran hecho daño.

—¡Paris! —exclamó aterrada, al tiempo que echaba a correr escalera abajo. Las alas volvieron a enganchársele en la alfombra y esa vez cayó de bruces al suelo. Le dolió, pero apenas tardó dos segundos en volver a ponerse en pie y seguir corriendo—. ¡Estoy aquí, Paris!

Si seguía luchando con las gárgolas, le habrían arrancado ya algún órgano. Se lo había visto hacer muchas veces y, una vez que probaban las vísceras de un hombre, nadie podía poner fin a su cruel festín.

Corrió tan rápido como podía mientras pedía a los Cielos que no fuese demasiado tarde.

Capítulo 9

Cronos apareció en sus aposentos privados, agarrando del cuello a un Cazador. En cuanto aparecieron los muros del dormitorio y se materializó la cama de madera de ébano, soltó al Cazador ante sí. Solo la mullida alfombra que cubría el suelo impidió que el humano se rompiera las rodillas al caer. Esa era la única compasión que iba a mostrar por él.

Oyó ruido de cadenas sobre la cama. Era la hembra que había dejado allí, desnuda, que al verlo trataba de liberarse. Ella era la única culpable de su situación. Cronos jamás la habría hecho prisionera si no se hubiese presentado allí con la intención de seducirlo y encadenarlo.

La observó con una sonrisa en los labios. El pelo oscuro le caía sobre los hombros magullados, lo que hacía pensar que llevaba ya tiempo forcejeando con las cadenas. Su piel, normalmente pálida, había adquirido un color cetrino y sus ojos, enrojecidos, le lanzaron una mirada de odio absoluto que le hizo sonreír aún más.

–Te voy a matar por lo que me estás haciendo –le dijo, pero después se calmó y sonrió también, de un modo malévolo y provocador–. Pero antes jugaré un poco contigo.

Seguramente era la única hembra capaz de hacerle daño, pero Cronos jamás lo admitiría en voz alta.

–¿Te parece manera de recibir a tu esposo?

Rhea, reina de los Titanes, lo miró como si no fuera más que una bestia a la que quisiera arrancarle la piel para lucirla como un trofeo.

—Sería mejor hacerlo clavándote un puñal en el cuello.

Cronos hizo un gesto de indiferencia con el que pretendía enfurecerla aún más.

—Ten cuidado, querida. Corres el peligro de excederte en tus protestas.

—¡Aaaagg! —gritó con toda la fuerza del demonio de la Lucha que llevaba dentro—. Pagarás por esto.

—Sí, ya me lo has dicho —Cronos soltó un suspiro burlón—. Te humillas demasiado, querida mía, pero continúa si así lo deseas. Lo que más me gusta es cuando te das cuenta de que no hay nada que puedas decir o hacer y acabas por rendirte.

Pero ella siguió luchando y a Cronos dejó de parecerle divertido porque también él sentía dolor en las muñecas y en los tobillos. Aquella horrible criatura y él estaban conectados y, cuando alguien la hería, también lo hería a él, por muy lejos que estuvieran el uno del otro. Del mismo modo, cuando Rhea experimentaba placer, también lo sentía él; así que siempre sabía cuándo se acostaba con otro. Claro que también ella sabía cuándo él estaba con otra.

Quizá por eso se despreciaban tanto el uno al otro y habían elegido bandos contrarios en los que luchar en la guerra que enfrentaba a los inmortales y los humanos. Cronos se había unido a los Señores del Inframundo y Rhea a los Cazadores.

—¡La muerte es demasiado poco para ti! —espetó antes de derrumbarse sobre el colchón como había predicho Cronos.

Le encantaba verla así. Desnuda, indefensa y completamente incapaz de protegerse o cubrirse. Tenía unos pechos maravillosos, un vientre suave y unos muslos aún más suaves. En otro tiempo la había amado de verdad y habría dado cualquier cosa, absolutamente todo, por hacerla feliz. De hecho, lo había dado todo.

Había compartido su trono con ella, incluso sus dones. La había deseado con tal fuerza que no había querido vivir si ella no estaba a su lado, gobernando con igual poder que él.

Pero con el paso de los siglos, Rhea había ido cambiando. De sensual a ambiciosa, de amable a cruel, sus ansias de poder habían superado a las de su esposo. Al final lo había traicionado para usurparle el lugar. Ella era la culpable de que él hubiese acabado encarcelado en el Tártaro. Ella había hecho que los Titanes perdieran ante los griegos. Por lo menos, los mismos a los que había ayudado a levantarse contra él la habían traicionado también.

Ahora, nada podría salvarla de la eterna ira de Cronos.

–Ha llegado el momento, querida –dijo, sin rastro de emoción alguna.

Durante uno de los numerosos enfrentamientos que habían tenido en prisión, después de que Cronos matara al amante de Rhea y ella a la de él, habían jurado no volver a hacer daño a nadie que estuviese unido a ellos de algún modo. Un juramento así era irrompible. Por tanto, Cronos no podía tocar a Galen ni a los suyos, a pesar de que hubiera conseguido dar con su guarida y encontrar a Fox, su mano derecha y nuevo cuerpo del demonio de la Desconfianza. A cambio, Rhea no podía hacer daño a ninguno de sus Señores.

Pero sí a sus soldados menores. Como pronto iba a demostrar Cronos.

–Tú eliges, Rhea. Te doy una paliza o mato a uno de tus Cazadores.

El humano que había caído arrodillado frente a Cronos sufrió un espasmo al oír la amenaza y comenzó a emitir gemidos que salían por unos labios llenos de sangre, pero no dijo ni palabra. Seguramente porque Cronos le había cortado la lengua.

Cronos quería que fuese Rhea la que eligiese su castigo y no le importaba que, básicamente, fuera también a castigarse a sí mismo. La perspectiva de hacerla sufrir le importaba más que cualquier otra cosa.

—¿Qué va a ser?

Todos los días le planteaba las mismas alternativas y todos los días obtenía la misma respuesta.

—¿Crees que me importa lo más mínimo un frágil humano? —ella levantó bien la cara y miró fijamente a Cronos sin el menor resquicio de temor o de compasión—. Mátalo.

El Cazador gimoteó con más fuerza.

No, su respuesta no había cambiado. Cronos la habría golpeado y quizá un día lo hiciera de todas maneras. Por el momento, le gustaba darle lo que pedía. Le gustaba pensar que su egoísmo la atormentaría durante décadas.

—Muy bien —Cronos alargó el brazo que tenía libre, hizo aparecer una espada de la nada y asestó el golpe. La cabeza del Cazador cayó al suelo con un sonido seco y el cuerpo hizo lo mismo un segundo más tarde.

El olor a cobre empapó el aire.

La expresión del rostro de Rhea no cambió ni un ápice, el remordimiento no parecía hacer mella en ella.

—¿Te sientes mejor ahora, semental? ¿Te sientes un macho grande y fuerte?

Perra. No iba a permitir que riese la última.

—¿No te importa que tu ejército esté perdiendo tantos hombres? ¿Los mismos hombres que defienden tu causa?

Rhea se encogió de hombros.

—Estoy segura de que siento por mi ejército lo mismo que tú por el tuyo. Nada.

No, lo cierto era que los Señores no le importaban lo más mínimo, pero respetaba su fuerza y determinación. O más bien las había respetado, porque últimamente los guerreros estaban demasiado ocupados enamorándose, demasiado preocupados por sus insignificantes rencillas y ahora también por rescatar a Kane, poseído por el Desastre, como para prestar atención a las órdenes que él les daba. Pero seguían ayudándolo a huir de la muerte eterna, así que los necesitaba.

Arrugó el entrecejo al pensar en todo lo que había sucedido hasta llegar a aquel momento. Hacía mucho tiempo, el primer Ojo que Todo lo Ve que había estado a sus órdenes, con su capacidad para ver el Cielo, el Infierno, el pasado y el futuro, había profetizado que un hombre lleno de esperanza volaría hasta él con sus alas blancas y lo decapitaría. En aquel momento, Galen aún no había sido creado, así que Cronos había llegado a la conclusión de que sería atacado por un ángel asesino. Por eso se había enfrentado a los soldados de la Elite de la Deidad. Había estallado la guerra entre los ángeles, los dioses, los griegos y los Titanes, una guerra que habían sufrido incluso en la Tierra.

Debilitado por las continuas luchas, Cronos había caído derrotado por Zeus y lo habían encerrado en el Tártaro. Poco después, Zeus había creado a los Señores, entre los que estaba Galen, para formar un ejército personal que estuviera dispuesto a defenderlo si los Titanes se alzaban contra él desde la desmoronada prisión. Pero, en un momento de debilidad y despecho, esos mismos guerreros habían abierto la caja de Pandora y de ella habían salido los demonios y habían hecho estragos en un mundo que aún no se había recuperado de la larga guerra celestial. Zeus había impuesto un castigo que los condenaba a que cada uno de ellos llevara dentro un demonio. Galen había quedado emparejado con el demonio de la Esperanza, por eso le habían crecido unas alas blancas en la espalda. Entonces, tras la huida de Cronos de la prisión, el nuevo Ojo que Todo lo Ve había visto el mismo futuro que su antecesor, pero esa vez además le había mostrado a Cronos la victoria de Galen sobre él.

Lo que le había dicho el primer Ojo y que el segundo aún no sabía, era que había una manera de salvarse. Una mujer con alas del color de la medianoche, que había vivido entre sus enemigos pero ansiaba formar parte de sus aliados, sería su salvación.

Esa mujer era Sienna. Todo encajaba con la descripción del Ojo, desde su apariencia hasta su situación.

Así pues, Sienna debía hacer lo que había profetizado el Ojo. Debía reinar junto a Galen a pesar de su deseo de ayudar a los Señores. Solo ella podría ganarse la atención de Galen, aunque ella aún no sabía cómo ni por qué y él no iba a decírselo. Solo ella podría hacer frente a Rhea, si su esposa quedaba alguna vez en libertad. Solo ella podría evitar que los Señores atacaran a Galen porque eso no impediría que la profecía siguiera su curso, ya que su demonio pasaría a otro y ese otro se convertiría entonces en el asesino de alas blancas del rey de los Titanes.

—Ya sabes que conseguiré escapar —aseguró Rhea, muy segura de sí misma.

Lo que Cronos no sabía era si esa seguridad radicaba en sus habilidades o en que creía que él acabaría capitulando. Entre las recientes fechorías de Rhea estaba el haber convencido a su propia hermana para que se convirtiera en amante de Cronos y lo espiara. Otro motivo para que Cronos insistiera en que Sienna hiciera lo mismo con Galen.

—Un día... —añadió entre dientes.

Cronos se acercó a la cama y a su odiada esposa.

—Acabarás conmigo. Me encerrarás. ¿Qué otras amenazas tienes pensadas para mí? Dime.

—Te arrancaré la piel, escupiré sobre tus huesos y bailaré en el charco que se forme con tu sangre.

—Un plan espectacular, pero, hasta entonces, me parece que voy a ser yo el que se divierta un poco —con un movimiento de mano hizo aparecer a una de las innumerables féminas de su harén, una pelirroja con la piel bronceada y las mejillas sonrojadas. A diferencia de algunas otras, a aquella le encantaba atender sus necesidades.

Lucía un diminuto vestido transparente de seda y encaje, joyas que habían pertenecido a Rhea y una sonrisa que brillaba más que cualquier sol. El ver a la reina indefensa y maniatada en la cama y saber que ahora era ella la prometida del rey, hizo que se inflara de orgullo y se atreviera a menear el pelo con altanería.

Rhea soltó una especie de bufido.

«Por eso la he elegido», pensó Cronos, satisfecho.

Al reconocer los diamantes que rodeaban el cuello de la muchacha, Rhea soltó unas cuantas maldiciones.

—Majestad —dijo la joven dirigiéndose a Cronos como si la reina no estuviese allí, para demostrar lo poco que le importaba—. ¿Qué puedo hacer por usted?

—Puedes enseñarle a la mujer que hay en la cama lo mucho que te gusta tu hombre —le hizo un gesto para que se acercara.

La muchacha se inclinó sobre él, justo delante de Rhea.

—¿Es que ella no le da placer?

La reina pegó un respingo, tratando de morderla.

—Basta —advirtió Cronos a su esposa mientras se bajaba la cremallera de los pantalones de cuero. Detestaba llevar prendas tan apretadas, pero a Rhea le resultaba atractiva esa clase de ropa y el deseo de vengarse de ella era más fuerte que las ganas de estar cómodo—. Ya sabes lo que tienes que decir para evitarlo.

Rhea solo tenía que admitir su derrota y jurarle obediencia para siempre.

—Antes prefiero morir.

—Muy bien.

Cronos poseyó a la muchacha allí mismo y disfrutó de un intenso placer, aunque nunca reconocería que dicho placer se debía únicamente a que en todo momento tuvo la mirada clavada en su esposa. Ella, sin embargo, cerró los ojos para no ver lo que ocurría. Pero no importaba porque sentía todo lo que él sentía y eso era suficiente para Cronos. Al menos por el momento.

En cuanto hubo terminado, el rey se recompuso la ropa con las manos aún temblorosas por la fuerza del orgasmo, lo cual era humillante porque un rey debía recuperarse de inmediato, e hizo marchar a la sirvienta.

–Hijo de perra –le dijo Rhea con la respiración entrecortada–. Te odio con todas mis fuerzas. Te odio.

–Y yo a ti.

En los labios de la reina apareció de pronto una sonrisa.

–Sabes, Cronos querido, no has disfrutado de tu amante ni la mitad de lo que yo he disfrutado del mío.

Aquellas palabras, calculadas al milímetro, eran un golpe a su orgullo masculino. Pero Cronos tuvo mucho cuidado en no revelar lo que sentía y sonreír también.

–Sabes, querida, puede que disfrutes de tus hombres, pero solo puedes estar con ellos una vez, porque después yo los mato a todos. Yo, por el contrario, ya estoy pensando en volver a poseer a esa pelirroja mañana mismo.

Capítulo 10

Fauces en los brazos, garras en las piernas, cuernos que se le clavaban en el estómago. Al menos esperaba que fueran cuernos lo que sentía en el estómago. Las gárgolas habían estado mordiéndolo como perros rabiosos mientras otras intentaban encadenarlo. Paris habría consentido que lo inmovilizaran... si no hubiese visto a Sienna. Estaba allí. Viva. Libre de ataduras.

Ella lo había mirado a los ojos y Paris había visto en los suyos una profunda tristeza. Tristeza y arrepentimiento, y también horror. Ya no llevaba gafas, así que probablemente su vista había mejorado después de muerta, pero, aparte de eso, su rostro era el mismo de antes. Unos enormes ojos castaños, gruesos labios rojos y una larga melena color caoba que ahora le llegaba hasta la cintura.

Su mujer. Uno a uno, sus amigos habían ido enamorándose y Paris había sentido celos de ellos. Ahora por fin había encontrado a la mujer que lo fascinaba como ninguna otra. Al verla había pensado: «Tengo que estar con ella... borrar el horror de su mirada».

Sexo había pensado: «Tengo que hacerla mía».

Pero después el demonio se había escondido en el fondo de su cerebro, el muy cobarde, mientras Paris intentaba librarse de las gárgolas e ir tras ella. Golpeaba a una y a otra, y luego a otra, lanzando aquellos cuerpos de piedra contra las paredes, pero se recuperaban de manera instantánea y volvían a la carga. Más dentelladas y embestidas.

Conseguían aminorar su paso, pero no detenerlo del todo. Paris estaba débil, y cada vez más, porque no se había acostado con nadie en todo el día, ni recordaba haberlo hecho tampoco el día anterior. Quizá lo hubiera olvidado. Pero Sienna estaba allí y, solo con mirarla, se había excitado.

Podría hacerla suya de nuevo. Ya no tenía ninguna duda de ello.

Solo tenía que llegar hasta ella.

La oscuridad crecía dentro de él, llenando su mente de ansias de destrucción y muerte. No oponía resistencia, dejaba que la oscuridad tomase fuerza y se apoderase de él hasta conseguir que no pudiese pensar en otra cosa que en eliminar los obstáculos que se interponían en su camino. Aquellas gárgolas querían impedir que llegara hasta su mujer. No merecían vivir.

Un paso, dos, tres, avanzaba con los monstruos agarrados a las piernas y a los brazos. Llegó a un salón de baile. Empezó a golpear cabezas, a patear cuerpos y oía cómo las piedras se derrumbaban y caían al suelo.

–¡Sienna! ¿Dónde...?

De pronto la vio aparecer por el otro extremo del salón. Tenía el pelo retirado de la cara y los ojos brillantes, llenos de fuerza. De pronto el mundo se detuvo y tuvo tiempo incluso de fijarse en detalles en los que antes no había podido reparar. Tenía los labios más abultados de lo normal y varias gotas de sangre seca en las comisuras. Prácticamente toda la mejilla izquierda estaba cubierta por una moretón, prueba irrefutable del dolor que había tenido que soportar. Una de sus alas de obsidiana tenía un doblez en un lugar extraño que hacía pensar que estaba rota.

La habían golpeado mucho. Alguien le había hecho daño.

La furia invadió el cuerpo de Paris como un fuego que se extendía hasta nublarle la vista. El ardor de la rabia, de la necesidad de protegerla, le había encendido la sangre y lo había llenado de una fuerza letal.

Apartó a dos gárgolas más de un manotazo y, con un rugido, agarró a otra del cuello y la golpeó hasta hacerle un agujero en la cara que hizo que las piedras de alrededor empezaran a caer poco a poco. Aun así, la criatura se defendía clavándole los dientes en la mano.

—Deja que te encadenen —gritó Sienna—. Por favor, deja que te encadenen.

¿Quería que lo ataran? ¿Acaso lo odiaba tanto como Paris temía? Daba igual. Paris hizo caso omiso a sus palabras y atacó con determinación. «Tengo que matar... Acabar con el enemigo, eliminar los obstáculos». La piedra se convertía en polvo con sus golpes. Las gárgolas se olvidaron de su sed de placer, o lo que fuera que las había impulsado a frotarse de ese modo contra él, y se limitaron a atacarlo sin piedad.

Sienna llegó hasta él. Olía a girasoles y... ¿ambrosía? Paris respiró hondo. Sí, el dulce aroma de la ambrosía le empapó la piel, eclipsando todo lo demás, incluso la necesidad de matar. Cuánto deseaba sumergirse en ese olor. Se le hizo la boca agua mientras se preguntaba por qué olía a la droga que él se había obligado a dejar de consumir hacía muy poco, después de que lo hirieran en una pelea que habría ganado fácilmente de haber estado en plenitud de facultades. Las lesiones habían estado a punto de impedirle acudir a una cita con una diosa que le había vendido los puñales de cristal, por eso había decidido en ese mismo momento que debía dejar de consumir. Afortunadamente, ya había superado la peor fase del síndrome de abstinencia y no podía permitirse pasar de nuevo por ello. Porque entonces dejaba de importarle todo lo que no fuera la droga.

«La deseo». Sexo despertó de nuevo al tenerla tan cerca. Le infundió energía y consiguió que se olvidara de la ambrosía. «Tengo que tocarla... tengo que poseerla».

Por una vez estaban de acuerdo.

—Tienes que dejar que te encadenen —Sienna intentó quitarle dos gárgolas de encima, pero las criaturas se volvieron hacia ella, la mordieron y la golpearon hasta hacer que cayera arrodillada.

De los labios de Paris salió un rugido feroz. ¿Había intentado ayudarlo? Era algo completamente nuevo para él. Se olvidó por completo de las gárgolas que lo atacaban y se centró en las que se cebaban con ella. Agarró a una, la lanzó por los aires y luego hizo lo mismo con la otra.

—¡Corre! —le ordenó a Sienna.

Las bestias volvieron a atacarlo solo a él. Pero Sienna no echó a correr, ni siquiera intentaba protegerse; estaba en el suelo, jadeando y sin moverse.

Lo miró con gesto de súplica.

—Por favor, Paris. Quédate quieto. No luches más.

La respiración se le cortó en la garganta y, aunque el instinto le decía que siguiera luchando, se detuvo, envainó los puñales y bajó los brazos. Sienna había intentado salvarlo; debía confiar en ella.

Se rendía por ella.

Durante un instante, aquellas bestias se volvieron locas como las moscas con la miel. Pero, igual que Sienna, Paris se quedó inmóvil. Sorprendentemente, la furia de las gárgolas no tardó en cesar. Lo agarraron por los brazos y lo arrastraron hacia la mazmorra donde ya habían encerrado a William.

Sienna se puso en pie y los siguió sin dejar de mirarlo un instante. Si lo hubiera hecho, Paris habría vuelto a explotar. «No puedo perder lo poco que tengo de ella».

—Después de encadenarte te dejarán tranquilo —le explicó con voz débil y evidente dolor—. Solo tienen que cumplir con su cometido, después podrás hacer lo que desees.

«La deseo...».

A pesar del dolor que sentía en todo el cuerpo, se excitó por segunda vez, prueba irrefutable de que podría volver a hacerla suya. Podría acostarse con ella todas las veces que quisiese, todas las veces que ella le permitiese hacerlo. Estaba impresionado.

Por fin estaba con la mujer a la que deseaba más que a ninguna otra.

Las bestias que no estaban agarrándolo se le subieron encima y empezaron a frotarse contra él de un modo repugnante. Cada vez con más ímpetu. Seguramente el atractivo del demonio, cuyas feromonas sin duda podían sentir, era más fuerte que la necesidad de cumplir con su tarea. Paris se olvidó de ellas y se concentró solo en Sienna.

No se cansaba de pensar que por fin la tenía allí y estaba increíblemente hermosa. A pesar de la ropa sucia que la cubría y de la sangre que tenía por todo el cuerpo, Paris nunca había visto un ser tan exquisito y femenino. No la había idealizado por no poder verla, la había recordado tal como era. Sus ojos castaños tenían destellos de esmeralda y cobre, un brillo que mezclaba los colores del invierno y del verano. Sus labios carnosos dibujaban una curva sensual y pícara. Unos labios por los que muchas mujeres pagarían por lucir y muchos hombres por utilizar. Su cabello no era ni demasiado claro ni demasiado oscuro, tenía la tonalidad rojiza perfecta, salpicada con mechones dorados y unas ondas capaces de hipnotizar tanto como las olas del mar.

Las pecas, más suaves que antes, parecían un mapa que conducía hasta su lengua. El resto de su piel resplandecía como si se hubiese tragado el sol. Su cuerpo, delicado y elegante, parecía el de una bailarina. Sus pechos eran pequeños, quizá para que él pudiese cubrirlos por completo con sus manos mientras le lamía los pezones. Ella lo abrazaría con las piernas y los brazos, apretándolo fuerte.

«Eres mía», pensó. «Toda mía».

«Tómala». Sexo se había olvidado del deseo y había pasado directamente a las órdenes. Paris no iba a llevarle la contraria, pero había algo que le intrigaba. ¿Le daría fuerza estar con ella por segunda vez?

Mientras, William esperaba, sonriendo e insultando a Paris con la mirada. Se había liberado de las cadenas como debería haber hecho Paris y lo saludó cuando Paris pasó frente a él. Las gárgolas ni lo miraron, lo que confirmaba lo que Sienna le había dicho. Así que se relajó y esperó. Estaba tan cerca de poder abrazarla y tocarla como había soñado.

Qué cosas iba a hacerle...

Quizá lo rechazara, o quizá no. Por fin iba a poder descubrirlo.

Capítulo 11

Paris vio ponerse en movimiento a William y no le quitó la vista de encima mientras se acercaba a Sienna. Pero ella seguía mirándolo a él mientras Paris se preguntaba qué pensaría. ¿Habría reaccionado su cuerpo igual que el de él?

Estaba rodeada por muros salpicados de sangre. Paris maldijo, pues habría querido verla entre seda y terciopelo. Conseguiría hacerlo antes de separarse de ella, prometió al tiempo que sentía que algo se le rompía por dentro ante la idea de separarse de ella.

—Me alegro de volver a verte, Sienna —dijo William con toda la dulzura que le era posible y ocultando la frialdad de sus ojos tras su atractivo aspecto.

Paris se puso en tensión. Si se atrevía a tocarla...

—¿Nos conocemos? —le preguntó Sienna.

Por un momento, William bajó la guardia y mostró su desconcierto. Enseguida esbozó una sonrisa.

—Me aflige que no te acuerdes de mí, pero no me importa recordarte la escena. Estábamos en Texas, tú estabas agachada en el suelo como un perro, agarrada a Paris como una sanguijuela —pretendía intimidarla con su crueldad, hacerla pagar por todo lo que le había hecho a Paris.

—Cuidado —le advirtió Paris, que no iba a tolerar que le faltara al respeto, por más daño que le hubiese hecho a él.

Sienna se encogió de hombros, no parecía preocuparle mucho lo que le dijera el guerrero.

—Vas a tener que perdonarme por no haberme fijado en ti. Comparado con él, eres algo feo.

William se quedó boquiabierto.

Por primera vez desde hacía una eternidad, Paris sonrió con ganas. La otra vez que había comprobado el carácter que tenía aquella mujer había sido cuando lo había drogado. Entonces no le había gustado nada, pero ahora sí, más aún porque se dirigía a otro.

—Solo para que lo sepas, si le haces el más mínimo daño a Paris, te mataré. Y no me importa lo mucho que le disguste que lo haga —afirmó William cuando recuperó el habla y lo hizo con tal calma, que nadie habría dudado de su palabra—. Paris ha demostrado ser un completo estúpido cuando se trata de ti, lo que quiere decir que sus amigos tenemos que compensar su falta de inteligencia.

Paris dejó de sonreír. La oscuridad se apoderó de nuevo de él. Trató de romper las cadenas para poder estrangular a William. Nadie amenazaba a Sienna. Absolutamente nadie.

«Vamos. En realidad no quieres hacerle daño», le dijo una vocecilla desde su interior, donde aún quedaban vestigios de lo que había sido el antiguo Paris. La lealtad de William era una agradable sorpresa, algo que Paris agradecía.

Pero cuando se trataba de Sienna, era incapaz de ser racional. Debía defenderla. Volvió a intentar soltarse.

Las gárgolas dejaron de arrastrarlo y volvieron a atacarlo, lo lanzaron sobre un montón de huesos y allí siguieron lanzándole dentelladas y zarpazos.

—¿Lo ves? —preguntó William con gesto de resignación—. Es un estúpido.

Paris trató de calmarse. Respiró hondo y se dijo a sí mismo que ya tendría oportunidad de decirle a William lo que pensaba, y de demostrárselo con los puñales. Sus amigos podían hacer y decir lo que quisieran, pero solo a él; a Sienna, no.

Una vez más, las gárgolas perdieron interés en la pelea y continuaron con la tarea de llevarlo a la celda.

Sienna y William los siguieron hasta un agujero de dos metros cuadrados donde lo arrojaron antes de marcharse satisfechas por lo que claramente consideraban un buen trabajo.

Sienna dejó de mirarlo y se dejó caer junto a él para liberarlo de las cadenas con dedos temblorosos. Paris podría haberlo hecho solo, o podría habérselo pedido a William, pero lo cierto era que le gustaba sentir las manos suaves y elegantes de Sienna. Era lo que más le gustaba de ella y se movían como si de un baile exótico se tratara.

—Las gárgolas tienen la misión de encadenar a cualquiera que consiga llegar con vida a las puertas del castillo después de atravesar el puente. Una vez cumplen con su misión, se olvidan de los prisioneros, que pueden moverse a su antojo —le explicó Sienna, casi sin aliento.

Paris cerró los ojos un momento y se dejó llevar por su voz, una caricia que añoraba más de lo que habría creído. Podría pasarse la vida escuchándola.

Pero había una parte de él que aún la odiaba, ¿verdad? Sí, desde luego. Odiaba lo que le había hecho y lo que había hecho él por ella. Odiaba que tuviese tanto poder sobre él y, sobre todo, odiaba que Sienna no hubiese dejado al margen su propio odio y lo hubiese elegido a él meses atrás, como había hecho él.

Paris la habría llevado a casa. La habría mimado y cuidado. Al menos eso era lo que creía ahora. No se paraba a pensar en lo que le habría hecho antes de empezar a mimarla. No quería pensar en el interrogatorio que había planeado, ni en las cadenas que había querido comprar.

—Yo... no puedo... Creo que me he hecho más daño del que pensaba —la oyó decir entonces con apenas un hilo de voz–. Lo siento... –dejó caer las manos y se dejó caer sobre su pecho.

–¿Sienna? –no obtuvo respuesta. Paris sabía que cualquiera que pudiera verla y tocarla, podía herirla y era evidente que las gárgolas podían hacerlo. Pero al no tener corazón, ni necesidad de respirar, no tardaría en recuperarse... ¿No? Pero... sangre seca en los labios. ¿Cómo era posible que sangrara?

–Se ha debido de desmayar al ver tanta belleza –se lamentó William, refiriéndose a sí mismo, por supuesto.

Como si el guerrero no hubiese dicho nada, Paris arrancó las cadenas de la pared y estrechó a Sienna contra sí.

Se amoldaba perfectamente a su cuerpo.

La tumbó boca arriba. La cabeza le cayó a un lado como un peso muerto y Paris se dio cuenta de que estaba muy pálida, mucho más que antes. Se liberó por completo de los grilletes que le sujetaban las cadenas a los tobillos y a las muñecas. Por fin podía hacer lo que había deseado en cuanto la había visto. La tocó, le apartó el pelo de la cara. Tenía la piel suave y cálida, maravillosamente cálida. Cuánto había deseado hacer aquello, había soñado una y otra vez con tocarla y había estado a punto de matarse miles de veces solo por volver a hacerlo. Pero la realidad era aún mejor que sus sueños porque, además de su calor, podía sentir el olor de su cuerpo. El aroma a girasoles y a ambrosía lo envolvía y lo excitaba.

¿Por qué la ambrosía? No conseguía entenderlo. ¿Acaso ella también consumía aquella droga celestial? Si era así, seguro que alguien la había obligado a hacerlo, alguien como Cronos. No parecía de las que recurrían a las drogas voluntariamente. Por lo poco que la conocía, tenía la impresión de que le gustaba el orden y el control.

«La protegeré de las drogas, haré que deje de consumir», pensó Paris. Sienna era suya. Al menos lo sería durante un breve espacio de tiempo.

Sexo reaccionó de inmediato.

«Tómala, tómala, tómala».

El instinto le decía que obedeciera, pero se resistió a hacerlo. «Así no. No mientras está inconsciente».

Paris suspiró con frustración al tiempo que se colocaba delante de ella, para que William no la viera, y le apartaba la ropa para ver las heridas. Cada centímetro de piel que dejaba a la vista era como provocación para Sexo, que parecía retorcerse de deseo.

Aunque Paris admiraba aquel cuerpo tanto como su demonio, se retorcía por motivos muy distintos. Además de magulladuras, Sienna tenía tantas marcas de garras y de dientes como él, de todas partes salía sangre en pequeños ríos de dolor.

Paris supo cuál sería su siguiente misión. Debía hacer pagar a las gárgolas por el daño que habían causado a Sienna. La ira apenas le dejaba respirar, así que trató de respirar hondo. De pronto se sintió aturdido y se le hizo la boca agua. Prácticamente podía sentir el aroma de la ambrosía. Cuanto más se acercaba a ella, más intensa era la fragancia.

—Pervertidillo —le dijo William.

—¿Es que no puedes hablar en serio ni un momento?

—Hablaba en serio. Siempre había pensado que serías un amante veloz, de los que dejan a la chica sin saber muy bien si ha pasado algo. No imaginaba que pudieras ser tan sigiloso y furtivo.

—Me alegra saber que has dedicado tiempo a mi vida sexual.

—¿No lo hace todo el mundo?

—Vete a paseo —siguió oliendo, cada vez más aturdido.

¿Sería posible que el olor procediese de la sangre de Sienna? Volvió a olerla. Sí, estaba claro que la ambrosía estaba en la sangre y sin duda había una gran cantidad.

La ambrosía se cultivaba en campos del Cielo muy lejos de aquel oscuro reino. Se arrancaban los pétalos y de ellos se extraía el embriagador líquido antes de secarlos para después convertirlos en polvo. Nadie podía tocar el líquido, ni siquiera los inmortales; los mortales tampoco podían tocar el polvo.

Pero Sienna ya no era humana.

A Paris le dio vergüenza reconocer que sentía la tentación de morderla para beberse su sangre y saborear la droga que transportaba. Había superado su adicción a una velocidad de vértigo porque había sabido que no podía permitirse que nada lo distrajera de su misión. Pero ahora se daba cuenta de que la tentación seguía estando ahí.

—Esto es muy interesante y, sinceramente, no pretendo interrumpir tu proceso de seducción —le dijo William—. Pero, ¿vas a pasar a lo bueno, o no?

—Pensé que te había dicho que te callases.

—No, me dijiste que me fuera a paseo, pero de eso hace ya cinco minutos y me aburro.

Paris se mordió la lengua hasta sentir el sabor metálico en la boca, y mientras siguió con el examen de lesiones. No pudo controlar una nueva descarga de deseo, y era suyo, no del demonio. No debería haberse fijado en aquellos pezones rosados, no debería observar las pecas que cubrían su cuerpo e imaginarse a sí mismo recorriéndolas con la lengua. Empezaría con las más oscuras, las del estómago, para luego ir pasando a las más claras, que estaban en los muslos. Estaba enfermo. Deberían azotarlo por ser tan pervertido.

Seguro que la propia Sienna se encargaría de hacerlo cuando despertara.

—Está muerta —dijo entre dientes. El símbolo del infinito que los Cazadores utilizaban como emblema había desaparecido de su muñeca—. ¿Por qué sangra? ¿No debería curarse con la misma rapidez que nosotros?

—Ah, ¿ahora sí quieres hablar conmigo? —respondió el guerrero.

—Responde a lo que te he preguntado antes de que te arranque la lengua y la clave en la pared.

—Está claro que has perdido el sentido del humor. Pero bueno, haré lo que me pides. Está muerta, sí, pero el demonio que llevaba dentro está muy vivo. Es el corazón del demonio el que late y su sangre la que corre por sus venas. No debería tener que explicarte la fisiología de los demonios. Pero, ¿qué es ese olor? Se me hace la boca agua...

—¡No respires! —no quería que nadie más la oliese.

—Está bien. Eres un poco posesivo, ¿no?

—Volvamos a lo que estábamos y así no te haré pedazos. Está poseída por un demonio, sí, pero es el espíritu de un humano muerto. Así que...

—Puedes tocarla.

—Eso es obvio. Lo que quiero saber es si se va a curar.

—Sí, porque el demonio se curará. Deberías haber empezado preguntándome eso y no me habrías hecho perder tanto tiempo.

Muy bien, muy bien. Se iba a curar. Paris la tomó en sus brazos, empapados por el pis de las gárgolas.

A Sexo le gustaba tanto el contacto físico que ronroneó de placer.

—Voy a llevarla arriba, a ver si encuentro algún dormitorio —allí podría limpiarla y curarle las heridas. Si no despertaba y le pedía que la dejara en paz—. Y no estás invitado a acompañarnos.

A pesar de lo mucho que deseaba verla despierta y poder hablar con ella, Paris esperaba que siguiese dormida mientras la curaba. Se moría de ganas de tocarla. Sí, era un enfermo. Pero no era solo por eso por lo que quería que siguiese dormida. No quería que sintiese ningún dolor.

Miró las cadenas un segundo y pensó que quizá fuera buena idea atarla a la cama para que no pudiera escapar hasta que hubiesen hablado de un par de cosas. Pero luego llegó a la conclusión de que no había ido hasta allí solo para tratarla como una esclava. Su único objetivo era liberarla.

Además, era posible que no saliera huyendo. Al fin y al cabo, había acudido en su ayuda.

Apoyó la mejilla sobre su cabeza un solo instante antes de salir de la celda. Las gárgolas no se habían molestado en cerrar la reja.

—Eres una nenaza —le dijo William mientras lo veía olerle el pelo.

—¿Tú crees? No soy yo el que va por ahí con un frasco de suavizante.

—Por eso tienes las puntas tan abiertas.

—Dime una sola cosa más sobre tu pelo y mañana te despertarás completamente calvo.

—Qué tontería. Los dos sabemos que te sacaría las tripas antes de que pudieras acercarte a mí con una cuchilla —William lo miró a los ojos con orgullo—. Para que lo sepas, solo los verdaderos hombres son capaces de aceptar su lado femenino.

—No sé quién te habrá dicho esa tontería, pero seguro que ahora mismo se está riendo de ti.

—Fue tu madre. Me lo dijo después de habérmela tirado.

Qué respuesta tan original.

Paris llegó al salón de baile, que estaba tan oscuro y desvencijado como el resto del lugar, con sangre seca en las paredes y huesos tirados por el suelo. Subió la escalera cubierta por una alfombra deshilachada y, al llegar al segundo piso, descubrió un montón de estatuas. Había hombres, mujeres, jóvenes y viejos. Lo único que tenían en común todas ellas era la expresión de horror de sus rostros.

—Supongo que vas a estar ocupado unas cuantas horas, el tiempo que va a estar ella sin conocimiento y en el que tú podrás hacer lo que quieras con su cuerpo —William acarició los pechos de alabastro de una de las estatuas—. Por eso no quieres que te acompañe, ¿verdad?

—Aprovecha a cerrar la boca ahora que todavía tienes cabeza —a pesar de lo que le repugnaba la sugerencia de

William, Paris no pudo evitar excitarse al pensar en estar a solas con Sienna, tocándola con la misma libertad con la que William había tocado esa estatua.

—Grita si me necesitas. Ya sabes, si es demasiado para ti y quieres ayuda.

—Sigue soñando —Paris giró a la izquierda y el guerrero a la derecha—. Por cierto, si llamas a mi puerta, más vale que te estés muriendo porque, si no es así, me encargaré de que lo hagas pronto —abrió con el hombro la puerta de la primera habitación que encontró y tuvo la suerte de que se tratara de un dormitorio amueblado. Solo tenía que retirar la lona que cubría todos los muebles.

O quizá debiera dejarla donde estaba porque, cuando Sienna despertara, aquello sería zona de guerra.

Capítulo 12

Kane, guardián del demonio del Desastre, no podía creer la suerte que tenía. Normalmente su vida se precipitaba hacia el Infierno con o sin su consentimiento, mientras le caían rocas sobre la cabeza y se abrían agujeros bajo sus pies. Ese tipo de cosas podían volver loco a cualquiera, por eso, con el paso de los años, Kane había desarrollado una filosofía que le había salvado la vida: a veces pasaban cosas horribles, había que enfrentarse a ellas y seguir adelante.

Ahora estaba en el Infierno de verdad, pero no estaban torturándolo. Tampoco estaban interrogándolo ni había ningún tipo de catástrofe. Estaban rindiéndole culto. Las que lo veneraban eran siervas de los demonios, pero el caso era que lo veneraban, ¿no? Sus manos, con garras y escamas, lo acariciaban y frotaban suavemente contra él sus cabezas coronadas por cuernos, con el resto del cuerpo... prefería no pensar qué estaban haciendo.

«Mías», susurró Desastre dentro de su cabeza con un orgullo que Kane pudo sentir en todo el cuerpo.

Sí, sabía que aquellas siervas pertenecían solo a Desastre. El Gran Señor había vivido en otro tiempo en aquella parte del Infierno. Había estado al mando de todo hasta que había decidido dejarlo todo y escapar. Habían pasado miles de años desde entonces, pero la conexión no había desaparecido. Los siervos, o demonios menores, habían sentido la presencia de su señor dentro de Kane y lo habían salvado de un brutal ataque.

En ese momento, Kane se encontraba en un trono hecho de... huesos recién extraídos. Bueno, quizá fuera una manera más agradable de decir que los huesos habían pertenecido a los Cazadores que lo habían atacado. Se los había arrancado solo unos días antes. Si pensaba que la camisa y el pantalón que llevaba estaban hechos con la piel curtida de dichos atacantes, un asiento hecho con fémures no parecía una gran cosa.

Eran regalos, según le habían dicho las siervas, y Kane no había podido decirles: «Gracias, pero prefiero una tostadora». Lo único que querían a cambio era su esperma.

Sí. Así era.

Por lo visto, su demonio había tenido un ataque de celos y, fiel a su nombre, había provocado un auténtico desastre que había acabado con los siervos de sexo masculino. Solo quedaban hembras y estaban desesperadas por procrear con su Gran Señor del Mal preferido.

Kane llevaba siglos sin practicar el sexo por la sencilla razón de que era algo demasiado peligroso para sus compañeros de cama. Como era lógico, su cuerpo estaba más que preparado. Quizá fueran manos de demonios, pero acariciaban y tocaban de maravilla. Su cuerpo, sin embargo, no estaba tan preparado para la acción.

—Fuera, señoras —les ordenó. Podría habérselo dicho con más amabilidad, pero si había algo que había aprendido sobre los demonios, era que solo respondían a la fuerza. La amabilidad no servía de nada con ellos.

Esperaba que se revolvieran y lucharan, pero se limitaron a lanzar suspiros de frustración mientras se apartaban de él. Aunque se quedaron muy cerca, seguramente con la esperanza de que cambiara de opinión.

Desastre protestó dentro de su cabeza. Aquellas siervas le pertenecían y quería poseerlas físicamente también.

«No». Era imposible. Kane no era de los que podría abandonar a un hijo, aunque fuera mitad demonio, así que había hecho lo que debía hacer.

«¡Tómalas!»

«¡He dicho que no!».

Tenía que largarse de allí, pero cada vez que se ponía en pie, las siervas volvían a echársele encima y le bajaban los pantalones. No sabía si Desastre les habría enseñado a moverse con tanta rapidez o era que de verdad él era alguien especial.

Pero había algo que sí sabía con certeza: sus amigos estarían preocupados por él y buscándolo. No quería que fueran hasta allí y se arriesgaran a perder la vida, cuando la suya ya no estaba en peligro.

«¡Posee a una de ellas! Solo a una».

¿Ahora iban a negociar? La respuesta seguía siendo la misma. Un no rotundo. Pero... quizá pudiese fingir, pensó Kane. Quizá si elegía a una de ellas y se la llevaba a solas, tuviera más oportunidades de salir de aquella cueva.

Observó a las criaturas que se arrodillaban ante él. Algunas tenían cuernos, otras alas puntiagudas, otras tenían escamas rojas o verdes. Se encontraban en una cueva enorme con sangre en paredes y techo, un fuego en cada rincón y los gritos de los malditos flotando en el aire, junto al azufre. Por fin encontró un cuerpo sin cuernos ni alas y con escamas de un tono más suave.

—Tú —la señaló y pidió que, por segunda vez en su vida, la suerte no le diera la espalda—. Te quiero a ti.

Las demás protestaron con envidia y frustración, pero la elegida se puso en pie. Tenía las piernas torcidas, en lugar de pies tenía pezuñas y, cuando sonrió, dejó ver unos dientes llenos de sangre. Desastre empezó a pegar botes de impaciencia dentro de él.

«¡Mía, mía!».

¿Qué haría ese cretino cuando la poseyera, si llegaba a hacerlo? ¿Mataría a Kane igual que había hecho con su propio pueblo? Probablemente. Si lo asesinaba, podría quedarse allí, un lugar del que había huido en otro tiempo, pero que sin duda había echado de menos. Quizá se volviera loco por perder el cuerpo humano que lo albergaba, pero tendría libertad para acostarse con quien quisiese, él solito.

Eso sí que era una situación difícil.

La sierva fue cojeando hasta el trono y, a juzgar por el brillo lascivo que tenía en los ojos, pensaba montarlo como a un pony en cuanto lo tuviese al alcance de la mano, ante la mirada de todas las demás.

A Desastre le encantaba la idea.

Kane meneó la cabeza y levantó una mano para detenerla.

–No, lo siento. No te acerques más.

Ella lo miró frunciendo el ceño, pero obedeció.

–Necesito intimidad –aclaró–. Quiero… hacerte mía a solas.

–¿Señor? –preguntó, moviendo su lengua bífida de serpiente.

–Quiero que me levantéis una tienda de campaña entre todas para poder estar contigo en privado –aclaró. Quizá así estuviesen tan entretenidas, que pudiese escapar sin que se dieran cuenta.

–¿Una tienda?

–Sí, levantadla ahora y así después podrás tener hijos –«con otro», añadió para sí.

«¡No, no!», protestó el demonio.

La mayoría de las siervas se alejaron a buscar todo lo necesario para llevar a cabo la tarea, pero hubo unas cuantas que se quedaron allí, mirándolo. «Unas cuantas» eran en realidad más de cien. Eso quería decir que no iba a poder escapar como había imaginado.

Kane deseó poder ser como Paris. Él las habría poseído a todas y habría extraído fuerza de ellas sin preocuparse lo más mínimo por las consecuencias.

Pero claro, si fuese como él, también habría sido un drogadicto obsesionado con encontrar a la mujer que había intentado matarlo. En aquel momento, lo de las drogas y la obsesión no le parecían tan mala perspectiva. Al menos tendría un poco de paz. Cuando volviera a casa iba a tener que aguantar muchas bromas sobre su codiciado esperma, su extraño harén y su negativa a fecundar a todas aquellas flores.

Pero estaría en casa.

De pronto sintió una clara aprensión. Estaba a punto de ocurrir algo. El modo en que se le acababa de revolver el estómago lo confirmaba. Un desastre... una tragedia de la peor clase... en la fortaleza de Buda, donde vivían todos los Señores con los suyos. Su fortaleza. Su demonio lo sabía, lo sentía y por eso también podía sentirlo él.

Kane se puso en pie, echó a correr hacia la entrada de la cueva y no se detuvo a pesar de las hembras que fueron tras él y se le subieron encima como si quisieran acompañarlo.

Capítulo 13

Viola subía las escaleras detrás de aquel guapo guerrero llamado Maddox, que llevaba en brazos a su embarazadísima esposa, Ashlyn. Era la cuarta vez que pasaba de mano en mano entre los residentes de Budapest y la verdad era que no comprendía por qué ninguno de ellos quería pasar más tiempo con ella.

Primero había pasado de Lucien a Anya, a quien había conocido en el Tártaro hacía varios siglos, allí habían sido compañeras de celda. Anya siempre había sentido celos de ella, claro. ¿Quién no? Al verla ese día, la diosa menor había fingido no reconocerla, pero Viola se había dado cuenta de que aquella mentira no era sino una manera de pedirle que le contara todos y cada uno de los detalles de su magnífica vida.

Una hora después, Anya la había dejado en manos de Reyes y Danika y lo había hecho con unas palabras que aún la tenían desconcertada.

—Aquí tenéis. Toda vuestra. Ya me lo agradecerás, Reyes, porque no vas a tener que clavarte ningún cuchillo durante por lo menos un año para tener contento a tu demonio.

¿Qué se suponía que iba a hacer ella para que Reyes tuviese contento a un demonio al que le gustaba sufrir? Porque Reyes estaba poseído por el demonio del Dolor, sin embargo, ella era perfectamente... perfecta. Daba alegría verla y escucharla porque de su boca salían auténticas perlas de sabiduría. Por no hablar de su talento para la moda y la decoración.

De hecho, acababa de decidir aprovechar ese talento para ayudar a los demás. A partir de ahora vestiría a todo el mundo y redecoraría sus casas sin cobrarles... más que unos cientos de miles.

Se le llenaron los ojos de lágrimas al pensarlo. ¿Cómo podía ser tan generosa?

Una vez, hacía siglos, había hecho algo no tan generoso que la había lanzado en una espiral de la que no se sentía nada orgullosa, aunque no recordaba qué era lo que había hecho. No conseguía recordarlo porque su demonio borraba los recuerdos negativos de su mente, se los escondía para que nada enturbiara el amor que se profesaba a sí misma. Como si algo pudiera enturbiarlo.

Bueno, el caso era que después de una hora de conversación con Reyes, este la había entregado a Olivia, el ángel de Aeron. Y solo quince minutos después de eso, Olivia le había sugerido amablemente que no le negara a Maddox el placer de estar con ella. Cinco gloriosos (para él) minutos más tarde, Maddox había salido corriendo farfullando algo sobre que debía ir a buscar a su esposa y que Viola podía acompañarlo si quería. Así que allí estaba, camino al dormitorio de la pareja.

–Yo podría inventar algún mecanismo eléctrico con el que tu mujer pudiera moverse fácilmente –le dijo Viola al guerrero. Llevaba el torso descubierto y la mariposa que llevaba tatuada en la espalda, el símbolo del demonio que llevaba dentro, parecía mirarla con cara de pocos amigos–. Soy bastante habilidosa con las herramientas, como sin duda habrás podido imaginar, y tú debes de tener la espalda destrozada de levantar el enorme peso de tu mujer.

Ashlyn se puso una mano en la boca para no reírse,

pero con la otra no pudo hacer lo mismo con la boca de Maddox.

—Es ligera como una pluma —replicó—. A mí me encanta llevarla y también me encanta estar a solas con ella.

—Pues ya puedes ir despidiéndote de tu espalda —sí, definitivamente, la mariposa del tatuaje estaba mirándola mal. Entre las alas había aparecido un rostro esquelético con unos enormes dientes y las puntas de las alas se habían convertido en dos puntas de puñales que parecían apuntar a Viola.

Era muy chulo, pero nada comparado con el tatuaje que tenía ella. La parte delantera de la mariposa se extendía por su pecho, su estómago y sus piernas y la trasera iba de los hombros a las pantorrillas, pasando por los muslos. Así pues, tenía el cuerpo entero cubierto del animal, que resplandecía con el brillo de un diamante rosado.

Ashlyn la miró por encima del hombro de Maddox.

—No está intentando librarse de ti...

—Claro que lo está intentando —aseguró el propio Maddox.

—... lo que ocurre es que está de mal humor —añadió la humana.

Viola arrugó el entrecejo, tratando de comprender qué habría llevado a aquella pobre mujer embarazada a pensar algo tan absurdo. ¿Cómo iba alguien a querer librarse de ella? Por favor. Hombres, mujeres y niños, mortales e inmortales, siempre se peleaban por disfrutar de su presencia.

—No te preocupes por mí —le dijo—. Seguro que simplemente está abrumado por mi esplendor.

Esa vez fue Maddox el que frunció el ceño antes de detenerse delante de una puerta cerrada, pero entonces Ashlyn se echó a reír, él la miró y su cuerpo entero se relajó. Fue como si se derritiera como un cubito de hielo bajo el sol.

Viola sintió una punzada en el pecho. No recordaba que nadie en toda su vida la hubiera mirado así, como si fuera el sol, la luna y todas las estrellas del universo. Aunque tenía miles... no, millones de admiradores.

–¿Dónde está tu perra? –le preguntó Ashlyn.

–La princesa Fluffikans está explorando el terreno sin que su mamá le ponga ningún impedimento.

–Eso explica por qué se oyen tantos gritos en la calle –murmuró Maddox.

Ashlyn le dio un beso en la boca a su esposo antes de girar el picaporte. La puerta se abrió y del interior del dormitorio salió un delicioso olor a aire limpio y fresco que llegó hasta Viola. Examinó la habitación rápidamente en busca de todos los espejos y superficies en los que pudiera encontrar su propia imagen. Vio un tocador a la izquierda y decidió evitarlo a toda costa, por más que su demonio le pidiera que echara solo un vistazo... solo un segundo para comprobar una vez más lo increíblemente hermosa que era...

Apretó los dientes y siguió observando. Había flores frescas por todas partes, en jarrones que decoraban cada uno de los muebles de la habitación excepto la cama, pero también entre el hierro forjado del cabecero de la cama, por donde parecían trepar como la hiedra.

En el centro de la pared del fondo había un cuadro que atrajo especialmente la atención de Viola. Se acercó lentamente. Había tal profusión de detalles que tenía que admirarlos poco a poco; miraba una parte durante unos segundos y luego apartaba la vista un momento antes de examinar la siguiente sección. Así, hasta que lo hubo visto todo.

Era un retrato de Ashlyn en el que aparecía en un maravilloso jardín con pétalos de flores en el pelo y en el cuerpo. Pero en realidad no eran pétalos, sino caras, multitud de caras. Estaban los guerreros, sus mujeres y otras que Viola no reconocía. Entre las que sí conocía estaba la suya, de la cual apartó los ojos rápidamente. Ya pensaría qué hacía allí en otro momento más adecuado.

En el cuadro, Ashlyn tenía un brazo descubierto y con un tatuaje que le llegaba hasta el codo. Eran llamas y copos de nieve entrelazados y, aunque lo lógico hubiera sido que las llamas derritieran los copos o los copos apagaran las llamas, más bien parecían alimentarse mutuamente, ganando en intensidad y en color a medida que subían por el brazo.

Delante de ella había un estanque y Maddox observando sus turbias aguas. Ashlyn le tendía la mano del brazo tatuado, en la que lucía un anillo de plata que brillaba majestuosamente.

Viola sintió un extraño hormigueo. Tenía la certeza de haber visto retratos parecidos a aquel, pero no recordaba dónde ni cuándo. Lo que sí sabía era que todos los colores, las caras y el resto de detalles tenían un significado. Aquello era simbolismo en su más pura expresión. Un simbolismo que Viola no sabía cómo interpretar.

–¿Quién ha pintado este cuadro? –preguntó, maravillada, pero dejó de mirarlo para no acabar perdiendo horas tratando de descifrarlo, como las perdía cada vez que veía su propia imagen.

–Danika, la mujer de Reyes –respondió Maddox.

Danika, vaya. Ahora que había dejado de mirar el cuadro, Viola se permitió a sí misma plantearse qué hacía su rostro en él. Nunca antes había visto a Danika hasta esa mañana. Parecía humana, pero después de ver su obra, era evidente que había algo sobre ella que no sabía.

–Es de una exquisita factura.

–Igual que todas sus obras –aseguró Ashley, orgullosa.

–¿Puede ver el futuro?

–No vamos a hablar de eso –zanjó Maddox.

Eso quería decir que sí.

–Seguro que quiere pintarme a mí sola. Tendré que hacerle un hueco para posar para ella –tenía muchas cosas que preguntarle y que averiguar sobre sí misma.

Ashlyn volvió a echarse a reír y Maddox frunció el ceño una vez más.

Había metido a su mujer en la cama y estaba arropándola.

–¿Necesitas algo, mi amor? –le preguntó, acariciándole la mejilla como si fuera un ser increíblemente frágil.

Ella se tocó el vientre con la mano y esbozó una ligera sonrisa.

–La verdad es que me encantaría comerme una naranja. Pero solo una, esta vez. La última vez que tuve el mismo antojo, me trajiste un cesto lleno.

–Te voy a traer la naranja más dulce y sabrosa que hayas probado –volvió a acariciarle la mejilla como si no quisiera dejar de mirarla. Por fin lo hizo y, al darse la vuelta, le lanzó a Viola una mirada de advertencia–. Quiero que la protejas con tu propia vida si fuera necesario. Si le haces el menor daño, aunque sea sin querer... –en lugar de terminar la frase apretó los puños.

–¿No se te ocurre nada lo bastante cruel? –le preguntó Viola–. ¿Qué tal te parece sacarme las tripas? Podrías colgarme del techo con mis propios intestinos. Sería muy desagradable.

Maddox la miró boquiabierto.

–Pero debo advertirte que los intestinos son rosas y el rosa es el color que más me favorece. Aunque... ¿a quién quiero engañar? A mí me favorecen todos los colores, así que seguramente volverías a enamorarte de mí.

Maddox cerró la boca y apretó los labios.

–Ya está bien. Yo me quedo aquí y tú, Viola, vas a buscar la naranja.

–De eso nada. A menos que vayamos juntos y me lleves en brazos –le dolían los pies de tanto andar.

Él miró a la puerta, luego a Viola y luego otra vez a la puerta.

—Tu ángel ya te ha dicho que tengo un corazón puro y que puedes confiar en mí —lo cual la había sorprendido porque no estaba tan segura de haber tenido alguna vez un corazón puro y el que los guerreros la hubiesen creído la había sorprendido mucho. Se suponía que eran los seres más desconfiados del mundo—. Ah, tráeme una naranja a mí también, pero acompáñala de una buena hamburguesa con patatas fritas. Hoy me he saltado la comida.

Maddox salió por fin de la habitación, pero no sin antes lanzarle unas cuantas amenazas más.

—Qué exagerado, qué manera de sobreproteger a alguien —murmuró Viola en cuanto lo vio marchar.

—¿Has estado enamorada alguna vez? —le preguntó Ashlyn.

—Vamos, no soy tan tonta.

—¿Eso quiere decir que sí?

—Sí, claro. Quiere decir que no.

Ashlyn respondió a su vehemencia con una sonrisa de serenidad.

—¿Por qué te parece una idea tan horrible?

Volvió a sentir la punzada del pecho. Se frotó con fuerza el lugar donde notaba el dolor, pero no consiguió hacerlo desaparecer.

—No sé —buen momento para cambiar de tema—. Estaba pensando organizar una noche de solteros aquí, en mi nueva casa —y esperaba que le durara para siempre—. Así los guerreros que no estén emparejados podrían cortejarme —se acercó a sentarse a los pies de la cama—. Podría ser una de esas veladas de citas rápidas, dado que normalmente no aguanto a ningún hombre más de cinco minutos. Después podría darles una rosa a los que me hubieran gustado y los que no tendrían que marcharse de inmediato.

—Veamos —Ashlyn se llevó la mano a la barbilla y apretó los labios como si estuviese tratando de no sonreír—. Lo creas o no, quedan muy pocos solteros.

—¿Quién, por ejemplo?
—Torin.
Su imagen apareció en la mente de Viola. Pelo blanco, cejas negras y ojos verdes. Un rostro hermoso y un cuerpo fuerte.
—Me sirve. Continúa.
—No es que no sea estupendo, pero debo advertirte que tiene un pequeño defecto. Lleva dentro el demonio de la Enfermedad, lo que quiere decir que no puede tocar a nadie sin provocar una epidemia. Tú no te podrías poner enferma porque eres inmortal, pero tampoco podrías tocar a nadie más después de tocarlo a él porque sí que propagarías la enfermedad.
Viola se paró a pensarlo un instante.
—Tienes razón. No me pondría enferma. Seguro que has notado que tengo un sistema inmunológico increíble. Aun así, creo que no me apetece que alguien tan problemático se enamore de mí. ¿Quién más hay?
—Kane, pero... —se le llenaron los ojos de tristeza al pronunciar su nombre—. No sale con chicas. Dice que no merece la pena pasar el mal trago.
—Yo le haría cambiar de opinión, pero no creo que sea por eso por lo que te has puesto triste, ¿no? Creo haber oído algo de que ha desaparecido.
—Sí.
—No te preocupes. En cuanto se entere de que yo estoy aquí, encontrará la manera de volver. Aunque esté muerto. No me gusta presumir, pero me ha pasado unas cuantas veces. Solo tengo que ponerlo en Screech y empezará la competición por encontrarme.
En lugar de animarla, Viola había conseguido que ahora, además de triste, Ashlyn estuviese preocupada.
—Recuerda que no debes escribir nada en Screech.
Viola hundió los hombros. Tenía razón. Nada más llegar, Lucien la había llevado a la habitación de Torin y le había pedido que entrara en su blog y en su página Web. Los dos

hombres le habían lanzado una clara amenaza: si escribía algo en Internet que permitiera adivinar dónde se encontraba, la echarían de allí y no podría volver nunca más.

—¿Quién más queda? —preguntó.

Ashlyn se mordisqueó el labio inferior.

—Cameo, pero creo que a ella le gustan los hombres.

Viola meneó la cabeza.

—También la haría cambiar de opinión, pero bueno, he dejado atrás esa etapa. ¿Quién más?

—William el Cachondo. No lleva ningún demonio dentro, pero es inmortal.

William el chico travieso. Sabía quién era. También lo había conocido en el Tártaro.

—Es algo más que inmortal —era arrogante, engreído y muy pesado—. Lo pondré entre los dudosos.

—¿Qué quiere decir eso de que es más que inmortal? Dicen que es una especie de dios, pero siempre he pensado que solo era un farol suyo. Porque...

—Basta de hablar de William. Estamos hablando de mí. ¿Con quién más podría salir?

—Paris también está soltero, pero últimamente está obsesionado con otra mujer.

—Sí, con la muerta, ya lo sé. Podría hacerle cambiar de opinión, pero no sé si quiero porque... —debía de haber una razón para no querer hacerlo, pero Viola no daba con ella.

Paris le había preguntado qué tenía que hacer para poder ver a los muertos y ella se lo había dicho. Después le había preguntado algo más, pero entonces había llegado Lucien y la conversación se había quedado a medias. ¿Qué le había preguntado? Se esforzó en reproducir la conversación y al oírlo, abrió los ojos de par en par.

Le había preguntado qué consecuencias tendría el tatuarse con las cenizas de Sienna. Vaya. Había dejado que se fuera sin que escuchara la respuesta.

Bueno. No era problema suyo. Solo de Paris.

Capítulo 14

Sienna recorrió un largo pasillo con la cabeza aturdida. Igual que había visto su pasado proyectado en las paredes del castillo, ahora veía el de Paris; un sinfín de colores, rostros, voces... y cuerpos. Aparecían mujeres por todas partes, muchísimas mujeres. Al principio las veía sonriendo, las oía reír, todas ellas impacientes por estar con él, dejándose seducir por sus encantos.

¿Cómo no iban a hacerlo? Él les daba todo lo que deseaban. Una caricia, un beso, un lametón. Un encuentro suave. Un poco de marcha. Les hacía el amor a todas y sabía perfectamente dónde tenía que tocarlas para darles el máximo placer. Sabía cuánta presión debía hacer sobre sus pechos o en sus muslos. A algunas les gustaba la suavidad, a otras algo un poco más fuerte.

Sabía en qué posición colocarlas; boca arriba, de rodillas, boca abajo. Sabía que a algunas les gustaba hacerlo despacio y a otras más rápido. Todas lo adoraban y el placer que sentían con él no era comparable con nada.

Pero entonces se marchaba y todas lloraban desconsoladamente, acababan temblando de dolor y con el corazón roto. Entre tantas féminas había también algunos hombres con los que Paris también había estado y a los que había abandonado del mismo modo. Ellos también lo deseaban y, aunque no eran lo que él prefería, los poseía para poder sobrevivir. Después, siempre le pedían que se quedara, pero él nunca lo hacía.

Había habido una mujer por la que sí que había sentido algo. Susan. Paris había intentado mantener una relación con ella, pero, siendo como era, al final había puesto la supervivencia por delante de los sentimientos y también le había roto el corazón.

Sienna se detuvo en seco al verse a sí misma. Allí estaba, casi oculta entre los demás rostros. Paris aparecía desnudo, atado a la mesa del jefe de Sienna, y ella encima. No necesitaba ver todo aquello para recordar lo ocurrido. Jamás podría olvidarlo.

Había insistido en estar a oscuras para poder relajarse. Dependiendo del momento, él la había odiado, se había odiado a sí mismo, la había ayudado o se había movido con fuerza para aumentar el placer. Al volver a recordarlo, Sienna se daba cuenta de que una parte de él había querido castigarla, pero otra, la más secreta, había deseado aferrarse a ella y no soltarla nunca. Para él, ella había sido una especie de bendición.

Las náuseas le revolvieron el estómago. Paris había pensado cosas maravillosas de ella, pero ella lo había condenado.

La Ira se disparó en su interior y la obligó a ver más y más. Tenía que verlo todo, así que siguió caminando.

Aparecieron otras imágenes y alguien debió de subir el volumen porque de pronto se oyeron gruñidos, gemidos y gritos. Gritos de placer, de dolor e incluso de furia. Acusaciones seguidas de súplicas.

Y súplicas seguidas de maldiciones.

A veces, cuando Paris no encontraba a nadie que quisiera acostarse con él, perdía las fuerzas y la voluntad de vivir. Era entonces cuando el demonio se descontrolaba y hacía que de los poros de su cuerpo saliera un aroma que embriagaba a todo aquel que estuviese cerca y los atraía hacia él, haciendo que lo siguieran y se olvidaran por completo de cualquier reticencia previa a estar con él o de cualquier opinión negativa sobre la promiscuidad.

Cuando esto ocurría, Paris tenía que luchar contra un terrible sentimiento de culpa porque sabía que estaba haciendo algo reprobable, pero aun así, aceptaba lo que le ofrecieran.

Esos compañeros de cama no lloraban cuando él se iba. Lo miraban con odio y vergüenza por lo que habían hecho con él, horrorizados ante lo que estaban a punto de perder. El respeto de alguien a quien querían.

Paris había roto matrimonios, había cometido adulterio y realizado actos sexuales inimaginables. Después dejaba que otros se lo hicieran a él, quizá a modo de penitencia. Sienna habría podido imaginar todo aquello, pero lo que más la había sorprendido era que Paris se odiaba a sí mismo más de lo que podría odiarle nadie jamás.

Ay, Paris, pensó. Era el Cielo y el Infierno, tal como había dicho Ira.

Sienna habría querido taparse los ojos para no ver aquellas imágenes. Había querido gritar y gritar para no oír nada. Todo el mundo lloraba a su alrededor, incluso Paris. Las lágrimas caían del techo como gotas de lluvia que la golpeaban. Pero no se protegió, no dijo nada y siguió andando; movía los pies de manera automática. No había conexión alguna entre cuerpo y cerebro.

Ira quería que lo supiese todo e iba a saberlo.

Volvió a elevarse el volumen. Oyó un chillido que la dejó helada y le revolvió el estómago. El llanto se detuvo. Un nuevo chillido y entonces empezó a ver imágenes de guerras. Una batalla tras otra, a cual más cruenta. Puñales que se clavaban en la carne, disparos de pistolas, bombas que explotaban y miembros de cuerpos descuartizados que saltaban por los aires. Todo era muerte y destrucción. Y todo ello causado por Paris.

Paris, portador de placer y fatalidad.

Pero allí, en las batallas, no había sentimiento de culpa

alguno, solo la lógica más fría. Era matar o morir. No había lugar para la emoción o el arrepentimiento. Tampoco para la esperanza. No tenía elección; eran las cartas que le había tocado jugar. Tenía que luchar por lo que quería o dejarse morir.

Y Paris jamás se dejaría morir.

Aunque parecía que el demonio de Sienna sentía cierta simpatía por Paris, al mismo tiempo, Ira esperaba poder castigarlo por todo el mal que había hecho. El demonio la instaba a que se acostara con él y luego lo abandonase. Quería que le rompiera el corazón, que le hiciera llorar y suplicar. Después de eso, por supuesto, tendría que torturarlo y hacerle tanto daño como él había hecho a tantos otros.

¡No! No, no, no. Sienna sacudió el cuerpo para liberarse de las cuerdas con las que el demonio parecía haberla atado a su voluntad y se llevó la mano al estómago, como si solo con hacer eso pudiera calmar las náuseas que la quemaban por dentro.

–No voy a castigarlo –gritó, orgullosa de mostrarse fuerte y segura.

Paris había hecho todas esas cosas, no había excusa posible; por fuerte que fuera la influencia del demonio que llevaba dentro, él era el responsable de las decisiones que tomaba. Podría haber encontrado alternativas.

Claro que, ¿quién era ella para condenar a nadie? ¿Acaso ella había encontrado una alternativa? No.

Ira no respondió. Eso era algo nuevo. Normalmente el demonio protestaba hasta que ella acababa por ceder. Pero quizá Aeron, que había albergado a Ira antes que ella, hubiera librado esa misma batalla y la hubiese ganado. Después de todo, Aeron y Paris habían vivido juntos durante cientos de años y quizá en ese tiempo el demonio había acabado por plegarse a los deseos de Aeron.

Si alguna vez conocía a Aeron, y él podía verla y no trataba de matarla, se lo preguntaría. También intentaría devolverle a Ira, aunque el hacerlo fuera a matarla.

–Sienna.

Sintió una cálida caricia en la mejilla a la que reaccionaron todas las terminaciones nerviosas de su cuerpo volviendo a la vida y provocándole un escalofrío.

–Despierta. Vamos. Así, muy bien.

Sí. Esa voz... sexual y primitiva, tan increíblemente masculina, se coló en su inconsciente. El lugar donde se originaba la voz era sin duda una fuente de placer. Un placer que la esperaba y la llamaba.

Abrió los ojos. Al principio lo vio todo borroso, pero a fuerza de parpadear, las imágenes fueron adquiriendo nitidez. Estaba en una de las habitaciones del segundo piso del castillo. El ambiente olía a humedad y... Paris estaba a su lado, mirándola.

Al verlo se le cortó la respiración. Era tan hermoso. Podría seducir a quien quisiera dónde y cuándo quisiera. Tenía el cabello de un negro intenso, aunque salpicado con algunos mechones más claros que parecían hilos de oro. Sus ojos estaban rodeados de unas largas pestañas negras y tenían un aire siempre tentador con el que parecían decir: «vente a la cama conmigo». Los labios eran quizá la parte más decadente de su imagen. Tenía la piel pálida, pero con un ligero bronceado allí donde lo había besado el sol.

En su rostro había algunos arañazos y magulladuras, pero no parecían imperfecciones sino que aumentaban su atractivo, infundiéndole carácter y profundidad. Amante, guerrero... protector de aquellos a los que elegía. Y estaba allí. Con ella.

–¿Qué tal te encuentras?

¿Eso que notaba en su voz era preocupación? En tal caso, debía de estar alucinando porque era imposible que a Paris le preocupara su bienestar después de todo lo que había ocurrido entre ellos. Sienna levantó una mano temblorosa y le tocó la mejilla. Era de verdad.

–Estás aquí –confirmó, asombrada.

–Sí. Yo... sí –se le dilataron las pupilas hasta hacer desaparecer el color azul e inundar sus ojos de negro–. ¿Qué tal te encuentras?

–Bien –sentía cierta molestia en el estómago y dolor constante en las alas, pero nada que no pudiera soportar. Suponía que sería una de las ventajas de no estar viva y de llevar dentro a Ira. Por muy graves que fueran sus heridas, la muerte no podía alcanzarla y se curaba con rapidez.

–Te he limpiado las heridas y he puesto vendajes en las que tenían peor aspecto –sus palabras tenían un claro tono de culpa.

–Gracias –Sienna se llevó la mano al pelo, debía de estar horrible–. ¿Y tú, qué tal estás? –le temblaba la voz tanto como la mano.

–Bien –dijo él también y tampoco dio más detalles.

Paris se puso recto, alejándose un poco de ella, aunque seguía rozándola con la cadera y también le rozaba el costado con la mano que tenía apoyada en la cama.

Se quedaron así un buen rato, mirándose el uno al otro en silencio hasta que uno de los dos apartaba la mirada.

Resultaba... incómodo. Y muy extraño. Hacía mucho tiempo que no se veían y la última vez las cosas habían acabado... no muy bien. «Nadie tiene la culpa excepto tú», pensó Sienna con tristeza.

–Han ocurrido muchas cosas desde la última vez que nos vimos –empezó a decir él y luego hizo una larga pausa, quizá para pensar en todo lo ocurrido.

–Sí –asintió ella.

–Sé que te asignaron un demonio. Lo que no sé es qué tal te arreglas con él –dijo sin mirarla a los ojos.

–Pasamos por distintos momentos.

–¿Te muestra los pecados de los demás?

–Sí.

–¿Y te obliga a castigar a los que hacen algo mal?

–Sí.

Paris asintió.

—Aeron, el antiguo guardián de Ira, odiaba tener que hacerlo y se resistía a ello todo lo que podía.

—Sí, pero luego se apoderaba de él —murmuró ella.

—Sí.

—A mí me pasa lo mismo —normalmente veía los pecados de los demás mientras estaba despierta y lo demás ocurría a partir de ese momento. Tenía que hacer frente a la insistencia del demonio, a veces ganaba y a veces perdía. Ahora no sabía muy bien cómo interpretar el hecho de haber visto los transgresores actos de Paris mientras dormía.

Se hizo otro incómodo silencio. Había tanto que decir, pero Sienna no sabía por dónde empezar.

—Paris.

—Sienna.

Los dos hablaron al mismo tiempo.

Volvieron a mirarse el uno al otro con incertidumbre. De nuevo siguió el silencio, un silencio pesado y denso que podía sentirse en el aire. El corazón le golpeaba el pecho, intentando escapar en vano. Si hubiese sido eléctrico, lo habría desenchufado, cualquier cosa para liberarse de aquella sensación de suspense. El miedo a echar a Paris le impedía decir todo lo que había imaginado que le diría.

—Tú primero —dijo él, con evidente tensión.

Muy bien. Podía hacerlo. Claro que podía hacerlo.

—Estaba pensando cómo habrías llegado hasta aquí y por qué... por qué has venido a por mí —había venido por ella. ¿Por qué si no iba a haber gritado su nombre de esa manera? ¿Pretendería castigarla por lo que le había hecho la última vez?

Paris la miró fijamente antes de decir nada.

—He cambiado de opinión. Primero yo. Dime por qué viniste tú a mí esa noche en Texas, cuando te vio William y mis pies. William es mi amigo el «feo».

Sienna vio cómo se le congelaba la mirada en una expresión dura como el granito en la que se adivinaba la oscuridad de su interior y también una determinación implacable.

El hombre que tenía delante no era el que había luchado con las gárgolas para llegar hasta ella, no era el que le había curado las heridas. Aunque lo había hecho. La había curado y limpiado, tal y como le había dicho.

No, el hombre que tenía delante era el mismo al que había conocido en Roma. El que la había besado y un minuto después había despertado atado a una mesa de tortura. El que la había maldecido y luego la había alabado.

Pero, fuera quien fuera, Sienna no podía mentirle. Nunca más volvería a mentirle.

–Necesitaba ayuda –reconoció–. Ira sabía dónde estabas y cómo encontrarte. Se había hecho con el control. Así fue cómo acabé a tus pies.

–¿Sigues necesitando ayuda?

–¿Con Ira? Sí.

Paris asintió y automáticamente desapareció ese brillo implacable de sus ojos y de su rostro.

–Siento que esa noche no pudiera verte.

–No tienes por qué disculparte.

–Bueno –dijo él después de aclararse la garganta–. Pensé que estarías teniendo algunos problemas para adaptarte, aunque veo que estás mucho mejor de lo que estaba yo en tu situación. El caso es que le pregunté a Aeron si tenía algún consejo que pudiera darte. Me dijo que todo te será más fácil si cada día le das un poco al demonio. Si alguien te miente, tú mientes también. Si te engañan, tú haces lo mismo. Si te golpean, devuelves el golpe.

Estaba dándole aquella información voluntariamente. No la había hecho suplicar, ni la había hostigado aprovechando que él sabía algo que ella no. Y Aeron no había tratado de retener esa información, a pesar de que debía de odiarla por haberse quedado con su compañero... porque sin duda habían sido compañeros. Ira se había convertido en una extensión de él y aún seguía añorándolo. Pero, si bien se sentía muy agradecida por el consejo, no pudo evitar pensar que era un modo horrible de vivir.

–Gracias por decírmelo.

–De nada –respondió él con cierta rigidez–. ¿Sigues pensando que soy malvado y que alguien debería acabar conmigo?

–¡No! No eres malo –se avergonzaba de haberlo puesto a la misma altura que al demonio. Había sido una tonta, una crédula–. Siento mucho haber pensado que lo fueras.

La mirada que le dedicó entonces Paris consiguió arrancarle la ropa y dejarla desnuda, y temblando.

–¿Por qué habría de creerte?

Claro, nunca podría volver a confiar en ella. ¿Por qué iba a hacerlo?

–Digamos que desde que llevo a Ira dentro, se me han abierto los ojos. He visto la verdad por primera vez. Todo lo que he hecho y... lo que me veo obligada a hacer. Tú llevas miles de años enfrentándote a ello y aún sigues luchando. Es lógico que dudes de mí, pero te lo prometo –Sienna apretó los puños para no acariciarlo–: Nunca más volveré a hacerte daño alguno.

Vio en sus ojos el brillo del enfado, luego el fuego de la excitación. Y después, nada.

Apartó la mirada de ella y la clavó en la única ventana que había en la habitación. Por una pequeña abertura que quedaba entre las dos gruesas cortinas negras entraba la luz de la luna.

–Me has preguntado por qué he venido a buscarte –le recordó después de encogerse de hombros.

Sienna sintió una profunda decepción, pues le habría gustado que respondiera algo sobre la promesa que acababa de hacerle. Pero claro, no lo merecía.

–Sí –se limitó a decir.

–Yo... maldita sea. No podía dejar que sufrieras.

No podía... dejar... que sufriera. Vaya. Era una muestra de compasión que ella ya no podía mostrar hacia nadie, por eso sabía lo valiosa que era. Los ojos se le llenaron de lágrimas que enseguida empezaron a caerle por las mejillas, al principio lentamente y luego en un auténtico torrente de llanto. Acabó temblando como había visto temblar a todas esas mujeres del sueño, hasta que ya no veía la habitación ni a Paris.

¿Qué había sido de su propósito de tener más valor? Era tan humillante derrumbarse así delante de Paris, pero no podía controlarlo.

La vergüenza estalló dentro de ella en diminutas partículas que salieron disparadas hacia todos los rincones de su cuerpo, invadiéndola por completo. Durante toda su vida solo había podido contar consigo misma. La adicción al alcohol de su madre, que había comenzado tras el secuestro de Skye, había acabado con el amor que había sentido por Sienna. Su padre había terminado por largarse y poco después ya tenía otra familia y se había olvidado de la hija que había dejado atrás.

Más tarde, en la universidad, había empezado a salir con Hugh. Él había escuchado su historia con compasión y ganas de ayudar. Hugh le había contado que creía en el mundo sobrenatural y, al ver las dudas de Sienna, le había prometido demostrarle que decía la verdad... y vaya si lo había hecho. Sienna había sentido miedo y emoción al mismo tiempo porque por fin podía culpar a alguien de todos sus problemas.

Había sido tan liberador y tan maravilloso descubrir que su madre no había sido responsable de nada. Ni tampoco su padre. Y ella tampoco tenía la culpa. Era reconfortante pensar que sus padres habrían seguido queriéndola de no haber sido por todo el mal que los Señores habían llevado al mundo. Así que, cómo no, se había lanzado de cabeza al juego del bien contra el mal.

Aun así, los Cazadores la habían apuntado con una

pistola para convencerla de que sirviera de cebo para atrapar a Paris.

Paris, el mismo que no quería que sufriera.

Los sollozos adquirieron nueva fuerza. Lloraba con tal ímpetu que le escocían los ojos, le goteaba la nariz y tenía hipo, lo cual hizo que sintiera aún más vergüenza. Unos brazos fuertes la rodearon con cuidado de no apretarle las maltrechas alas. Apoyó la cara en su pecho, caliente y firme, y sintió los latidos de su corazón, que latía tan rápido como el de ella.

Eso hizo que llorara todavía más.

–Cálmate –le pidió Paris, ostensiblemente incómodo.

Cualquiera habría pensado que un hombre que había estado con tantísimas mujeres sabría cómo calmar a alguien al borde de la histeria, pero no era así. Paris le dio unas palmaditas no demasiado suaves en la espalda y la miró a los ojos con impaciencia al ver que no obedecía.

¿Cómo era posible que no quisiera que sufriera? ¿Cómo había podido ser tan injusta con él?

–Sienna. Para ya.

–No... puedo. Yo... te he hecho cosas... horribles. Y sin embargo... has... venido. Y estás siendo tan bueno conmigo.

Hubo una pausa, como si Paris apenas pudiera asimilar lo que acababa de escuchar. Y luego dijo con voz tranquila:

–Yo también te hice cosas horribles a ti, ¿verdad?

Capítulo 15

Sienna se dijo a sí misma que debía cerrar la boca y no decir nada, pero las palabras comenzaron a salir por voluntad propia.

–Ibas a acostarte conmigo y luego marcharte. No es precisamente el comportamiento de un caballero, pero tampoco es como para drogarte, torturarte y haber estado a punto de matarte. Yo te engañé y dejé que te hicieran daño. Y luego te violé –le faltaba el aire, pero siguió hablando–. Lo siento mucho, Paris. De verdad. Sé que no es suficiente y que nada de lo que diga podrá borrar lo que te hice, pero...

–Sienna.

–Lo siento. Y después, cuando me estaba muriendo, te eché la culpa de mi muerte, pero no era culpa tuya. Te dije que te odiaba y siento mucho haberlo hecho. No merecías nada de eso.

Hubo una nueva pausa. Paris empezó a deslizar las manos por su espalda, acariciándola y consolándola.

–No me violaste –aseguró en un tono curiosamente cómico–. Yo te deseaba. Te deseaba muchísimo, aunque no quisiera hacerlo.

Quizá había imaginado la comicidad de su voz porque ahora sus palabras le parecían atormentadas.

–Me acosté contigo porque me pidieron que lo hiciera, porque quería destruirte –le confesó Sienna.

—Yo lo hice para recuperar las fuerzas.
—Pero también te deseaba —añadió ella en un susurro.
Sintió la presión de sus dedos bajo las alas, pero duró solo un momento.
—Y yo a ti. Es una de las razones por las que te llevé conmigo cuando escapé, porque quería volver a estar contigo.
De los labios de Sienna salió un nuevo sollozo.
—Pensé que me habías utilizado como escudo para protegerte y... y... —mierda. El llanto la dejó sin voz.
Sintió la boca de Paris en la sien.
—No te utilicé como escudo. Al menos no intencionadamente. Siento mucho cómo terminó todo, lo siento muchísimo. Y, si te sirve de algo, me he castigado por ello miles de veces y seguramente lo haga mil veces más. Si hubiera sabido lo que iba a ocurrir, te habría dejado allí... y habría vuelto a buscarte más tarde.
Lo último lo añadió con gesto titubeante, como si no estuviera seguro de cuál sería su reacción ante la verdad.
—Me alegro de saberlo.
Después de eso pasó toda una eternidad durante la cual se quedaron los dos agarrados y mirándose en silencio, pero ya no era un silencio incómodo sino plácido. Bueno, quizá fuera ella la única que se agarraba, pero a él no parecía importarle. Además, seguía acariciándola.
Sienna no se había dado cuenta de lo mucho que necesitaba un poco de contacto con otro cuerpo y que ese cuerpo fuera el de Paris hacía que la sensación fuera aún mejor. Era tan fuerte y olía tan bien. Si no tenía cuidado, acabaría frotándose la cara contra su pecho o escondiendo la nariz en el hueco de su cuello, trepando por él como una enredadera.
Cuando por fin se calmó, Sienna se vio sumida en un profundo cansancio que la dejó completamente derrumbada sobre él, con la cabeza apoyada en su hombro. Tenía

los ojos hinchados, la nariz congestionada y la garganta dolorida de tanto llorar.

—¿Estás mejor? —le preguntó él.

—Sí, gracias. Paris... yo —abrió la boca, pero por un momento no dijo nada, solo tomó aire—. A pesar de todo, has venido a buscarme. Y has corrido un gran peligro.

—No me preocupa el peligro —respondió con voz áspera, en un tono que parecía indicar que no le gustaba por dónde iba la conversación.

Quizá no le preocupara el peligro, pero lo había visto con sus amigos y sabía que ellos sí le preocupaban. Lo eran todo para él y, aun así, los había dejado para salvarla a ella. Era increíble... y bochornoso.

¿Qué significaba que no quisiera que ella sufriera? ¿Acaso sentía algo por ella? Ni siquiera se atrevía a albergar dicha esperanza y, aunque no quería apartarse de él, lo hizo y se habría quedado admirándolo durante horas si al moverse no hubiese sentido un intenso dolor en las alas.

Paris frunció el ceño al darse cuenta de su dolor. Le colocó las alas con delicadeza y extremo cuidado.

—¿Mejor así? —le preguntó cuando hubo terminado.

Debía de sentir algo por ella. Era imposible y, sin embargo, de pronto parecía posible.

—Sí, gracias —Sienna bajó la mirada hasta sus propias manos. Sin darse cuenta, se había agarrado la camisa y estrujaba la tela con fuerza. Debería preguntarle lo que sentía. Debería...

—¿Por qué te fuiste al verme aquí? —le preguntó con curiosidad, sin reprochárselo—. Cuando me atraparon las gárgolas.

—Pensé que eras una alucinación. Un recuerdo. Aparecen proyectados ante mí constantemente, como si fueran una película interminable.

Paris volvió a fruncir el ceño a la vez que apretaba los labios, ocultando unos dientes blancos y perfectos.

—¿También ahora?

Sienna miró a su alrededor y comprobó con sorpresa que solo veía muros a punto de derrumbarse y cuadros tapados con sábanas, pero ningún recuerdo.

–No. Solo te veo a ti –seguramente porque no había podido apartar su atención de Paris–. Tengo que decirte algo. Es sobre los Cazadores. Podría serviros de ayuda a tus amigos y a ti. Yo...

–No –la cortó en seco.

–Pero...

–No –insistió él.

–No lo entiendo.

–No quiero que me digas nada de ellos.

–¿Por qué? –nunca, ni siquiera cuando la había culpado de su situación, había visto tanta determinación en su mirada. Había en sus ojos un destello rojizo y sombras que parecían bailar en sus iris.

Sienna no tuvo que darle muchas vueltas para comprender por qué no quería aceptar la información que le ofrecía. Estaba claro que pensaba que iba a engañarlo, que le tendería una nueva trampa. Le dolió mucho darse cuenta, pero era lo que se merecía.

Prefirió cambiar de tema, consciente de que no podría hacerle cambiar de opinión.

–¿Cómo es que puedes verme y oírme? ¿Incluso tocarme? Antes no podías.

De sus ojos desaparecieron las sombras y el color rojizo. Se le dilataron las pupilas al mirarla.

–He aprendido unas cuantas cosas sobre los muertos –le dijo–. Nada más.

Pero era obvio que no quería compartirlas con nadie. Sienna sintió una punzada de dolor que aniquiló la alegría que había albergado al verlo allí.

–¿Has aprendido también cómo romper una maldición y sacar a alguien de un castillo del que no puede salir? –le preguntó, tratando de ser fría y no volver a derrumbarse.

Paris se quedó inmóvil unos segundos.

—Sabía que estabas atrapada aquí, pero aún no sé muy bien cómo lo supe.

—¿Sabes dónde estamos?

—En un recóndito reino de los Titanes, en alguna parte de los Cielos.

Sienna abrió los ojos de par en par.

—¿En los Cielos? ¿De verdad? Habría jurado que era el Infierno.

—¿Qué es lo que pasa cuando intentas irte?

—Cada vez que me acerco a una puerta o a una ventana, me duele y, si me quedo allí mucho tiempo, pierdo el conocimiento. Pero a veces... Ira reúne fuerzas y consigue sacarme de aquí, aunque tengo la sensación de que no llego muy lejos del castillo. Entonces hago cosas horribles —confesó susurrando—. Después vuelvo aunque no quiera y quedo encerrada otra vez.

Paris alargó la mano como si fuera a acariciarle la mejilla, pero a medio camino, soltó una especie de gruñido y dejó caer el brazo. Sienna sintió ganas de echarse a llorar de nuevo, pero no se permitió hacerlo. Ni siquiera al verlo ponerse en pie e ir hasta la ventana, muy lejos de ella, al menos simbólicamente.

Abrió las cortinas y con un par de movimientos consiguió también abrir la ventana. Del exterior entró una ráfaga de aire caliente y hediondo. Se llevó una mano a uno de los puñales y la otra la sacó a la oscuridad... sin ningún impedimento.

Parecía que él sí podía salir. Solamente ella estaba atrapada.

Volvió a cerrar la ventana y la miró. No regresó a su lado, se quedó mirándola apoyado en la pared. La camiseta negra que llevaba le marcaba los músculos y los pantalones se le ajustaban a los muslos... y a una impresionante erección.

¿Era posible que... la deseara? ¿Igual que lo deseaba ella a él?

«¿A quién quieres engañar? Es el Señor de la Promiscuidad. Seguramente reaccione así con todo el mundo».

—¿Puedes dejar que Ira se apodere de tu cuerpo sin que te controle también la mente? —le preguntó con un tono de voz algo tenso.

Sienna hizo un esfuerzo por mirarlo a los ojos, con las mejillas sonrojadas.

—Pues... no, siempre se apodera de las dos cosas al mismo tiempo. Pero nunca le dejo que lo haga sin oponer resistencia. Siempre lucho contra él, aunque no siempre gano.

—Deja de resistirte. Permite que se apodere de tu cuerpo, pero intenta mantener cierto control sobre tu mente.

Lo miró boquiabierta. ¿Quería que se dejara consumir y controlar por ese ser que pretendía castigar al mundo entero?

—Creo que no comprendes lo que significa eso.

Paris soltó una carcajada de amargura que no empañó en absoluto su viril perfección, sino que más bien la realzó. Quizá porque al percibir esa amargura, Sienna sintió también la necesidad de besarlo.

—Claro que lo comprendo.

Seguramente lo hiciera, sí.

—Ira hace mucho daño a los demás. Yo se lo hago. ¿Y si quisiera que esta vez te atacara a ti?

Paris la miró con una firmeza de hierro.

—Puedo cuidarme solo. Lo que me importa ahora es sacarte de aquí.

—Yo también quiero que lo hagas —pero no lo bastante como para correr el riesgo de hacerle daño. Pero su demonio no era el único riesgo, ni siquiera el más peligroso. ¿Cómo podía haberse olvidado de él?—. Cronos —dijo de repente—. Si me ayudas, Cronos irá por ti. De hecho, me sorprende que no lo haya hecho todavía.

—Por lo que he oído, está muy ocupado para preocuparse por mí —Paris esbozó una sonrisa malévola—. Pero tendremos que enfrentarnos el uno al otro y será pronto.

—No quiero que sea por mí —se apresuró a decir Sienna, horrorizada—. No quiero que...

—¿Tienes familia? —le preguntó, interrumpiéndola—. ¿Alguien con quien pueda dejarte en cuanto te saque de los Cielos?

Sienna parpadeó varias veces. La había salvado y, a juzgar por su erección, seguía deseándola, sin embargo no tenía intención de quedarse con ella. Quería librarse de ella lo más rápido posible. Qué tonta había sido de creer que podría haber algo más.

Entre ellos no podría haber nada. Ahora sabía más cosas sobre el demonio que albergaba Paris y sabía que no podría volver a acostarse con ella, a pesar de... las evidencias. Solo podía estar una vez con cada persona, ¿verdad?

—Sienna —la llamó—. Mírame a los ojos, por favor.

Sintió que le ardían las mejillas al tener que apartar por segunda vez la mirada de sus atributos masculinos.

—Perdona. No quería hacerte sentir como un trozo de carne. Es que me he distraído.

—¿Con mi... mis cosas?

—Sí.

Esa vez fue él el que se quedó boquiabierto y a Sienna le sorprendió que le pareciera tan increíble, siendo el mismísimo dios del sexo.

¿Qué le había preguntado? Ah, sí. Que si tenía familia.

—No. No tengo nadie que pudiera darme cobijo, o que quisiera verme siquiera.

Lo observó detenidamente mientras hablaba. Sus heridas habían empezado a curarse, pero no estaban bien del todo y su piel había perdido brillo y color. ¿Estaría debilitándose por la falta de sexo? Era lo mismo que le había ocurrido en la prisión de los Cazadores.

—¿Cuándo te acostaste con alguien por última vez? —le preguntó, tratando de parecer despreocupada a pesar de lo delicado del tema.

Al oír aquello, volvió a invadir sus ojos aquel brillo frío y rojizo.

—No lo recuerdo —respondió entre dientes.

Sienna sintió vergüenza al tener que admitir que estaba encantada de oír eso.

—Bueno, yo podría... ya sabes. Estoy... dispuesta. Para ayudarte. Si puedes y, claro, si me deseas —qué lástima daba oírla, pero deseaba tanto volver a tocarlo y estar con él una última vez. Aunque tuviese que tomárselo como un simple acto clínico—. Te lo debo —o como un favor con una especie de amigo.

El frío se convirtió en una capa de hielo que parecía envolverlo. Daba la impresión de estar librando una dura batalla contra sí mismo. Y el hielo debió de vencer.

—¿De verdad? ¿Estás dispuesta? —le preguntó—. Gracias por tu generosidad. ¿Cómo podría rechazar algo así un tipo como yo?

¿Un tipo como él?

—No pretendía...

—Solo para que lo sepas, no he venido hasta aquí para reclamar una deuda o para acostarme contigo. Espero que lo comprendas si te digo que voy a hacer la estupidez de declinar tu ofrecimiento. Pero aun así voy a ayudarte, así que no es necesario que te acuestes conmigo.

Sienna se mordió el labio inferior para no responder. Se lo tenía bien merecido. Quizá debiera alegrarse de que la hubiese rechazado. Estaba claro que seguía resentido con ella y, como bien había demostrado, no se fiaba. Habría sido muy duro acostarse con él y luego tener que verlo marchar; un golpe que la destrozaría, quizá para siempre.

Además, tenía que ir en busca de Galen. De pronto lo recordó y, al hacerlo, sintió una sacudida que la dejó temblando. Aún no había tomado una decisión, pero al decir que no tenía familia, se había dado cuenta de que tenía que hacerlo. ¿Y si realmente su hermana siguiera con vida y tuviera la oportunidad de salvarla? ¿Y si tenía un sobrino o sobrina al que Galen estaba torturando? Tenía que hacer algo y, para ello, quizá tuviera que acostarse con Galen, algo que no podría hacer si había algún tipo de vínculo entre Paris y ella.

—Pareces asustada –adivinó Paris–. ¿Qué te ocurre?

—No tiene nada que ver contigo –ya no.

Entonces llamaron a la puerta y se oyó una voz de hombre.

—Paris. No es una cuestión de vida o muerte, pero no oigo nada, así que supongo que no has conseguido ni quitarle la ropa interior. Déjalo y sal a ver esto.

Paris parecía aliviado.

—Ahora voy –dijo, como si acabaran de librarlo de un pelotón de fusilamiento.

Se quedó inmóvil un segundo, apretando los dientes y pensando en algo desagradable, a juzgar por la expresión de su rostro. Después se acercó a la cama y le tendió una mano a Sienna para ayudarla a levantarse.

—Gracias –respondió ella, tratando de no sentir el escalofrío que le había dado al rozar su piel.

—Ya –la miró fijamente a los ojos–. No se te ocurra intentar apartarte de mi lado. ¿De acuerdo?

¿Tenía miedo de que huyera de él? ¿O que le dijera a alguien dónde estaba para que pudieran matarlo?

También eso se lo tenía merecido, insistió Sienna. Lo peor de todo era que no podía esperar tener una segunda oportunidad con él, ni siquiera tener ocasión de redimirse. Acababa de darse cuenta de que estaban condenados y de que solo había un camino para ella.

Entonces pensó que ese mismo camino podría darle a Paris lo que más deseaba: la victoria frente a los Cazadores. Claro que él no sabría nunca de su intervención. Si Cronos se salía con la suya, Paris creería que era la amante de Galen, su juguete sexual. Y de hecho lo sería, al menos hasta que descubriera toda la verdad sobre Skye. Después mataría a Galen sin importarle las consecuencias.

–Sienna –la voz de Paris la devolvió al presente.

Lo miró a los ojos y supo que, ocurriera lo que ocurriera, acabaría perdiéndolo y eso sería muy duro, especialmente ahora que había vuelto a encontrarlo. Pero bueno, por el momento estaba con él y tendría que conformarse con eso.

–No me apartaré de ti.

Capítulo 16

Galen, líder de los Cazadores y guardián de la Esperanza, recorrió tranquilamente las distintas habitaciones de la fortaleza del enemigo. Acababa de recuperarse de las heridas de guerra que había sufrido a mano de los Señores del Inframundo y ahora había llegado el momento de vengarse.

Llevaba en la mano un arma completamente nueva que aún no había estado en contacto con la acción. Algo que iba a cambiar muy pronto.

—... hazlo callar de una maldita vez —estaba diciendo Cameo, poseída por el demonio de la Tristeza, cuando pasó junto a él sin verlo, pues Galen iba envuelto en la Capa de la Invisibilidad.

La observó detenidamente mientras pasaba. No había cambiado nada en todos los siglos que habían pasado desde que fueron creados. Tenía un cabello largo y oscuro hecho para agarrárselo fuerte y un cuerpo delgado hecho para el sexo. Sus ojos eran de plata derretida... y estaban hechos para que Galen se hiciera un collar con ellos.

—Si no lo haces, os mataré a los dos. Recuerda que cada segundo mueren un millón coma ocho personas, yo nunca tengo problema en añadir uno más a la lista.

Quizá sí que hubiera cambiado. Su voz áspera parecía reflejar el peso de las tristezas del mundo, y lo hacía de tal modo que Galen sintió un repentino dolor en el pecho que rápidamente le invadió todo el cuerpo. Sin embargo en otro tiempo, en los Cielos, la voz de Cameo solo le había provocado placer.

Se aseguró de que toda la envergadura de sus alas estaba bajo la capa y se apretó bien contra la pared frunciendo el ceño. Pero al hacerlo cayó al suelo una pluma blanca que inmediatamente se agachó a recoger para que nadie la viera.

Fue entonces cuando apareció tras Cameo una rubia bajita y curvilínea con una especie de perro negro en brazos.

—Lo único que digo es que con un poco de maquillaje parecerías mi prima la que vive en el campo en lugar de mi tía desnutrida. A lo mejor nunca te lo han dicho, pero las bolsas son para llevarlas en la mano, no bajo los ojos.

El perro... ¿mutante? giró la cabeza y miró directamente a los ojos de Galen. De su boca salió un rugido letal y asomaron unos impresionantes colmillos. Era obvio que la magia de la capa no funcionaba con todas las criaturas. ¿Qué era esa cosa?

—Tranquila, princesa. Mamá está dando unas lecciones de belleza a alguien que lo necesita. Y no queremos que esos tontos de los Señores se enfaden otra vez contigo, ¿a que no?

Galen no conocía a aquella rubia ni a su feísima «princesa». Lo que sí sabía era que los Señores solo se codeaban con un grupo de elegidos, lo que quería decir que era o un nuevo miembro de su ejército o la novia de algún guerrero. Daba mucha lástima ver cómo esos hombres, en otro tiempo fuertes y casi invencibles, habían caído últimamente en las redes del amor.

Bueno, fuera quien fuera, iba a morir como los demás.

Las dos mujeres y su acompañante seudo canino entraron a una de las habitaciones y cerraron la puerta tras de sí. No sonó ninguna alarma.

Del rostro de Galen desapareció el ceño fruncido y dejó paso a una sonrisa de satisfacción. No podían verlo, pero podrían haber sentido su presencia. El que no lo hubieran hecho hacía pensar que aquello iba a ser más fácil de lo previsto.

El idiota de Strider había dado la Capa de la Invisibilidad a los Innombrables, tan sanguinarios y crueles que habrían hecho temblar de miedo hasta al mismísimo Hércules. Cronos los había convertido en sus esclavos antes de caer él prisionero y había llegado a creer que los tenía bajo control. Ahora ellos, atrapados en una isla privada de Roma, querían verlo muerto.

Conscientes de que Galen debía acabar con el rey de los Titanes cortándole la cabeza, los Innombrables habían buscado su apoyo. El primer gesto en su favor había sido darle la Capa y el segundo, enseñarle a utilizarla. Galen había dado por hecho que simplemente lo protegería de las miradas no deseadas, pero se había equivocado. La Capa era además un arma muy efectiva.

Necesitaba toda la ayuda posible, aunque para ello tuviese que aliarse con las peores criaturas que habían habitado la Tierra. Sus hombres desaparecían de las calles y no se volvía a saber nada de ellos. Su reina había desaparecido también y Galen no había tenido contacto alguno con ella desde hacía semanas.

Ella lo conocía lo bastante para saber que lo primero en lo que pensaría sería en sí mismo y que traicionaría a quien fuera necesario para conseguir lo que deseaba y si ella había decidido largarse y traicionarlo igual que él había traicionado a muchos otros, era asunto suyo. Galen iría tras ella como seguía yendo tras su esposo. Con todo su empeño.

Galen tenía intención de hacerse con el control de los Cielos. «Y esta vez voy a conseguirlo». Lo sabía, pero siempre «sabía» que sus planes iban a salir bien. Su demonio era capaz de convencer a cualquiera de que hiciera cualquier cosa... también a Galen. Esperanza se encargaba de que todo el mundo albergara grandes sueños y luego se reía a carcajadas cuando veía que esos sueños se venían abajo.

Pero ese día no era Esperanza el que lo impulsaba. Era Celos. Su otro demonio.

Sí. Quizá sus antiguos amigos aún no se hubiesen dado cuenta, pero Galen estaba poseído por dos de los demonios de Pandora.

Él había convencido a sus compañeros para que robaran la caja y después los había traicionado con la intención de usurparle el puesto a Lucien y convertirse en el líder de la Guardia de Elite, lo que quería decir que había cometido dos delitos y, por tanto, merecía dos castigos. Al menos eso era lo que le había dicho Zeus cuando había asignado un demonio a cada Señor y había restaurado el orden en los Cielos.

Galen detestaba albergar dos demonios. Esperanza lo llevaba hasta lo más alto solo para poder derrumbarlo después y luego Celos le encendía la sangre susurrándole cosas como: «Ese tiene una hembra y sin embargo tú eres mucho mejor que él. ¿Por qué no se la quitamos?». Esperanza hacía que le invadiera la necesidad de hacerlo hasta hacerlo llegar al convencimiento absoluto de que conseguiría lo que se propusiera... pero nunca lograba alcanzar la victoria.

Pero esa vez no iba a fracasar.

Iba a asestarle un buen golpe al enemigo.

Se proponía secuestrar a Legion, la mujer demonio que una vez habían enviado a matarlo, la misma que lo había seducido, la virgen que había vivido en el cuerpo de una estrella del porno. Legion le había hecho el amor hasta volverlo loco y entonces le había clavado sus fauces envenenadas y lo había abandonado para dejarlo morir solo y con tremendo dolor. Pero Galen se había salvado y había ido tras ella, momento en el que había descubierto que los Señores la habían encontrado antes y se la habían llevado allí. Galen quería hacerse con ella, volver a poseerla y castigarla. Quería matarla para cortar la cuerda con la que parecía tenerlo atado.

Estaba harto de pensar en ella y de hacerse preguntas.

¿A cuántos guerreros se habría entregado desde que había vuelto?

Estaba harto de imaginarla con otros, harto de que lo atormentaran los celos.

Pero iba a encontrar la respuesta a todas sus preguntas y, si se enteraba de que alguno de los Señores había disfrutado de su maravilloso cuerpo, pagaría un precio muy alto por ello, mucho más alto que sus amigos. Porque todos y cada uno de ellos iban a morir, pero a algunos los haría gritar durante meses antes de cortarles la cabeza.

Pero... recorrió la fortaleza de arriba abajo, pasó por todas las habitaciones, vio a todos los guerreros que aún vivían allí, sin que ninguno de ellos lo viera... pero no encontró ni rastro de la chica.

Tendría que poner en marcha el plan B. Arrancaría una página del libro de los Innombrables y «negociaría» antes de atacar.

Frustrado por el retraso, se coló en el dormitorio de Maddox y Ashley y se escondió entre la leña porque no solo era invisible, también incorpóreo. Maddox, guardián del demonio de la Violencia, no estaba, pero su embarazadísima compañera estaba en la cama, leyéndole un libro a su futuro hijo. Un bebé al que Maddox querría salvar a toda costa.

Ashlyn era muy hermosa. Tenía el cabello, la piel y los ojos del color de la miel. La verdad era que brillaba con la fuerza de la luna en una noche de esplendor y era frágil y delicada como solo podían serlo los humanos. Tenía una voz suave, melódica y llena de amor.

No había duda, Maddox movería el Cielo y la Tierra para recuperarla.

Galen se acercó hasta la cama y se despojó de la capa. En sus labios se dibujó una sonrisa al tiempo que se materializaba. Al verlo, Ashlyn se quedó inmóvil, tensa por el susto.

–Galen –dijo.

–Grita, pequeña Ashlyn –respondió él, alargando la mano para agarrarla, y ella obedeció.

William casi esperaba que Paris lo pulverizara en cuanto saliera del dormitorio. Le daría un puñetazo en la cara o le clavaría los dientes en la yugular, algo realmente violento para castigarlo por haber interrumpido su feliz reencuentro. Al fin y al cabo, la locura y las mutilaciones eran dos de las especialidades de Paris. Lo que no esperaba era que le dedicara una mirada mezcla de gratitud y de mal humor, pero eso fue precisamente lo que vio.

–¿Qué querías enseñarme? –espetó el Señor del Sexo.

Paris había tenido que mover montañas para llegar allí. Había hecho cosas que hacían que un depravado como William pareciera un angelito y todo para salvar a la mujer que ahora estaba pegado a él, a la que tenía agarrada de la mano como si fuera un salvavidas y se encontrara en medio de una riada. Era extraño que se agarrara a ella en lugar de zarandear al hombre que acababa de interrumpirlos.

Eso solo podía significar dos cosas. Que Paris ya le había hecho el amor y, por tanto, no había nada que interrumpir. Aunque había transcurrido menos de una hora desde que él se había separado de ellos, lo que significaría que Paris había sido muy rápido en llegar al clímax y, con todas las mujeres a las que se había tirado, William apostaría a que podría aguantar toda la noche y más.

La segunda alternativa era ligeramente más probable, pero aun así remota. Quizá Paris no hubiera sabido qué hacer con ella y había agradecido la interrupción.

Pero, ¿por qué habría de querer que lo interrumpieran? ¿Y por qué a cada segundo que pasaba parecía más molesto? ¿Acaso Sienna lo había rechazado?

Imposible, pensó William de inmediato. Sienna tenía la mano de Paris agarrada con la misma fuerza con la que él agarraba la de ella.

William la miró detenidamente. Era pálida, con pecas que contrastaban con su piel clara, y parecía algo temblorosa. Mientras la observaba, se preguntó qué vería Paris en ella.

A primera vista, e incluso a segunda, resultaba insulsa. Pero siguió mirándola y fue entonces cuando apreció la delicadeza de su estructura ósea. Se fijó también en que tenía unos ojos castaños grandes y sorprendentemente hermosos, con una combinación perfecta de color esmeralda y cobre. El cabello era como una cascada color caoba que le caía sobre los hombros. Y los labios... sí, él también habría cometido algún que otro crimen para sentir esos labios alrededor de su miembro.

Era esbelta, de pechos pequeños y quizá incluso demasiado delgada, pero desde luego despertaba el instinto de protección de cualquier hombre.

—¿Te vas a quedar ahí mirándola? —volvió a hablar Paris en el mismo tono de brusquedad. Esa vez resultaba incluso amenazante, como si fuera a atacarlo en cualquier momento.

William tuvo la certeza de que en esa ocasión no solo lo golpearía en el rostro, también se cebaría con su apéndice preferido. Así pues, el ser más golfo que había existido jamás deseaba de pronto a una mujer que había querido matarlo. Eso sí que era recibir su merecido. Pero claro, ¿no era esa la especialidad de Ira?

Paris dio un paso hacia él, cada vez más amenazante.

—Te he hecho una pregunta.

William trató de no sonreír y levantó las manos en un gesto de inocencia. En su interior también se sucedían las preguntas. ¿Hasta qué punto deseaba Paris a esa chica? ¿Se arrepentía de haber ido hasta allí? ¿Qué influencia tenía ella en sus emociones? ¿Seguiría teniendo el plan de hacerla suya y luego librarse de ella? Solo había una manera de enterarse.

—Contéstame —insistió Paris.

—No —respondió William—. No voy a quedarme simplemente mirándola.

De los labios del guerrero salió un rugido, pues ambos sabían que William acababa de dar a entender que tenía intención de hacer algo más.

Bueno. Quizá sobreviviera y quizá no.

—Me gusta tu camisa —dijo, dirigiéndose a Sienna—. Y desde luego me encantan los pantalones —llevaba una sencilla camisa blanca y unos pantalones holgados sin ningún detalle. En los pies, zapatillas de deporte sin cordones.

—Pues... gracias —respondió Sienna, visiblemente confundida.

—¿Podría hacerte una pequeña sugerencia, de todas maneras?

Paris emitió otro rugido antes de que Sienna pudiese responder, y le echó la mano al cuello. William lo miró a los ojos, que ya no eran azules, sino que estaban salpicados de chispas rojas y las pupilas no se diferenciaban del resto.

—¿Estás tratando de decirle que estaría mejor sin ropa?

Mucho mejor, sin duda.

—¿Quién, yo? —apenas podía respirar, pero consiguió pronunciar esas dos palabras.

No, parecía que Paris no se había arrepentido de ir hasta allí.

—Paris —dijo Sienna con increíble tranquilidad—. Sé que no tengo derecho a pedírtelo, pero, ¿te importaría no matarlo? No me gusta nada el olor a cuerpo putrefacto.

Lo apretó con más fuerza... y luego lo soltó.

—Muéstranos lo que has encontrado.

Vaya. Desde luego ejercía una gran influencia sobre él. William se preguntó si Paris sería consciente de ello y qué pensaría al respecto. No obstante, dio por hecho que el plan seguía siendo librarse de ella porque ninguna relación podía durar si no había confianza y estaba claro que entre aquellos dos no había ni un ápice de dicha confianza. A pesar de tener la mirada clavada en él como si fuera a hacerlo pedazos, Paris no perdía de vista a Sienna, temiendo, quizá, que saliera huyendo o fuera ella la que hiciera pedazos a alguien.

—Acompañadme –dijo William, dando media vuelta. Recorrió el pasillo y subió un tramo de escaleras que conducía al tercer piso. No necesitaba mirar para saber que la pareja lo seguía porque oía los pasos de Paris, que parecían las pisadas de un búfalo.

Bajó el ritmo y pronto apareció Paris a su lado. Llevaba a Sienna en brazos y lo más sorprendente era que a ella no parecía importarle lo más mínimo.

Sienna miró a William a los ojos con la firmeza de una roca y frunció el ceño.

—Ira no dice nada sobre ti, ni me muestra ninguno de tus pecados. ¿A qué se debe?

No quería tener esa conversación y menos con una ex Cazadora muerta y resucitada, o poseída, o lo que fuera.

—Vas a tener que preguntárselo a él.

—Ya lo he hecho.

—¿Y?

—No me ha respondido, así que he llegado a la conclusión de que es porque el hecho de tener que convivir contigo mismo es peor castigo que cualquier cosa que pudiera hacerte Ira.

Milagro. El demonio no lo había delatado.

—Entonces tendrá que seguir siendo un misterio. Por cierto, debo advertirte que me vuelven loco las sabelotodos, así que sigue así, pequeña.

Sienna meneó la cabeza.

Paris intervino en la conversación, pero no como habría esperado William.

—¿Y mis pecados, te los ha mostrado? —eso demostraba su grado de incertidumbre.

William lo había visto excitado, enfadado, cubierto de sangre, obstinado, drogado, relajado y nervioso, pero jamás lo había visto asustado. Ahora Paris estaba aterrado. Tenía los músculos en tensión y los labios apretados.

—Sí —respondió ella en voz muy baja.

Hubo un momento de silencio.

—¿Quieres que te deje en el suelo?

—¡No! —Sienna se sonrojó al darse cuenta de lo alto que lo había exclamado—. No. Estoy bien donde estoy.

De ratón a tigresa. Era adorable. William pensó que quizá intentara algo con ella cuando Paris hubiese terminado porque, más tarde o más temprano, tendría que dejarla marchar. En sus ojos había mucha determinación. Aunque hubiese visto lo que había visto sobre él y, aun así, quisiese que la tocase un hombre que había hecho semejantes cosas, Paris había tomado la decisión de seguir adelante sin ella.

—Lo que quería decir es que me duele la espalda y necesito que me lleves —matizó Sienna.

—Sí, Paris es como un buen suspensorio.

El comentario de William provocó una mirada de reproche por parte de Sienna.

—Debería haber dejado que acabara contigo —murmuró—. ¿Vamos al quinto piso?

Parecía que sabía lo que allí había.

—Sí.

—¿Por qué? —preguntó Paris.

Sienna decidió estropear la sorpresa.

—Hay más inmortales poseídos por demonios.

Paris aceleró el paso.

—¿Están armados?

–No –dijo ella–. Solo atrapados.

–Enséñamelos.

–Eso era lo que iba a hacer yo –protestó William, que ahora era el que perseguía a Paris.

Algún día estaría bien que alguien le pusiera por delante, pensó William. Pero no la chica con la que soñaba, la muchacha a la que siempre protegería y por la que daría la vida. Ella no era para él.

Su verdadero amor moriría... o lo mataría. Era lo que se había profetizado y no había otra opción.

Capítulo 17

Paris se detuvo en medio del pasillo del quinto piso tratando de prestar atención a la situación y no a las necesidades de su cuerpo. Estaba muy confuso. Solo el peso de Sienna en sus brazos, el olor femenino que manaba de ella y el cabello sedoso que le rozaba la piel era lo único que lo mantenía conectado con la Tierra.

Era curioso. El aroma de la droga que corría por su sangre debería haberle provocado un tremendo síndrome de abstinencia, o el deseo incontenible de morderle el cuello. Sin embargo lo único que podía sentir era la necesidad de protegerla de todo, incluso de sí mismo.

Allí arriba había tres inmortales, una mujer y dos hombres. Cada uno de ellos lo observaba desde el fondo de sus respectivas habitaciones, completamente inmóvil. Era la primera vez que los veía, lo que quería decir que él no los había encerrado en el Tártaro antes de la posesión. Sin embargo lo miraban con verdadero odio. ¿Acaso sabían quién, o qué, era?

«Los deseo», anunció Sexo.

«Vaya. Menuda sorpresa».

«Me estoy debilitando», respondió el demonio como un quejido.

«Puedes estar seguro de que lo sé». Cuánto añoraba los tiempos en los que Sexo se refugiaba en el silencio y se limitaba a controlarlo por medio del deseo. «Hazme un favor y cierra la boca».

«Dame otra cosa que hacer con la boca y me callaré».

Grosero.

Claro que él no era mucho mejor. A lo largo de los años se había acostado con miles de personas por miles de razones distintas y no todas ellas tenían algo que ver con la pasión. Realmente necesitaba poseer a una mujer y era uno de los motivos por los que estaba allí, para volver a estar con Sienna. Aun así, ni siquiera la había besado, aunque se moría de ganas de hacerlo, pero no lo había hecho porque no quería estar con ella por otro motivo que no fuera la pasión.

El deseo mutuo.

Ella también lo deseaba. Paris estaba bastante seguro de haber percibido el aroma de su excitación cuando se había ofrecido a «hacerle un favor», pero la había tratado injustamente. Sienna lo había mirado con unos ojos tristes, anhelantes de perdón, pero él había respondido de la manera más brusca.

Paris no quería sus disculpas, ni su gratitud. No quería que le tuviese lástima, ni que lo deseaseпо las malditas feromonas de su demonio. Si hubiese aceptado el ofrecimiento, no habrían estado solos en la cama, habrían estado acompañados por la lástima y el agradecimiento, pero también por la rabia, la desconfianza y el arrepentimiento. Demasiados ocupantes para un solo lecho.

Aunque quizá debiera haber aprovechado la ocasión porque era una estupidez esperar. Para empezar, porque estaba cada vez más débil, pero también porque era muy posible que Sienna no volviera a darle otra oportunidad. Quizá saliera huyendo, como él temía. Lo que ocurría era que ella no era como las demás mujeres con las que había estado y no quería tratarla como si lo fuera.

¿Qué la hacía tan distinta a las demás?

La pregunta surgió de lo más profundo de su ser. Era

valiente, pero también lo eran muchas otras. Era ingeniosa, como las demás. A veces era dulce y a veces picante, pero eso tampoco era nada exclusivamente suyo.

«Picante. Mmmm».

Maldito Sexo. El caso era que Sienna era cauta y al mismo tiempo vulnerable. Obstinada y sin embargo amable. Estaba dispuesta a hacer lo que fuese necesario para llevar a cabo una misión. Igual que él. Había podido ver las cosas que él había hecho en el pasado y aun así no lo juzgaba.

Una vez, Paris le había preguntado a Aeron qué era exactamente lo que le había revelado el demonio sobre él. La respuesta de su amigo había sido directa y brutal: «Todos los corazones que has roto y todas las lágrimas que has hecho derramar». Eso era lo que había visto Sienna y lo que le había perdonado. Sí, era distinta a las demás y eso era lo que le gustaba tanto de ella.

Paris la sintió en tensión al ver que volvía junto a la primera puerta. Eso quería decir que había tenido algún tipo de conflicto con el hombre que había dentro de esa primera habitación. Paris lo observó atentamente. Era alto, fuerte y tenía un aspecto más fiero que los otros dos. Podía resultar guapo para aquellos a los que les gustaran los tipos de piel bronceada y ojos de distinto color. Eso no quería decir que Paris estuviese celoso ni mucho menos.

Pero, ¿cuánto tiempo habría pasado Sienna con ese tipo?

–Es Cameron, guardián de la Obsesión –le explicó ella con voz temblorosa.

¿Ese temblor era de miedo... o de deseo? «No voy a preguntárselo. No pienso hacerlo». Después de lo que había pasado en la habitación y de las cosas que había hecho Paris desde la última vez que se habían visto, estaba claro que no era asunto suyo.

–¿Alguna vez te ha tocado? –«maldita sea». Ya lo había preguntado, y además lo había hecho con fuerza.

Sienna puso cara de sorpresa.

—No. Están encerrados en sus habitaciones igual que yo lo estoy en el castillo, gracias a unas puertas invisibles que nos impiden salir.

Esa voz. ¿Alguna vez se cansaría de escucharla? Sentía un cosquilleo cada vez que la oía hablar.

—¿Alguna vez has querido que te tocara? —tenía que dejar de hacerlo.

—¡No!

—Entonces no lo mataré —murmuró Paris.

Cambió de postura para poder sujetarla con un solo brazo y así extender el otro. Efectivamente, había una puerta invisible que también le impedía entrar.

—Es muy generoso por tu parte —respondió ella secamente.

Le sorprendió ese sentido del humor tan sarcástico porque las otras veces que habían estado juntos, que no habían sido muchas, todo había sido muy serio. Le gustaba que se sintiese lo bastante cómoda como para bromear.

—Eso intento —Paris se detuvo frente a la segunda puerta.

—Este es Púkinn, aunque lo llaman Irish. Alberga el demonio de la Indiferencia —le informó Sienna.

Indiferencia era mitad hombre, mitad animal. Tenía cuernos, garras y el pelo cubierto de pelo. Parecía salido de una pesadilla. Aquella bestia miró a Paris de arriba abajo y se dio media vuelta como si lo que veía no tuviese la menor importancia.

—Aquí está Egoísmo —anunció Sienna frente a la tercera puerta y lo hizo con cierto enfado.

¿O quizá fueran los mismos celos... que Paris no había sentido?

—Es muy guapa, ¿verdad? —le preguntó ella.

—Sí —admitió Paris. Tenía la misma piel bronceada y los mismos ojos bicolor que Cameron. Sin duda era atractiva, pero él solo deseaba a la mujer que tenía en brazos.

–Se llama Winter.

–Muy bien. ¿Cuánto tiempo llevas aquí? –preguntó Paris, dirigiéndose a Sienna en lugar de a la inmortal–. ¿Y ellos?

Sienna bajó la mirada y se pasó la lengua por los labios, que quedaron húmedos y brillantes.

–He perdido la cuenta. Pero ellos estaban aquí ya cuando llegué yo.

«Quiero saborearla».

La temperatura de su sangre subió un grado más.

«Ponte a la cola».

A pesar de toda la experiencia que tenía, Paris estaba completamente despistado con Sienna. ¿Qué podría hacer para seducirla de verdad? No solo quería encender su pasión, quería que se abriese por completo a él. Había cambiado desde la última vez que la había visto en Roma, pero seguía siendo un absoluto misterio para él.

Jamás habría esperado verla llorar o que se disculpara con él y pareciera tan sincera. Era tan sorprendente como que se congelara el Infierno. Pero había sucedido y lo había mirado como nunca antes lo había hecho, como si fuera digno de recibir cariño y atención y no un ser sucio y asqueroso. Como si quisiese cuidar de él.

¿Cómo demonios podía enfrentarse a eso? ¿Cómo debía reaccionar?

¿Acaso era un tonto por querer creerla? No, ni siquiera era que quisiera, en realidad ya lo hacía.

Quizá no debería haberse ofendido tanto por su ofrecimiento de ayudarlo a recuperar fuerzas. Quizá simplemente debería haberla aceptado. Había estado con ella en la cama, solo habría tenido que desnudarla, separarle las piernas y haberse sumergido en su cuerpo. Ella lo habría acariciado por todas partes y habría gritado de placer.

Tuvo que contenerse para no reírse con amargura. Estaba hecho un lío. A ratos no confiaba en ella y al rato sí. No quería tocarla sin pasión o quería tocarla como pudiese. Mierda. ¿Por qué no había salido huyendo de él, a pesar de lo que había prometido? Quizá estuviese demasiado ocupada arrepintiéndose de haberse ofrecido a él como para ponerse en movimiento.

Pero ¿qué significaba eso para ella? ¿Quería decir que habría podido hacerla suya allí mismo, en cualquier momento, o que ella lo habría chupado? «No lo pienses». Si lo hacía, volvería a tener una erección.

Esa vez no pudo contener la carcajada. Ni tampoco la erección. Mientras, la mujer inmortal se acercaba a la puerta contoneando las caderas como una gata. Daba igual que Paris no se sintiese atraído por ella, el demonio la veía y la deseaba.

Una parte de él había esperado que estando junto a Sienna dejasen de ocurrir esas cosas, pero no había sido así. Podría volver a estar con ella, pero eso no impedía que el demonio siguiese buscando a otras. Siempre lo haría.

Dejó a Sienna en el suelo con el mayor cuidado y, cuando ella fue a echarse a un lado, Paris la agarró por detrás y apretó la erección contra su trasero. El placer de aquella sensación lo hizo suspirar. Era increíble. Pero...

Sienna estaba en tensión. Paris se dio cuenta en seguida. Aunque no se alejó, ni lo regañó. De hecho, poco a poco fue relajándose contra él, como si en realidad estuviese bien así. Quizá hubiese pensado que iba a apartarla de sí y por eso se había puesto en tensión, y se había relajado al comprobar que no era eso lo que Paris pretendía. Qué gratificante era para su ego. Le daban ganas de golpearse el pecho como King Kong.

—Dime todo lo que sepas de ellos —le pidió Paris mientras hacía un esfuerzo para no bajar las manos por el vientre de Sienna y colarse bajo la ropa en busca de aquel rincón cálido y húmedo que se escondía entre sus piernas.

—¿De quiénes? —le preguntó la inmortal—. ¿Y quién diablos eres tú?

Al menos había algo que ya sabía. Ellos tampoco sabían quién era él.

–No hablaba contigo –respondió Paris.

La inmortal lo miró sin comprender.

–¿Entonces con quién hablabas? Aquí no hay nadie más.

–¿Cómo que...?

–No pueden verme –intervino Sienna–. He escuchado algunas conversaciones suyas, por eso sé quiénes son –le explicó y mientras hablaba, le sonaron las tripas.

La excusa perfecta para tocarle el vientre.

–¿Tienes hambre?

–sí.

Entonces tenía que darle algo de comer. Seguro que iba a disfrutar de ello, pensó Paris, contento de poder al menos satisfacer alguna de sus necesidades.

–¿Qué comes?

–Nada. En realidad hace muy poco, unas semanas, quizá, que he empezado a tener apetito –puso las manos sobre las de él–. Una vez a la semana, Cronos me trae un vaso de un líquido dulce. Pero esta vez se le ha olvidado.

Algo dulce. Dulce. Dulce. La palabra retumbó en su mente porque era la respuesta a otra de las preguntas que se había planteado antes.

–¿Es un líquido transparente con pequeñas partículas moradas?

–Sí –giró la cabeza para mirarlo y frunció el ceño–. ¿Cómo lo sabes?

¡Ese cabrón! Paris mantuvo el gesto tranquilo, sin revelar la rabia que sentía.

–¿Tiene sabor a coco?

–Sí, pero dime cómo lo sabes. ¿Sabes lo que es? Cronos nunca me lo dice.

Sí, claro que sabía lo que era y ahora comprendía por qué Sienna desprendía ese delicioso olor a ambrosía. Cronos había hecho algo más que convertirla en su esclava, la había condenado. Pero iba a pagar por ello. Desde luego que iba a pagar.

Para bien o para mal, la venganza tendría que esperar. A Cronos le gustaba ir a ver a Torin, guardián del demonio de la Enfermedad, y hacer que el genio de los ordenadores le diera información. Ahora, por ejemplo, trataba de localizar a los Cazadores y había dado órdenes a los Señores de que no atacaran. Torin le daba los datos que necesitaba, sí, pero poco a poco, tal y como le había pedido Paris, así el rey estaba ocupado yendo y viniendo de los Cielos a la Tierra, acosando a sus presas. Eso le dejaba muy poco tiempo para Sienna. Aunque ese poco tiempo había sido más que suficiente.

«Debería haber venido mucho antes», se lamentó Paris. Ahora no había manera de reparar el daño que le había hecho a Sienna, porque no había cura para lo que sufría. Paris tendría que decírselo y prepararla para lo que la esperaba cuando saliese de allí. Pero no iba a hacerlo ahora. No quería que se enfadase, aunque tenía motivos para hacerlo. Además, antes de nada, quería probar su sangre para estar seguro.

—Bueno, tío, ¿vas a decirme con quién demonios hablas? —le dijo la inmortal—. No me hagas tener que volver a preguntártelo.

—¿O qué? —replicó Paris—. ¿Me insultarás?

Winter abrió la boca y, a juzgar por el fuego que había en sus ojos, iba a decir algo fuerte, pero entonces miró a un lado y apretó los labios con gesto de desaprobación.

Vaya. William había decidido unirse a la excursión.

—Otra vez tú —protestó la inmortal.

—Lo sé —dijo el guerrero con un suspiro—. Tienes mucha suerte de poder verme dos veces en el mismo día. Te sientes muy honrada por mi presencia y todo eso. Ya me lo han dicho muchas veces. Pero mejor sigamos nuestro camino. No llevo bien los cumplidos.

Winter le mostró una boca de dientes afilados que hizo

que Paris la mirara dos veces. ¿Era un vampiro? Sabía que existían dichas criaturas y que a William le gustaba acostarse con ellas, pero él nunca había visto a ninguna personalmente.

–Sienna tiene hambre, así que hay que encontrar la cocina –anunció Paris–. Vamos...

De pronto la inmortal dio un paso atrás y cayó al suelo de espaldas. Tenía la cara pálida y seguía apartándose hacia el fondo de la habitación, a rastras. Farfullaba algo sobre sombras y dolor. De las otras habitaciones llegaron sonidos parecidos.

Sienna le clavó las uñas en el brazo a Paris.

–No, no, no, no –dijo, estremeciéndose.

–¿Qué? –preguntó él, asustado. Le dio la vuelta para hacer que lo mirara–. ¿Qué ocurre?

–Vienen hacia aquí –respondió ella, con el horror reflejado en los ojos.

–¿Quién?

–Las sombras. El dolor.

–No entiendo nada.

–Creo que yo sí –dijo William sin el menor atisbo de comicidad o de presunción–. Y, si es lo que pienso, tenemos un buen problema, Paris –jamás le había oído hablar con tal solemnidad–. No te separes de tu chica porque no sé si podremos salir de esta.

Capítulo 18

—¿Dónde está mi mujer? Mi mujer...

El gigante de pelo negro estaba destrozando la habitación ante la atenta mirada de Viola. Ya había acabado con la televisión, la mesa de billar y algunas otras cosas. También había arrasado las habitaciones contiguas. Lo sabía porque Maddox había tirado abajo las paredes.

Los otros guerreros se echaron encima del gigante y trataron de inmovilizarlo, pero él se resistía y gritaba las mayores barbaridades que había escuchado Viola, peores aún que las cosas que se oían en el Tártaro. Sus amigos por fin consiguieron reducirlo, pero Viola estaba asustada, una sensación completamente nueva para ella.

—¿Dónde está? ¡Tengo que encontrarla!

Apenas había pronunciado la última palabra cuando se derrumbó entre los escombros, llorando con tal fuerza que debía de estar rompiéndose las costillas. A Viola se le llenaron los ojos de lágrimas, pero las hizo desaparecer parpadeando. Maddox no soportaba la idea de perder a su mujer.

—La encontraremos —dijo alguien.

—Seguro que los niños y ella están bien.

—Tranquilo, amigo.

Los guerreros hablaban con calma, pero incluso Viola apreciaba la tensión y la duda en sus voces. Maddox lloraba cada vez con más fuerza.

Viola se sentía impotente y fuera de lugar. Nunca se le había dado bien enfrentarse a las emociones.

–Tranquilo, tenemos que mantener la calma.

–Pronto sabremos algo y podremos ponernos en marcha.

–Solo tenemos que esperar unos minutos más.

–La tiene él –consiguió decir Maddox entre sollozos–. La tiene ese cabrón. No sé dónde buscarla porque no hay ninguna pista... nada. Solo la pluma.

Uno a uno, los guerreros fueron soltándolo y apartándose de él. Maddox prefirió quedarse en el suelo, tapándose la cara con la mano, protegiéndose los ojos de la luz. Debía de querer mucho a su esposa y a sus futuros hijos. Viola lo había intuido al verlos juntos antes, pero no había imaginado que fuera un amor tan intenso como el que estaba demostrando ahora Maddox con su reacción.

–Iremos de caza –dijo Cameo, que era la primera vez que intervenía desde que habían oído el grito de Ashlyn y el rugido de Maddox.

Viola habría preferido que no hablara, porque cada vez que oía la voz de la guerrera tenía que frotarse el pecho para mitigar la punzada de dolor que sentía.

–Esta noche –declaró Reyes, sangrando profusamente por la profunda herida que tenía en el cuello–. Sin más tardar.

–Hemos conseguido localizar a Amun y viene de camino –Strider, el más fuerte de todos los presentes, estaba temblando. No dejaba de mirar a su mujer, que se encontraba a solo unos pasos de él, junto a su hermana. Parecía necesitar asegurarse de que seguía allí y estaba bien–. Él averiguará algo y nos dirá hacia dónde debemos dirigirnos.

–Y si no es así, Lucien se encargará de todo –aseguró Anya, siempre orgullosa de su novio.

Lucien había salido a intentar seguir el rastro espiritual de Galen.

—Galen no se atrevería a hacer daño a Ashlyn ni a los bebés —Haidee, la novia de Amun, iba de un lado a otro de la habitación, estaba demasiado nerviosa para quedarse quieta.

—Gideon y Scarlet vienen con Amun. Scarlet podrá decirnos si los bebés todavía están... están... —Aeron se pasó la mano por su afeitado cuero cabelludo. Se suponía que debería haber ido a buscar a Kane con los otros, pero, por algún motivo que nadie quería decirle, se había quedado allí.

Viola no llevaba allí mucho tiempo, pero se había aprendido de memoria el nombre de todos los guerreros, los demonios que llevaban dentro y sus respectivas habilidades. Scarlet albergaba al demonio de las Pesadillas y, si se adentraba en el mundo de los sueños, podía buscar la mente de cualquier persona. Si la puerta mental de dicha persona estaba cerrada era porque la persona estaba dormida. Si la puerta estaba abierta, significaba que estaba soñando y, si no había puerta alguna, quería decir que la persona estaba muerta. Pero Maddox y Ashlyn estaban unidos el uno al otro; morirían cuando muriera el otro, así que no cabía la duda de que Ashlyn no siguiese con vida. Sin embargo los bebés... «No lo pienses». Scarlet también tenía la capacidad de matar a una persona mientras soñaba, pero la mataba de verdad. Quizá esa noche Galen dejara de respirar para siempre. Pero quizá no. Si Scarlet hubiese podido adentrarse en sus sueños, ya lo habría hecho, así que Viola suponía que había algo que le impedía hacerlo.

«Yo podría hacerlo».

«Basta ya», pensó frunciendo el ceño. Cuando se sumergía en el pozo de la vanidad, no había manera de salir.

Trató de concentrarse. Los guerreros. Sí. No confiaban en ella y de hecho le sorprendía que no se hubiesen vuelto contra ella y la hubiesen culpado de la tragedia. Al fin y al cabo, ella era la intrusa y el secuestro había ocurrido poco después de su llegada. Pero claro, Olivia, el ángel que había conseguido que todos viesen su presencia allí con más tranquilidad, había confirmado que ella no tenía culpa alguna del secuestro y todos la habían creído sin rechistar.

Además de Olivia, Scarlet, Anya, Haidee y Danika, que tenía agarrada del brazo a una muchacha llamada Gilly, estaban también Gwen y Kaia, dos arpías que eran medio hermanas. Kaia era pareja de Strider y Gwen de Sabin, y además era hija de Galen. En ese momento estaban hablando la una con la otra en voz muy baja, pero si Viola no había oído mal, cosa que nunca ocurría, Gwen tenía intención de darle caza personalmente, abrirlo en canal y arrancarle el corazón. Sería su manera de contrarrestar la benevolencia que había mostrado hacia él en otro tiempo.

—¿Ese Torin no ha conseguido encontrar nada sobre Galen? —preguntó Viola, acordándose de todos los monitores y ordenadores de Torin.

Nadie le prestó atención ni la miró siquiera.

El demonio se revolvió dentro de ella y le clavó las garras en las sienes. La manera más rápida de enfurecer a Narciso era no hacerle caso. Y cuando Narciso se enfurecía llegaban los problemas. Siempre era así. Viola no quería que su demonio interviniese en aquel trágico momento y se empeñase en que todo girase a su alrededor.

—No, no ha encontrado nada —dijo una voz suave y amable detrás de Viola.

Viola se dio media vuelta de inmediato. No había oído llegar a nadie y sin embargo allí estaba esa joven esbelta de cabello rubio. La muchacha parecía frágil y angustiada. El dolor inundaba sus ojos oscuros, había en ellos más dolor del que nadie debería tener que soportar. Con la vista clavada en Maddox, salió de sus ojos una lágrima que recorrió la pálida mejilla.

Viola creía haber conocido ya a todos los presentes en

la casa, pero esa muchacha era nueva. Llevaba una manta sobre los hombros y la agarraba con fuerza con una mano totalmente carente de color.

–¿Has hablado con él? ¿Con Torin?

La joven se limitó a menear la cabeza porque le temblaba demasiado la barbilla como para poder hablar.

–¿Cómo sabes entonces que no ha encontrado nada? Por cierto, ¿quién eres tú?

Sus ojos siguieron derramando lágrimas y debían de quemar porque cada una de ellas dejaba un rastro rojo sobre su piel.

–Soy Legion –respondió con un suave susurro.

Legion. Ah, sí. Había sido un demonio, pero había hecho un trato con el diablo, que le había concedido un cuerpo humano. Pero ella no había podido cumplir su parte del trato y se había visto obligada a volver al Infierno, donde había sufrido las peores torturas, violaciones y humillaciones de todo tipo.

Viola miró a la joven, la observó de verdad como solo ella podía hacerlo. Fue más allá de la piel y de los huesos, directa al alma. Legion se estaba muriendo. En realidad una parte de ella ya estaba muerta. Habían acabado con sus ganas de vivir y ahora no era más que una débil hoja que colgaba de la rama más fina. Solo hacía falta una pequeña ráfaga de viento frío para acabar con ella definitivamente.

Por su naturaleza, Viola podría ser ese viento. Nada más tenía que alargar la mano, agarrarla de la muñeca y acercarla hacia sí. A veces no era tan fácil, ni tan sencillo, la clave era la voluntad. Con solo respirar hondo, ya no quedaría ni rastro del alma de Legion, dejaría de existir en todos los sentidos.

Quizá la miró con demasiada fuerza o durante demasiado tiempo porque de pronto Legion empezó a tambalearse.

–No voy a hacerte daño –le prometió Viola al ver que se apartaba de ella.

La joven se detuvo en seco como si le hubiesen gritado. Pobre muchacha. Era como una muñequita de porcelana resquebrajada. Se arropó aún más con la manta, tratando de esconderse.

—Lucien —dijo entonces Anya y su alegría pudo sentirse en toda la habitación al ver aparecer al guardián de la Muerte.

Viola se volvió y vio a la diosa de la Anarquía echarse en brazos de su hombre, que la abrazó con fuerza. Al ver esa muestra de amor tan tangible, Viola volvió a sentir esa punzada de dolor en el pecho. Ella también quería algo así. Lo deseaba tanto que mataría por ello. Pero sabía que nunca podría tenerlo porque su destino era amarse a sí misma y a nadie más.

Todo el mundo guardó silencio, a la espera de escuchar las noticias que traía el guerrero. Se podía palpar la tensión. El guerrero los miró a todos, abrió la boca y volvió a cerrarla.

—Habla —le ordenó Maddox, que se había puesto en pie y tenía una pistola en la mano—. Dime qué has averiguado.

Lucien volvió a echar un vistazo a su alrededor con los labios apretados. Esa vez su mirada se detuvo en Legion, que había reunido el valor necesario para volver junto a Viola.

—Legion, preciosa —le dijo con la suavidad y el cariño que se emplearía para hablar con niño—. Esto no es para ti. Vuelve a tu habitación. ¿De acuerdo?

Todo el mundo se volvió a mirarla. Desfallecida ante tanta atención, la muchacha salió corriendo. Pasaron unos segundos antes de que Maddox volviera a hablar.

—Dilo ya.

Lucien apretó a Anya contra su cuerpo.

—Galen no ha intentado esconderse. Sabía que seguiría su rastro y esperó a que lo alcanzara. Ashlyn no estaba con él —añadió al ver que Maddox abría la boca para decir algo—. Me dijo que ya no podría seguirlo, que lo había encontrado solo porque él me había permitido hacerlo. Y tenía razón. Después de eso, intenté dar con él y me fue imposible. Lo siento.

—¡Sigue! —exclamó Maddox. Había dejado la pistola y había agarrado dos puñales, uno de ellos por el filo en lugar de por el mango. Se había cortado la palma de la mano, pero no parecía notar la sangre que goteaba de la herida—. Dímelo todo.

Lucien asintió, como si sintiera un dolor físico al tener que seguir hablando.

—Me dijo que Ashlyn está a salvo, por el momento, que te enviaría un vídeo para demostrártelo. Dice que... si queremos recuperarla con vida... tenemos que entregarle a Legion.

Viola no sabía si alguien más había oído la respiración entrecortada y los pasos que habían sonado al otro lado de la pared. Legion no se había marchado a su habitación, se había quedado junto a la pared, escuchando, y ahora acababa de salir corriendo.

Los guerreros comenzaron a discutir la situación.

—¿Dónde y cuándo quiere que nos veamos? —preguntó Maddox.

—En Roma, en el templo de los Innombrables. Mañana a medianoche —explicó Lucien.

—Llévame allí ahora mismo.

—Vamos, tienes que ser sensato —intervino Strider al oír la petición de Maddox—. Esos cabrones no tienen alma y, si están de su lado...

—¡Me da igual! Metéoslo en la cabeza. No me importa absolutamente nada excepto mi mujer y mis hijos. Vas a llevarme a Roma, voy a encontrarlo y cuando lo haga, lo mataré. ¿Me habéis oído? Llévame a esa isla. Tienes cinco segundos para transportarme allí si no quieres que agarre el ojo rojo. No hay nadie en este mundo ni en el otro que pueda ayudar a los mortales que se interpongan en mi camino.

Viola salió de la habitación sin esperar a oír la respuesta de Lucien. Nadie se dio cuenta y eso hizo reaccionar de nuevo a Narciso.

«Pórtate», le dijo a su otra mitad, «y te enseñaré lo hermoso que eres».

El demonio comenzó a pegar botes dentro de ella.

«¿Cuándo?».

«Muy pronto».

«No, ahora», le dijo lloriqueando.

«Pronto».

«Ahora», insistió.

«Nunca».

«¿Lo harás pronto?».

«Sí», le prometió.

Viola siguió el rastro espiritual de Legion, pues Lucien no era el único que tenía ese don. La encontró yendo de un lado a otro de su habitación, aún envuelta en la manta.

—No puedo, no puedo. No puedo irme. No puedo ir con él.

—Legion —la llamó Viola suavemente. No se sentía cómoda con las emociones de los demás, pero había visto el alma de esa muchacha y quería ayudarla.

Era extraño. En otro tiempo, Viola había devorado almas, alimentándose de su energía. Pero un día se había apoderado del alma equivocada en el momento equivocado, era el único mal recuerdo que había conseguido conservar, y así había acabado encerrada en el Tártaro. Después le habían encomendado a Narciso y desde entonces la única alma que podía devorar era la suya.

Como un miembro inmortal, su alma volvía a crecer una y otra vez y ella podía seguir alimentándose, pero nunca volvía a crecer por completo, porque ella nunca dejaba de comer, por decirlo de algún modo. Así pues, Viola solo era media persona, además de caníbal espiritual y jamás se preocupaba por los demás.

¿Entonces qué hacía allí? Quizá debiera marcharse.

Aquellos ojos oscuros la encontraron y la miraron a través de las lágrimas. Viola se quedó inmóvil.

–No puedo. No puedo hacerlo. Querrá tocarme y hacerme daño. No puedo.

Legion se metió corriendo en el baño y vomitó. Viola no se marchó, sino que entró al cuarto de baño y le apartó el pelo de la cara a la muchacha. Fue entonces cuando se dio cuenta de que no había vomitado nada, solo tenía arcadas y convulsiones. Pobre. Seguramente no había comido nada en condiciones desde hacía semanas.

Entre arcada y arcada, la joven lloraba desconsoladamente. Así fue pasando el tiempo. Cuando no lloraba, temblaba de tal modo que le castañeaban los dientes. No apareció nadie, por lo que Viola dedujo que los Señores habían decidido no entregar a Legion a cambio de Ashlyn.

Por fin se calmó y se quedó sentada junto al retrete.

Viola se apartó, pero la joven la siguió con la mirada.

«Tengo que irme», pensó. Ya se había quedado más de la cuenta, se dijo con incomodidad.

–Les diré a los señores que no vas a marcharte. ¿De acuerdo? –era posible que Maddox intentara matarla por lo que estaba haciendo, pero Narciso se encargaría de distraer su atención.

–No puedo ir –insistió Legion–. Sé que estuvo aquí, sentí su olor, pero no pude hablar, no había podido hablar desde que llegué aquí. Ni siquiera pude gritar aunque quería hacerlo. Me escondí debajo de la cama. Debería haber gritado con todas mis fuerzas.

Sus palabras denotaban el peso de la culpa, una emoción con la que Viola se negaba a tener el más mínimo contacto.

–Sí, bueno, que tengas suerte. Encantada de conocerte y todas esas cosas –un paso, luego otro, se fue alejando. No era amiga de nadie, jamás. Pero especialmente de muñecas de porcelana rotas que requerirían demasiado tiempo y esfuerzos.

Estaba claro que aún le quedaban lágrimas porque volvió a echarse a llorar.

—Pero tampoco puedo dejar a Ashlyn con él —dijo entre sollozos—. Ashlyn es tan buena. Y los bebés... me dejó que le pusiera la mano en el vientre para poder sentir las pataditas que daban. Puede dar a luz en cualquier momento. Debería estar en casa. Maddox la necesita. ¿Qué puedo hacer?

Viola habría querido sacar el teléfono móvil y publicar la pregunta en Screech para poder seguir los consejos que le dieran. Quería salir corriendo de allí, pero también querría quedarse en la fortaleza.

A pesar de los defectos que pudieran tener, los Señores no habían intentado aprovecharse de ella. No la habían engañado para que se mirara en algún espejo y la adoraban de verdad. Bueno, quizá eso último no fuera del todo cierto sino que era algo que le hacía creer su demonio, pero nada era mentira si uno se lo creía. Así pues, los Señores la adoraban.

—Creo que deberías... hacer lo que te dicte el corazón —sí, era una mierda de consejo. La pobre muchacha no tenía ni idea de lo que le dictaba el corazón, por eso precisamente necesitaba que la ayudaran.

—¿Tú qué harías? —le preguntó Legion.

Seguramente podría soltarle un discursito y convencerla de que siempre estaba dispuesta a ayudar a los demás. Los chicos de abajo estarían encantados de que le dijera algo así. El problema era que ocasionaba muchos líos por mentir a todo el mundo excepto a sí misma. Y Viola odiaba los líos.

—Yo me salvaría a mí misma fuera como fuera. Pero claro, a mí lo único que me importa soy yo misma, así que... —se encogió de hombros—. Tú decides. ¿A quién quieres más, a ti misma o a aquellos que te acogieron?

Capítulo 19

Desnudo contra una roca, lo único que podía hacer Kane para tratar de soportar aquella humillación era apretar los dientes. Las siervas no habían tardado mucho en darle alcance después de que se hubiera escapado. La peor de todas había sido la pequeña inocente que él mismo había elegido, había sido ella la que le había desgarrado los tendones de Aquiles y le había impedido seguir huyendo.

Ahora se turnaban entre todas para intentar arrebatarle lo que él se negaba a entregarles.

No iba a darles lo que querían. No iba a hacerlo. Lo que no sabía era cuánto tiempo más podría aguantar aquel tormento. La presión era cada vez mayor, hasta el punto de provocarle dolor.

«No es la primera vez que tienes que sobrevivir a algo así». Era perfectamente capaz de hacerlo. «Respira, solo eso». Tenía los ojos cerrados, apretando bien los párpados, y la sangre le hervía en las venas. Y su demonio no dejaba de reírse dentro de su cabeza. Se reía a carcajadas, disfrutando del desastre.

Quizá fuera mejor no sobrevivir, pensó a medida que la humillación dejaba paso a la rabia. Kane nunca había sentido la menor simpatía por su demonio, pero ahora odiaba a aquella criatura con todas sus fuerzas. Quería liberarse de él y para eso tenía que morir. Quería castigar a Desastre por disfrutar de su desgracia y no le importaba lo que pudiera sucederle después.

De algún modo iba a castigarlo, le costara lo que le costara.

Paris puso a Sienna contra la pared, se inclinó sobre ella y la miró a los ojos. Tenía la respiración entrecortada y las pupilas dilatas por el pánico. Sexo agradeció el contacto y le pidió más, pero Paris trató de no hacerle caso y procuró que la situación fuese lo menos sexual posible. Sienna estaba demasiado alterada para otra cosa.

—Tienes que esconderte —le dijo ella—. Intentaré atraerlos hacia mí y alejarlos de los demás. ¿De acuerdo? De verdad, tenéis que esconderos.

Le levantó la cara para obligarla a mirarlo a los ojos y dejar de buscar un lugar donde él pudiera esconderse. Paris jamás se escondería de un enemigo dejando que una mujer luchara por él.

—¿Quién viene? Dímelo, pequeña.

Sabía que a Sienna no le gustaba mucho que le dijera ese tipo de apelativos, al menos las otras veces que había estado con ella no le había gustado, pero la verdad era que nunca antes había llamado «pequeña» a ninguna mujer. Y mucho menos en ese tono tan cariñoso.

La vio abrir los ojos de par en par, desconcertada.

—Pequeña —repitió en un susurro.

Parecía que sí que le había gustado, eso mitigó el pánico que sentía.

—Son las sombras —explicó por fin—. Se cuelan a través de las paredes y se alimentan de nosotros. De todos nosotros. Hasta las gárgolas se esconden de ellas. Son muchísimas, lo invaden todo hasta que no puedes ver nada más y entonces te devoran.

Sombras corpóreas que se alimentan de carne. Paris

creía haber estado en todos los rincones de los Cielos, pero jamás había oído hablar de semejantes criaturas.

William sí.

—Maldita sea —murmuró—. Es lo que me temía.

Paris lo miró a los ojos.

—¿Qué tengo que hacer?

—Quedaos donde estáis —el guerrero se sacó un cuchillo que llevaba atado a la espalda y se abrió el brazo del codo a la palma de la mano. La sangre empezó a manar de inmediato. Se acercó a ellos y dibujó en el suelo un círculo de sangre que los rodeaba por completo—. No os salgáis del círculo. ¿Me habéis oído? Tenéis que quedaros ahí los dos. Si no me hacéis caso, lo lamentaréis.

No esperó a que respondieran, salió corriendo hacia la entrada de la habitación de la inmortal y pasó la herida por la puerta invisible. La inmortal estaba muy ocupada arañando las paredes, por lo que ni siquiera lo vio. La herida se cerró antes de que William tuviese tiempo de llegar a la segunda habitación, así que tuvo que volver a cortarse con el cuchillo para poder pintar otra raya de sangre en la entrada.

No pudo llegar a la tercera habitación.

Tal y como Sienna había explicado, aparecieron sombras por todas las paredes y, en un abrir y cerrar de ojos, todo quedó a oscuras, en una oscuridad tan intensa que parecía que el aire se hubiese cubierto de petróleo.

El castillo entero empezó a temblar. Se oían chillidos de miedo y dolor por todas partes. La oscuridad que habitaba el cuerpo de Paris respondió a aquel ambiente con placer, del mismo modo que respondía Sexo cada vez que establecía el más mínimo contacto físico con alguien. La oscuridad se deleitaba en aquellos gritos y trataba de salir de él para encargarse de que no quedara nadie sin sufrir.

Paris estaba a punto de rendirse y salir del círculo de sangre para luchar contra las sombras junto a William cuando notó que Sienna estaba temblando. La apretó con fuerza y supo que tenía que protegerla. Por eso estaba allí. Por ella. Para estar con ella y asegurarse de que no le pasara nada malo.

Temblaba de un modo alarmante. Paris no sabía bien qué era lo que estaba ocurriendo a su alrededor, ni cuánto duraría, pero ella sí y la aterraba. Aun así había tratado de protegerlo, pensó Paris. Había querido que se escondiese y dejase que ella se enfrentara a las sombras. En el momento la idea había ofendido su orgullo de guerrero, pero ahora le emocionaba que Sienna se hubiese preocupado por él de ese modo.

«La deseo», dijo Sexo. Por supuesto que la deseaba.

«Yo también». Y por fin iba a tenerla. Allí mismo, en ese momento, sin pensar en lo que ocurría a su alrededor. ¿Estaría demasiado preocupada para pensar en el sexo? No lo creía. Le iría bien distraerse y qué mejor distracción que el placer.

Paris le puso la mano en la mejilla y sintió la suavidad de su piel.

—Concéntrate en mi voz, pequeña. ¿Podrás hacerlo?

Ella asintió lentamente.

Cuánto le habría gustado poder verla y comprobar si sus mejillas recuperaban parte de su color.

—Eres tan suave —le susurró al oído—. Nunca he tocado nada tan suave y tu olor me vuelve loco. No puedo evitar pensar que el sabor que encontraré entre tus piernas será aún más dulce y suave.

La sintió respirar con rapidez y notó sus manos en el pecho.

—Cuando te meta los dedos, estarás mojada, ¿verdad, pequeña? Te voy a comer, a beberme hasta la última gota de ti y me pedirás más y más.

«Sí», gimió Sexo. «Por favor».

—Paris —susurró Sienna.

¿Estaba pidiéndole que lo hiciera? Al menos eso fue lo que entendió su demonio y Paris se inclinó sobre ella, olvidándose de todo. Sumergió la nariz en su cabello, se deleitó en aquel olor a flores silvestres y coco que ahora se mezclaba con algo más, un aroma que solo se sentía de noche.

Claro, el olor de su excitación.

A Sexo también le gustó y empezó a soltar su propia fragancia. La combinación de ambos aromas formaba el perfume más delicioso y tentador del mundo. Paris se aceleró instantáneamente, estaba preparado y ansioso por zambullirse en ella, por alcanzar el orgasmo. Solo tenía que arrancarle los pantalones, quitarse también los suyos y separarle las piernas. Se hundiría en ella y la encontraría mojada y caliente.

Sintió sus uñas clavándosele en el pecho a través de la camisa, como si pretendiera asegurarse de que no se movía de allí. Sentía su calor, un calor que lo inundaba y llegaba hasta su miembro. Estaba tan desesperado que cuando quiso darse cuenta, le había separado las piernas y estaba apretando la erección contra su sexo.

Dulce perdición. No sabía si acababa de cometer el peor error de su vida, o el mayor acierto. Encajaban como dos piezas de rompecabezas. Se frotó contra ella, despacio al principio, lo justo para provocarla. El placer fue aumentando al mismo tiempo que la presión. Sí, debería haberla hecho suya mucho antes. Su demonio estaba a punto de escapársele del cuerpo.

El ruido que había a su alrededor le impedía calibrar la reacción de Sienna con sus gemidos, así que le puso la mano en la garganta para poder sentir la vibración que provocaban sus gemidos. Unos gemidos maravillosos.

—Paris —le susurró al oído y esa vez no había duda de que no era una súplica, pero tampoco una amenaza—. Es imposible que me desees.

Él siguió moviéndose, retirándose y acercándose.

—¿Entonces qué es esto?

—Un regalo para la única mujer que tenías al alcance.

Aquellas palabras fueron como una bofetada para Paris y su volátil lado oscuro reaccionó con la rapidez de siempre, exigiéndole que hiciera daño a la que se lo había hecho a él. Pero Paris luchó contra dichas exigencias.

–¿Crees que alguien como yo se conforma con lo que tenga al alcance?

–Antes no quisiste estar conmigo, en la habitación. Puede que esto sea un castigo –ahora parecía enfadada.

¿Un castigo? Paris apretó los puños, tan enfadado como ella.

Pero por desgracia, Sienna no había terminado.

–Lo comprendo mejor que nunca, de verdad. Es posible que no vinieras a salvarme, sino a hacerme tanto daño como te hice yo a ti.

Él no había confiado en ella por mucho que había deseado hacerlo y ahora se daba cuenta de que tampoco ella podía confiar en él. Había imaginado que ocurriría, pero en el momento no le había importado, al menos no demasiado. Ahora sí le importaba y mucho. Lamentaba tremendamente que entre ellos hubiese tantos obstáculos. La ropa, la desconfianza, las dudas, las preocupaciones.

–Yo no soy como las mujeres a las que tú estás acostumbrado –siguió diciendo–. Lo sé y sé que no soy guapa.

–Tienes razón. Eres mucho más que guapa.

Sintió su sorpresa.

–Y... y tengo unos labios ridículos.

–Si ridículo significa que son dignos de cualquier fantasía erótica, entonces sí.

Le golpeó el pecho con su delicado puño.

–Déjalo ya. Sé que necesitas sexo y haces todo lo que sea necesario para conseguirlo. Yo hice lo mismo antes porque quería estar contigo por última vez. Pero no debería haberme entregado a ti de esa manera.

Ahora era él el sorprendido. Se había ofrecido a él porque lo deseaba, no porque se sintiera culpable. No debería habérselo dicho, porque ahora no habría nada que pudiera detenerlo. Tenía que hacerla suya, fuese como fuese.

Le pasó la lengua por los labios antes de decirle:

—Pequeña, yo nunca tengo que hacer el menor esfuerzo para conseguir lo que necesito. Con solo respirar, las mujeres se echan a mis brazos.

—Entonces es que estás intentando ponerme en mi lugar. Quieres tentarme con algo que nunca podré tener.

«Claro que puedes tenerlo».

—Sabes que eso no es verdad. No porque te fíes de mí, sino porque tu demonio te dice cuáles son mis verdaderas intenciones.

Ira habría descubierto cualquier intento de engañarla.

Hubo una larga pausa.

—Tienes razón... Qué extraño –dijo, desconcertada y maravillada, y volvió a extender las manos sobre su pecho–. Sufrí mucho por tener que llevar dentro un demonio, quería deshacerme de él e incluso pensé en devolvérselo a Aeron, pero lo cierto es que estoy empezando a sacar provecho de su habilidad para descubrir las verdaderas intenciones de la gente.

No podía devolver a Ira, eso la mataría. Otra vez.

—Puedes creerme cuando te digo que te deseo, Sienna. Llevo meses sin poder pensar en otra cosa que no seas tú y no sabes lo difícil que ha sido resistirme a ti antes, es una de las cosas más duras que he hecho en mi vida.

—¿De verdad te sientes atraído por mí, a pesar de todo? –la alegría empapaba su voz y llegaba hasta Paris con la dulzura de la miel.

—Sí –volvió a apretarse contra ella, pero no hizo nada más a pesar de lo mucho que lo deseaba. Antes quería que se olvidara de todas sus preocupaciones y se concentrara únicamente en el placer–. No tengas la menor duda al respecto.

Sintió un pequeño gemido en su garganta.

—¿Por qué yo? Podrías estar con cualquiera.

—Sí y te elijo a ti por muchas razones. Eres inteligente.

–Eso es discutible.
–Eres muy aguda.
–No más que muchas otras.
–Eres peleona y no aceptas cumplidos.
–¡Oye! –protestó tirándole del pelo.
A pesar de las circunstancias, Paris esbozó una sonrisa.
–Eres hermosa.
–¿No era algo más que guapa? –bromeó ella mientras le acariciaba la cabeza.
–Eres maravillosa y no quiero volver a oírte menospreciarte. ¿Entendido? –había matado a gente por hacerlo, con ella no llegaría a tanto–. No sé si te gustaría el castigo. Quizá sí.
–¿Por qué? ¿Qué me harás si me porto mal? Se me ocurren unas cuantas cosas.
–Vaya, vaya. Acabo de descubrir otra cosa que me gusta de ti.
La oyó reírse y se alegró de haberlo conseguido.
–Ese demonio salido que llevas dentro te ha cegado –dijo alegremente, obviando la orden y la amenaza que acababa de escuchar–. ¿Alguna vez te ha permitido estar dos veces con la misma mujer? –le preguntó a continuación con una mezcla de excitación y nerviosismo–. He oído que... Olvídalo.
Parecía que los Cazadores le habían dado mucha información sobre él. Paris se tensó al recordar su pasado, pero eso no impidió que reconociera la verdad.
–No, solo contigo.
Sintió el calor de su respiración y luego el roce de su cara contra la mejilla.
–¿Por qué yo?
–No lo sé y Sexo tampoco lo sabe.
–Pues debería haber elegido a otra. Yo tengo los pechos muy pequeños –susurró como si se avergonzara de ello.

Paris le puso una mano sobre cada pecho y sintió los pezones endurecidos. Eran sencillamente perfectos y tocarlos era la sensación más maravillosa del mundo. Acercó la boca a su oído y le mordisqueó el lóbulo de la oreja.

–Quiero metérmelos en la boca.

Avanzó a besos por su rostro hasta llegar a los labios, que encontró abiertos y húmedos, pero no llegó a besarlos. Se detuvo antes porque sabía que si empezaba, no podría parar. Llevaba mucho tiempo sin estar con una mujer, demasiado, y su demonio estaba muy necesitado, no obstante...

No quería poseer a Sienna en un pasillo. Se dio cuenta de pronto que no quería estar con ella así, delante de más gente. No habría sido la primera vez, pero a Sienna la quería para él solo, quería ser el único que oyera sus gritos de placer, que sintiera su olor, que viera su cuerpo desnudo y lo hiciera suyo.

«¡Vamos! Hazlo de una vez. ¡Tómala!».

Bueno, nunca podría estar completamente a solas con ella llevando un demonio dentro.

–¿Paris? –dijo entonces ella en un tono indescifrable.

–Sí.

–Quiero avisarte de algo. No lo hago nada bien.

–¿El qué? –preguntó él, confundido.

–Besar.

Antes de que pudiera llevarle la contraria, Sienna lo besó en los labios y lo dejó sin respiración. No besaba mal, solo parecía insegura y titubeante, pero Paris estaría encantado de enseñarla a hacerlo mejor. Se hizo con el control de la situación, incapaz de contenerse. Le metió la lengua en la boca, para obligarla a reconocer su maestría.

Cosa que no hizo en absoluto. Después de que sus dientes chocaran por tercera vez, Sienna le mordió el labio inferior hasta hacerle sangre y él tuvo que retirarse.

–Maldita sea.

Sexo comenzó a pegar botes dentro de su cabeza, pero

no para quejarse sino para pedirle que siguiera así, que se dejara llevar por la violencia.

«¡Mas, más! ¡Bésala otra vez!».

—Puede que yo bese mal, pero sé cuándo alguien lo hace bien y no es tu caso —aseguró Sienna—. Hazlo mejor.

¿Se había vuelto loca?

—Es la primera vez que alguien se queja de mi estilo.

—Seguramente porque nadie ha querido herirte —respondió—. Pero tú y yo no nos andamos con esas y debo decirte que el beso que me dio Car Knickerbocker en tercero de primaria fue mejor que ese.

El comentario bastó para volver a excitarlo de golpe y borrar cualquier rastro de enfado. Le habría gustado poder verle la cara, esos ojos castaños llenos de chispa, la piel sonrojada y los labios entreabiertos.

—No creo que estés en condiciones de dar lecciones a nadie. Besas mucho peor que yo.

—Pues alguien va a tener que enseñarte —le dio una palmadita en la mejilla—. Supongo que vamos a tener que aprender juntos.

«¡Más, más, más!».

Paris sonrió, divertido. Era curioso sentirse así estando tan excitado por aquella mujer.

«A eso voy».

Capítulo 20

—Está bien. Veamos qué puedo hacer para superar al pequeño Carl —dijo Paris justo antes de volver a rozar los labios de Sienna con los suyos.

Apenas la tocaba lo justo para provocarla, y notó cómo ella se fue ablandando, comenzando de nuevo a acariciarle la cabeza para después bajar las manos hasta el cuello y aferrarse a él.

Le pasó la lengua por los labios y cuando se abrieron para él, la introdujo en su boca lentamente, saboreándola con deleite. Sus lenguas se encontraron y se acariciaron. Parecían querer explorarse y descubrirse mutuamente, su sabor, su textura. Era lo más sexy que había experimentado en su vida.

La primera vez que habían estado juntos, Sienna había utilizado los besos para distraerlo y poder clavarle la aguja en el cuello. Ahora podría haber hecho lo mismo y a él no le habría importado. Ardía de pasión, con una intensidad que jamás había sentido. El corazón le latía dentro del pecho como si fuera un tambor de guerra que reclamaba más y más. Lo quería todo de aquella mujer que era su obsesión. Le temblaban las piernas y los brazos.

Al no poder ver nada, el resto de los sentidos estaban mucho más sensibles. Sentía el olor a flores que desprendía la piel de Sienna y que lo embriagaba mientras la acariciaba con los dedos tatuados como si quisiera memorizar todo su cuerpo. Oía todos los ruiditos que hacía y cada uno de ellos era como una caricia. Y su sabor... sí... era la ambrosía más deliciosa que había probado nunca.

Claro, eso era en lo que la había convertido Cronos, en una proveedora. Era un dispensador de ambrosía ambulante. Si pudiera beberse su sangre, estaría colocado toda la eternidad.

La ambrosía mataba a los humanos. Había estado a punto de acabar con la mujer de Maddox, pero Sienna ya estaba muerta, lo que quería decir que había dejado de ser humana. Al darle aquel néctar con los bulbos que necesitaba la planta para crecer, algo que habría matado incluso a un inmortal, la había convertido en el terreno de cultivo perfecto e inagotable de la droga.

Lo que corría por sus venas era aún más adictivo que lo que Paris había estado consumiendo hasta hacía poco. Cualquier inmortal que probara su sangre, se convertiría instantáneamente en un adicto, enganchado a ella. Sentiría la necesidad de estar con ella, de cuidarla y de luchar a muerte contra cualquiera que quisiera arrebatársela.

¿Por qué habría querido Cronos hacer algo así? ¿Por qué convertirla en semejante objetivo?

Otra cosa que tendría que resolver con él... a cuchilladas.

«No pienses ahora en eso. Estás con ella, está bien y te desea tanto como tú a ella».

La agarró de la cintura y la levantó del suelo, apretándola fuerte contra la pared.

—Ponme las piernas alrededor de la cintura, pequeña.

Ella obedeció. Paris le frotó la erección contra el clítoris hasta hacer que gritara de placer. Era... era... No había palabras para describirlo.

Quería más.

Lo quería todo.

−¿Estás mojada? −le preguntó y era más de lo que solía decir otras veces, pues normalmente se limitaba a decir «sí» y poco más.

Hubo un momento de duda por su parte.

−Sí −respondió por fin, susurrando tímidamente. Con sensual abandono y un ligero toque de vergüenza, lo que formaba una combinación muy tentadora.

Siguieron besándose apasionadamente, movían la lengua con rapidez y era como si estuviesen haciendo el amor. Paris quería más y más, pero no creía que nunca fuera a ser suficiente. Había merecido la pena todo lo que había tenido que hacer para llegar a donde estaba.

Había estado con tanta gente, había hecho tantas cosas. Algunas le habían gustado, otras no. El noventa por ciento de las veces actuaba como si llevara un piloto automático que le permitía hacer lo que tenía que hacer para obtener lo que necesitaba y dejar a sus compañeros de cama con una sonrisa de satisfacción aunque odiase a la persona en cuestión, detestase su olor, sus manos o la idea de estar dentro de alguien a quien ni siquiera conocía.

Pero ahora era distinto. Allí no había ningún piloto automático. El instinto lo controlaba, lo movía la necesidad de poseer y ser poseído. La necesidad de convertirse en un solo ser junto a ella, por cursi que sonara. Así que la besaba una y otra vez porque no podía no hacerlo. Porque tenía que explorarla más y más, tenía que descubrirlo todo de ella. Echó la cabeza a un lado y poseyó su boca del mismo modo que quería poseer su cuerpo.

Esa vez Sienna no se quejó.

−Sí −gimió y estaba claro que ahora sí le estaba gustando su manera de besarla−. Paris... voy a... Tienes que... para. No... no pares. ¡Paris!

No podía parar. Se apretó más contra ella, la oyó gritar y su placer lo volvió loco de deseo. Ardía de pasión por ella, de desesperación por hundirse en ella y hacerle saber que era suya y solo suya.

«¡Más!».

–Paris... para... por favor.

Lo agarró del pelo y lo obligó a levantar la cabeza.

–Te deseo –dijo con la voz ronca–. Pero no aquí. Quiero que sea en otra parte. En un lugar más íntimo.

«MÁS».

Tenía que llevarla al dormitorio donde habían estado antes. Sí pensó, ansioso e impaciente. Tenía que desnudarla, verla y hacerla suya. Tenía que hacerlo cuanto antes.

La tomó de la mano y dio un paso. Un solo paso y de pronto sintió que se le clavaban miles de agujas en la pierna. Eso le hizo recuperar la razón y volver al círculo de sangre. Notó el calor de la sangre corriéndole por la pierna y un dolor tan insoportable que seguramente no le quedara ningún músculo entero. En menos de un segundo las sombras le habían devorado la pierna como si fuera un filete.

¿Eso era lo que había tenido que soportar Sienna?

Sexo se refugió en un rincón de su mente, escondiéndose de tanto dolor.

Paris echó mano al puñal que llevaba bajo el brazo; la oscuridad volvía a desatarse en su interior y lo instaba a salir del círculo y luchar.

Pero entonces sintió la mano de Sienna en el brazo, sujetándolo. Ella también estaba jadeando.

–¿Estás bien? ¿Te han hecho daño? –le preguntó mientras buscaba a tientas alguna herida.

–A mí no. ¿A ti?

–Estoy bien.

Al tocarla pudo comprobar que aún tenía los pezones duros por la excitación. Sin embargo había tenido la fuerza necesaria para parar, algo que no había podido hacer él. Era impresionante.

Las sombras se marcharon de pronto, con la misma rapidez con la que habían llegado. El castillo dejó de temblar y cesaron los gritos. Volvió la luz. Paris tuvo que parpadear para acostumbrarse al resplandor.

Sienna tenía las mejillas sonrojadas, los labios hinchados y húmedos de saliva y el pelo despeinado. Estaba increíblemente sexy, tanto que Paris volvió a sentir la erección presionándole la entrepierna.

Se dio media vuelta antes de caer en la tentación de comérsela viva. Fue entonces cuando vio a William agazapado en el centro del pasillo, dentro de otro círculo de sangre. La inmortal estaba en la puerta de su habitación con los ojos abiertos de par en par y gesto de incertidumbre. El segundo inmortal estaba también en la entrada de su habitación.

El tercero, al que William no había podido llegar, yacía en el suelo en un charco de sangre y... otras cosas. Se retorcía de dolor, pero seguía luchando por sobrevivir.

—¿Sabes qué era eso? —preguntó Paris, pero de repente todo empezó a dar vueltas a su alrededor y tuvo que echar mano a la pared para no caer al suelo.

La culpa no era del dolor o de la pérdida de sangre.

Sexo lloriqueaba en su interior mientras hacía que la debilidad se apoderase de él. Se había visto frustrado demasiadas veces en los últimos días y la negativa de Sienna había puesto en marcha la cuenta atrás. Eso quería decir que, si no se acostaba con alguien pronto, perdería todas las fuerzas hasta desvanecerse. Su cuerpo estaba soltando feromonas con la esperanza de que alguien se acercara a él y lo poseyera.

Pero Paris no iba a permitirlo. Seguía estando de acuerdo con los motivos que le había dado Sienna para parar, pero ya no podía más. Iba a hacerla suya de un modo u otro porque la alternativa era estar con otra persona y no estaba dispuesto a hacerlo.

—Sí, claro que lo sé —respondió por fin William, cuando consiguió recuperar el aliento. Levantó la mirada y clavó en Paris unos ojos que parecían de otro mundo—.

Cronos las creó hace mucho tiempo igual que Zeus te creo a ti, pero tenía entendido que desde que encerraron a Cronos, ya no le pertenecían a él. Supongo que las habrá recuperado. Me parece que voy a tener una pequeña conversación con él sobre la hospitalidad y lo que debe hacer un buen anfitrión –añadió con una ironía que daba miedo.

Sin duda tenía intención de que solo uno saliera vivo de esa conversación. Lo mismo que planeaba Paris.

–¿Alguna vez te han hecho eso a ti? –le preguntó a Sienna señalando al tipo que habían abierto en canal.

Con lo que corría por sus venas, las sombras se habrían vuelto locas por ella; se habrían cebado en su cuerpo y se habrían olvidado de todo lo demás hasta beberse toda su sangre.

Sienna no respondió.

–¿Qué –comenzó a decir Paris y entonces se fijó en que tenía la mirada perdida y los ojos rojos.

Ira se había apoderado de su mente y de su cuerpo.

–Tengo que castigarlas –dijo con una voz fría que Paris jamás le había oído, una voz en la que no había sentimiento alguno, ni pasión.

Un segundo después, desplegó las alas y fue como si dos nubes negras lo invadieran todo, desde el techo hasta el suelo.

–Sienna –susurró con calma. Tenía que estar tranquilo si no quería que Ira la tomase con él. Chasqueó los dedos delante de su cara–. Quiero que me escuches. ¿Me oyes, pequeña?

–Castigo –batió las alas con fuerza.

–Sienna.

Salió disparada sin decir nada más hacia la única ventana que había, rompió el cristal y se perdió en la noche.

Paris se lanzó tras ella, pero no consiguió alcanzarla y quedó suspendido con la mitad del cuerpo fuera y cinco pisos de altura debajo de él. «Estúpido». No había manera de saber dónde la llevaría Ira o qué la obligaría a hacer.

Lo que sí sabía era que tenía que ir tras ella.

Nunca había tenido que perseguir así a ninguna mujer. Miró al vacío y trató de buscar la mejor manera de largarse sin atraer la atención de las gárgolas. Solo había una manera, claro. Iba a tener que dejarse caer y rezar para que el impacto no le rompiera las piernas.

El problema era que, estando tan débil como estaba, cualquier herida que se hiciese, y sin duda se haría alguna, tardaría en curarse. No importaba. Sienna estaba en peligro y tenía que hacer algo.

—Quédate ahí —dijo a su espalda, dirigiéndose a William—. Mira a ver si puedes ayudar a los inmortales.

—Ya lo había pensado —respondió el guerrero.

Paris se preparó para saltar al vacío. Tres. Dos. Qué estúpido. Uno…

Y de pronto apareció Zacharel, las enormes alas blancas desplegadas en el aire y la nieve cayendo a su alrededor. Lo miró con una ceja arqueada.

—¿Te llevo a alguna parte?

—¿Dónde estabas cuando vinieron las sombras? —le preguntó Paris, enfadado.

—¿Quieres que te responda, o prefieres que te ayude?

«Estoy harto de que me manipule, pero debo reconocer que me vendría bien que me ayudara. Además, seguro que soy la damisela en apuros más hermosa que ha visto».

Aeron lo había llevado un par de veces, así que sabía que no había nada sexual en ello. Solo esperaba que Zacharel supiese que la evidente erección que lucía en la entrepierna no tenía nada que ver con él.

El ángel lo agarró por la cintura.

—Vas a ver lo bien que le sienta al alma ayudar a los demás.

—Muy bonito —farfulló Paris al tiempo que se agarraba al ángel solo para estar seguro. A pesar de la desesperación, Sexo no dijo nada—. Pero, ¿no podríamos hacerlo sin hablar?

–Podríamos, sí, pero no vamos a hacerlo. Mientras te tenga en mi poder, me gustaría que habláramos de tu enfermiza obsesión por esa muerta y del hecho de que ella estaría mucho mejor sin ti.

Estupendo. Paris levantó las piernas, empujó a Zacharel con los pies y saltó al vacío.

Capítulo 21

La sangre que goteaba de las manos de Sienna le manchaba la ropa y hacía que resbalara a cada paso que daba. Como siempre que Ira se apoderaba de su cuerpo y la sacaba del castillo, la había obligado a seguir a las sombras hasta su guarida para atacarlas y hacerlas sufrir más de lo que ellas habían hecho sufrir a otros. La mirada roja del demonio había brillado en los ojos de Sienna, se había abierto camino rasgándole la piel... o quizá había supurado a través de ella, no sabía cómo conseguía salir. Y Sienna se había reído a carcajadas una y otra vez.

Había encontrado a las sombras tan saciadas por el atracón que no habían tenido fuerza para defenderse y esa indefensión había sido como un afrodisíaco para Ira. Había hecho que quisiera más y más, por lo que cuando había terminado con las sombras, había puesto el punto de mira en otros seres que habitaban aquel remoto reino y se había deleitado también en sus gritos de dolor.

Una vez satisfecho su apetito, intentó llevarla de regreso al castillo. Aquella había sido la primera vez que Sienna había sabido lo que hacía el demonio al mismo tiempo que lo estaba haciendo, porque su mente se había negado a romper el vínculo con Paris y se había resistido a él con todas sus fuerzas. Al final, en su absoluta saciedad, Ira había terminado por rendirse y retirarse a un rincón de su mente y ahora era ella la que llevaba los mandos. Por desgracia la lucha aún no había terminado. Llevaba atada al cuello una cadena invisible que la unía al castillo y tiraba de ella hacia allí. No sabía bien cuánto tiempo podría resistir. Tenía las alas rasgadas, aunque tampoco sabía volar sin la ayuda de Ira. Tardarían solo unas horas en curarse, pero por el momento no podían sostener su peso. Aun así, clavó los talones en el suelo y consiguió reducir la velocidad, pero el dolor la sacudió de arriba abajo. Apretó los dientes mientras trataba de dar la vuelta... lo logró... y empezó a avanzar en dirección contraria. Sí. ¡Sí!

Volver al castillo, aunque solo fuera para ver a Paris, despedirse de él y darle un último beso, significaría volver a estar encerrada. Era una gran tentación, y muy poderosa, pero sabía que debía hacer lo que estaba haciendo. Por él. Por Skye. Y debía hacerlo antes de que Cronos descubriese que había escapado, castigase a Paris y empezase a tirar de los hilos de nuevo.

Si conseguía llegar a Galen, interrogarlo y matarlo antes de que Cronos se enterase de que se había ido, no tendría que seducirlo y la guerra entre los Señores y los Cazadores terminaría por fin. Aunque no le dijera dónde estaba su hermana, el guardián de la Esperanza no podría hacer daño a Skye si estaba muerto. Con eso le bastaría.

De pronto oyó unos pasos que la hicieron salir de su ensimismamiento. Alguien la seguía. No fue necesario que se volviera a mirar para saber que eran unos seres con las cuenca de los ojos vacía, una piel gris que parecía caérseles y fauces afiladas como cuchillos. Eran asesinos sin conciencia cuya fuente de energía era la sangre de sus enemigos.

Ira los había atacado unas semanas antes, dejando una estela de sangre y muerte. Lógicamente, Sienna, que era la imagen que habían visto los que habían sobrevivido, se había convertido en su enemigo número uno. Habían estado siguiéndola desde entonces y habrían atacado el castillo de no haber sido por las gárgolas.

Sintió una necesidad casi irresistible de echar a correr, pues sabía que aquellas criaturas mataban a sus víctimas sin la menor compasión, pero el demonio también le había mostrado que disfrutaban persiguiendo a sus presas casi más que matándolas. Así que si mantenía la calma y seguía caminando a ese paso, quizá perdieran el interés en ella.

Sí, quizá. Pero lo más probable era que no.

–Te llevaste a nuestros esclavos, mujer. Ahora tú serás nuestra esclava.

Aquel seseo era culpa de los enormes colmillos, que desgarraban hasta las palabras que salían de sus bocas.

–No *sabesss* lo que te vamos a hacer... –una malévola carcajada–. Cómo *vasss* a gritar.

Sienna siguió avanzando en dirección opuesta al castillo, sin responder nada, pero pendiente de todos sus movimientos. El paisaje se hizo más oscuro y el aire más denso, olía, entre otras cosas, a sangre. Pasó junto a pilas de huesos, charcos de un líquido color carmesí, cuevas a las que se accedía por la boca de unas enormes calaveras. No llevaba arma alguna y no estaba segura de dónde estaba la salida de aquel reino, porque Cronos la había llevado allí estando semiconsciente, pero tenía que haber una entrada, si no, ¿cómo habían entrado Paris y su amigo?

Debería habérselo preguntado a Paris. A buenas horas se daba cuenta.

–*Sssí, sssigue* andando, mujer. *Vasss* directa a nuestro campamento.

¿Sería verdad? Esa vez Ira no estaba sirviéndole de ayuda. ¿Debería parar y luchar? No tendría mucho que hacer, teniendo en cuenta que le costaba incluso mantener el equilibrio. Aquellas criaturas la atacarían hiciera lo que hiciera y fuera donde fuera. Solo estaba retrasando lo inevitable.

Entonces oyó un rugido de dolor que sacudió el aire y luego otro. Y otro. Debían de estar luchando entre ellos, pensó con alivio, pues eso le ahorraría muchos problemas.

Vio pasar una cabeza sin cuerpo. En la cuenca de los ojos había todavía un brillo que se apagó ante su mirada. Sienna tropezó con sus propios pies al ver pasar una segunda cabeza. Se le revolvió el estómago a pesar de que la sensación de alivio era cada vez mayor.

–¿Es necesario que mates de manera tan gratuita? –dijo una voz masculina.

No había emoción alguna en aquellas palabras, sí tenían sin embargo una cadencia que fue como una caricia para los oídos de Sienna.

–Sí, claro que es necesario.

¡Paris! Sienna se dio media vuelta con el corazón a punto de escapársele del pecho. Buscó en la oscuridad. ¿Dónde estaba? ¡Allí! Estuvo a punto de desmayarse de felicidad.

–¿Por qué? –el que preguntaba era un hombre de cabello oscuro, ataviado con una túnica, que caminaba junto a Paris.

Tenía un rostro magnífico, de una belleza sin alma que resultaba casi malévola, y unas alas blancas con destellos dorados que se desplegaban majestuosamente desde su espalda. Parecía un ángel caído, pero también lo parecía Galen. No obstante, si Paris confiaba en él, también lo haría ella. Se fijó entonces en que estaba nevando, pero solo alrededor de él y los copos parecían cristalizarse sobre su piel.

–Estaba mirándola, amenazándola –dijo Paris y, si sabía dónde lo esperaba Sienna, no dio muestras de ello–. Mi demonio sabía lo que estaban pensando. Merecían algo mucho peor que lo que han recibido.

–Te he salvado antes de que pintaras el suelo con tus órganos. Me debías un favor y te pedí un solo día sin que hubiera derramamiento de sangre.

—Sí, pero no especificaste qué día querías que fuera —una vez dicho eso, Paris dejó de lado al ángel y por fin miró a Sienna.

Caminó hacia ella con paso lento pero firme. Tenía magulladuras debajo de los ojos y cortes en los brazos, pero había dejado tras de sí al menos once cuerpos sin vida. Y Sienna había creído que solo la seguían dos criaturas.

—¿Dónde demonios crees que vas? —le preguntó Paris en cuanto llegó junto a ella.

Sienna bajó la mirada hasta sus labios. Esos labios exuberantes que la habían besado y devorado, esos labios que deseaba sentir por todo el cuerpo.

—Lo más lejos posible. Intento escapar y parece que estoy consiguiéndolo, muchas gracias —respondió.

—¿Sin despedirte? —se fijó en que tenía la muñeca manchada de sangre, por lo que le agarró el brazo y lo examinó detenidamente en busca de alguna herida—. Estupendo, Sienna.

¿De verdad estaba enfadado por eso? La idea hizo que sintiera vergüenza, culpa y luego verdadera alegría. Levantó bien la cara y lo miró a los ojos, dispuesta a no dejarse intimidar por su mirada.

—Si hubiese vuelto al castillo, y créeme que mi cuerpo quería hacerlo, volvería a quedar atrapada allí. Dijiste que querías que se rompiera la maldición, pues estoy haciendo todo lo posible para romperla.

Paris la soltó y suspiró.

—Está bien. Supongo que has hecho lo que debías, pero no me gusta pensar que, si no hubiese venido en tu busca, seguramente no habría vuelto a verte más.

Podría haberla acusado de haberlo abandonado a su suerte, o de muchas otras cosas. Pero no lo había hecho...

—A mí tampoco me gusta —reconoció Sienna.

Paris carraspeó y se llevó la mano a la nuca como si le

incomodara el rumbo que estaba tomando la conversación. Los ojos, azules como el océano, brillaban con la fuerza del mismísimo sol.

—Bueno, no me gusta que estés aquí sola. Es peligroso.

—A mí tampoco me gusta estar aquí sola —dijo justo antes de que un repentino mareo la hiciera tambalearse.

Paris la observó de arriba abajo.

—Parte de esa sangre es tuya, ¿verdad? Estás herida.

Estaba preocupado por ella. Si aún le hubiese quedado algo de fuerza para resistirse a él, la habría perdido en ese momento.

—Me curaré enseguida.

—¿Quién te ha hecho daño? —le preguntó en un tono letal.

—Ira, al sacarme por la ventana del castillo. Las otras veces me había llevado al tejado del castillo, pero esta vez tenía miedo de que tú me detuvieses. Por eso... —se encogió de hombros— eligió un camino más rápido.

—No permitas que vuelva a apoderarse de ti.

Sienna meneó la cabeza. La creciente cólera del guerrero no la intimidaba ni lo más mínimo.

—Antes querías que hiciese justo eso.

—He cambiado de idea —se inclinó hacia ella hasta quedar los dos rozándose la nariz—. No me presiones, estoy muy alterado.

Se quedaron así varios segundos, dejando que sus respiraciones se mezclaran y fueran acelerándose. Sienna deseaba que la besara de nuevo, para poder acabar lo que habían empezado.

—Aquí no estamos seguros —dijo el otro hombre, acabando con la magia del momento.

Paris pegó un respingo y puso la espalda en tensión.

—Sienna, te presento a Zacharel. Es un ángel guerrero de la Única Verdadera Deidad. Zacharel, esta es Sienna. Es mía.

Sienna sintió un intenso escalofrío. ¿Acababa de decir que era suya? ¿De verdad había advertido al otro para que no se acercara a ella porque le pertenecía? El placer de oír aquello compensó un poco el frío que manaba de aquel ángel.

Zacharel le tendió una mano de dedos largos y gruesos.

—Yo te protegeré —prometió.

—No la toques —espetó Paris, apartando al ángel—. Jamás.

Zacharel no se inmutó, su mirada no perdió ni un ápice de intensidad.

Sienna se sintió incómoda, pues no comprendía por qué querría protegerla Zacharel. Sin embargo, sus palabras desprendían tanta verdad que no se sentía capaz de ponerlas en duda. Tenía la misteriosa certeza de que iba a hacer todo lo que estuviese en su mano para cuidar de ella y que no le pasara nada.

Claro que... quizá fuera un truco. También era posible que Zacharel, igual que hacía Galen, hiciese albergar esperanzas a los demás para luego acabar con ellas. Miró a Paris en busca de una respuesta.

—¿Es...?

—¿Como Galen? —adivinó Paris—. No. Él es de verdad, pero también es un santurrón con pretensiones de superioridad moral y capaz de poner a prueba la paciencia de cualquiera. Ah, y también es impotente —entonces le puso la mano en la mejilla y la obligó a mirarlo a los ojos y centrarse solo en él—. ¿Dónde ibas?

El roce de su mano le provocó un cálido escalofrío que la sacudió por dentro.

—No lo sé —parecía tan alterada como realmente estaba—. Caminaba sin rumbo, buscando la salida. ¿Tú no sabrás dónde está?

—Sí que lo sé. A dos días de camino en dirección opuesta.

—Vaya —eso quería decir que tendría que pasar por el castillo y entonces volvería a quedar atrapada allí.

—Yo te llevaré —dijo Paris.

Al mismo tiempo, Zacharel afirmó:

—Puedo llevarte volando en solo unas horas. Y no soy impotente, lo que ocurre es que nunca he sentido deseo.

Eso sí que era hacerse con la atención. A Sienna le surgieron un sinfín de preguntas. ¿Por qué? ¿Acaso los ángeles eran asexuales? ¿Cuántos años tenía? ¿Qué clase de persona podría romper esa coraza de hielo y hacer que sus hormonas reaccionaran?

Quizá cuando todo se calmase un poco pudiera encontrar alguien para aquel ángel, aunque no conocía a nadie, pero nadie debería vivir sin mantener algún tipo de contacto físico. Era terrible.

La primera vez que había abierto los ojos después de muerta, había intentado tocar a alguien, pero nadie podía verla ni sentirla y eso había estado a punto de hacer que perdiera la cabeza.

—No vas a llevarla a ninguna parte —declaró Paris con furia después de haber estado observando la reacción de Sienna ante el ofrecimiento del ángel—. Ya te he dicho que no la toques. Además, Sienna se queda conmigo. Es algo innegociable.

Sienna podría haber protestado. Debería haberlo hecho. Entre ellos no había ningún futuro y retrasar lo inevitable acabaría con ella. El problema era que tampoco podía resistirse a la idea de pasar dos días más con él.

—Me quedo con él —afirmó.

Paris asintió también con enorme satisfacción.

—Después de estar con una mujer, no tardas en cansarte de ella —dijo Zacharel—. ¿Por eso estás tan ansioso de quedarte a solas con esta? —parecía preguntarlo por verdadera curiosidad y no para mortificarlos, pero eso no impedía que sus palabras doliesen—. Si es por eso, estaré encantado de dejaros un tiempo.

Paris debió de percibir su reacción porque de pronto la soltó y se lanzó contra el ángel con un puñal en cada mano.

—¿Quieres morir?

Zacharel siguió mirándola como si nada.

—Mujer, solo tienes que decir mi nombre y vendré a buscarte —dicho eso, desapareció.

Capítulo 22

Paris se lanzó sobre Zacharel, pero solo encontró aire y eso le hizo soltar una retahíla de maldiciones. Después se volvió hacia Sienna y la miró fijamente.

–Di su nombre y habrás firmado su sentencia de muerte –le dijo.

No le dio oportunidad de responder, aunque tampoco Sienna habría sabido qué decir, lo que hizo fue volver junto a ella y levantarla en brazos. Comenzó a caminar como si cargara con un peso insustancial.

–Hay una cueva cerca de aquí –le explicó–. Vamos a ponerte en condiciones antes de ir hacia la salida.

–¿Cómo sabes que hay una cueva? –ella llevaba allí meses, mucho más que Paris, y no conocía ninguna cueva por allí.

–Reconocí toda la zona nada más llegar.

Muy propio de un guerrero, y muy sexy. Sienna suspiró y apoyó la cabeza en su hombro. Ahora que volvían hacia el castillo, la cadena invisible ya no le tiraba tanto del cuello y podía relajarse.

–Con el poco tiempo que hace desde que nos hemos vuelto a encontrar y ya has tenido que llevarme en brazos por lo menos cien veces.

–Tus cálculos son un poco exagerados, pequeña. Además, me gusta llevarte.

Pequeña. Le encantaba que la llamara así y el modo en que su voz parecía acariciarla. Sintió una presión en el pecho y un hormigueo en el estómago. Nunca nadie le había hablado así y tenía la sensación de que para él también tenía importancia aquel apelativo.

Con la cara apoyada en su hombro podía sentir su aroma a champán y chocolate con más intensidad que nunca; tanta, que la embriagaba. Apretó la nariz contra su cuello, sintió el pulso de su corazón y se zambulló en su aroma. Todas las terminaciones nerviosas de su cuerpo parecían reclamar sus caricias.

Paris aminoró el paso y poco después se tropezó.

¿Estaba distraído, o herido? La preocupación pudo con la excitación.

–¿Estás bien?

–Sí –respondió con brusquedad, pero un nuevo tropiezo contradijo sus palabras.

Estaba claro que estaba herido.

–Déjame en el suelo –le pidió, tratando de bajarse de sus brazos–. Quiero andar.

–Estate quieta –protestó él, pero daba la impresión de que le dolía algo–. Distráeme. Cuéntame por qué te uniste a los Cazadores. Ya me lo contaste una vez, el día que desperté en tu celda, pero me faltan algunos detalles.

Sienna siguió forcejeando hasta quedarse sin fuerzas. A pesar de su debilidad, Paris seguía estando más fuerte que ella.

Cada cosa que descubría de él hacía que lo desease más. Finalmente no le quedó más opción que volver a relajarse en sus brazos y su aroma volvió a despistarla.

–Sienna.

Sí. Le había pedido algo. Claro. Bueno, si quería llevarla en brazos a pesar de todo, tendría que permitírselo. Lo cierto era que para ella era un placer estar tan cerca de él.

–Me tragué toda su ideología –comenzó a contarle–.

Me convencieron de que el mundo se libraría del dolor, las enfermedades y la maldad si acabábamos contigo y con tus amigos.

—Nuestra muerte no hará que el mundo se convierta en una utopía. Los seres humanos toman decisiones con las que provocan todos los males que sufren. Pero pongamos que efectivamente tenemos alguna influencia en el mundo. ¿Realmente crees que importaría? La gente seguiría pudiendo elegir. Pueden resistirse, luchar y actuar como deberían.

—Lo sé —se pasó la lengua por los labios e imaginó que hacía lo mismo con los de él—. Ahora lo sé.

—¿De verdad?

—¿Me creerás si te lo digo otra vez?

Hubo un momento de silencio, un silencio tan denso y pesado como el aire que respiraban.

—Sí.

Sienna parpadeó sorprendida, olvidándose de pronto de lo que estaban hablando.

—¿Por qué?

—Porque quiero creerte.

No porque confiara en ella, pensó, pero intentó no sentirse decepcionada. Seguramente pedirle que confiase en ella sería como pedirle a un hombre humano que le regalara la luna. Un imposible. Pero su deseo de creer en ella era muy prometedor.

—Entonces te diré que sí, que de verdad creo que no serviría de nada mataros.

Le vio apretar la mandíbula antes de asentir.

—Siguiente pregunta. ¿Cronos te ha dicho alguna vez por qué te ha convertido en su esclava?

Era un tema delicado, pero Sienna asintió.

—Sí.

Sintió su mano bajo los pechos y ese simple roce bastó para volver a despertar su deseo.

—¿Qué te dijo?

¿Acaso intentaba sonsacarle la información seduciéndola? No era necesario que lo hiciera. Ya le había mentido una vez y había decidido no volver a hacerlo nunca más. La confianza era algo muy valioso y ella no iba a traicionar la de Paris pasara lo que pasara.

—Quiere que vuelva con los Cazadores, vigile a su líder y descubra todos sus secretos.

Sienna sintió cómo se le paraba el pulso a Paris. Su corazón dejó de latir de repente. Un segundo, luego dos. Hasta que por fin volvió a funcionar, pero más rápido de lo normal.

—¿Vas a hacerlo? —le preguntó.

Habían llegado a la entrada de la cueva, que resultó ser la boca de una de esas calaveras gigantes. Paris tuvo que agacharse para entrar sin darse en la cabeza con los dientes.

—Sí —respondió en un susurro, tratando de ocultar el tormento que eso le provocaba—. Voy a hacerlo.

—¿Por Cronos o por ti misma?

—Por... todos. Necesito encontrar respuestas sobre mi hermana. Desapareció hace años. Por venganza, porque odio a los Cazadores y lo que hacen —«por ti», añadió en silencio—. Aunque espero no tener que hacer las cosas como quiere Cronos —no hacía falta que le especificara a qué se refería con eso. Su intención era colarse entre los Cazadores, interrogarlo y matarlo.

Paris no dijo si la creía o no. La dejó en el centro de la cueva, junto a un manantial natural, y le colocó las alas para que no se arañaran contra el suelo.

Allí dentro hacia frío, había corrientes que hicieron temblar a Sienna. Por suerte, Paris no tardó en hacer un fuego de la manera más rudimentaria, frotando dos piedras y aprovechando las chispas para hacer las llamas y quemar las ramitas que había reunido. En unos segundos el fuego iluminaba su rostro y bañaba sus rasgos de luces y sombras.

Siempre le parecía muy bello, pero en aquel momento estaba sencillamente deslumbrante. Era un dios legendario, ningún simple mortal sería digno de él. Y mucho menos ella.

—No he venido aquí a castigarte –le dijo él.

Sienna recordó la acusación que le había lanzado mientras la apretaba contra la pared después de besarla brutalmente. En otras circunstancias, seguramente habría disfrutado de tan violento beso, pero en aquel momento, el pavor que le provocaban las sombras y lo que sentía por él, habría necesitado un poco más de suavidad.

Después había dejado de bastarle la suavidad y su cuerpo había ansiado más.

—Me alegro –dijo.

—¿Me crees? –preguntó, sorprendido.

—Sí.

La miró fijamente.

—¿Por qué?

—Porque quiero hacerlo.

Pero él meneó la cabeza con furia.

—¿No será más bien que te sientes en deuda conmigo?

Sienna se pasó la lengua por los labios, consciente de que ahora hablaban de otra cosa.

—No

—¿O porque quieres que esté fuerte?

—No.

—Está claro que no es porque me desees –dijo y sus palabras era como un látigo.

Quería oírselo decir, quería que reconociera que lo deseaba estando lejos de él, así ella no podría echarle la culpa a la pasión del momento. Pero sobre todo, Paris quería oírselo decir sin admitir él lo mismo. Quizá no quería hacerlo primero, o quizá no quisiera hacerlo nunca. En cualquier caso, era ella la que corría el riesgo. Si lo negaba, su orgullo saldría ileso, pero seguramente lo apartaría de su lado para siempre. Quizá le avergonzara reconocerlo, pero también podría hacerle sentir un placer como ningún otro. No había duda.

—Sí —admitió—. Porque te deseo.

Volvió a hacerse el silencio, un silencio durante el que Sienna acabó preguntándose si la había oído o si le importaba siquiera su respuesta. Entonces Paris apartó la mirada de ella un instante, solo para volver a mirarla enseguida con la fuerza del demonio que llevaba dentro. Era inquietante, pero no daba miedo. Ya no.

—No sabía qué iba a hacer contigo cuando te encontrara —dijo por fin con voz profunda—. Te salvaría, sí. De eso no tenía ninguna duda. Y me acostaría contigo, eso también. Te deseo tanto que me duele. Me duele todo el tiempo. Pero por mucho que quiera quedarme contigo, una parte de mí siempre ha sabido que tarde o temprano tendría que dejarte. No puedo tener una relación permanente, ni siquiera contigo.

«Ni siquiera», había dicho, como si ella fuese especial. El hecho de que hubiese admitido lo que sentía por ella disparó de nuevo el deseo de Sienna y lo hizo de tal modo que se echó a temblar, y seguramente habría caído al suelo de haber estado de pie.

—Sé que tendrías que dejarme —dijo ella. No podía culparlo por ello porque tampoco ella podría estar con él para siempre.

—No quiero mentirte —respondió Paris—. No quiero engañarte. Pero si intentáramos tener una relación de verdad, tendría que hacer ambas cosas.

Igual que se lo había hecho a esa mujer, Susan.

—No sé si a mi demonio le afectaría que estuviera contigo, si le daría fuerzas. No lo sé porque nunca he estado dos veces con la misma mujer desde que me poseyó. Si no funciona, tendría que marcharme y buscar... a otra persona.

No hacía falta que supiera que la idea de que estuviera con otra mujer la volvía loca de dolor.

–Lo sé.
–Porque has visto...
–A Susan. Sí.
La tristeza se reflejó en sus ojos azules, y luego la rabia.
–Si eso ocurre, te lo diré. Te lo diré enseguida, antes de irme, y, pase lo que pase, volveré contigo. Voy a llevarte hasta la salida, pero después de eso, tendremos que... despedirnos para siempre.
Quizá el fuego no había caldeado la cueva, o quizá su cuerpo había absorbido todo el frío, porque estaba helada. Paris no iba a tratar de impedir que volviera con los Cazadores y quizá ni siquiera le habría parecido mal que se convirtiese en la amante de Galen, pero no iba a preguntárselo. A pesar de lo mucho que deseaba saber la respuesta, no quería oírla.
–Ahora que sabes todo eso, ¿sigues queriendo estar conmigo? –le preguntó él.
La manera en la que se lo preguntó hacía pensar que no le importaba lo que respondiera, porque no tardaría nada en encontrar a otra si ella decía que no. Pero entonces se dio cuenta de que estaba conteniendo la respiración y apretando los dientes. Claro que le importaba lo que dijera.
–Sí. Quiero estar contigo –respondió–. Te deseo.
Paris la miró fijamente y asintió, satisfecho.
–Bien. Ahora quítate la ropa y métete en el agua.

Capítulo 23

Paris observaba mientras Sienna se despojaba de la camisa, igual que había hecho ya con los pantalones. Se quedó frente a él en braguitas y sujetador. Eran dos prendas sencillas, completamente blancas, sin embargo, sobre su delicado cuerpo, a Paris le parecieron la lencería más sexy que había visto en su vida.

Su erección creció más allá del ombligo, la base más ancha que su muñeca. Sí, tanto la deseaba.

«Más», suplicó Sexo.

—Quítatelo todo —le pidió él con voz ronca.

Era tan bella... y tan fuerte. Él había tenido que hacer cosas horribles para llegar hasta allí, pero Sienna había logrado escapar de Cronos. En cuanto dejó de lado su orgullo masculino, Paris se alegró de ello. Ella había luchado contra su demonio y lo había vencido, algo que él no podía decir. Ocurriera lo que ocurriera cuando salieran del reino, Sienna estaría bien.

Hasta entonces sin embargo...

«No debería hacerlo», pensó incluso mientras repetía.

—Quítatelo todo.

Ella obedeció. Se desabrochó el sujetador y lo dejó caer junto al resto de las cosas. Lo primero que vio fueron unos deliciosos pezones rosáceos que coronaban aquellos pechos que tanto ansiaba meterse en la boca. La vio llevarse los dedos a la cinturilla de las braguitas y tirar de ellas. Se las bajó por las piernas hasta quedar completamente desnuda. Paris no podía apartar la mirada del triángulo de rizos que protegía su lugar preferido de aquel reino y de cualquier otro.

Sienna movió los brazos con incomodidad, como si quisiese cubrirse y estuviese convenciéndose a sí misma de no hacerlo.

–Eres perfecta. Perfecta y deliciosa –esbelta, con una piel salpicada de preciosas pecas que parecían gotas de caramelo. Iba a lamerla de arriba abajo.

Cuando tuvieran que separarse, no habría una parte de ella que no hubiese saboreado.

Ella se miró y frunció el ceño.

–¿Cómo puedes decir eso?

–Si vas a insultarte, te sugiero que cierres la boca y te metas en el agua.

El tono punzante de su voz la hizo parpadear.

–Estás enfadado.

Sí, lo estaba.

–Cuando te digo lo hermosa que eres y dudas de mis palabras, básicamente me estás llamando mentiroso.

–No, no es eso lo que pretendo... Lo que ocurre es que... –hizo una pausa. Titubeaba igual que lo había hecho la muchacha insegura que había conocido en Roma, la misma que lo había fascinado por completo con su parloteo encantador–. Los hombres no suelen...

Hombres. Paris maldijo entre dientes.

–Me alegro porque si no, tendría que matarlos –Sienna era suya y cualquiera que la mirara o que considerara siquiera la idea de tocarla... «Para ahí. No puedes ser tan posesivo. Es algo temporal. Tiene que ser así».

–Paris –dijo ella.

–Sí –quería apartar la mirada de ella, pero no podía.

–Tú a mí también me pareces perfecto.

Dijo eso y a continuación, como si no imaginara que

acababa de hacerle perder la cabeza, se giró hacia el manantial de agua. Paris observó su espalda elegante y magullada, el lugar donde nacían aquellas enormes alas negras y violetas y la mariposa que tenía tatuada entre ambas.

La curva que formaba su columna le hizo la boca agua. Tenía dos pequeños hoyuelos justo encima del trasero. Hablando de su trasero... ¿había visto alguna vez algo tan bonito? Tenía el tamaño justo para agarrarse a él al tiempo que se sumergía en lo más hondo de su cuerpo. En la nalga derecha tenía cuatro lunares que parecían formar una estrella.

Podría pasarse horas, o días, admirándola.

«Más. Por favor, más. Necesito tocarla».

Gimió suavemente al sumergirse en el agua cálida del manantial y desapareció bajo la superficie durante unos instantes antes de aparecer de nuevo empapada.

–Toma –le dijo, ofreciéndole una pastilla de jabón y se avergonzó al ver que Sienna se había dado cuenta de que le temblaba la mano.

Le rozó los dedos al agarrar el jabón.

–Gracias. Es buena idea llevar siempre jabón encima. Tengo que acordarme.

Sí, pero no iba a explicarle el motivo por el que lo llevaba. Jamás hablaría de eso con ella. Jamás.

No era buena idea decirle que siempre llevaba encima una pastilla de jabón porque nunca sabía en qué cama acabaría, con quién se acostaría, lo sucio que se sentiría después o que él llevaba jabón igual que otros hombres llevaban preservativos. Seguramente eso acabaría con la magia del momento.

Hablando de preservativos, ¿debía decirle la verdad? No podía contraer ninguna enfermedad de transmisión sexual, por lo que tampoco podía pasársela a nadie, era muy difícil que una mujer humana se quedara embarazada de un inmortal y aún más si ya estaba muerta, y, aunque odiaba tener relaciones con desconocidos, su demonio necesitaba el contacto piel con piel. Así que, nada de preservativos, a pesar de que era posible que su miembro hubiese tocado a miles de personas. No, a Sienna le repugnaría.

No debería haberla empujado a tener relaciones sexuales con él sabiendo que no podría ofrecerle nada más. Debería haberle concedido el tiempo necesario para tomar una decisión consciente. El problema era que no disponía de ese tiempo. Ninguno de los dos lo tenían. La perdería en solo dos días. Además, Sexo necesitaba un poco de satisfacción urgentemente. Así que, si ella se lo permitía, iba a hacerla suya.

Paris se sentó junto al manantial. Si lo hacían, y estaba claro que iban a hacerlo, pero Sexo no quedaba satisfecho de inmediato, tendría que... ¿Qué? ¿Haría lo que le había dicho e iría en busca de otra persona?

«No pienses ahora en eso o el demonio perderá los nervios».

La oscuridad que llevaba dentro empezaba a desatarse y le hacía sentir que estuviera poseído por dos demonios, cada uno con distintas necesidades. Sexo necesitaba sexo y Violencia ansiaba derramar sangre. Pero era Maddox el que albergaba el demonio de la Violencia, así que su teoría no tenía ningún sentido.

«Da igual. Lo único que importa en este momento es Sienna».

Sienna.

Muy pronto saldría del reino de los Cielos y huiría de Cronos. Pero Paris no iba a permitirle que fuera tras Galen, tendría que convencerla de que pasara un tiempo escondida. Así estaría a salvo y él volvería con sus amigos. A su guerra. A su antigua vida.

Una existencia triste, que era exactamente lo que merecía después de haber hecho daño a tanta gente durante siglos. Especialmente por lo que le había hecho a Susan.

Había sentido verdadera admiración y respeto por ella. Le había prometido fidelidad a pesar de no poder dársela y le había destrozado el corazón lentamente. Jamás volvería a hacerle algo así a otra mujer.

Pero... deseaba algo más que aquellas relaciones esporádicas. Quería estar con una sola persona.

Quería estar con Sienna.

«Puedes hacerlo ahora mismo», le recordó Sexo.

«Pero luego la perderé».

Eso no podía rebatirlo el demonio.

«¿Por qué me has dejado que me excitara con ella tantas veces a pesar de haberme acostado ya con ella, pero nunca lo has hecho antes con ninguna otra?». Le había hecho aquella pregunta una y otra vez, pero siempre obtenía la misma respuesta:

«No sé. Es algo que pasa».

Paris odiaba la idea de tener que separarse de Sienna, pero ella había aceptado de buen grado que fuera así. Quizá lo había hecho porque sabía que tenía que ser así, pero también podría haber protestado un poco, ¿no?

Mierda. No estaba siendo razonable, la oscuridad aún controlaba sus emociones. Si deseaba a aquella mujer, debería estar con ella y, si quería estar siempre con ella, debería hacerlo. Así de simple.

Demasiadas hipótesis. Uno no podía vivir con hipótesis, solo con certezas.

Paris meneó la cabeza para aclararse un poco las ideas y decidió observar a Sienna mientras se bañaba. La vio enjabonarse y se quedó embobado mirando las burbujas de jabón que le bajaban por los pechos, quedaban atrapadas en los pezones y luego seguían su camino hacia el vientre.

—Sienna, tengo algo que decirte —bajó la cabeza, demasiado humillado para mirarla.

Después de eso, quizá se marchara y no volviera a tener la oportunidad de hacerle el amor, pero si no lo hacía, su conciencia jamás se lo perdonaría.

—Puedes hablar tranquilamente.

Enseguida comprobarían si realmente era así.

–Después de tu muerte tuve que... ya sabes... incluso de camino aquí, yo...

«¿Qué estás haciendo? Sabes que es mejor que no sepan lo que pasa cuando acabamos con ellas».

«Querrás decir cuando tú acabas con ellas».

–Lo sé –dijo ella, tranquilizando tanto al demonio como a él.

Nada de acusaciones, ni de detalles escabrosos. Eso era algo que le gustaba mucho de ella. Seguramente no tenía ni idea de lo poco habitual que era, pero él sí lo sabía.

–La última vez fue hace unos días, te lo prometo. No dejaba de pensar en que iba a encontrarte y, cuando ocurriera, solo quería estar contigo y con nadie más.

–Paris, tú y yo no éramos novios. No teníamos ningún tipo de compromiso. Lo último que te dije es que te odiaba y lo siento mucho. Lo siento de verdad. Así que no te atormentes por lo que hayas hecho porque no has hecho nada malo.

Se había ido acercando a él mientras hablaba, entonces se puso en pie y le echó los brazos alrededor del cuello. Paris apoyó la cabeza en su hombro. Tenía la piel tan suave y olía tan bien que se sintió aturdido. Sexo también se volvió loco, quizá más aún que Paris porque su desesperación por tocarla era probablemente mayor que la de él.

–Yo no sería tan comprensivo contigo. Si te hubieses acostado con otro hombre, aunque no fuéramos novios, aunque no tuviéramos ningún compromiso, yo... me pondría furioso –no podía mentirle.

–¿Conmigo?

–No. Creo que no. No lo sé –la estrechó en sus brazos y la apretó contra sí. Necesitaba tenerla más cerca. El agua de su cuerpo le empapó la camisa y sintió sus pezones en el pecho–. Te quiero solo para mí.

Sienna llevaba el sol dentro y lo iluminaba cada vez que se acercaba a él. El jade y el cobre de su mirada eran como un valle frondoso en el que podría perderse. Y su boca le inspiraba las fantasías más eróticas.

«¡Sí» Esto era lo que necesitaba, lo que deseaba tanto. Lo que tanto deseaba Paris.

—Desde que estuve contigo —comenzó a decir ella suavemente— no ha habido nadie más y, antes de ti, hacía años que no estaba con nadie.

Años. La idea lo dejó tan atónito como contento.

—Él fue... el único hombre con el que había... pensaba que me casaría con él —le contó—. Era un Cazador, fue él el que me reclutó —hizo una pausa durante la que no pudo ocultar la tensión que sentía al recordar lo sucedido—. Voy a cambiar de tema, pero solo un poco. Me gustaría contarte otra duda que tengo sobre... sobre mí misma, antes de que continuemos.

Paris se puso también en tensión, imaginándose lo que iba a decir.

—Sé que no es la primera vez que estamos juntos y que ya sabes que soy como soy. Pero esta vez es distinto porque te conozco mejor y también me conozco mejor a mí misma. Tengo miedo de no poder... de no ser como las demás.

Justo lo que temía. Le dio un beso en el cuello y luego lamió el lugar donde había puesto los labios para después chuparlo lo bastante fuerte como para dejarle una marca.

—Yo soy el que tiene miedo de no estar a la altura —admitió él—. Soy el guardián del Sexo, pero... ¿Y si no soy capaz de satisfacerte? ¿Y si no respondo a tus expectativas? Verás, Sienna —se apresuró a añadir antes de que pudiera responder ella—, son las demás las que no pueden compararse contigo.

Había estado con miles de personas, sí, y había hecho todo lo posible para dejarlas satisfechas a todas. Era lo menos que podía hacer después de haberlas utilizado. Pero el conseguir llevar a esas personas al orgasmo no era algo que hubiera hecho por ellas, sino por sí mismo, para aliviar su sentimiento de culpa. Pero realmente, no le había importado lo más mínimo que disfrutaran o no.

–Paris –susurró mientras le acariciaba la espalda con sus manos de terciopelo, despertando partes de él que ni siquiera sabía que existieran–. Te propongo algo. Hoy tú eres solo un hombre y yo solo una mujer. No hay pasado ni futuro, solo presente. Vamos a hacer lo que queramos. Nada más y nada menos.

Si seguía así, iba a explotar antes de empezar siquiera a hacerle el amor. Sienna le había dicho las palabras más sexys que había oído nunca o que habría podido imaginar, otro motivo para sentir lo que sentía por ella. No solo lo excitaba, también lo reconfortaba.

–Me encanta lo que estás haciendo –le dijo.

«¡A mí también!».

«No quiero oírte más».

Agarró a Sienna por las caderas y la sacó del agua para sentarla en la roca. El calor del agua aún le bañaba la piel y las gotas recorrían las partes de su cuerpo que él iba a visitar. Se arrodilló delante de ella y le acarició las piernas desde los muslos a las pantorrillas, donde se detuvo unos instantes antes de separárselas suavemente todo lo que pudo. Estaba rosa y mojada.

Su intención era chuparle los pechos primero, ese había sido el plan. Acariciar y adorar aquellas deliciosas cimas rosadas. Pero ahora que tenía ante sí el sexo femenino más bello que había visto nunca, no podía empezar por arriba y luego ir bajando. Lo que quería era eso que tenía delante. Y lo quería ya.

–Quiero chuparte, saborearte y beberte. Dime que tú también lo quieres.

–Yo...

–Dímelo.

–Sí, Paris. Por favor.

Capítulo 24

No lo hizo esperar, ni lo torturó en modo alguno. Su Sienna merecía una recompensa. Paris le dio un beso en el mismo lugar en el que antes la había acariciado, detrás de las rodillas, y luego fue subiendo lentamente, recorriendo su piel con los labios y con la lengua. La sintió estremecer, un movimiento parecido a las vibraciones que le hacía sentir Sexo.

Se acercó más y más, respiró hondo para empaparse del erótico aroma de su deseo. Le ardía la sangre en las venas, el deseo lo consumía y le impedía pensar en nada más. No quería hacerlo. Por fin llegó al centro de su cuerpo y pudo abrirse paso con la lengua.

Ella gritó de placer mientras él se bebía su excitación con los ojos cerrados, para percibir mejor el sabor. No era solo ambrosía, además de la droga había un sabor único que era solo suyo; intenso y decadente como el buen vino. Por primera vez en su vida, tuvo la impresión de sentir el afrodisíaco que soltaba su propio demonio. Tan dulce como la miel, pero con un toque picante, le llenaba la boca, se filtraba a través de su piel y se mezclaba con la suculencia del cuerpo de Sienna.

¿Cuántas veces había soñado con hacerle eso? Había perdido la cuenta. Llevaba tanto tiempo esperando ese momento y había habido veces que había temido que no llegara nunca, así que habría sido lógico que la realidad no pudiera responder al increíble festín que había imaginado. Sin embargo resultó que el vivirlo de verdad no solo respondía a sus expectativas sino que las sobrepasaba. Sienna era todo lo que siempre había deseado, y mucho más.

Lo agarraba del pelo con fuerza y lo apretaba contra sí. Su pasión era tan incontrolable como la que sentía él y eso resultaba increíblemente erótico. Le pasó la lengua por el sexo, pero esa vez no se retiró. Le rozó el clítoris a modo de provocación, de dulce tortura, para aumentar su excitación, la de los dos, en realidad.

Se moría de ganas de estar dentro de ella, su miembro se lo hacía sentir, apretándose contra la bragueta del pantalón.

—Ahí no —le dijo ella—. Ahí, ahí. No pares —le indicó entre gemidos, al tiempo que movía las caderas para hacerle ver dónde quería que la chupara.

¿Y ella creía que el sexo se le daba mal? Qué tontería.

Sumergió la lengua en su humedad y la movió cada vez más rápido, disfrutando de cómo sonaba su nombre entre los labios de Sienna. Bebió su esencia mientras ella le clavaba las uñas en el cuero cabelludo y movía la pelvis al ritmo de su boca. Entonces arqueó la espalda y puso todo el cuerpo en tensión.

—¡Paris! Sí, sí. ¡Ahí!

Al notar que se acercaba al orgasmo, Paris apretó el clítoris con los labios y lo chupó a la vez que le metía dos dedos y luego tres. Los movió con cuidado, pero con firmeza, y cuando por fin llegó a lo más alto, bajó el ritmo. Los gemidos se convirtieron en murmullos sin sentido mientras movía las caderas como si quisiera volver a sentirlo dentro.

—¡Paris!
—Quiero que disfrutes.
—Lo estoy haciendo, créeme.

–Pero quieres más.

–Sí. ¡Por favor!

–Muy bien –volvió a mover los dedos dentro de ella y la chupó con más fuerza hasta comprobar que el orgasmo la sacudía violentamente y oír un grito de éxtasis que retumbó en las paredes de la cueva. Era un verdadero placer saber que había sido él el que la había llevado a ese estado.

Su desesperación alcanzó un momento crítico, tuvo que retirar los dedos de ella y agarrarse a sus muslos para no arrancarse los pantalones y lanzarse donde más deseaba estar. Permaneció así hasta que vio que Sienna había recuperado la calma. Por fin relajó los hombros y dejó caer la cabeza a un lado. Se agitaron sus alas, lanzando un brillo de ébano a su alrededor. Aún tenía la respiración agitada y un corte en el labio que se había hecho ella misma al morderse.

Cuando lo miró a los ojos, Paris se llevó los dedos a la boca y lamió el néctar de su excitación. No se cansaba de saborearlo. No creía que pudiera cansarse nunca.

Al ver aquello, a Sienna se le dilataron las pupilas y los ojos se le volvieron completamente negros, un terciopelo negro y suave en el que Paris se podría perder y no le preocuparía que no volvieran a encontrarlo.

–Quítate la ropa –le pidió ella con un susurro–. Por favor. Déjame a mí ahora.

Paris se quitó la camisa, encantado de liberarse del confinamiento de la ropa. Un segundo después tenía las manos de Sienna en los pectorales, sus dedos apretándole los pezones.

–Tienes el corazón acelerado –dijo, maravillada.

En aquel momento el corazón de Paris latía por ella y solo por ella. Nunca había deseado tanto a una mujer. Era maravilloso que ella supiese quién era exactamente y todo lo que había hecho, y que aun así siguiese queriendo estar con él. Se inclinó sobre ella y se metió uno de sus pezones en la boca, lo chupó con fuerza para luego soltarlo con una última caricia de la lengua. Después hizo lo mismo con el otro, dejando una marca en ambos. Así, cuando Sienna se mirara al espejo sabría que le pertenecía a él, y solo a él.

–Déjame verte del todo –le pidió.

Él meneó la cabeza.

–Paris...

Volvió a decir que no. Para poder quitarse los pantalones tendría que dejar de tocarla y no quería hacerlo. No se le ocurría ninguna razón lo bastante buena para hacerlo.

–Por favor. Necesito verte.

Paris apoyó la cabeza entre sus pechos, tuvo que tragar saliva para dejar de temblar y poder hablar.

–No debes suplicarme. No tendrás que hacerlo nunca. Yo te daré todo lo que desees –hasta entonces, siempre había obtenido más de lo que daba de sus compañeros de cama, pero a Sienna quería dárselo todo–. Si me desnudo, perderé el control y quiero seguir saboreándote.

–El control no es tan importante. Quiero hacerte mío sea como sea.

Qué palabras tan maravillosas.

–Ojalá estuviéramos en mi casa, en mi cama, y pudiera tumbarte en un lecho de almohadas. Mereces algo más que una cueva sucia.

Sienna le agarró el rostro entre ambas manos y lo miró a los ojos.

–¿Cómo puedes decir eso después de todo lo que te he hecho?

No le recordó que habían acordado no hablar del pasado, no podía hacerlo porque también a él lo invadían los recuerdos de otro tiempo.

–Sienna, viniste a mí cuando tenías problemas, nada más encerrarte Cronos. Pero antes de eso, te acostaste conmigo para darme fuerzas, a pesar de que te horrorizaba pensar que nos estuvieran viendo y de que yo era tu mayor enemigo. Antes, estabas luchando en una guerra junto a tu bando, exactamente igual que yo. No hiciste nada que no hubiera hecho yo en tu situación.

Se le llenaron los ojos de lágrimas, unas lágrimas que Paris recogió de inmediato con su boca, secándole las mejillas a besos.

–No, no quiero que llores –entonces sí se lo recordó–. No somos más que un hombre y una mujer sin pasado y sin futuro.

–Es que... me pongo muy sensible después de los orgasmos –dijo con un sentido del humor que lo hizo reír–. Claro que teniendo en cuenta que ha sido el primero...

–¿Tu otro hombre no...?

Ella esbozó una seductora sonrisa.

–¿Qué otro hombre?

Paris soltó una carcajada que le sorprendió incluso a él. Nunca antes había intercambiado bromas de amantes.

Se acercó a ella y le mordisqueó el labio inferior al tiempo que se abría la cremallera del pantalón. Sienna coló la mano por la abertura y le acarició el sexo, empapado de deseo.

–Umm, no llevas ropa interior.

–Por si había suerte.

Ahora era ella la que se reía.

Paris la agarró del trasero y la levantó del suelo para ponérsela encima, justo encima de la erección. Su sexo estaba otra vez mojado, preparado para él, pero no la tomó. Todavía no.

–Bésame –le pidió mientras empezaba a oír de nuevo el ronroneo de Sexo, que seguramente ya no podía aguantar más. Pero, por suerte, no hablaba–. Bésame como antes. Poséeme con la boca.

–Será un placer –susurró ella justo antes de aplastar su boca contra la de él sin titubear. Le metió la lengua y lo poseyó tal y como él le había pedido.

–No puedo más –confesó Paris, olvidándose por completo de la idea de seguir saboreándola. No tenían mucho más que el aquí y ahora–. Necesito meterme dentro de ti.

–Hazlo. Soy toda tuya.

La hizo suya con un solo movimiento y gimieron al unísono. Paris, Sienna y Sexo. Fue como volver a casa después de un año perdido en el desierto; tenía tanta hambre y tanta sed que era como si comiera y bebiera por primera vez. Como si fuera la primera vez que estaba realmente vivo. Todos sus sentidos habían despertado, alerta de las necesidades y los deseos de Sienna, pendientes de todos sus movimientos.

Era lo que llevaba tanto tiempo deseando. No eran solo sus cuerpos los que se unían; era la comunión de dos mentes, de dos almas.

Sí. Sí. Sí. Sí.

Sentía la estrechez de su cuerpo y sabía que era demasiado grande para una mujer tan delicada, pero eso no le impidió seguir moviéndola arriba y abajo, desde la base de su sexo hasta la misma punta. Estaba tan mojada, que se deslizaba dentro de ella con suavidad. Notaba la fricción de sus pezones en el pecho, una fricción que le provocaba escalofríos de placer por todo el cuerpo.

El deseo de ella lo consumía por completo. Sentía su boca, su lengua, el peso de su cuerpo, sus manos en la espalda, sus uñas en la piel, sus piernas apretándolo. Hasta su cabello lo acariciaba y le daba placer.

Subió las manos por su espalda y las detuvo entre las alas, donde a veces había dado masajes a su amigo Aeron para aliviar la tensión, así que sabía bien lo sensible que era para ellos esa parte del cuerpo. Sienna debía de estar muy dolorida, así que la tocó con extrema delicadeza, aflojando los músculos y los tendones con los dedos.

De su boca salió un grito de placer.

–¡Paris! ¡Ah! ¡Ah!

Oírla pronunciar su nombre bastó para hacerle perder la cabeza por completo. No solía decir su nombre a la gente con la que se acostaba para que no pudieran llamarlo y aumentar así su vergüenza. Pero oírselo decir a Sienna le provocaba algo muy distinto a la vergüenza.

Se zambulló en ella con fuerza, con tanta fuerza que les chocaron los dientes al besarse. Sus lenguas se acariciaban con la misma intensidad. Tenía la piel de los testículos completamente tensa, elevándolos hasta lo imposible. Empezó a sentir escalofríos de placer en la parte inferior de la columna.

Nunca había deseado tanto llegar al orgasmo, pero no iba a hacerlo hasta que ella no acabara. Su placer era lo primero.

Metió la mano entre los dos cuerpos en busca de su clítoris, se lo acarició con un dedo y solo con eso la hizo alcanzar el cielo. De sus labios salió otro grito que retumbó dentro de Paris a la vez que se vaciaba dentro de ella. La llenó con su deseo y su pasión. Absorto y enloquecido por aquella increíble sensación, no había nada más que pudiera importarle.

Cuando, mucho tiempo después, Sienna se derrumbó por fin sobre su pecho y relajó las piernas, Paris siguió abrazándola porque no quería que se apartara de él. En ese momento, no sabía si alguna vez podría separarse de ella.

Capítulo 25

Lo habían maltratado, su piel parecía estar cubierta de pequeños flecos rosas. Lo habían violado de las peores maneras posibles. Sin embargo, Kane no les dio a esas siervas lo que querían.

Se avergonzaba de no haber podido liberarse, de que su demonio hubiese conseguido controlarlo e inmovilizarlo con más eficacia que las cadenas que llevaba en las muñecas y en los tobillos. Era guerrero, tenía miles de años de experiencia, curtido en los campos de batalla más sangrientos. Aquello debería ser para él como un juego de niños, debería haberse escapado hacía ya mucho.

Al margen de todo eso, lo que más le humillaba eran otras cosas que no estaba preparado para admitir o afrontar. Las cosas que le habían hecho...

Ya se enfrentaría a ello más adelante. Seguramente. En aquel momento lo único que podía hacer era tratar de distanciarse al máximo de su propio cuerpo y actuar como si en realidad no estuviese sufriendo ningún abuso. Como si fuera otro al que le estaban mordiendo el muslo y tocándolo donde nunca nadie lo había tocado.

Sentía su propia sangre gotear en el suelo.

Lo habían torturado más veces, muchas más en realidad, así que aquello no era nada más que más de lo mismo, se dijo a sí mismo. Sí. Exactamente.

Desastre se rio a carcajadas, una risa cruel que retumbaba en su cabeza. Si al menos fuera la primera vez que lo hacía, pero no era así. Desastre siempre se reía; reía y reía, sin dejar de disfrutar.

El odio consumía a Kane y lo mantenía consciente. Cada vez que tenía la sensación de que iba a poder sumirse en la oscuridad, pensaba en el demonio que llevaba dentro y volvía a estar alerta. Porque, a pesar de que el instinto le decía que debía distanciarse de lo que ocurría, lo cierto era que quería saber todo lo que le estaban haciendo. Algún día se lo devolvería multiplicado por mil. Su demonio tendría que sufrir como lo estaba haciendo él y moriría así.

Sí. Algún día.

Oyó a lo lejos el ruido de... ¿cascos de caballos? Era posible. Fuera lo que fuera hizo que las siervas que tenía encima, debajo, e incluso aquellas que esperaban su turno, se dispersaran por los aires y lo dejaran solo, desnudo y sangrando encima de una roca, en un charco carmesí, un color tan hermoso y al mismo tiempo tan horripilante. La unión de la vida y la muerte.

Debería estar retorciéndose de dolor, pero no era así. No sentía nada, solo un extraño letargo que agradecía enormemente.

Oyó relinchar un caballo y pasos de persona. Debería importarle. Había alguien delante de él, mirándolo y viéndolo en su peor momento. Claro que le importaba, pero no podía hacer nada. No podía taparse, ni ocultar lo que le habían hecho. Quería matar al recién llegado igual que quería acabar con las siervas y con Desastre. Quería borrar cualquier rastro de aquel funesto día. Para siempre.

Entonces se hizo todo más oscuro, era una sombra. Alguien se inclinó sobre él y le miró los ojos. Pelo negro, ojos de un azul cruel.

—Te conozco. Eres Kane, guardián del demonio del Desastre. Veo que has tenido un mal día, ¿verdad?

Kane reunió las fuerzas necesarias para apartar la cabeza de él, un movimiento que, por simple que pareciera, consumió toda su energía y lo dejó de nuevo vacío, prácticamente inerte. Pero claro, aquel tipo le agarró la cara y volvió a girarle la cabeza para obligarlo a que lo mirara.

–Lo tomaré como un sí.

Silencio.

El tipo esbozó una desagradable sonrisa.

–En otro tiempo no habría podido permitirme pagar para que viniera a verme un Señor del Inframundo y ahora no dejáis de aparecer por aquí gratis. Por cierto, tu amigo Amun me llamaba Rojo cuando estaba aquí abajo. Bueno, en realidad lo pensó. No habla mucho, ¿verdad? –soltó una carcajada–. Ojalá lo hubiera sabido antes de que se marchara, pero entonces todavía no tenía esto, fue un regalo de Amun.

Levantó dos manos... que no estaban unidas a su cuerpo ni a ningún otro. Tenían la piel oscura y estaban unidas por una tira de cuero que Red llevaba alrededor del cuello como si de ella colgaran unos guantes de boxeo. Las manos estaban vacías, ahuecadas, y la piel curtida.

Realmente ahora eran dos guantes. Unos guantes humanos.

A Kane se le revolvió el estómago. Amun había acudido allí para rescatar a Legion, pero se habían apoderado de él cientos de siervos y se había familiarizado con el mal. La única solución había sido enviarlo de vuelta para que soltara de nuevo a los siervos del mal.

Los guantes eran del mismo color café que la piel de Amun y tenían las mismas arrugas.

–¿Qué quieres decir con que ha sido un regalo? –consiguió hablar Kane a pesar de que tenía la garganta en carne viva por todo lo que le habían hecho tragar las siervas. No les había importado que las mordiera, de hecho les había gustado. «No pienses en eso ahora. Te volverás tan loco como Amun».

—Las gané en una partida de póquer —dijo Rojo con absoluta despreocupación—. ¿Tú juegas? Espera. No me lo digas. Deja que lo averigüe con mi juguetito nuevo —con esa horrible sonrisa en los labios, metió las manos dentro de los guantes de piel humana y se las puso en las sienes.

Contacto.

Kane sintió la presión y a continuación vio que Rojo empezaba a temblar con fuertes sacudidas. Pasaron unos segundos durante los que no se oyó nada más que su respiración.

Entonces llegaron a sus oídos más ruido de caballos y unos pasos. Apareció un tipo rubio con una sonrisa parecida a la de Rojo.

—¿Qué tenemos aquí? —preguntó, inclinándose también sobre Kane—. ¿Otro demonio guerrero?

—Eso parece —confirmó Rojo, con la mirada clavada en Kane—. Está hecho un desastre.

—¿Crees que se curará?

—No lo sé —se encogió de hombros como si no importara lo más mínimo si lo hacía o no—. Este es mi hermano. Amun lo llamaba Negro. Yo le llamo Imbécil. Puedes elegir cualquiera de los dos nombres.

—Déjame ponerme las manos —le pidió Negro, frotándose las suyas con impaciencia.

—No —gruñó Rojo—. Es el primer día que las tengo y esta semana me toca a mí.

—Solo quiero que me las prestes un minuto.

—Vamos. Luego te las quedarás y dirás que ya ha llegado tu turno.

—No, no lo haré.

—Claro que sí.

«Estoy soñando. Tengo que estar soñando». O al menos alucinando. No podía ser que aquellos dos asesinos, pues sin duda lo eran, estuviesen peleándose como niños.

—Está bien. Pero dime qué has averiguado —pidió Negro, rindiéndose.

—Estaba con la Oscuridad hasta hace poco —le contó Rojo con una mezcla de amor y odio—. La Oscuridad cree que nos quitará a Blanco. Capturaron a los dos, los trajeron aquí y los prepararon para morir. Hubo un derrumbamiento que los separó y ahora no sabe dónde esta la Oscuridad. Las siervas lo trajeron e intentaron aparearse con él

¿La Oscuridad? La única persona que pensaba que Kane se llevaría a alguien llamado Blanco era William. Pero, ¿cómo sabía Rojo...? Las manos, dedujo Kane. Eso quería decir que aquellas manos habían pertenecido a Amun, el guardián del demonio de los Secretos. Al ponérselas y tocar a Kane, Rojo se había colado en su cerebro y le había robado la información. Desde luego era un arma muy útil. Kane debería haberse puesto furioso, pero seguía aletargado.

—Blanco habrá sentido la alegría que te dio encontrar otro demonio, igual que lo hice yo. Así que estará aquí enseguida, pero no podemos dejar que vea a este guerrero —lo miró de nuevo, clavando en él su mirada de hielo azul—. No vas a quitárnosla.

«Yo no quiero nada con ella».

—¿Lo matamos y acabamos de una vez? —propuso Rojo como si estuviesen hablando de servir la cena.

Negro se llevó la mano a la barbilla.

—Acabaríamos con su sufrimiento, así que sería una buena acción.

Kane quería ayudarlo a decidir. «Sí, matadme». Cuando se deshiciera de aquel letargo, el dolor sería insufrible y el recuerdo de lo ocurrido sería una tortura aún mayor que el dolor físico. Gritaría de rabia.

Pero si moría, no podría vengarse.

—No, nada de matarlo —decidió por fin Negro—. Al menos hasta que sea mi turno de meterme dentro de su cabeza.

—De acuerdo.

Entonces disponía de una semana antes de que lo mataran. Siete días. Kane no sabía si reírse, darles las gracias o empezar a gritar ya.

Los dos hermanos lo liberaron de las cadenas, pero no tenía fuerzas para moverse. Solo podía quedarse allí tumbado, esperando, a merced de sus caprichos.

—Verde nos va a matar por haberlo salvado —dijo Rojo—. Ya sabes lo protector que es con Blanco.

—Es verdad —Negro levantó a Kane agarrándolo del hombro, sin tener en cuenta que tenía las costillas al descubierto—. Es la única hembra a la que soporta.

El movimiento acabó con parte del letargo y le provocó terribles punzadas de dolor por todo el cuerpo que le nublaron la mente y lo dejaron sin oxígeno.

—Pero para entonces —siguió diciendo Negro mientras Kane se desvanecía más y más—, ya habré podido meterme en su cabeza, así que es discutible.

Kane no oyó la respuesta de Rojo porque por fin se vio sumido en una maravillosa oscuridad.

Capítulo 26

En lo más alto de los Cielos, Cronos tenía la mirada clavada en su esposa. Seguía desnuda y encadenada a la cama, pero con solo dos palabras, acababa de cambiar los cimientos de la guerra que los enfrentaba.

—¿Qué has dicho? —seguro que no la había oído bien.

Ella levantó la cara con gesto desafiante y con los ojos llenos de odio.

—Pégame a mí y suéltalo.

Sí que la había oído bien. Clavó la mirada en el Cazador que había arrodillado a sus pies. Ese día había ido a ver a su esposa, como había hecho todos los días durante las últimas semanas, y le había hecho una oferta. Rhea podía ver morir a un Cazador o sentir la fuerza de sus puños. En ese caso se trataba en realidad de dos Cazadores, un hombre y la mujer que se había negado a soltarlo cuando Cronos lo sacaba a rastras de la jaula. Rhea siempre prefería ver morir al Cazador. Siempre.

Excepto ese día.

¿Qué había cambiado? ¿El Cazador en cuestión? Él era la única variable distinta. ¿Quería eso decir que le importaba aquel hombre? No, se dijo Cronos después de un instante de perplejidad. Lo único que le importaba a Rhea era ella misma. ¿Sería importante entonces para su guerra? Pero, ¿qué podría hacer un hombre insignificante para ayudar a una diosa? La respuesta era muy simple. Nada.

Solo quedaba una opción. Ella lo deseaba.

La simple idea de que fuera así desató la furia de Cronos y le golpeó el pecho como si de puños de hierro se tratase. Sintió la presión de los huesos y la médula se le convirtió en un cuchillo que le cortaba por dentro. Agarró al humano del pelo y lo puso en pie para mirarlo de nuevo. Tendría casi treinta años, era rubio y tenía esa belleza tranquila y distinguida que solo podían permitirse los mortales que disponían de un tiempo limitado. Era delgado, pero con poco músculo.

Estaba claro que no era un luchador. Un intelectual, quizá. No podía preguntárselo, pues, como hacía siempre, ya le había cortado la lengua; sería un tremendo error táctico que cualquiera de esos mortales pudiera hablar con Rhea y pasarle algún mensaje secreto que él no pudiese descifrar.

Él jamás cometía ese tipo de errores.

Volvió a mirar a su esposa, pero la obstinación de su gesto no revelaba nada.

—Suéltalo —le dijo, dignamente—. Ya he elegido. Dejaré que me pegues a cambio de su vida.

¿Dejar marchar a ese Cazador, sano y salvo después de los crímenes que había cometido contra el rey más grande que había habido jamás en Titania? Era algo descabellado. Ridículo.

—¿Y la hembra? —preguntó a la vez que le levantaba la cabeza tirándole del pelo.

La mujer lloriqueó y el hombre gruñó al oírlo. Qué bonito. Los seres humanos se preocupaban los unos de los otros.

—Puedes hacer lo que quieras con ella, no me importa. Pero suelta al hombre —insistió Rhea con los ojos inyectados en sangre.

El demonio que llevaba dentro debía de estar protestando. Eso, o Conflicto estaba disfrutando del espectáculo. En tal caso, iba a ser un honor para Cronos ofrecerle otro motivo de discordia.

—Me temo que no apruebo tu elección, esposa. Así que creo que voy a decapitar al hombre antes de soltarlo.

La reina farfulló de indignación, agitando las cadenas que la ataban a la cama.

—¿Es que has perdido todo el honor que hace falta para cumplir tu palabra, esposo?

—Por supuesto. Hay que hacer lo que sea necesario para vencer. Además, yo nunca dije que fuera a dejarlo marchar con vida, ¿o sí?

—¡Hijo de perra!

—Si quieres salvarlo, tendrás que decirme qué es lo que lo hace tan especial. Ese es el nuevo trato.

El hombre se echó a temblar de miedo, el olor ácido de su sudor inundó el aire. La mujer, arrodillada todavía a los pies de Cronos, lo agarró de la mano para ofrecerle apoyo. Tenía el pelo por los hombros y tan negro que seguramente era teñido, los ojos marrones, de un intenso color chocolate y llenos de lágrimas de angustia. Tenía una belleza delicada que a Cronos le resultaba familiar.

No era la primera mujer que le llevaba a Rhea, ni tampoco sería la última, pues tenía muchas otras esperando en las mazmorras. Quizá había matado a alguna hermana de aquella y por eso su rostro le parecía conocido.

—Eso de explicarte mis motivos no figuraba en el trato —le recordó Rhea con esa actitud arrogante tan propia de ella y que él tanto detestaba—. Suéltalo ya.

Por supuesto, sus palabras solo sirvieron para aumentar la cólera de Cronos. Volvió a centrar su atención en el hombre. Tenía sombras bajo los ojos, las mejillas demacradas y le salía sangre de la boca, pruebas irrefutables de su condición de mortal.

¿Habría compartido lecho con Rhea alguna vez? ¿Sería uno de los muchos con los que Cronos había sentido disfrutar a su esposa en los últimos meses? ¿Sería posible que ese ser insignificante se hubiese vaciado dentro de ella?

Cuando la pasión se apoderaba de Rhea, se volvía salvaje y se olvidaba por completo del daño que ocasionaba.

Cada idea que se le pasaba por la cabeza avivaba más el fuego de su ira hasta que todo su cuerpo quedó invadido por las llamas incandescentes de la cólera. Unas llamas que lo cegaban. Fue entonces cuando se dio cuenta de que no era el humano el que temblaba, era él. Pocas veces había sentido semejante humillación.

Aquel hombre tenía que pagar.

—Mírame.

Se encontró con unos ojos marrones, desafiantes, llenos de odio y de resentimiento. ¿Acaso deseaba lo que él poseía? ¿Ansiaba la conexión que lo unía a Rhea?

Pues ya podía olvidarse de ello. Sin apenas darse cuenta de que se había movido, Cronos había soltado a la chica y había agarrado el puñal. No dejó de mirar a los ojos al hombre mientras le rajaba la garganta, vio cómo el resentimiento dejaba paso al dolor para después desaparecer también, arrastrado por la muerte.

La muchacha soltó un chillido que le perforó los oídos. Cronos soltó al hombre para agarrarla a ella y castigarla por haberlo molestado. El cuerpo sin vida golpeó el suelo. Ella volvió a gritar e intentó alejarse de Cronos.

Al ir a agarrarla, se fijó en el gesto de horror del rostro de Rhea.

De pronto se olvidó de la chica. Su esposa estaba horrorizada. Era el sentimiento que iba a acompañarla durante toda la eternidad, pero el hecho de que se lo hubiese provocado la muerte de un insignificante mortal no le reportó ninguna satisfacción.

La reacción de Rhea significaba que realmente le importaba aquel hombre, algo que Cronos no alcanzaba a comprender. ¿Por qué preocuparse por un ser de tiempo y capacidad tan limitados? Por una criatura tan frágil y tan fácil de matar como acababa de demostrarle.

La joven morena se arrodilló junto al cuerpo del hombre y lo estrechó en sus brazos, llorando desconsoladamente. Era obvio que también a ella le importaba. ¿Por qué? ¿Qué había hecho aquel mortal para ganarse la lealtad de dos mujeres?

Cronos apretó los labios. No le importaba la respuesta. Aquel tipo había muerto y ya no volvería.

–Suéltalo –le ordenó a la chica.

Ella lo miró con verdadero odio, después le dio un beso en la frente al muerto y lo dejó en el suelo suavemente. Se acercó a Cronos con pasos cortos mientras de su garganta salían terribles sonidos de sufrimiento que seguramente habrían ido acompañados de maldiciones e insultos si Cronos no le hubiera cortado la lengua ya. Pero él no tenía la culpa. Le había dado a elegir entre volver a la celda y morir otro día, o quedarse con el hombre y perder la lengua y la vida ese día. Ella había elegido quedarse.

–No soy un monstruo –le dijo él–. Elegisteis el bando equivocado y habéis pagado por ello.

En los siglos que había pasado encerrado en el Tártaro había aprendido algo: un rey sin mano firme era un rey sin trono.

Lo que ocurrió a continuación era algo completamente esperado. La muchacha se lanzó contra él y comenzó a pegarle ridículos puñetazos. Cronos ni siquiera se defendió. ¿Acaso creía que le hacía daño?

Pero su obstinada insistencia acabó por ponerlo nervioso. Tenía cosas más importantes que hacer.

–Para ya, mujer.

O no lo oyó o no quiso obedecerlo. Cronos la apartó, una compasión que no mostraba a menudo, pero ella volvió a la carga de inmediato. Podría haberla detenido de una bofetada, pero no quería hacerlo; debía obedecerlo voluntariamente o tendría que atenerse a las consecuencias.

—¿Quieres morir también? —le preguntó.

La pregunta logró hacerla escuchar. Se quedó quieta a solo unos milímetros de él. Jadeaba angustiada sin dejar de llorar.

Lo que ocurrió a continuación fue completamente inesperado.

Con un grito que salía de lo más profundo de su alma, la muchacha se lanzó contra su puñal. El dolor le abrió los ojos de par en par, la sangre no tardó en empezar a salir a borbotones por su boca. Cronos seguía empuñando el puñal, ahora dentro de ella.

Parecía que sí, quería morir.

—Muy bien, mujer. Una vez más, respeto tu elección —con solo girar la muñeca la mató igual que había matado al hombre. Fue fácil y rápido. Se dijo a sí mismo que la mataba por misericordia.

Su cuerpo cayó junto al del hombre.

Hubo un momento de silencio. Cronos sentía cierto escozor en el pecho, de arrepentimiento, quizá. Pero, ¿por qué iba a sentir algo así por alguien a quien ni siquiera conocía? La violencia iba de la mano de la victoria. No se podía tener la una sin la otra, al menos allí en los Cielos.

—Vaya, te felicito —le dijo Rhea y en su voz no había ya ni un ápice de emoción. Ni rabia, ni horror. Nada.

Cronos se volvió hacia ella. En realidad parecía contenta. Esos labios que en otro tiempo había besado con adoración esbozaron una sonrisa altanera.

—¿Cómo te sientes después de matar a dos inocentes?

Cronos ocultó su confusión.

—¿Por qué te muestras tan altiva, esposa? Este que me inunda el suelo con su sangre era tu amante, ¿verdad?

—No —Rhea arqueó una ceja al ver que él no reaccionaba—. ¿Es que crees que no conozco las profecías? Sé que mi Galen te cortará la cabeza... a menos que lo unas a la mujer con alas del color de la noche.

Cronos limpió el puñal con las sábanas de la cama, dejando una huella de su proeza que ella tendría que ver mientras estuviera allí.

–Si tu Galen me corta la cabeza, tú también morirás.

–Lo sé –dijo después de soltar una carcajada–. Pero también sé cómo piensas y cómo actúas. Esperas que Galen quiera aprovecharse de la chica y del demonio que alberga, pero dudas de que la chica pueda despertar su deseo. ¿Cómo podrías asegurar su unión? Veamos, claro, ya lo sé. Solo tienes que convertirla en un manantial de ambrosía andante, así Galen quedará enganchado a ella y a su sangre. ¿Qué tal voy?

Desde que Zeus lo había encerrado y hecho arrodillar, Cronos no había vuelto a sentir tanto miedo.

–¡Cállate! ¡No tienes ni idea!

Pero Rhea siguió hablando con voz suave.

–Pero no podías intoxicar con Ambrosía a una mujer viva, solo a una muerta. ¿Y quién mejor que la mujer a la que desea el Señor de la Promiscuidad? Así él convencerá a sus amigos de que la dejen en paz y ella lo convencerá a él para que no le haga nada a Galen. La paz reinará por fin y tú te habrás salvado. Eso es lo que crees, ¿no es así?

Cronos sintió los latidos de su corazón golpeándole el pecho.

–No, no es así –aseguró con la voz quebrada.

–Tus mentiras son una deshonra para ambos. ¿Pensabas que no sabía lo que predijeron hace siglos?

Sin decir nada, Cronos volvió a fingir indiferencia para no darle el placer de ver lo que sentía en realidad.

–¿De verdad creías que no haría nada cuando me enteré de que le habías dado el demonio de la Ira a una mujer muerta y que le habían salido unas alas negras como la noche? –otra sonrisa que daba cuenta de su malévola alegría–. Pues lo que hice, mi querido esposo, fue averiguar todo lo que pude sobre ella, sobre Skye, su hermana desaparecida, y sobre el compañero de esta. Las dos personas a las que acabas de matar.

Hubo un nuevo silencio mientras Cronos asimilaba la noticia. Cuando por fin lo hizo, dio dos pasos hacia atrás meneando la cabeza.

–No, no.

–¿Por qué crees que dejé que me capturaras? ¿Por qué iba a permitir que apresaras a mi gente? ¿Cómo crees que tus espías averiguaron dónde se escondían? Estaba esperando que llegara este día, el día en que tú mismo provocarías tu ruina y te darías cuenta de ello. ¿Crees que tu Sienna te ayudará ahora que has matado a su hermana?

Una vez dicho eso, Rhea desapareció de la cama y las cadenas que la apresaban cayeron sobre el colchón vacío.

Capítulo 27

Legion iba de un lado a otro de su dormitorio como si le quemaran los pies. Los Señores se habían marchado ya de la fortaleza rumbo a Roma, con la misión de encontrar y matar a Galen para salvar a Ashlyn y a los bebés que llevaba dentro. No habían ido a buscarla... en realidad sabía que en ningún momento habían considerado la idea de entregarla.

Tal era su altura moral.

¿Cómo podría pagárselo ella? Escondiéndose. Ashlyn estaría sufriendo por sus actos.

La dulce Ashlyn. ¿Qué estaría haciéndole Galen? Si le hacían tanto daño como le habían hecho los demonios a ella... se le revolvió el estómago y tuvo que salir corriendo al baño. Después de todas las veces que había vomitado el día, y quizá la semana, anterior, le sorprendía que aún tuviera los pulmones en el pecho. Era una sorpresa y una decepción.

Deseaba morir. Prefería morir a tener que pasar otra vez por el suplicio de que la manosearan, le arrancaran la ropa y le hicieran cosas que...

—¡Ahhh! —cortó el pensamiento antes de que la imagen apareciera en su mente y acabara derrumbándose.

Apoyó la frente en la tapa del inodoro con un estremecimiento. La bella diosa le había hecho una pregunta. ¿A quién quería más, a los hombres que la habían salvado, o a sí misma? Por fin sabía la respuesta. A lo hombres, sin duda alguna. Podrían haberla dejado en el Infierno y sin embargo habían acudido a rescatarla. Se lo debía. Pero... si se entregaba a Galen, él la torturaría por haberlo envenenado y haber intentado matarlo.

Él esperaría que le calentara la cama. Eso seguro. Antes de envenenarlo se había acostado con él, había sido su primera vez y le había gustado, había querido más, hasta que...

Una vez más, intentó dejar la mente en blanco.

Si se entregaba a Galen, estaría metiéndose voluntariamente en otra clase de infierno. Pero, claro, eso era lo que implicaba el sacrificio; sufrir para que otro no tuviera que hacerlo.

Lo mismo que habían hecho por ella los guerreros una y otra vez. ¿Cómo podría no devolverles el favor?

El asco volvió a revolverle el estómago y tuvo que cerrar los ojos para controlarlo. Estaba decidido. Iba a entregarse a Galen a cambio de Ashlyn.

No había otra opción.

Una vez tomada la decisión, solo tenía que cerrar los ojos y pensar en él para aparecer allí donde se encontrase. Los Señores habían olvidado que, al igual que Lucien, podía trasladarse con el pensamiento. La única diferencia era que ella no necesitaba seguir el rastro de un espíritu, cuando conocía a alguien, solo tenía que pensar en esa persona para aparecer donde estuviese, en cualquier momento y en cualquier lugar.

Alguien llamó a su puerta suavemente, como si temiese asustarla. Legion olisqueó y reconoció de inmediato el aroma de Danika, la mujer de Reyes. Seguramente quería hablar con ella para hacerle saber que estaba a salvo, que nadie iba a utilizarla como cebo.

–Vete –gritó.

–No, tengo que... Un momento. Has hablado. Hacía mucho tiempo que...

—¡He dicho que te vayas!

—Legion, déjame entrar, por favor. Tengo que hablar contigo. Tengo que decirte que...

—Adiós —susurró, consciente de que debía marcharse de inmediato si no quería perder el valor que necesitaba para hacerlo. No volvería jamás porque, una vez hecho el intercambio y supiera que Ashlyn había vuelto sana y salva, se mataría. Preferiría morir a que la tocaran.

Pensó en Galen, rubio, hermoso y malvado. Un segundo después desapareció el suelo bajo sus pies.

Capítulo 28

Sienna se colocó la ropa que le había dado Cronos nada más llegar al castillo por primera vez. La camisa se le ajustaba al cuerpo y a los brazos, pero tenía una abertura en la espalda para las alas y así iba completamente tapada. Estaba temblando.

Lo que acababa de hacer con Paris... nunca había vivido nada parecido. Ni siquiera con él. Nada podría haberla preparado para el modo en que había despertado su cuerpo junto a él. Paris le había dado tanto placer; sabía exactamente dónde tocarla, cómo besarla y qué decir para disparar su deseo. Se había entregado a él por completo, en cuerpo y alma, olvidándose del resto del mundo.

Pero, a pesar de lo hermoso que había sido todo, solo media hora después, había entre los dos un ambiente incómodo. Para ella había sido el encuentro más intenso e importante de lo que estaba preparada para afrontar. Todo eso la llevaba a preguntarse si para él sería siempre así con todo el mundo.

—Y... dime, ¿ha funcionado el estar conmigo? —le preguntó e inmediatamente deseó haberse mordido la lengua, porque le aterraba lo que pudiese responder, y al mismo tiempo estaba impaciente por escucharlo—. Para tu demonio, quiero decir.

Paris asintió al tiempo que se sentaba junto al manantial.

—Sí, vuelvo a estar fuerte.

Sin embargo el temor de Sienna siguió aumentando porque la expresión de su rostro era como una máscara que ocultaba sus sentimientos.

—¿Sabes utilizar un arma? —le preguntó él bruscamente, dejando claro que se había acabado la conversación sobre el demonio.

Muy bien. Entonces no iban a hablar de lo que había ocurrido, lo que quería decir que tampoco iban a hablar de lo que iba a ser de su relación.

«Dos días no son una relación, tonta».

—¿Qué clase de arma? —qué pregunta tan absurda. Fuera el tipo de arma que fuera, la respuesta sería la misma.

—Cualquiera.

—No, la verdad es que no. Cuando Ira se apodera de mí, se sirve de mi cuerpo para matar, o de lo que tenga a mano. Nunca me doy cuenta cuando lo hace, pero después me invaden los recuerdos; el caso es que no aprendo de sus habilidades.

—¿Y antes de que te poseyera el demonio?

—No, siempre era de las que me quedaba en un segundo plano —mierda. ¿Por qué tenía que decirle algo que sin duda haría que estuviese aún más distante?

Pero se llevó una sorpresa. Paris le mostró una pequeña pistola y le enseñó todo su funcionamiento.

—Solo tienes que apuntar y apretar el gatillo —concluyó—. Des donde des, hará daño a la criatura a la que dispares.

¿Y si fallaba y no daba a nada? Seguramente sería lo que hiciera la mayor parte de las veces, porque solo con pensar en empuñar un arma le temblaban las manos.

—Entonces, ¿quieres que me compre un arma y la lleve siempre encima? —jamás, en toda su vida había disparado.

—No —se acercó a ella y le metió la pistola por la cinturilla del pantalón–. Quiero que lleves está. Lleva puesto el seguro, así que no se puede disparar.

Resultó más fría y pesada de lo que Sienna habría pensado.

–¿No te da miedo que te dispare por la espalda? –bromeó, pero estaba claro que la relación no había llegado al punto en el que se podían hacer esa clase de bromas, porque se hizo un intenso silencio.

Tras el que Paris volvió a sorprenderla.

–No. No me da miedo –declaró con absoluta confianza.

–Me alegro –respondió ella con alivio.

Paris se aclaró la garganta.

–¿Dispongo de toda tu atención?

–Sí, claro –lo supo de inmediato, con la certeza con la que irrumpía la realidad. Era su manera de despedirse de ella; estaba preparándola para vivir sin él. Se le aflojaron las rodillas, pero consiguió mantenerse en pie–. Sí –reiteró.

–Bien. Escúchame bien –le pidió, mirándola fijamente a los ojos–. He investigado mucho sobre los muertos vivientes. Si alguien te amenaza, es que puede verte y si te ve, sus armas podrán hacerte daño. No hace falta que te recuerde las criaturas de antes, te vieron y te habrían tocado. Tú también puedes tocar a cualquiera que pueda tocarte a ti, así que debes actuar rápido y ser la primera, sin pensar. Dispara sin dudar. ¿Entendido?

–Sí.

–Muy bien. Podemos pasar a otra cosa.

Entonces sacó un puñal con el filo de cristal y le hizo un gesto para que se acercara.

En un segundo, Sienna se colocó frente a él, pero por lo visto no era lo bastante cerca, así que Paris la agarró de la cadera y la colocó entre sus piernas. Era evidente que el movimiento no pretendía ser sexual, pero aun así, el sentirlo cerca consiguió excitarla de nuevo.

Le puso el puñal en la mano y se lo hizo agarrar a la vez que la miraba a los ojos, el inmenso azul lleno de gravedad.

—Si alguien se acerca demasiado a ti, se merecerá lo que le hagas. Tienes que atacar los órganos vitales, donde solo haya carne y no tengas que preocuparte por encontrarte con un hueso. Como aquí —le agarró la mano y se la puso en el costado, apoyando el filo del puñal unos centímetros por encima de la cadera—. O aquí —la subió hasta el estómago.

Por algún motivo, a Sienna empezaron a sonarle las tripas, recordándole lo hambrienta que estaba, y no solo de él. Se le sonrojaron las mejillas y se preguntó si su destino era siempre quedar en vergüenza delante de Paris.

Pero él esbozó una ligera sonrisa.

—Aún no has comido, ¿verdad?

Aunque no era más que una sombra de lo que podría ser, esa tenue sonrisa le iluminó el rostro y multiplicó su ya increíble belleza. También a ella le iluminó el rostro e hizo que lo deseara aún más.

—Estoy muerta de hambre —reconoció.

Pasaron unos segundos antes de que él maldijera entre dientes.

—Esto va en contra de los pocos principios que me quedan —con el ceño fruncido, se metió la mano en un bolsillo del que sacó una bolsita de plástico que contenía unos polvos morados.

—¿El qué? —¿tocarla? ¿Darle armas?

Ahora que se había dado cuenta del hambre que tenía, Sienna empezó a sentir dolor y escalofríos, tenía la sensación de que se le encogiera la piel sobre los huesos.

«No pienses en ello, no te pasa nada».

Paris miró la bolsita durante un buen rato y luego respiró hondo.

Sienna no quiso decirle nada, para darle tiempo de que resolviera lo que le preocupaba, y se quedó observando el puñal que tenía en la mano. Tenía un filo irregular, donde el cristal parecía reflejar el arcoíris. El mango era de cobre sólido y aún estaba templado por el calor de su cuerpo.

–Nunca había visto un cuchillo como este –dijo ella.

–Ni volverás a verlo porque solo existen dos en el mundo y yo tengo el otro. Es capaz de matar a cualquier ser, incluso a un dios, y hará lo que le ordenes siempre que lo tengas en la mano. Por ejemplo, si necesitas esconderlo, solo tienes que sujetarlo bien y pensar: «invisible».

Sienna abrió los ojos de par en par al comprender lo que le estaba diciendo.

–No puedo aceptarlo. Es demasiado valioso, tienes que conservarlo junto al otro. Además...

–No discutas conmigo –ordenó en un tono tajante que no dejaba lugar a protestas y con eso zanjó la conversación.

Sacó un pequeño frasco de otro bolsillo y vertió dentro la mitad del contenido de la bolsita de plástico.

Sienna le había dicho adónde se dirigía y con quién estaría, pero Paris debía de haberlo olvidado si estaba a punto de darle aquel frasco.

–Escúchame, Paris. Voy tras el líder de los Cazadores. No puedes arriesgarte a que esto caiga en manos del enemigo y...

–No digas ni una palabra más. He decidido que no vas a acercarte a ese psicópata y no hay más que hablar, así que quédate con el cuchillo y dame las gracias –agitó un poco el frasco antes de ponérselo en los labios–. Ahora tómate esto.

–¿Cómo que has tomado la decisión? No puedes...

–Bebe.

No tuvo otra opción que obedecer porque Paris ya había empezado a llenarle la boca con el líquido. Por todos los cielos, estaba delicioso. Era una versión diluida de lo que le daba Cronos, pero era igual de rico. Tomó un trago, luego otro y otro, dejándose llevar por la cálida sensación que le transmitía aquel líquido que hacía desaparecer el dolor en un abrir y cerrar de ojos.

—Ya no más —Paris retiró el frasco de su boca antes de que pudiera pasar la lengua para beberse cualquier gota que pudiese quedar.

Sienna protestó con un gemido, luego cerró los ojos y lo saboreó con deleite. Se le erizó el vello de todo el cuerpo y tuvo la sensación de flotar.

—¿Qué es ese líquido? Nunca he conseguido que Cronos me lo diga.

—Ambrosía.

Ah. Recordaba haber leído que era una sustancia que consumían los inmortales porque les reportaba placer y les ayudaba a reafirmar su poder. Como bien sabía ya, los mitos a menudo eran equívocos o sencillamente mentira.

—¿Por qué siento que…?

—No. No quiero que me preguntes nada sobre ese tema —le metió la bolsita en un bolsillo y le enganchó el frasco al cinturón—. Cuando sientas que tienes el síndr… quiero decir, cuando te sientas débil, toma unos sorbos y recuperarás las fuerzas.

—Es cierto.

Paris la miró a los ojos con frialdad.

—Dices que lo que te daba Cronos te daba energía para una semana, ¿verdad?

No podía preguntarle nada, ¿pero él a ella sí? Podría haberse negado a responder o exigirle que al menos la dejara preguntar a ella también. Pero no lo hizo.

—Sí —le preocupaba el cambio de humor que había experimentado y no quería hacer nada para contrariarlo más.

—Lo que acabas de tomar debería bastarte para unos días —la agarró de los brazos con fuerza—. Necesito que me escuches con atención y que recuerdes lo que te voy a decir.

–Está bien –murmuró ella, contagiada de su nerviosismo.

–Nunca, pase lo que pase, debes permitir que nadie pruebe tu sangre. ¿Comprendes? Si alguien lo hace, tienes que matarlo antes de que se aleje de ti.

–¿Quién iba a querer probar mi sangre? –¿un humano? Imposible, pues no podían verla ni sentirla. ¿Un vampiro? Podría ser. Aquellas criaturas nocturnas existían, pero les gustaba toda la sangre, así que no iban a ir tras el fantasma de una mujer.

Vio cómo Paris apretaba la mandíbula, señal de su creciente enfado.

–Te sorprendería saberlo. Ahora prométemelo. Prométeme que matarás a cualquiera que lo haga.

–Te lo prometo –esa vez fue ella la que le puso las manos en los brazos, pero lo hizo para ofrecerle consuelo porque se daba cuenta de que intentaba decirle algo importante sin asustarla. Intentaba protegerla aunque tuviesen que separarse.

Paris la soltó para apartarse el pelo de la cara y fue entonces cuando Sienna se dio cuenta de que tenía unas manchas negras en los dedos. Le agarró una mano y frotó aquellos puntos que parecían de tinta. No desaparecieron y Sienna frunció el ceño.

–No se quitan. Están tatuados –le explicó él con voz neutra.

Se había quedado muy quieto al sentir que ella lo tocaba, incluso había dejado de respirar.

¿Por qué se habría tatuado manchas en los dedos? Lo miró a los ojos y encontró en ellos una mezcla de confusión y el deseo de siempre. Se olvidó de lo primero y se concentró en lo segundo, se llevó su dedo a la boca y lo chupó.

Sus pupilas hicieron una vez más ese baile en el que se dilataban, encogían y volvían a dilatarse. Sintió su aroma a champán y chocolate negro, la envolvía, la embriagaba y despertaba todos sus sentidos. Le mordió la mano suavemente, lo que arrancó un gemido de su boca.

—¿Tienes hijos? —le preguntó de pronto y tuvo que luchar contra la tristeza que le provocaba pensar en aquello. «Yo no puedo. Ya no». Para distraerse, siguió chupándole el dedo con más fuerza que antes, acariciándolo con la lengua.

—No —respondió sin dejarse desconcertar por el repentino cambio de tema—. Siempre sé cuándo una mujer... Sexo lo sabe y entonces la desea aún más, pero dejar embarazada a una desconocida es una de las dos cosas que nunca le he permitido que me obligue a hacer.

—¿Cuál es la otra?

—Acostarme con un menor.

Debía de tener que estar siempre alerta y dispuesto a luchar para evitar ambas cosas. Sienna sabía por experiencia la fuerza que tenían los deseos de los demonios.

—¿Y quieres tenerlos? ¿Quieres tener hijos? Algún día, claro, con alguna mujer a la que ames —«déjalo, es demasiado doloroso».

Él se encogió de hombros fingiendo indiferencia, o tratando de hacerlo al menos.

—Lo que quiero es tenerte a ti, aquí y ahora —respondió—. Deja que te haga mía una vez más antes de ponernos en camino.

Una vez más, la idea era tan excitante como deprimente. Una idea que no podría rechazar por nada del mundo.

—Sí.

De pronto sintió una especie de silbido a su espalda, una ráfaga de aire frío y el cuerpo de Paris se sacudió. Se le abrieron los ojos de par en par y retiró las manos de ella. Con ceño arrugado, bajó la mirada. Tenía un cuchillo clavado en el pecho.

Sienna lanzó un grito a la vez que se daba media vuelta y lo protegía con su propio cuerpo. Pero el cuchillo ya la había atravesado como si no fuera más que aire. Fuera quien fuera el que había lanzado el arma, no podía verla y, si no podía ver ni tocar a los muertos, sus armas no podían herirla.

El culpable era un tipo grande, muy grande, con el pelo rosa y unas lágrimas de sangre tatuadas debajo de uno de los ojos. Estaba de pie en la entrada de la cueva.

El odio brillaba en sus ojos.

—¿Qué te parece lo que opino del juego limpio? —gruñó.

Paris empujó a Sienna para que se escondiera tras él, pero lo hizo con tanto ímpetu que ella se tropezó y cayó al agua del manantial. Desde allí vio con horror el modo en que los dos hombres se atacaban con la mirada, no había duda de que enseguida lo harían también con las armas. Ambos conocían la danza de la muerte, a juzgar por el modo en que tomaron posición.

—¿Cómo me has encontrado? Olvídalo, no me importa. Le has lanzado un cuchillo a mi mujer y por eso te voy a cortar la mano con la que lo has hecho —Paris se sacó el cuchillo que tenía clavado en el pecho con gesto de dolor, pero el brillo rojo de su mirada hacía pensar que el deseo de matar a aquel hombre era mucho más fuerte que el dolor.

—¿Tu mujer? —el tipo se echó a reír al tiempo que se sacaba otros dos puñales de una funda cruzada que llevaba a la espalda—. ¿Qué mujer? Aquí no estamos más que tú y yo, demonio.

—Me da igual que no puedas verla —le dijo Paris con un rugido que era más animal que humano—. Es mía y tú has traído la violencia a su puerta. Eso te va a costar las pelotas.

—¿Ah, sí? Tú me heriste delante de mi mujer y ahora yo voy a herirte a ti delante de la tuya —sonrió con maldad mientras movía los puñales en el aire.

—Lo dudo mucho —Paris sacó el otro puñal de cristal.

–Si quieres salir de aquí con vida, vas a tener que decirme dónde está mi diosa.

–Es a ti al que le gusta más el dolor que la conversación, ¿no es cierto? –le dijo Paris–. Adelante entonces. Aquí tienes tu dolor.

En un abrir y cerrar de ojos estaban luchando como si se movieran a cámara rápida. Sienna apenas podía seguirlos con la mirada. Veía solo algunas imágenes rápidas, como cuando Paris inmovilizó al punki poniéndole la bota en la garganta. El corazón se le detuvo en el pecho al ver que el otro trataba de clavarle el puñal en el estómago, pero Paris se defendió con un golpe al que le sucedieron muchos otros. Hubo puñetazos, patadas, garras que desgarraban la piel, los metales chocaban, los cuerpos rodaban por el suelo y salpicaba la sangre en todas direcciones. Sienna jamás había visto nada tan brutal.

Manejaban las armas con maestría, con una maestría letal y sí, la mano del punki de pelo rosa saltó por los aires tal y como había prometido Paris. Pero eso no le impidió abalanzarse sobre su adversario y seguir luchando.

Sienna habría deseado sacar su nueva pistola y disparar a aquella bestia, pero se movían tan rápido y estaban tan juntos que tenía miedo de dar a Paris. Además, seguramente la bala no le hiciera nada a aquel salvaje, probablemente lo atravesaría igual que su puñal la había atravesado a ella sin causarle el menor daño.

Entonces... ¿qué podía hacer? No sabía, lo que sí sabía era que así no estaba ayudando a nadie, así pues, salió del agua. El aire frío la hizo estremecer con tal fuerza que le castañearon los dientes y se formaron cristales de hielo sobre la piel. Un segundo después apareció ante ella el ángel Zacharel.

–Detenlos –le suplicó.

Sus ojos verdes tenían una mirada dura, impertérrita y completamente centrada en ella.

—Ven. Vamos a dejarlos que sigan luchando solos.

Debía de haberle entrado agua en los oídos porque no era posible que hubiera dicho lo que había creído oír.

—¿Que me vaya contigo y deje aquí a Paris? —¿acaso no eran amigos?

—Sí, lo has comprendido perfectamente. Paris preferiría que no fueses testigo de tanta violencia. Estoy seguro.

—Me da lo mismo. No pienso moverme de aquí —Sienna empezaba a darse cuenta de que los guerreros como aquel ángel o como Paris no estaban acostumbrados a que les llevaran la contraria y tomaban cualquier negativa como un desafío. Por eso levantó las manos con un gesto de inocencia y dio un paso atrás.

Quizá fuera una cobardía, pero funcionó. Zacharel la miró frunciendo el ceño.

—Voy a quedarme aquí y no hay más que hablar.

Sintiendo la nueva amenaza, Paris lanzó un fuerte rugido y se lanzó sobre el ángel. Zacharel cayó al suelo, pero no se defendió, ni siquiera lo tocó, y sin embargo Paris salió disparado hacia el otro lado de la cueva, directo contra la pared.

El punki de pelo rosa se le echó encima un segundo más tarde con ferocidad renovada, pero Paris lo recibió con el puñal en la mano y se lo clavó en un órgano vital, tal y como le había enseñado a Sienna. El cuchillo se hundió en el corazón de su enemigo, que soltó negras maldiciones mientras se alejaba dando tumbos y desangrándose.

Paris volvió a poner la vista en Zacharel.

—Aléjate, ángel —le dijo ella.

—Me temo que no. Lo hago para salvarte, a ti y a muchos otros.

¿Entonces?

—Ven conmigo, Sienna —le dijo Paris entre jadeos de dolor. Sangraba abundantemente y estaba temblando, pero aun así no se había borrado de sus ojos ese brillo animal.

Sienna deseaba correr hacia él y lo habría hecho si el ángel no hubiese dicho:

–No puedo dejar que lo haga, demonio –entonces apareció a su lado y la agarró.

Capítulo 29

«No, no, no», pensó Paris. No iba a permitir que dos estúpidos angelotes, uno en activo y otro caído, pudieran con él. No había matado al caído, todavía, solo le había hecho un poco de daño. O más bien mucho. Qué más daba. Ahora quería que ese hijo de perra sufriera mucho tiempo.

La necesidad de proteger a Sienna hacía que le hirviera la sangre. El caído había interrumpido su juego sexual y el hecho de que alguien que no era él hubiera visto los preciosos rasgos de su mujer invadidos por el deseo eran razones más que suficientes para matar. Matar salvajemente.

Por Zacharel sentía cierta simpatía, pero eso no quería decir que fuera a tolerar cualquier tipo de intromisión por su parte. Lo único bueno en ese momento era que Sexo parecía estar dormido o escondido y, por suerte, no tenía opinión alguna que dar sobre lo que estaba ocurriendo.

—Suéltala —ordenó.

Estaba perdiendo mucha sangre, su pecho era como una tubería con un enorme boquete. Le provocaba un dolor de mil demonios y sabía que tarde o temprano acabaría cayendo. Tenía la firme intención de hacerlo más tarde que temprano, cuando Sienna estuviese a salvo.

El ángel meneó la cabeza una sola vez.

—Tienes demasiado genio.
¿Y qué?
—Me tengo controlado.
—¿De verdad?
No.
—Eso he dicho, ¿no? Así que suéltala antes de que te obligue a hacerlo.
—¿Cortándome la mano? ¿O las pelotas, como le has dicho al caído?

Se hizo un tenso silencio, la cólera luchaba por salir de un hombre que negaba sus emociones, pero no conseguía eliminarlas del todo. Un día acabaría explotando, no había duda.

—¿Qué pasará cuando hagas daño a tu mujer sin querer?

Dio un paso hacia él, luego otro.
—Apártate inmediatamente.

La oscuridad que llevaba dentro estaba tan arraigada en su ser que sabía que jamás podría librarse de ella, ni siquiera cuando se separara de Sienna. Seguramente entonces adquiriría más fuerza. Ya había estado a punto de hundirse al perderla, pero ahora que se había relajado junto a ella y que le gustaba mucho más que antes, solo podría arrastrarla al Infierno con él. Por eso había luchado con tanto ímpetu contra sus sentimientos después de hacer el amor con ella.

Y ahora se alegraba de haberlo hecho. Si tenía que matar al ángel, lo haría, y la oscuridad se encargaría de que se sintiese feliz por ello en lugar de arrepentirse.

—Tu oscuridad —dijo Zacharel.
—¿Es que me lees la mente? —iba a pagarlo muy caro si era así.
—No —respondió el ángel, sin saber que estaba salvándose la vida a sí mismo—. Son tus ojos, puedo ver la oscuridad en ellos. ¿Tienes idea de con qué estás jugando? ¿No? Entonces, permíteme que te lo explique. Del mismo

modo que un cuerpo humano puede engendrar un niño, un cuerpo demoniaco puede engendrar el mal. Has permitido que tu demonio engendrara otro demonio, por llamarlo de algún modo. Ese segundo demonio es todo tuyo y, a diferencia del primero, jamás te abandonará.

Debería haberle sorprendido, pero no lo hizo. No debería haberlo enfurecido aún más, pero lo hizo. Sienna lo había escuchado todo.

—A menos que estés esperando una presentación formal, te sugiero que te alejes de mi mujer.

—Paris —dijo ella con una tristeza que empapaba su voz.

Tristeza y no rabia, eso lo confundió. Qué importaba. Si le decía que no era su mujer, que la existencia de ese segundo demonio lo cambiaba todo, perdería la cabeza por completo. Cuando llegara el momento de tener que separarse de ella, evaluaría la situación y tomaría las decisiones necesarias, pero todavía no había llegado dicho momento. Acababa de estar dentro de ella, se había vaciado en su interior, marcándola como suya, y aún tenía en la boca su exuberante sabor. Ella había gritado su nombre, le había pedido más y le habría dado más.

—Aún tengo tu regalo —le recordó Sienna—. ¿Debería...? ¿Quieres que... lo utilice? Pensaba que erais amigos, pero...

¿Estaba dispuesta a apuñalar al ángel? ¿Por él? Seguramente la idea no debería haberlo excitado, pero lo hizo. Y el hecho de que lo hiciera después de haber oído lo que había dicho Zacharel era aún más reconfortante.

—Aún no —oyó que el punki de pelo rosa estaba poniéndose en pie a su espalda y apretó el arma con fuerza.

—No —dijo Zacharel para detenerlo. Por fin soltó a Sienna—. El rojo empieza a desaparecer de tus ojos y eso es bueno. Ahora no vas a hacer daño a la chica, así que me llevaré al caído y volveré después. Vosotros dirigíos a la salida de este reino —dicho eso, desapareció de su vista llevándose consigo al caído sin siquiera haberlo tocado.

Como si fuera su presencia lo único que lo mantenía en pie, al marcharse, Paris se derrumbó. Sienna acudió corriendo junto a él. Veía borroso y no tardaría en sucumbir por completo a la inconsciencia.

—Estoy aquí —dijo ella—. No voy a dejar que te ocurra nada.

No quería decir lo que debía decir, no quería estropear lo que había ocurrido diciéndole lo que debía ocurrir a continuación. Se había encontrado en esa misma situación miles de veces. Herido, a punto de desvanecerse y con solo una manera de recuperarse.

—Tengo que... Tienes que... Sexo, necesito sexo.

El demonio reaccionó de inmediato, bombeando sangre a su miembro con una rapidez de vértigo. Pero a partir de ese momento era todo territorio desconocido porque, hasta Sienna, nunca había estado con la misma mujer más de una vez y, ahora que ya lo había hecho y que sabía que le devolvía las fuerzas, la duda era si también serviría para curar su cuerpo.

—¿Sexo? Pero no estás en condiciones. Deberías descansar.

—No puedo. Odio que tenga que ser de esta manera, pero no puedo evitarlo —cuando sufría heridas tan graves, necesitaba sexo salvaje con el mayor número de personas posible.

Pero, aunque hubiese tenido delante cien bellezas, solo habría deseado a la que estaba ahora junto a él, examinando sus heridas en silencio. Una mujer en la que no debería confiar, especialmente en ese estado, pero de la que no podía, ni quería, alejarse.

No le importaba lo que ocurriera.

—Por favor, Sienna. Hazlo.

Apenas pasó un segundo.

—No debes suplicarme, Paris —le dijo, repitiendo las palabras que él le había dicho a ella—. He dicho que iba a cuidar de ti y voy a hacerlo.

Capítulo 30

«Si alguna vez consigo desnudar por completo a Paris», pensó Sienna mientras le desabrochaba los pantalones, «seguramente sufriré una combustión espontánea».

Para no moverlo más de lo necesario, le abrió los pantalones al máximo en lugar de bajárselos por las piernas, pero bastó para dejar salir su magnífico pene. Ningún hombre debería ser tan hermoso; no importaba a qué parte de su cuerpo se mirara, Paris era todo fuerza, sexualidad y belleza.

Se cubrió el rostro con un brazo.

–Lo odio.

Sienna estaba a punto de tocarlo, pero retiró la mano de inmediato.

–Lo siento. Si quieres, puedo buscar a otra persona...

–No –se apresuró a decir él al percibir, seguramente, el horror y la preocupación en su voz–. No odio que seas tú, de hecho, no quiero a nadie que no seas tú.

Mejor, pensó Sienna, porque no creía que hubiera podido soportar semejante rechazo; habría sido una verdadera tortura tener que buscarle una amante.

–Lo que odio es que buscamos algo importante y con sentimiento y estamos haciendo algo mecánico y forzado.

Lo primero que pensó fue que eso quería decir que a él también le había gustado lo de antes y que lo había sentido como importante. La alegría le inundó el cuerpo de una cálida sensación. El siguiente pensamiento fue que en ese momento se sentía avergonzado y eso hizo que la alegría se enfriara un poco. Ya tenían bastantes cosas en contra, no podía permitir que esa desagradable sensación se sumara a la lista.

—No me estás obligando a hacer nada, Paris. Ya estaba mojada antes de que nos interrumpieran —y no se refería al agua del manantial—. ¿Por qué iba a ser esa vez menos importante que la otra si ya nos disponíamos a hacerlo?

Paris había rugido al oír la palabra «mojada» y ahora la miraba fijamente con esos impresionantes ojos azules.

—Eres tan hermosa.

Cuando la miraba así, Sienna se sentía hermosa.

—Pues espera a que te enseñe el resto —bromeó antes de ponerse en pie y despojarse de la ropa ante su atenta mirada.

En todos sus siglos de vida, Paris había visto desnudas a multitud de mujeres. Lo sabía porque ella también las había visto y por eso sabía que había estado con mujeres altas, bajas, delgadas, gruesas, blancas, negras y de cualquier otra clase.

Ella no era nada especial y, sin embargo, cuando le dijo una vez más que era «mucho más que guapa», lo creyó. Paris tenía razón. Su demonio detectaba cualquier mentira. Recuperó la alegría.

—Yo pienso lo mismo de ti —le confesó.

El elogio hizo que se sintiera valiente y se atreviera a sentarse sobre su sexo. Pero no se lo metió todavía. Paris necesitaba hacerlo y no disponía de mucho tiempo, pero también necesitaba aún más las caricias. Necesitaba estar seguro de que ella estaba allí porque quería.

Apretó su erección entre las piernas, bañándola con su calor húmedo antes de comenzar a acariciarla suavemente.

—Ven, ponte sobre mi cara —le pidió él mientras le ponía una mano en cada pecho para pasarle los dedos por los pezones–. Quiero comerte otra vez.

Se moría de ganas de hacer exactamente lo que le pedía. El deseo le caldeó la sangre e hizo desaparecer por completo el frío.

–No quiero hacerte daño... estás herido.

–Pero necesito tenerte en mi boca y no me importa que me duela.

Sienna se pasó la lengua por los labios.

–¿Qué te parece si yo te como a ti?

Lo vio quedarse inmóvil y casi tuvo la impresión de que dejaba de respirar.

–A menos que no quieras que lo haga –se apresuró a añadir.

–No es eso –dijo con un hilo de voz ronca–. Hace más de mil años que no dejo que nadie lo haga –respiró hondo–. No, no es del todo cierto. Dejé que lo hiciera un esclavo cuando venía en tu busca, pero fue una tortura.

Sienna abrió los ojos de par en par, desconcertada. A todos los hombres les gustaba el sexo oral, ¿no? ¿Entonces por qué no había dejado que nadie lo chupara? Y sin duda había sido él el que lo había impedido porque estaba segura de que cualquier mujer habría querido sentir esa polla en su boca.

–Pero contigo... –siguió diciendo– sí que quiero que lo hagas, si tú quieres.

–No quiero hacerte sentir incómodo, ni hacer nada que no te guste...

–No. No lo has entendido –dijo, meneando la cabeza y moviendo esos mechones de pelo negro y castaño en los que Sienna deseaba hundir las manos–. No dejo que otros lo hagan porque no quiero que me hagan favores cuando me estoy aprovechando de ellos. La única razón por la que permití que lo hiciera ese esclavo es que necesitaba que me diera cierta información y esa era la manera más rápida de conseguirlo.

«Información sobre mí».

–Ese esclavo, Sienna... era un hombre –aclaró por si ella lo había pasado por alto.

Sintió compasión por él porque debía de ser muy doloroso no poder ejercer control alguno sobre su propio cuerpo y tener que someterse a un deseo que él no sentía y que lo obligaba a acostarse con gente que no se ajustaba a sus preferencias.

–No creo que tenga nada de malo –le aseguró ella–. Y, para que lo sepas, yo no te estaría haciendo ningún favor, Paris. Eres un hombre increíblemente guapo, encantador, inteligente y tremendamente sexy, así que me muero de ganas de hacerlo. Con todas esas personas solo estabas practicando para cuando llegara este momento –bromeó con la esperanza de que se diera cuenta de que lo que decía era cierto–. Lo que voy a hacer nos va a hacer disfrutar a los dos. O eso espero, porque tengo tan poca experiencia en el sexo oral como en el sexo en general.

–En tal caso, estoy seguro de que va a ser increíble.

–Calla, aún no he terminado de ponerte en tu lugar.

–Sí, señora –dijo con una ligera sonrisa–. ¿Y cuál es mi lugar?

–Sobre un pedestal, para que sepas que eres el hombre más admirable que conozco. No me importa lo que hayas hecho, ni con quién lo hayas hecho. Podrías haberte aprovechado de mucha gente, haber cometido todo tipo de violaciones, pero no lo haces. En cuanto a lo del esclavo, espero que sigas respetándome por la mañana porque la verdad es que ahora me pareces aún más sexy y creo que ya es mi turno.

Ahora era él el que se humedecía los labios con la lengua.

–¿Quieres tu turno?

–Más que nada en este mundo.

Paris había empezado a mover las caderas, como si estuviera imaginando que la boca de Sienna estaba ya allí, dándole placer.

—Hazlo, por favor.

—Tus deseos son órdenes, espero que te guste —susurró antes de poner los labios sobre aquella hermosa erección.

«Todo esto es mío», pensó, maravillada.

—Me va a gustar. Te lo prometo.

—Vamos a comprobarlo —sacó la lengua y lamió su miembro de arriba abajo como si fuera una piruleta.

Oyó los gemidos que salieron de él y se los tomó como una señal de aprobación. La tercera vez que pasó la lengua, agarró la base del pene con los dedos y comenzó a mover la mano y la punta con la boca. Se deleitó con el sabor mientras su mano hacía un erótico recorrido del miembro.

Bajó las alas para envolverlo con ellas, de manera que las puntas le acariciaban los costados a Paris. Era la primera vez que disfrutaba de tenerlas. En ese espacio que delimitaban las alas, pudo olvidarse del resto del mundo. Solo existían ellos dos y el placer que estaban compartiendo.

Paris gritó al tiempo que elevaba las caderas para entrar más en su boca, pero enseguida le pidió disculpas y se retiró.

—Más, por favor —le pidió—. Necesito más.

Sienna lo chupó con más fuerza y metiéndoselo hasta el fondo. Era muy grande, así que tenía que abrir la boca al máximo, pero no le importaba. No dejó de mover las manos en ningún momento; una le acariciaba el pene y la otra los testículos.

Pero entonces se preguntó qué se sentiría al chupárselos y abandonó la polla por un momento para poder pasarle la lengua también por abajo y meterse los testículos en la boca. También le gustó y, a juzgar por el modo en que sacudía el cuerpo, también a Paris le dio placer.

¿Podría cansarse alguna vez de él?

Volvió al miembro protagonista del momento al oír a Paris gritar su nombre, se lo metió en la boca de una vez con desesperación.

—Estoy a punto, pequeña. Vas a tener que retirarte si no quieres...

Como única respuesta, lo chupó un poco más fuerte hasta tener que apretar las mejillas.

—¡Sí! –lo oyó gritar al tiempo que sentía que todo su cuerpo se tensaba.

Se vació en su boca y ella se tragó hasta la última gota. Esperó a sentir que su cuerpo se relajaba, exhausto de placer, y luego se retiró.

—Súbete encima de mí –le pidió él entonces–. Quiero meterme dentro de ti.

—Sí –no podía decir nada más.

Envuelta en su aroma y con su sabor en la boca, se dio cuenta de que estaba temblando. Entonces lo miró y comprobó que las heridas habían dejado de sangrar, incluso se habían cerrado y, a pesar de acabar de tener un orgasmo, seguía duro y preparado para ella.

Volvió a colocarse sobre su miembro, pero esa vez sí se lo metió y lo hizo hasta el fondo, apoyando las nalgas sobre la parte superior de sus muslos. También entonces tuvo que abrirse para él, pero estaba tan mojada que no le requirió ningún esfuerzo.

Paris la agarró de las caderas y la movió con una fuerza sorprendente, acompañando las subidas y bajadas con su propio cuerpo.

—Bésame –le ordenó con la voz casi quebrada.

Ella obedeció y lo hizo con la misma intensidad con la que se unían sus cuerpos. Sintió su lengua en la boca, poseyéndola también. Entonces retiró las manos de las caderas y se las puso en la espalda, en los huecos de los que salían las alas y fue como si le acariciase el clítoris con los dedos y con la boca al mismo tiempo.

El clímax la sacudió con la misma fuerza que estaba

utilizando Paris para estimularla. Se apoderó de ella una euforia salvaje y un placer tan intenso que fue como si la sacudiese una descarga eléctrica de escalofríos de satisfacción que llegaron a todos los rincones de su cuerpo.

Sin darse cuenta, le mordió el labio inferior a Paris hasta hacerlo sangrar y hasta el sabor de su sangre le resultó estimulante. Le clavó las uñas en el cuero cabelludo para que no se moviera mientras cabalgaba sobre él. Y a él no pareció importarle, más bien lo disfrutaba. Le puso una mano en el trasero y la apretó aún más contra sí en el momento en que volvió a vaciarse dentro de ella y le regaló un segundo orgasmo.

Cuando por fin recuperaron la calma, se dejaron caer, sus cuerpos entrelazados y temblorosos.

–Gracias –le dijo él entre jadeos.

–¿Te ha gustado? –respondió Sienna cuando tuvo fuerzas para hablar.

–Casi me matas de placer. Debería volver a la carga para devolverte lo que me has dado, pero estoy exhausto de placer.

Ella también lo estaba. Cada vez que estaban juntos era aún mejor que la anterior.

–Espero que podamos repetirlo mil veces a lo largo del día.

–Y yo espero que sea un cálculo exacto, no una exageración.

–Si acaso, puede que me quede corta. Eso que me has hecho en las alas…

Sintió la caricia de su risa en el cuello.

–¿No he sido demasiado brusco?

–No, has estado perfecto –le dijo con un beso–. ¿Alguna vez habías estado con una mujer con alas?

–Pues… –titubeó, de nuevo avergonzado.

–Eso quiere decir que sí. ¿Era un ángel, como tu amigo? –quería liberarlo de los recuerdos y de las sensaciones que le provocaban.

−Eh...
−Eso es otro sí. ¿También has estado con algún demonio?
−Sí −esa vez no titubeó, pero retiró la mirada de ella, con la timidez de un colegial.

Era adorable, sencillamente adorable. Resultaba increíble que un hombre tan fuerte y feroz mostrara semejante preocupación por lo que ella pudiera opinar.

−No pasa nada, Paris. Sé que tienes un pasado y no pretendía hacerte avergonzar o que te sintieras incómodo, solo quiero que sepas que nada de lo que hayas podido hacer va a cambiar la opinión que tengo sobre ti.

Lo vio relajarse y entonces se volvió de nuevo a mirarla. Tenía de nuevo sombras en los ojos, pero no tardaron en disiparse. Zacharel había dicho que esas sombras denotaban la presencia de otro demonio, de un mal del que jamás podría liberarse. No sabía qué habría hecho Paris para dar cabida a dicho mal, pero tampoco le importaba. Para ella solo era Paris y nunca más volvería a confundir a alguien con la imagen de maldad que proyectaba.

−Gracias −le dijo de nuevo, apretándola contra sí.
−Escucha, si no me dejas que me subestime, yo no te permito que me des las gracias simplemente por tener sentido común.

Paris le puso una mano en la mejilla y la miró fijamente, aunque su intención había sido hacerlo sonreír.

−Trato hecho.
Ella sintió un nudo de emoción en la garganta.
−¿Qué te parece si yo te cuento algo que me dé vergüenza y así quedamos en paz?
−Sí, por favor.
−Cuando era pequeña jugaba con mi hermana pequeña a que tenía un salón de belleza. Yo era la estilista y le hacía peinados, después cambiábamos los papeles y ella me maquillaba con rotuladores. Nuestros padres siempre se quedaban horrorizados −añadió con dolorosa nostalgia.

«*Enna*, Tommy el del *cole* dice que tengo demasiadas pecas y que por eso soy fea», le había dicho su hermanita con lágrimas en los ojos.

«Pues ese Tommy del *cole* es estúpido. Yo tengo por lo menos el doble de pecas que tú y soy la chica más guapa del mundo. Tú misma lo dijiste».

La pequeña se había echado a reír.

«¡Y yo nunca miento!».

«Cuánto te echo de menos», pensó ahora. «Voy a encontrarte y a salvarte sea como sea».

Sintió la caricia de Paris en la mejilla.

–Creo que te he perdido por un momento.

–Perdona.

–No te disculpes. Solo te decía que esa historia no es nada vergonzosa, es muy tierna. Por cierto, tus alas me resultan muy excitantes; no comprendo por qué nunca me apeteció chuparlas cuando las llevaba Aeron.

Puso su mano sobre la de él y se esforzó por sonreír. Pronto tendría que separarse de él, así que debía disfrutar del poco tiempo que les quedaba para estar juntos.

–No te lo tomes a mal, pero espero que vuelvan a apuñalarte pronto. Me ha encantado ayudarte a que te curaras.

Paris soltó por fin una sonora carcajada y después la tumbó en el suelo y se colocó encima.

–Pequeña, estaría dispuesto a dejarme apuñalar para que volvieras a curarme, pero por suerte no va a ser necesario porque ya tengo una dolencia que necesita de tus dotes médicas.

Capítulo 31

Para cuando se hubieron vestido y salieron de la cueva al enorme y cruel reino en el que los esperaba Zacharel el Cinturón de Castidad, Paris había recuperado todas sus fuerzas y alguna más. Tenía los músculos cargados de adrenalina, los huesos de acero y el paso firme; se sentía más seguro y con un mayor equilibrio.

Y todo gracias a Sienna.

–He utilizado mi energía para llevar al caído... a otra parte, así que tendremos que ir caminando hasta la puerta –le explicó Zacharel a Sienna. Tenía el rostro demacrado y la piel sin brillo–. Porque sigues prefiriendo eso, ¿no? Antes me dijiste que preferías ir caminando con Paris que volando conmigo, aunque creo que no vas a tardar mucho en darte cuenta que no ha sido la decisión más acertada, ahora mismo es lo mejor que puedo ofrecerte.

–Gracias –respondió Sienna, tan correcta como siempre.

–Zacharel, si te vas a quedar con nosotros, al menos haz algo útil –Paris echó a andar en primer lugar y le hizo un gesto a Sienna para que lo siguiera, dejando al ángel en la retaguardia–. Protégela con tu vida si fuera necesario.

Alrededor del ángel, solo de él, soplaba un viento frío, cada vez más helador.

—Esa es mi intención y da igual de dónde o de quién provenga el peligro.

Lo había dicho con voz tranquila, pero la expresión de su cara daba a entender que ese peligro podría proceder de él y que Zach acabaría con él si hacía falta.

Bueno era saberlo.

En el camino hacia allí, yendo en busca de Sienna, no había visto prácticamente a ninguna criatura y había podido disfrutar de la suave luz rojiza de la luna. Ahora, sin embargo, había multitud de sombras que se deslizaban en todas direcciones y la única luz procedía de algún que otro demonio, como los que habían seguido a Sienna con la intención de hacerle daño. Ahora estaban clavados en estacas y los habían quemado vivos.

Paris le tomó la mano a Sienna e hizo que se agarrara a la cinturilla de su pantalón.

—No me sueltes a menos que tenga que defenderte —le indicó.

«No quiero que tenga que luchar».

—No lo haré —respondió ella, segura y sin miedo.

«Esa es mi chica».

Así fueron avanzando por el páramo hasta llegar a una zona cubierta de tiendas de campaña. Sexo guardaba silencio y esa vez Paris no tenía la menor duda de que estaba descansando de tanto placer, no escondiéndose.

Se oyó un ruido. Parecía una dentellada.

Enemigos.

Oteó en la oscuridad y enseguida encontró el origen del ruido y del peligro, se encontraba en lo alto de una de las tiendas más cercanas. No tardó en ponerse en movimiento. Se acercó agazapado y clavó el puñal en el tronco de aquella criatura que parecía una enredadera, igual que las que lo habían atacado mientras descendía por el acantilado para llegar al castillo de Cronos. Un segundo después estaba ya erguido, observando los restos de la planta.

No tuvo tiempo de relajarse. Inmediatamente aparecieron otras tres. Lanzaba el cuchillo a un lado y a otro, desgarrando y cortando lo que encontraba a su paso y, a juzgar por los ruidos que oía detrás, Sienna y Zacharel estaban haciendo lo mismo.

Echó un vistazo rápido para comprobar que su chica estaba bien. Tenía la mirada clavada en él y se lanzaba contra cualquier cosa que intentara atacarlo. No tenía herida alguna. De pronto se abalanzó sobre ella una rama con colmillos que salían de las hojas. Pero Sienna estaba demasiado ocupada defendiéndolo como para defenderse ella.

Paris estiró un brazo para lanzar un golpe, pero solo consiguió que le arrancaran un trozo de piel y le desgarraran un músculo. Se mordió los labios para no gritar de dolor. Muy bien, ahora sabía qué era lo que caía de aquellos dientes como si fuera baba. Era ácido.

–Llévatela de aquí volando –le ordenó a Zacharel sin dejar de atacar. Prefería perder a Sienna de ese modo que de otro más permanente.

–Ya te he dicho que he gastado toda mi energía en llevarme al caído.

Debería haber acabado con aquel ridículo punki de pelo rosa, pero no, había tenido que compadecerse de él. Había aprendido la lección. No se podía ser blando porque no se tardaba en sufrir el castigo.

–No pienso marcharme –declaró Sienna mientras agarraba un tallo y le clavaba el puñal de cristal que él le había regalado. Era rápida, pero no lo suficiente, así que no tardaría en tener aquellas ramas por todas partes–. La pistola ha debido de caérseme al agua, lo siento.

La oscuridad crecía en su interior. Soltó los cuchillos y sacó también él su puñal de cristal, bastó con pensar la orden para que el arma apareciera en su mano, convertida en una antorcha de fuego. La clavó en las paredes de cuero de la tienda de campaña, que enseguida empezaron a arder. Las chispas saltaron a la siguiente tienda.

Mientras Sienna y Zacharel se alejaban, se oían gritos y el crepitar del fuego.

Aminoraron el paso cuando se encontraban a más de un kilómetro de allí.

—Pensé que querías pasar desapercibido —le recordó Zacharel.

—Teníamos que darles un mensajito —por suerte, también las sombras recibieron el mensaje de no meterse con Paris y su gente, porque se mantuvieron alejadas.

De no ser por Sienna, Paris las habría atacado para recalcar aún más el mensaje. Pero lo primero era el bienestar de Sienna.

«Siempre puedes volver por ellas en otro momento». Cierto. Cuando se separase de Sienna iba a necesitar una buena lucha para recuperar un poco de calma.

Estupendo. La idea de que Sienna fuera a abandonarlo había vuelto a encenderle la sangre. Tardaría varias horas en empezar a tranquilizarse. Hasta entonces, nadie se atrevió a acercarse a él y más de una vez le vino a la cabeza lo que había dicho Zacharel.

Esa oscuridad... esa furia. Zacharel había dado a entender que algún día Paris haría daño a Sienna. Sin embargo, estando de la cueva, se había visto consumido por la oscuridad y la cólera, pero en todo momento había recordado con quién estaba y no había permitido que ella pagase por su mal carácter.

Lo mismo había ocurrido con las enredaderas. Había intentado protegerla y la necesidad de hacerlo siempre había estado por encima de la de atacar a otros.

Eso era bueno, ¿verdad? Pero, ¿y si alguna vez era ella la que lo hacía enfadar? ¿Y si la oscuridad se centraba en ella?

No, no. Eso no ocurriría jamás. Lo que ocurriría era que Zacharel había conseguido ponerlo paranoico. También era cierto que, una vez se plantaba la semilla de la duda, podía adquirir vida propia y la posibilidad de que eso ocurriera le hizo romper a sudar.

Sienna tenía un efecto sobre él que nadie antes había tenido. Lo aceptaba tal como era, bueno, malo y feo. Pero si alguna vez lo traicionaba o lo mentía, si alguna vez se enfrentaba a él o le daba la espalda, Paris no sabía cómo reaccionaría. Especialmente ahora que sabía lo maravilloso que era tenerla rendida en sus brazos.

«¿Por qué piensas en lo peor?». Le había entregado su confianza y no podía deshonrarla, ni deshonrarse a sí mismo dejándose llevar por los temores. Nunca le había preocupado deshonrarse a sí mismo, pero no soportaba la idea de fallar a Sienna.

Ella lo había chupado, lo había saboreado y besado con tanta dulzura que Paris jamás volvería a ser el mismo. Lo había visto en su peor momento, conocía su pasado y su futuro y, aun así, seguía mirándolo con la misma fascinación, como si fuera realmente importante para ella. Paris no iba a menospreciar tal regalo. Porque sin duda era un regalo.

Sienna tropezó con una piedra y, al chocar contra él, lo sacó de su ensimismamiento. La agarró antes de que cayera al suelo.

–Perdona –se disculpó mientras se recomponía.

A él el sexo le había dado fuerzas, pero era evidente que a ella la había dejado cansada.

No debería haberse sentido orgulloso de ello, pero lo hizo.

–No creo que me hayas oído quejarme por tenerte cerca.

Ella esbozó una deliciosa sonrisa.

–Es cierto.

Seguramente Zacharel estaba meneando la cabeza.

Paris no tardó en volver a concentrarse en el camino. Examinó el terreno con la mirada. Aún quedaban por delante muchos kilómetros de oscuridad, salpicados de pequeñas minas de tierra. Como el charco que tuvo que saltar a continuación y ayudar a Sienna para que hiciera lo mismo. El agua olía a cuerpos putrefactos, seguramente porque... sí, allí había unos ojos sin vida y sin rostro.

Junto a ellos pasó una mosca tan grande como su puño y luego otra. Una de ellas se le posó en el brazo y le mordió el bíceps. Paris le dio una palmada al insecto con la intención de espantarlo, pero lo que hizo fue aplastarlo y el contenido salpicó en todas direcciones.

Aquel reino estaba habitado por una colección de criaturas repulsivas que parecían salidas de sus películas de miedo preferidas. Sí, le gustaban esas cosas, pero también disfrutaba con las novelas románticas o haciendo galletas de chocolate...

Hacía mucho que no tenía tiempo para esas cosas, y de pronto... se dio cuenta de lo mucho que lo echaba de menos. Cómo le gustaría sentarse en un sofá junto a Sienna a ver una de esas películas. Después, podrían acurrucarse y quizá leer juntos algunos capítulos de una buena novela romántica.

Pero nada de eso iba a suceder. Sienna y él se separarían en cuanto llegaran a la puerta de aquel reino. Como era de esperar, solo con pensar en ello, volvía a sentir deseos de matar... hacer daño ya no le bastaba. Casi deseaba que los atacara algún otro ser peligroso y cruel echando espuma por la boca.

No era buena señal. Significaba que su obsesión por Sienna había pasado al siguiente nivel.

Quizá podría haber hecho el esfuerzo de dejarla marchar con Zacharel antes de entrar en la cueva. Pero ahora... Ahora era imposible. Sienna era todo lo que siempre había deseado e incluso todo lo que nunca había sabido que quisiese y necesitase, todo ello en un cuerpo delicado y sexy. Se convertía en guerrera cuando era necesario y en sirena cuando él lo necesitaba. Pero nunca dejaba de ser dulce y generosa. Y valiente, increíblemente valiente.

No había salido corriendo cuando ese punki de pelo rosa había irrumpido en la cueva. Se había quedado allí por si él la necesitaba. La admiraba tanto por ello. Lo cierto era que empezaba a admirarla por todo.

De repente Paris entendió a su amigo Amun mejor de lo que le había entendido nunca. La mujer de Amun también había sido Cazadora y en otro tiempo había ayudado a asesinar a su gran amigo Baden, motivo por el cual la habían odiado todos los Señores del Inframundo, incluyendo a Paris, y habían querido ver sus tripas desparramadas por la fortaleza en la que vivían. Pero Amun se había mantenido firme y la había defendido hasta que había conseguido que todos acabaran aceptándola.

Quizá hiciera lo mismo con Sienna después de encargarse de Cronos... la llevaría a Budapest y jugaría con ella a las casitas. Sin duda al principio sería difícil. Ella no había matado a nadie, pero los Señores no iban a sentir simpatía alguna por ella después de haber visto el estado en que había quedado su cuerpo tras la tortura de sus antiguos aliados. Sus amigos lo habían visto sufrir tras su muerte y lo habían oído maldecir por sentir lo que sentía por ella sin que ella sintiera lo mismo.

Pero ahora era distinto. Sienna había cambiado de opinión sobre él y él sobre ella. No sabía muy bien qué había provocado tal cambio en su caso, pero tenía la impresión de que básicamente se había debido a que ahora deseaba creer en ella, tal y como le había explicado. Ni siquiera sabía decir cuándo había ocurrido, lo único que sabía era que Sienna no estaba allí para hacerle ningún daño.

Volvió a pensar en los temores que habían provocado en él las acusaciones de Zacharel y se dio cuenta de que eran absurdos.

Conocía bien a las mujeres y el sexo y creía saber interpretar sus emociones en medio del encuentro sexual. Además, ya había estado con Sienna antes y, si bien entonces también lo había deseado, lo que había sentido por él no tenía nada que ver con lo que sentía ahora.

Fuera lo que fuera lo que había ocurrido en su interior

para hacerla cambiar respecto a él, se alegraba enormemente de que fuera así, ya que le encantaba estar con ella. Sienna le infundía paz. ¿Qué iba a hacer sin ella?

¿A quién iba a llevarse a la cama cuando se sintiera débil?

La idea de estar con alguien que no fuera ella le revolvía el estómago como si fuera a vomitar... sangre. Solo la deseaba a ella y a nadie más. Pero cuando se separaran, y tendrían que hacerlo, porque no podía llevársela a atacar a Cronos, sobre todo con la ambrosía que corría por sus venas, tendría que acostarse con alguien.

Si seguía por esos derroteros, acabaría derrumbándose.

Quizá sintió su inquietud porque en ese momento Sienna le agarró una mano y se la llevó a los labios. Paris volvió a recuperar la calma con solo ese beso.

—¿Qué hiciste con ese tipo, con el caído, creo que le has llamado? —estaba preguntándole a Zacharel—. ¿Sigue vivo?

—Sí —se limitó a responder el ángel.

—Volverá a por mí —dijo Paris, incapaz de librarse de la culpa y del odio. Pero, para cuando el caído se hubiese curado de las lesiones, él ya se habría separado de Sienna. Ella estaría a salvo.

De pronto vio ponerse en movimiento una sombra que se lanzó hacia Sienna a la velocidad de un rayo. El único color que se veía era el rojo de la sangre que goteaba de sus fauces.

Paris se colocó delante de ella y agarró a la sombra del cuello. Le sorprendió comprobar que tenía una forma perfectamente sólida. Dio la orden para que el puñal de cristal se transformase en lo que fuera necesario para destruir una sombra. Le metió el arma en la boca, sin importarle que los colmillos le desgarrasen la piel. La criatura gritó de dolor hasta que explotó en un sinfín de partículas que saltaron por los aires.

—Gracias —dijo Sienna, casi sin voz.

—Tú y yo no nos damos las gracias por estas cosas, ¿recuerdas? —nunca la protegería para recibir elogios o agradecimiento.

Sus deliciosos labios se curvaron para formar una radiante sonrisa que Paris vería en sus fantasías el resto de la eternidad. El deseo que sentía por ella adquirió nueva vida.

Ella alargó la mano como si fuera a acariciarle la cara, pero la voz de Zacharel la interrumpió.

—Que la Deidad me salve de tanta tontería.

Sienna dejó caer la mano.

—No creo que tu Deidad se preocupe por salvarte —respondió Paris—. Estoy seguro de que las mujeres se dan cuenta en seguida de que no merece la pena hacer ningún esfuerzo por ti.

El ángel parecía satisfecho de que fuera así.

Paris pensó que eran como dos polos opuestos. Zacharel jamás había sentido ni un ápice de excitación, así que no sabía lo que se perdía. Pobre de la chica que acabara por despertar su interés. Tendría que ser muy valiente, porque seguramente, Zacharel lucharía con uñas y dientes antes de dejarse llevar a la cama y quizá luego la culpara por introducirlo en el mundo de la pasión.

No estaría mal poder verlo.

En otras circunstancias, Paris podría haber hecho que sexo expulsara su aroma sobre Zacharel y seguramente hasta el ángel habría caído preso de las eróticas imágenes que conseguían conquistar a todo el mundo.

Dejó de elucubrar al sentir que Sienna estaba en tensión. La miró y notó que tenía las mejillas más sonrojadas de lo habitual, como si tuviese fiebre. Tenía los ojos clavados en la distancia, en el castillo que acababa de aparecer a lo lejos.

El vínculo que la ataba a ese lugar debía de estar ganando fuerza.

Paris le echó un brazo por los hombros y la apretó

contra sí con cuidado de no aplastarle las alas. Ella no protestó, sino que se acurrucó contra él, escondiendo el rostro en su cuello.

—No te preocupes —le dijo con un beso—. No voy a permitir que te alejes de mí.

Respiró aliviada y agradecida.

—Gra... Bueno, nada.

—Buena chica.

Zacharel frunció el ceño.

—¿Seguís teniendo la intención de separaros?

Paris perdió el buen humor de golpe al oír aquello y le lanzó al ángel una mirada con la que le dijo que ojalá se muriese.

—Sí —respondió Sienna con frialdad, pero luego se frotó el pecho con la mano como si le doliese—. Nos separaremos.

Paris se tragó de inmediato la indignación que sentía. Tenía que ser así y lo sabía. De hecho había sido él el que lo había propuesto.

—Me alegro —el ángel asintió con gesto de aprobación, soltando copos de nieve por todas partes.

—¿Qué más te da? —le preguntó Paris, que aún no comprendía los motivos de la presencia de Zacharel.

—No es que me importe —admitió encogiéndose de hombros—. Simplemente sé que no podrías tener una relación.

Era obvio que creía firmemente en lo que decía.

—Nuestra relación no es asunto tuyo, así que puedes guardarte tu opinión.

—En realidad sí que es asunto mío, los dos lo sois.

Paris empezó a verlo todo rojo, una reacción que no llegaba en el momento más adecuado, pero que tampoco podía controlar. Zacharel había levantado los pies del suelo y flotaba en el aire, batiendo las alas. Paris tuvo que apretar los dientes para no agarrarlo.

Por si acaso, colocó a Sienna a su espalda.

—¿Y lo de que estabas demasiado débil para volar?
—He recuperado las fuerzas.
—¿Cómo?
—Eso no importa —dijo, como si estuviese preparándolo para lo que iba a ocurrir.

Paris echó mano al arma.

—¿Estás seguro de que quieres ir por ahí?
—Una parte de ti espera poder quedarse con ella, si no, no habrías reaccionado tan violentamente —dijo y continuó antes de que Paris pudiera decir nada—: ¿Te acuerdas cuando te dije que si seguías así acabarías perdiendo todo lo que amabas?

Paris abrió la boca, pero no llegó a hablar. Las caricias que Sienna estaba haciéndole en la mano le impidieron soltar los improperios que tenía en la cabeza.

—No te mentí, demonio. Sabes que nunca miento y creo que ha llegado el momento de que te demuestre que puedo ser un enemigo muy peligroso.

Paris parpadeó. De repente se encontró en el aire, sobre el puente levadizo del castillo. Zacharel lo apretaba contra su pecho. El corazón le latía con fuerza.

—¿Cómo has hecho eso? —¿y dónde diablos estaba Sienna?
—Con poderes que ni siquiera imaginas. Pero esto no es lo que quería enseñarte —el ángel fue aflojando las manos dedo por dedo—. Espero que aprendas que puedo ayudarte... pero también destruirte.
—Más te vale no hacer lo que creo que estás pensando, pedazo de...

Entonces perdió el contacto con sus manos y con el resto de su cuerpo y cayó de golpe contra el puente. Apenas había aterrizado sobre los tablones de madera cuando oyó a las gárgolas, gritando a su espalda, batiendo las alas y afilándose las garras.

Lo había hecho. Zacharel lo había soltado.

—¡Hijo de puta!

Capítulo 32

–Ven, te acompañaré a la salida.

Sienna miró a Zacharel con la boca abierta. El ángel acababa de aparecer frente a ella inmediatamente después de haber desaparecido de pronto junto a Paris cuando ambos estaban lanzándose miradas de odio y a punto de dejarse llevar por la testosterona. No había ni rastro de Paris.

–¿Dónde está? –le preguntó, aunque no le preocupaba demasiado porque Zacharel y Paris eran amigos a pesar de sus diferencias. Ira tampoco reaccionaba.

–Lo he llevado al castillo y lo he soltado sobre el puente.

Mejor pensado, quizá no fueran tan amigos. Sin embargo, Ira debía de pensar que los ángeles nunca se equivocaban.

–¿Por qué has hecho algo así?

Paris acabaría encerrado en el castillo. No tenía la menor duda de que estaría bien y no tardaría en escapar, pero eso no le importaba. Dentro de ella sintió crecer una furia intensa y peligrosa.

«Cálmate», se dijo antes de dejarse llevar por el impulso de sacar el puñal de cristal que le había dado Paris y clavárselo al ángel. Estaba harta de los excesos que hacían todos con sus dones supernaturales.

Zacharel parpadeó como si la respuesta fuera obvia.

—Es el tipo de cosas que se hacen cuando se está discutiendo.

—De eso nada.

El ángel frunció el ceño.

—Es lo mismo que le hizo tu adorado Paris a William de la Oscuridad esta misma mañana.

Vaya, no sabía qué responder a eso.

Zacharel agitó las alas de plumas blancas y doradas, que se alzaron con elegancia. El enfado que sentía no impidió que Sienna sufriera el impacto de tanta belleza, con el telón de fondo de aquel lóbrego paisaje; tan oscuro como luminoso era él.

Era como si el amanecer saliera de su cuerpo y le hiciera resplandecer.

—¿Y bien? —le preguntó ella—. ¿Vas a llevarme con él?

—Tus ojos —murmuró observándola y frunciendo aún más el ceño.

—¿Qué les pasa a mis ojos?

—La oscuridad de Paris se ha instalado ya en tu interior.

Nada más escuchar aquellas palabras, Sienna tuvo la certeza de que eran ciertas. Llevaba dentro la oscuridad de Paris, la que había engendrado su demonio. Por un instante le preocupó, pero enseguida se encogió de hombros con absoluta despreocupación. Ya llevaba dentro a Ira, ¿qué más daba una entidad más?

—Aún no me has respondido. Escúchame con atención. Quiero que me lleves al interior del castillo.

Sabía que era una insensatez completamente innecesaria que además chocaba de frente con sus planes de escapar de Cronos, buscar a Galen y salvar a su hermana. Pero nada de eso iba a frenarla. Paris iría tras ella para asegurarse de que escapaba sana y salva del reino y, si era así, correría un gran peligro.

—Teníais intención de separaros dentro de dos días —le

recordó el ángel, inquebrantable–. Lo único que he hecho ha sido adelantar un poco la separación.

A Sienna le hacía mucha ilusión pasar esos dos días con Paris, quería hacer el amor con él una y otra vez, quería compartir todo lo que pudiese con él para después llevarlo grabado en la mente y en el cuerpo y que todo le oliera a él.

–No dejas de recordarnos que no podemos estar juntos –le dijo con desconfianza–. ¿Por qué?

–Porque necesitáis que os lo recuerde –se limitó a afirmar, como si Sienna debiera avergonzarse de preguntarle algo así.

–¿Por qué? –insistió.

–¿Por qué habrías de querer estar con él? –Zacharel ladeó la cabeza, estudiándola atentamente–. ¿Lo amas?

Buena pregunta. Si se enamoraba de él, la separación sería mucho más dolorosa.

–Me gusta –mucho. Muchísimo. Y lo respetaba. Lo admiraba. Lo deseaba más que a nada en el mundo. Era ingenioso, amable y leal y, aunque tenía motivos de sobra para despreciarla, jamás la había tratado como si fuese su enemiga.

–Sienna, te necesitamos en los Cielos.

¿Y eso?

–Pues poneos a la cola porque últimamente parece que todo el mundo me necesita –y nadie le explicaba por qué. Apretó los puños y se los puso en las caderas–. ¿Qué es lo que crees que voy a poder hacer por vosotros? Porque en estos momentos, me cuesta mucho hasta ocuparme de mí misma.

–Solo sé que anunciarás nuestra victoria en la guerra más cruenta que ha tenido lugar en el mundo.

Sienna se quedó boquiabierta. ¿Cómo iba a ser ella la responsable de poner fin a una guerra? Era demasiada presión, tanta, que en esos momentos no podía pensar en ello.

Zacharel se puso rígido, tenía la mirada clavada en un punto detrás de ella.

—Cronos viene hacia aquí —anunció—. Él tiene las respuestas que buscas, aunque yo de ti no confiaría en él.

Solo con oír su nombre se le encogió el estómago. «No, Cronos no, ahora no, y menos fuera del castillo». Iba a ponerse como loco. Aunque todo el tiempo que estuviera allí estaría alejado de Paris. Quizá no fuera tan malo.

—Piérdete, ángel.

Zacharel enarcó una ceja.

—Permitiré que te vayas con él, pero no creo que vayas a agradecérmelo. Hasta que volvamos a vernos.

Un segundo después se había esfumado y había aparecido Cronos. Ya no iba vestido de personaje gótico, ahora llevaba un traje de seda gris hecho a medida, todo elegancia y riqueza.

Ira comenzó a darle golpes en la cabeza, deseoso de lanzarse contra él. Curiosamente, lo que no hizo fue mostrarle imágenes de los pecados del rey.

Cronos miró a un lado y a otro frunciendo el ceño.

—¿Qué haces fuera del castillo? Pero, sobre todo, ¿cómo has conseguido salir?

—No lo sé, Ira se apoderó de mí —le explicó para que no sospechara que la habían ayudado otros inmortales.

—Ah —esbozó una sonrisa que mostró unos dientes blanquísimo—. Esto es para ti —dijo ofreciéndole una rosa roja.

Sienna se quedó atónita, pero aceptó la flor.

—Gracias.

El rey de los Titanes asintió en respuesta a su agradecimiento.

—No es el único regalo que te traigo. Tengo algo que necesitas —sacó un pequeño frasco con un líquido violeta—. Siento haber tardado en dártelo.

¿Estaba disculpándose con ella? ¿De verdad?

—No pasa nada —le dijo, casi en tono de pregunta.

Cronos carraspeó con evidente incomodidad.

—Tómatelo.

Como no quería contarle que ya le habían dado, tomó un sorbo de lo que ahora sabía que era ambrosía. Lo que no sabía era por qué la necesitaba, ni por qué Paris se había puesto pálido al darle el frasco.

El delicioso líquido recorrió su garganta, llegó hasta sus alas y a los rincones más escondidos de su cuerpo. El efecto fue increíblemente intenso. La fuerza y la debilidad luchaban y se devoraban mutuamente, dejándola aturdida.

—Buena chica —murmuró él.

Odiaba que la trataran con tanta condescendencia.

—¿Por qué estás siendo tan amable? —le preguntó sin rodeos al devolverle el frasco.

Cronos lo hizo desaparecer con un movimiento de manos.

—Tengo que enseñarte algo —anunció y, al volver a mover las manos, desapareció todo lo que los rodeaba.

Del calor pasaron al frío. De la oscuridad a la luz.

De la salvación a la perdición.

Capítulo 33

Sienna se encontró de pronto en una estancia de paredes blancas que se elevaban tanto que apenas alcanzaba a distinguir el techo abovedado en el que terminaban. Había retratos por todas partes, pero ningún mueble, solo unas columnas de mármol con algunos tallos de hiedra y pedestales con esculturas y otros adornos.

Se mordió la lengua hasta hacerse sangre para no gritar por la frustración y la confusión que le provocaba el que la hubiera llevado a aquel lugar desconocido.

–Estamos en la Sala de los Futuros –anunció Cronos extendiendo los brazos y girando sobre sí mismo con un aire de veneración–. Aquí es donde toma forma el destino y podemos encontrar un sinfín de posibilidades porque es aquí donde mi Ojo que Todo lo Ve deja registradas sus visiones.

–¿Un Ojo que Todo lo Ve? –seguía tan desorientada que apenas podía hablar.

–Es un ser femenino que ve todo lo que ocurre en el Cielo y en el Infierno, en el presente, el pasado y el futuro –pronunciaba las palabras con urgencia–. Cuando uno muere, otro ocupa su lugar, así que ha habido muchos a mi servicio a lo largo de los siglos. Su visión no tiene límites, ni en el tiempo ni en el espacio.

Sienna pensó que semejante poder debía de ser una bendición y una condena al mismo tiempo.

—Todo lo que ves aquí lo crearon mis Ojos.

Sienna se puso la rosa detrás de la oreja y se olvidó del mal humor mientras observaba el siguiente retrato. En él aparecía una imagen mucho más frágil de Cronos; tenía el cabello gris, la piel arrugada y llevaba una larga túnica blanca. Era el aspecto que tenía cuando ella lo había conocido, aunque en el cuadro además estaba sucio, magullado y encerrado.

—He aprendido que todo el mundo tiene varios futuros distintos y las decisiones que tomamos nos llevan hacia uno u otro. Acompáñame —le ordenó agarrándola del brazo para llevarla a otra parte de la enorme habitación—. Aquí hay algo que tienes que ver.

A cada paso que daba, los retratos cambiaban de sitio y adquirían una nueva disposición. Sienna no intentó apartarse de él; estaba aturdida y necesitaba el apoyo que le daba su mano.

—Estos Ojos no siempre comprenden lo que ven, ya que no pueden determinar el contexto en el que suceden las cosas que ven. No saben si están viendo el pasado o el futuro, ni cómo impedir que algo suceda o propiciar otra cosa.

—Así que uno tiene que adivinar la información —dedujo ella.

—Exacto —se detuvo y, con él, los cuadros de las paredes.

En el que tenía en ese momento delante había un sinfín de guerreros luchando a muerte. Allí estaba Galen, con las alas desplegadas y la espada bañada de sangre. Ante él se encontraba Cronos con un enorme corte en la garganta del que manaba multitud de sangre... su cabeza estaba a punto de caer rodando de su cuello.

A Sienna se le aceleró el corazón mientras observaba el resto de la pintura. También estaba Paris, observando todo lo que ocurría con los ojos abiertos de par en par. Estaba cubierto de sangre y tenía la boca abierta como si estuviese gritando.

—Este es uno de los futuros que me esperan —le explicó el rey—. Hace mucho tiempo, mi primer Ojo me avisó de que un guerrero con alas blancas me daría muerte algún día. Yo di por hecho que sería un ángel, pero después descubrí que había otros guerreros, como los Señores del Inframundo, que también podrían hacerlo. Luego mi nuevo Ojo pintó esto.

—¿Entonces por qué no mataste a todos los Señores? —preguntó Sienna, que sabía que alguien como Cronos ya habría considerado dicha idea—. Solo para asegurarte.

El rey avanzó un par de pasos, los cuadros volvieron a cambiar de posición.

—Aquí tienes la razón —se detuvo ante otra pintura—. Mira.

Sienna obedeció. En la imagen se veía a un joven Cronos sentado en un trono de oro macizo, detrás de él se encontraban los Señores del Inframundo con gesto de determinación. No había duda de que estaban protegiéndolo, incluso a costa de sus propias vidas. Sintió el deseo de alargar la mano y acariciar el rostro de Paris. Qué hermoso era. Y qué fuerte.

—Este es mi verdadero futuro —aseguró Cronos—. O más bien, lo que tengo que asegurarme de que ocurra.

—¿Cómo?

—La respuesta está en los dos guerreros que faltan.

Sienna observó bien la imagen.

—Falta Galen y... nadie más.

—¿Ves al guardián de la Ira?

—Claro. Aeron está justo...

—No hablo de Aeron. Él ya no es el guardián de ese demonio.

—¿Yo? —dijo con voz aguda.

—Sí. Tú eres la clave de ese futuro, Sienna.

—No lo entiendo —admitió, desconcertada. El ángel le había dicho que iba a obtener las respuestas que buscaba y que no debía fiarse de todo lo que escuchase. Tenía la sensación de que hubiese pasado una eternidad desde que se lo había dicho y ya no estaba segura de qué debía creerse y qué no–. ¿Cómo que soy la clave?

–Observa bien la parte de abajo del cuadro.

Ella se inclinó sobre la pintura. En la parte inferior, rodeada de gente, había una mujer de perfil. Tenía pecas en la nariz, las mejillas y en la barbilla... Sienna abrió los ojos de par en par. Era ella. Esos rasgos eran los suyos. Aquella mujer tenía el pelo castaño y ondulado, exactamente igual que ella, y unas enormes alas negras. A sus pies, arrodillado, había un hombre que se abrazaba a sus piernas como si le fuera la vida en ello.

Era Galen. Sí que estaba en el cuadro, entonces.

–Hace siglos, cuando el Ojo me habló de mi muerte, también me dijo que había una manera de salvarme... para ser exacto, me dijo que había una mujer que podría ayudarme a evitar dicha muerte. Busqué a esa mujer por todas partes, pero no apareció y acabé por perder la esperanza.

Sienna pensó que estaba a punto de escuchar algo que no le iba a gustar. No hacía falta ser un genio para darse cuenta.

–Pasaron muchos años, yo acabé en prisión cuando los malditos griegos conspiraron con mi mujer, a quien después traicionaron. Yo sabía que conseguiría escapar porque eso también me lo habían anunciado, pero los griegos eran demasiado tontos como para creérselo. Cuando por fin recuperé el trono que me correspondía legítimamente, busqué a los Señores con la idea de destruirlos antes de que ellos me destruyeran a mí.

Hizo una pausa y suspiró.

–Pero llevaba tan poco tiempo en el poder, que la idea de matarlos y liberar a sus demonios no me pareció adecuada, pues solo serviría para ganarme más enemigos. Es más, me gustaba la idea de controlar a los guerreros de Zeus y utilizar a aquellos que él había creado para que me hicieran el trabajo sucio mientras buscaba entre ellos a aquel que tenía el poder de matarme. Y no me arrepiento en absoluto de mi decisión, porque esos Señores me han sido de gran utilidad. Por eso sé que el futuro que tienes delante, en el que aparezco reinando en armonía con los guerreros como ejército personal mío, ya está en camino.

Hizo una nueva pausa durante la que Sienna ni siquiera parpadeó.

—Pero aún queda el problema de mi ejecución... y de mi salvación. Cuando había perdido la esperanza de encontrarte, apareciste por fin: una mujer que no pertenecía a ninguno de los bandos de la guerra y al mismo tiempo estaba unida a ambos. Una mujer que prometió lealtad a Galen, pero que ahora siente un innegable interés por Paris. Una mujer con el poder de cautivar a un guerrero, incluso estando muerta, y acaparar todos sus pensamientos y sus acciones.

Al oír eso, Sienna no pudo evitar menear la cabeza.

—Claro que sí. Paris no pensaba en otra cosa que no fueras tú, eso fue lo que atrajo mi atención hacia ti. Nunca antes me había fijado en un humano, pero tenía que descubrir por qué te deseaba tanto. Fue entonces cuando me di cuenta de que eras la mujer que había pintado mi Ojo. Eres igual que la del cuadro y tu pasado coincide con el de la mujer que me salvaría. Todo eso solo puede significar una cosa. Tú eres mi salvación.

—A mí no me importa tu salvación —murmuró.

—Lo sé. Pero sí que te importa la de Paris y, si Galen muere, también lo hará él —con un movimiento de mano hizo aparecer otro retrato, en él aparecían Galen, Paris y algunos otros Señores hechos pedazos sobre un charco de sangre.

Se le encogió el corazón al ver aquella imagen.

—Volvamos pues a tu papel de salvadora... mía y de Paris. En el fondo da lo mismo porque los dos caminos te conducen a Galen. Deberías darme las gracias —siguió diciéndole Cronos–. Yo te di a Ira y te hice lo bastante fuerte como para sobrevivir a cualquier cosa que quiera hacer contigo el guardián de la Esperanza –clavó su mirada en ella, lo que hizo aumentar el aturdimiento de Sienna–. Galen adora el poder y tú debes convertirte en su compañera.

–No –estalló, casi a modo de súplica.

Pero él prosiguió sin piedad.

–Gracias a tu demonio sabrás quién le miente, quién le ofrece apoyo pero en realidad lo odia, y los detendrás antes de que puedan hacerle daño.

¿Primero le pedía que se acostara con él y ahora que lo protegiera?

–¡No! ¡Yo también lo odio!

–No he dicho que tengas que quererlo para llevar a cabo tu cometido. Solo tienes que pensar en lo que ocurrirá si no lo haces. Paris morirá.

No. No, no, no.

–¿Qué ha sido de lo de descubrir los secretos de Paris y traicionarlo? –la furia adquirió vida dentro de ella–. ¿Qué ha sido de lo de encontrar a mi hermana? ¿Por qué quieres que lo proteja si su destino es matarte?

En los ojos de Cronos apareció también el brillo rojo de la furia.

–Digamos que tengo mis motivos y mis planes. Así que escucha con atención. Solo hay dos alternativas de futuro para mí y, por tanto, para el mundo. La primera es que reine por toda la eternidad y, la segunda, es que me maten, con lo cual, también mi esposa moriría. Si ambos desapareceremos, reinará el caos y los Señores morirán –movió el dedo y los cuadros empezaron de nuevo la danza.

Frente a ella apareció otra pintura que hizo que se le quedara la boca seca. Había ángeles, multitud de ellos, con lágrimas de sangre que les caían de las alas. Hombre y mujeres vestidos con togas luchaban a muerte con los ángeles guerreros.

A sus pies yacían todos los Señores, cubiertos de sangre, despedazados... sin vida. Sienna sintió ganas de llorar, de derrumbarse.

—Respondiendo a tu pregunta —siguió diciendo Cronos—, sí que quiero conocer los secretos de Galen y también quiero que lo traiciones, pero para que eso ocurra, necesito que lo protejas también. Como ya te he dicho, tengo mis motivos y mis planes y debería castigarte por atreverte a cuestionarlos.

Sienna solo podía pensar en que Paris pudiera morir. En Paris muerto. En la posibilidad de que Paris desapareciera para siempre.

Cronos continuó hablando:

—Antes de que pienses que mi infiel esposa hizo bien en conspirar con otros para encerrarme, o de que se te ocurra idear algún plan para hacer que mi esposa reine sola... —su voz se tornó grave y áspera— debes saber que será la asesina de tu hermana la que controle el destino de tu mundo.

Sienna giró la cabeza hacia él con incredulidad, furia y horror. Acababa de decir que... había dado a entender que...

—Pero me dijiste que estaba viva —le recordó con la voz quebrada.

—Y lo estaba.

Ira eligió ese momento para pronunciarse y su voz la sacudió por dentro. «Aquí está pasando algo que no me gusta».

Sienna se sobresaltó. No era la primera vez que le hablaba, por supuesto, pero normalmente se limitaba a darle órdenes en una sola palabra como «castiga, mata».

«¿Está mintiendo?». Era lo que había sugerido Zacharel. «Por favor, dime que miente».

«No lo sé. Ahora mismo no sé absolutamente nada».

De sus labios salió un quejido.

—He estado haciendo averiguaciones. Skye se unió a

los Cazadores y se convirtió en una de ellos —aseguró Cronos—. Quizá lo hiciera por el mismo motivo que tú, para reparar el daño que había supuesto su secuestro. Podrías haberla conocido, incluso hablado con ella, sin saberlo, ya que la última vez que la viste no era más que una niña. Y ella tampoco te habría reconocido a ti. Finalmente se alejó de ellos, pero estaba casada con un Cazador. Estaba intentando sacarlo a él también. Pero... murió con él.

—No —era demasiado. No podía asimilarlo todo.

—Cuando Rhea se enteró de que tú, mi salvadora, buscabas a la muchacha, se hizo con ella —apartó la mirada antes de añadir—: Hizo que la mataran.

Ira protestó de nuevo. «Hay algo que no me gusta».

—Mientes. Tienes que estar mintiendo —le temblaban las rodillas hasta el punto de que le costaba mantenerse en pie. No podía creer que hubiese estado tan cerca de Skye y no se hubiese dado cuenta... y que ya no fuese a tener la oportunidad de encontrarla—. Demuéstramelo. Demuéstrame que... que se ha... ido —consiguió decir con un nudo de dolor en la garganta y lágrimas en los ojos.

—De acuerdo.

Delante de ella apareció un extraño brillo y luego, como si se abriera un agujero mágico en el aire, vio una habitación y una muchacha de cabello negro en el suelo, con un tajo en la garganta. Yacía junto a un hombre que había sufrido la misma suerte que ella, bajo ellos, un charco de color carmesí que se oscurecía en los extremos.

Sienna hizo un esfuerzo por controlar las náuseas. ¿Cuántas imágenes como aquella, de personas queridas para ella, tendría que ver? Trató de reponerse y de pensar con claridad. No recordaba haber tenido trato alguno con esa muchacha durante el tiempo que había estado con los Cazadores, pero claro, había cientos, si no miles, de campamentos y ella jamás había tenido acceso a los datos e identidades de todos los miembros.

—Esa no es ella —aseguró meneando la cabeza con violencia—. Mi hermana tenía el pelo rubio.

—Y esa chica también. Es evidente que ese no es su color natural, solo hay que verle las pestañas.

Sienna la miró con más detenimiento. Tenía unas largas pestañas castañas y los ojos del mismo color.

«Enna, cuando crezcas y te cases, ¿seguirás queriéndome?», le había preguntado una vez y se había quedado esperando la respuesta batiendo sus pestañas castañas.

«Siempre te querré más que a nada y a nadie».

—No —tenía los labios gruesos, rosados y tan grandes como los de Sienna. Unos rasgos delicados, la barbilla pronunciada—. No —sintió en el estómago el ardor ácido del dolor y la cólera.

—Sí. Cuando la... encontré así, me colé en su mente, en sus recuerdos. Es tu hermana, Skye.

—¡No!

Su hermana... muerta en un charco de sangre. Muerta para siempre, como le ocurriría a Paris. Ya no era una niña, sino una mujer. Pero estaba muerta. Las palabras retumbaron en su mente, llenándola de horror. Se había ido para siempre.

«¿De verdad es ella?», le preguntó a Ira.

«Sí. Veo su vida y apareces tú, pero no consigo ver su muerte. ¿Por qué no puedo ver su muerte?».

Sienna solo escuchó la afirmación. Skye estaba muerta. Muerta. Su preciosa hermana.

—Devuélvemela —apartó la imagen del aire y agarró a Cronos de las solapas de la chaqueta—. Haz que vuelva de la muerte igual que lo hiciste conmigo.

—No siempre es tan sencillo, ni siquiera para mí —había culpa en su voz y en su rostro.

«Es extraño, muy extraño».

«¡Ya está bien!».

—Se supone que eres el rey de los dioses —Sienna zarandeó a Cronos con todas sus fuerzas—. El jefe de los Titanes, el carcelero de los griegos, el líder de los Señores del Inframundo. ¿Qué es una simple alma mortal comparado con todo eso? Devuélvemela.

–Hay ciertas reglas sobre la vida y la muerte que incluso yo debo acatar.

–Su alma...

–Es insalvable.

–No te creo.

–Eso no cambia nada.

–¡Hijo de perra! –movió la mano sin pensar, como si tuviera voluntad propia, y le dio una bofetada tan fuerte que no le habría sorprendido que le hubiese levantado la piel–. Me mentiste. Dijiste que Galen la tenía prisionera.

Al ver que no respondía, ni se apartaba para defenderse, Sienna atacó de nuevo.

–¡Me mentiste!

–Lo hice para asegurarme de que me obedecías y de que Galen estaba bajo control –admitió por fin–. Sabía que no lo matarías si creías que solo él sabía dónde estaba tu hermana. Y ya te he dicho que tengo mis motivos para querer que esté protegido, al menos por el momento. Pero lo cierto es que Galen nunca la tuvo prisionera y ella nunca tuvo un hijo suyo.

Otra bofetada con la que podría haberse roto algún hueso de la mano. Pero él la recibió sin protestar.

–Puede que también estés mintiendo al decir que ha muerto. Eres capaz de cualquier cosa con tal de salirte con la tuya.

«Hay algo extraño, pero sí que está muerta».

En un abrir y cerrar de ojos, Sienna se encontró en la habitación que le había mostrado Cronos. A sus pies, el cuerpo sin vida de la muchacha. Podía sentir el olor metálico de la sangre, el hedor de la muerte. Allí, frente a la fatalidad, vio claramente el parecido con su madre.

Con la madre de ambas.

Ira siguió protestando, asegurando que había algo extraño que no le gustaba. No sabía lo que era y Sienna no tenía fuerzas para razonar. El dolor le había cortado la respiración y le nublaba la mente. Sentía puñales de fuego clavándosele en el pecho.

Todo desapareció a su alrededor al agacharse y apretar el cuerpo de la muchacha contra sí, hasta que su corazón latía para las dos. Las lágrimas empezaron a caer por fin de sus ojos en una catarata de dolor inagotable.

—Voy a llevarte de vuelta al castillo —le dijo Cronos con la amabilidad con la que se hablaba a un niño—. Tendrás tiempo de asimilar todo lo que ha ocurrido. Los recuerdos dejarán de atormentarte y podrás salir del reino si así lo quieres. Tienes mi palabra. Pero volveré a buscarte, estés donde estés, y entonces tendrás que ayudarme. Ahora que has visto de lo que es capaz mi esposa, la jefa de Galen, creo que estarás dispuesta a hacerlo, ¿verdad?

Capítulo 34

Los Señores del Inframundo estaban en ese mismo momento en la isla de Roma, muy cerca ya del Templo de los Innombrables.

Seguramente tendrían un plan de ataque, pensó Galen. El más probable era que todos los guerreros menos uno lo rodearan, escondidos en las sombras, y que ese uno se acercara a hablar con él. A menos, claro, que pensaran esconderse todos, coserlo a balazos y dejar las preguntas para más tarde.

No importaba cuál de los dos planes eligieran. Los guerreros debían saber que estaban cayendo en una trampa, que él no habría fijado allí el encuentro si no fuera a contar con la ayuda de los Innombrables.

En cuanto los Señores llegaran a la puerta del templo, los Innombrables los agarrarían y los llevarían al interior, donde los atarían con cadenas invisibles y él podría hacer lo que quisiera con ellos.

Sin embargo, Galen no quería hacerlo así. Implicaría mucho tiempo y mucho riesgo, no para él, sino para ellos. Si mataba a alguno de los Señores, no podrían llevar a cabo el intercambio que les había pedido. Y lo único que él quería en ese momento era a Legion.

Apretó los puños. Si no habían llevado a Legion, por una vez en su vida, cumpliría con su palabra. Tal y como le había dicho a Lucien, secuestraría a otro de sus seres queridos, y luego a otro, y a otro, hasta que se vinieran abajo. No los mataría, pero los haría sufrir.

Cada día que pasaba necesitaba más y más a Legion. Esperanza le hacía soñar con ella, con castigarla, con domarla, con hacerla suya. Los celos habían avivado un fuego que ya ardía con fuerza por culpa del rencor y de la continua incertidumbre de no saber dónde estaba y qué hacía.

Oyó algo a su espalda que lo puso en tensión.

Se dio media vuelta y, entre dos gruesos pilares blancos, encontró a los cinco Innombrables. El que tenía el pelo cubierto de pelaje, en la cabeza tenía serpientes en lugar de cabello. El de las cicatrices, con más músculo que tres boxeadores juntos. La mujer, con cara de pájaro y cuernos alineados a lo largo de la espalda. Por último, los dos más altos, uno cubierto de sombras y otro con dos cuchillas que le salían de la cabeza y derramaban veneno.

Todos ellos estaban atados con unas cadenas que no podían romper, pero que existirían solo mientras Cronos siguiera con vida. En el momento que muriera, aquellas criaturas quedarían libres en un mundo completamente desprevenido del peligro que suponían. Nadie, ni siquiera Galen, podría parar la destrucción que sin duda provocarían.

En un altar frente a ellos se encontraba Ashlyn, pálida, jadeando y sudando como una virgen a punto de ser sacrificada. Solo que esa virgen se encontraba en avanzado estado de gestación y a punto de dar a luz. El miedo había hecho que se pusiera de parto.

Era extraño, pero lo cierto era que a Galen no le gustaba que estuviese sufriendo. No era mala y a él nunca le había gustado demasiado hacer daño al sexo débil. Estaba dispuesto a hacerlo, y lo había hecho siempre que había sido necesario, pero no era algo que disfrutara.

—Sácale a los bebés —le ordenó la mujer demonio con cuernos—. Me los voy a quedar.

¿Bebés? ¿Más de uno?

—Deben morir —sentenció el de las cicatrices.

—No. Los utilizaremos como moneda de cambio —dijo una de las montañas de músculos.

Ashlyn gimió de dolor.

—No lo hagas, por favor —le imploró a Galen.

Debía de querer mucho a esos bebés si estaba dispuesta a suplicar al enemigo, y eso que aún no los había visto. Galen creía comprenderlo. Hacía casi veintinueve años que, sin saberlo, había engendrado una hija a la que no había conocido hasta que era ya adulta. El saber que era sangre de su sangre había bastado para que... no para que la quisiera, pues no creía haber sentido nunca tal emoción, pero sí para sentir cierta afinidad por ella, a pesar de que era tan distinta de él como lo era él de los Señores.

Su Gwendolyn. Una arpía. Una mujer a la que nunca podría hacer daño. Una mujer capaz de matarlo sin titubear, algo que le gustaba de ella y de lo que se sentía orgulloso.

Galen había hecho cosas horribles a lo largo de su vida. Había traicionado a amigos suyos, había matado para conseguir poder, había arrasado ciudades enteras, había hecho que su propia gente se enganchara a las drogas para que lo necesitaran y lo siguieran. Había destruido a sus familias cuando se habían atrevido a desobedecerlo, o habían considerado siquiera la posibilidad de traicionarlo. Se había acostado con mujeres con las que no debería haberse acostado y las había poseído de maneras inadecuadas.

No había transgresión que no hubiese cometido o que no estuviese dispuesto a cometer. Estaba dispuesto a eso y a mucho más, y jamás le habían preocupado las consecuencias. A diferencia de los guerreros junto a los que lo habían creado, él no tenía sentido alguno del honor, no sentía el vínculo de la amistad, ni la necesidad de ayudar a nadie salvo a sí mismo.

Baden, el primero al que habían creado, se había quedado con la mayor parte de la bondad y para los demás no había quedado más que una brizna. Galen, que había sido el último, había recibido lo único que quedaba: la frialdad y la oscuridad.

Quizá por eso al primero al que había atacado había sido a Baden.

Ninguno de los Señores sabía que había hablado con Baden antes de enviar a Cebo para que lo arrastrara hasta la muerte. El mismo Baden había organizado el encuentro y ninguno sabía que Galen había jurado dejar en paz al ejército de inmortales y acabar así con la guerra... si Baden sacrificaba su propia vida.

Poseído por el demonio de la Desconfianza, Baden no se había fiado de la palabra de Galen, pero había aceptado el trato de todas maneras. Galen sabía que había achacado sus dudas al poder del demonio que llevaba dentro y había esperado lo mejor... gracias al demonio de Galen.

El Cebo, Haidee, una de los guardianes del demonio del Odio, había ido en busca del guerrero sin sospechar que su víctima sabía ya adónde iba a llevarla. Baden no había querido que sus amigos supieran que había accedido voluntariamente a morir. Tampoco había querido que presenciaran dicha muerte, claro, pero ellos lo habían seguido. Después de eso no había habido manera de parar la guerra. Galen no habría podido hacerlo aunque lo hubiese querido, pero no lo había querido, por supuesto.

—Gaaleeeeen —gritó Ashlyn entre jadeos de dolor. Tenía la cara roja y sudaba a mares.

—No busques ayuda en mí, mujer —la siguiente media hora era crucial para la misión y no iba a dejarse distraer—. Ya le dije a tu hombre lo que tenía que hacer para salvarte.

—Por favor.

Sintió una punzada en el pecho. Si le decía que la única manera de conseguir que le diera los bebés al padre era que se arrastrara hacia él, seguramente Ashlyn reuniría las fuerzas necesarias para hacerlo. Le lamería las botas. Haría lo que le pidiera, por cruel que fuera.

Sí, sin duda quería a sus hijos. Eran sangre de su sangre y también ellos la querrían.

Galen nunca había tenido nada, ni nadie, que fuera solo suyo... excepto Legion. Pero ella no estaría dispuesta a hacer cualquier cosa para salvarla, ni tampoco él para salvarla a ella. Pero... sí, con él siempre había un pero. Galen había sido su primer amante... y quería ser el último.

No sabía bien qué le había ocurrido en el tiempo que se había visto obligada a pasar en el Infierno. No sabía a quién había recibido de buen grado y a quién no. Lo que sí sabía era que probablemente ya no fuera solo suya. Algo más por lo que debía castigarla, a ella y a todos.

—Los bebés —dijo de nuevo la única Innombrable femenina y había ansiedad en su voz. ¿Acaso deseaba tener la oportunidad de ser madre?—. Dámelos.

Los demás se volvieron hacia ella, le dijeron obscenidades y le recordaron que tenían algo que hacer más importante que satisfacer sus deseos personales. Ocurriera lo que le ocurriera a la madre, Galen decidió en ese momento que no iba a permitir que los Innombrables se quedaran con los bebés ni les hicieran daño.

Por fin una buena acción por su parte. Un acto de bondad sin el menor rastro de egoísmo. Que nadie dijera que siempre era malo.

—Galen. Aquí estoy, como pediste.

De pronto todos y cada uno de los músculos de su cuerpo se pusieron en tensión. ¿Era una alucinación? Tomó aire, sintió el fuego del Infierno y el rastro sutil de la sal marina. No era una alucinación.

Legion estaba allí.

El torbellino de emociones distintas que sintió estuvo a punto de poder con él. La buscó con la mirada y la encontró. Allí estaba, a pocos metros de él, con los árboles de fondo. Hermosa, pero no tal y como la recordaba. Alta, de pecho grande, el cabello largo y claro y los ojos de un suave color castaño. Tenía los labios agrietados, como si se los hubiera estado mordiendo, y había perdido mucho peso. La camiseta y los pantalones de deporte que llevaba le quedaban tremendamente holgados.

Los Señores no habían cuidado bien de ella. Iban a sufrir por ello más de lo que tenía pensado en un primer momento. También ella iba a recibir el castigo que merecía, pero se lo infligiría él y nadie más que él. La rabia tomaba fuerza dentro de él.

−¿Vas armada? −le preguntó, aunque no esperaba que le dijera la verdad.

−Yo... −se llevó la mano a la garganta, tenía la mirada clavada en un punto detrás de Galen y los ojos abiertos de par en par−. Ashlyn −echó a correr hacia ella y no se detuvo hasta que Galen se interpuso en su camino.

−Quédate donde estás.

−Suéltala −su tono de voz le dijo más que sus palabras. Tenía miedo de él−. Dijiste que lo harías.

−¡Legion, márchate! −gritó Ashlyn entre contracción y contracción−. Dile a Maddox...

−¡Calla! −le ordenó Galen, que no iba a permitir ninguna intromisión.

Legion se llevó la mano al estómago. Estaba temblando.

El miedo que percibía en ella enervaba a Galen. ¿Dónde estaba la mujer valiente que había conocido?

−Los guerreros están a punto de llegar −anunció uno de los Innombrables−. Te los traeremos en cuanto podamos, así que déjanos a nosotros a las dos mujeres y así podrás luchar sin distracciones.

Ese había sido el plan, pero la idea de que alguien tocara a su mujer le crispaba los nervios. Y, al sentir la reacción de horror de Legion, tomó la decisión.

−Aléjate −le dijo a Legion−. Quédate junto a los árboles y si se te pasa por la cabeza siquiera la idea de huir, haré que la humana sufra.

Legion se echó a llorar, pero hizo lo que le ordenaba. Galen detestaba sentirse tan lejos de ella y culpó de ello a los Innombrables.

—¿Qué haces? —le preguntó uno de ellos.

—Dánoslas a nosotros —gritó otro.

Que él supiera, los Innombrables solo tenían una debilidad: no podían agarrar lo que deseaban, alguien tenía que dárselo. Normalmente se servían de artimañas para que lo hicieran por voluntad propia, así era como habían conseguido que Strider les diera la Capa de la Invisibilidad. Cuando dichas artimañas fracasaban, recurrían a las amenazas y el miedo hacía que sus víctimas se sometieran a sus deseos.

Así aprenderían. Galen no le tenía miedo a nada.

—No te muevas de allí pase lo que pase —le dijo a Legion y no apartó la mirada de ella hasta que la vio asentir.

Pero luego levantó la cara bien alta.

—Pero solo si... si devuelves a Ashlyn y a los bebés a Maddox. Con vida.

Como era de esperar, los Innombrables no tardaron en reaccionar.

—¡No!

—¡Jamás!

—¡Se marchará en cuanto le digas que sí!

—¡No seas tonto!

Legion lo miró, estaba muy pálida y parecía a punto de gritar.

—Mírame a los ojos —le ordenó. Tenía unos ojos tan bonitos—. No apartes la mirada de mí.

La vio estremecerse.

Fue caminando hacia atrás hasta estar junto a Ashlyn, después se inclinó y la levantó en brazos. Pesaba bastante, tenía todo el cuerpo en tensión. Legion lo miró en todo momento.

Los Innombrables exigían saber qué creía que estaba haciendo, pero Galen no les hizo el menor caso.

—Te dimos la Capa, Esperanza —le recordaron mientras él dejaba a Ashlyn junto a Legion—. Nos debes a las dos mujeres.

¿Entonces pretendían quedárselas para su disfrute? Se echó a reír. Probablemente. Él también lo habría hecho.

—Si nos traicionas, iremos a por ti y te destruiremos de la peor manera posible —dijo la hembra con una carcajada—. ¿Tienes idea de lo que eso supone?

Siguió sin hacerles el menor caso y se dirigió a Legion.

—Prométeme que no intentarás escapar de mí, que vendrás conmigo voluntariamente y harás todo lo que yo te diga cuando yo te lo diga. Es un juramento de sangre.

Los inmortales se sentían obligados a respetar los juramentos de sangre.

Legion volvió a estremecerse y lo miró de arriba abajo de un modo que le hizo excitarse. La haría suya esa misma noche.

—Lo haré, pero solo si tú prometes devolver a Ashlyn y a los bebés a Maddox sin hacerles daño alguno. Hoy mismo. Y sin luchar con los Señores.

Había aprendido a negociar sin descuidar ningún detalle. Eso complicaba un poco las cosas, pero no era nada que no pudiera resolver.

Sacó una de sus dagas.

Legion dio un paso atrás.

Tendría que hacer algo con ese miedo. Prefería la valentía que había mostrado en otro tiempo. La misma con la que lo había seducido y se lo había tirado en el baño de un bar. Lo había mordido y envenenado antes de que él pudiera acabar.

Eso le recordaba que le debía un orgasmo. Aunque, después de tantas semanas, en realidad le debía más de uno. Pero antes debía asegurarse de que cooperaba.

—A cambio de tu promesa, te juro aquí y ahora que devolveré a Ashlyn y a su prole junto a Maddox y que no les haré daño alguno. No lucharé contra sus amigos, sino que dejaré a la mujer y a los niños sanos y salvos en sus manos y seguiré mi camino —se puso el filo de la daga en la mano y se hizo un corte tan profundo que llegó al hueso.

La sangre manó con fuerza, sumergió en ella el filo de la daga por los dos lados y después se la ofreció a Legion por la empuñadura. Una parte de él esperaba que agarrara el arma y se lo clavara, pero no lo hizo. Sabía que había perdido. Simplemente lo miró sin saber qué hacer a continuación. No le quedaba más remedio que cooperar porque, a diferencia de Lucien, no era capaz de trasladar a nadie con el pensamiento, con lo que no podía llevarse a Ashlyn de allí.

—Date prisa —los Señores llegarían en cualquier momento y entonces sería tarde para marcharse con lo que quería. No podía luchar con los Señores y vigilar a Legion al mismo tiempo. Tampoco podía irse con ella y evitar la batalla porque ella podría desaparecer cuando quisiera. Necesitaba que le diera su palabra—. Antes de que cambie de opinión —añadió, aunque no iba a hacerlo.

Ella agarró la daga con mano temblorosa. Se pasó la lengua por los labios.

Él esperó en tensión.

Por fin escuchó las ansiadas palabras.

—A cambio de lo que ya has prometido, juro aquí y ahora que iré voluntariamente contigo donde desees —las lágrimas seguían cayendo por sus mejillas—. Haré lo que me pidas y me quedaré a tu lado mientras quieras.

Se clavó la daga, no tan profundamente como él, pero sí lo bastante para que saliera sangre y se mezclara con la de él. Le gustó saber que al menos una parte de él estaba ya dentro de ella.

Le agarró la mano, apretando una herida contra la otra y, al notar el contacto, sintió como si algo se le desgarrara en el alma y supo que el juramento se había hecho un lugar dentro de él. A juzgar por el gesto de su rostro, ella sintió lo mismo.

Por fin era suya.

Legion se estremeció una vez más.

¿Lo había dicho en voz alta? O quizá ella también había vuelto a la realidad al oír las maldiciones y amenazas de los Innombrables. Galen le puso la mano en la mejilla, ella no se retiró.

Le dio las indicaciones necesarias para que encontrara su casa.

–Márchate y no te detengas, no hables con nadie y yo cumpliré lo que te he prometido –los Innombrables no podrían detenerla como lo harían los Señores. Bueno, todos excepto el molesto Lucien–. Date prisa, se hace tarde.

Legion desapareció de inmediato y él lamentó no poder verla. «Va a tu casa. Pronto volverás a estar con ella».

Solo tenía que ocuparse de dos cosas. Ashlyn y los Innombrables. Aquellas criaturas tenían el poder de hipnotizar a cualquiera con su mirada, incluso a él. Les gustaba hacerlo, igual que les gustaba jugar con sus víctimas. Galen lo sabía porque les había entregado a algunos de sus hombres, los que no le gustaban o los que habían hecho daño a inocentes. Resultaba paradójico, ¿verdad? Teniendo en cuenta todo lo que había hecho él, pero bueno, también hacía cosas buenas de vez en cuando. Solo por diversión.

Muy pronto los Señores estarían demasiado cerca como para esquivarlos. Él no iba a luchar con ellos, no podía hacerlo después del juramento, pero los Innombrables sí podían. Podría ingeniárselas para que lo perdonaran por no entregarles a las mujeres. Claro que Ashlyn podría resultar herida durante la batalla, cosa que no podía permitir. Así pues, no podría ocuparse de los Innombrables ni de los Señores. Tendría que dejarlo para otro momento.

Con la mirada clavada en el suelo, sacó la Capa y la desdobló. Podía sentir las miradas de las criaturas.

Se envolvió con la Capa y batió las alas al mismo tiempo, comenzó a dar vueltas, levantándose del suelo, dejando que la invisibilidad lo absorbiera al tiempo que las puntas afiladas de sus alas se clavaban y desgarraban los cuerpos de los Innombrables.

Al primero se le salieron las tripas y cayó al suelo para seguir retorciéndose de dolor. El segundo perdió el conocimiento directamente.

No tardó en atacar a los dos siguientes y conseguir que se derrumbaran también. Apenas cinco minutos después, estaban los cinco derrotados y podía dejarse ver de nuevo.

—No deberíais haberme enseñado a utilizar la Capa —les dijo.

Agarró a Ashlyn en brazos. Estaba empapada en sudor y se agarraba el vientre mientras jadeaba. Sin la capa no podía trasladarla y, con ella, su hombre no podría sentir su presencia. Eso solo le dejaba una opción, tendría que marcharse del templo sin dar más explicaciones. Las ramas de los árboles le arañaban.

—Vas a morir —oyó decir a uno de los heridos.

—Esa es nuestra promesa —añadió otro que todavía estaba consciente.

Él aceleró el paso sin hacerles caso, una vez más. Quizá después de eso optaran por ayudar a los Señores, pero no importaba. Estaban allí atrapados, así que, ¿qué podrían hacerle?

—Llama a tu hombre, Ashlyn.

Un par de segundos después, Ashlyn se tapó los oídos con las manos, algo que él comprendió, pues sabía que, estuviera donde estuviera, oía todas las conversaciones que hubiesen tenido lugar allí.

—Ya has oído lo que le he prometido a Legion —le dijo después de haberle quitado una mano de un oído—. Hoy no puedo hacerte ningún daño, ni a ti ni a tu hombre. Llámalo, haz que acuda a ti.

Quizá pretendiera negarse, pero al abrir la boca salió de ella un fuerte grito de dolor. Varios pájaros levantaron el vuelo asustados y se oyó correr a otros animales.

Podría haberla soltado y haberla dejado allí, pero no lo hizo. Fuera lo que fuera lo que habían planeado hacerle los Señores, cambiaron de opinión al oír el grito porque oyó sus pasos. Primero se detuvieron y, unos segundos después, aparecieron ante él.

«Estaban más cerca de lo que pensaba», se dijo. Era curioso. Esa vez podrían haberle vencido.

–Devuélvemela –le ordenó Maddox, apartándose de los demás sin importarle lo que pudiera ocurrirle. En cuanto Galen soltó a su mujer, la tomó en sus brazos con ternura–. Amor mío. Cuánto lo siento.

Galen sintió otra punzada en el pecho.

–Me duele mucho –gimió ella.

–Lo sé, cariño, Lo sé. Lucien, llévatela de aquí inmediatamente –ordenó el guerrero con la mirada clavada en Galen–. Está de parto.

–Maddox –dijo ella–. No quiero... separarme... de ti.

–Lo sé, amor. Deja que Lucien te lleve y después vendrá a buscarme a mí, estaré contigo enseguida.

–¿Me lo prometes?

–Te lo prometo.

–Si pasa algo y no puedo venir a por ti... –comenzó a decir Lucien.

–¿Qué? –gritó Ashlyn–. ¿Por qué no ibas a poder venir a por él?

Maddox le lanzó una mirada a su compañero.

–Recuerda lo que nos dijo Danika –Lucien agarró en brazos a Ashlyn–. No estaremos en la fortaleza.

Maddox siguió mirando a su mujer todo el tiempo que pudo y, una vez que desapareció junto al guardián de la Muerte, clavó la mirada en Galen.

Galen no sabía muy bien por qué seguía allí. Todos los guerreros iban armados y le apuntaban a él con sus pistolas, sus cuchillos o sus flechas. Su propia hija, Gwen, lo amenazaba con el arco preparado para lanzar.

En ese momento supo por qué se había quedado. De alguna manera había sabido que ella estaría allí y había querido que viese lo que había hecho. Quería que supiese que de vez en cuando hacía cosas buenas. Quizá así sintiese un poco de simpatía hacia él.

—¿Por qué nos la has devuelto? —le preguntó Maddox, que estaba hecho una furia a pesar de haber recuperado a su mujer sana y salva.

—¿Por qué va a ser? Ya tengo lo que quería.

El guerrero frunció el ceño, sorprendido.

—¿Legion?

Eso quería decir que no la habían llevado ellos, sino que Legion había acudido a él por su cuenta. Muy interesante.

—Es mía, sí.

—¿Cómo?

Galen esbozó una sonrisa de satisfacción.

—¿Tú qué crees?

Vio un brillo en los ojos de Maddox, su demonio estaba saliendo a la superficie.

—Deberías saber algo sobre Legion.

—¿De qué se trata?

Sabía bien lo que iba a ocurrir a continuación, lo que pensaban hacer los guerreros. Y sabía que sería muy doloroso. Podría haberse tapado con la Capa y haber desaparecido. Pero en lugar de eso, se quedó allí, sonriendo.

—No vas a volver con ella —aseguró Maddox al tiempo que levantaba una pistola.

La bala le abrió el pecho y, tras ella, se le clavaron varios puñales en el estómago. Miró a su hija a los ojos mientras caía de rodillas, por fin sacó la Capa.

—Ahora estamos en paz —le dijo con un hilo de voz justo antes de hacerse invisible.

Capítulo 35

William observaba entretenido mientras aquellas gárgolas cachondas arrastraban a Paris hacia él. De hecho estuvo a punto de soltar una profunda carcajada. Sí, sabía que era una estupidez provocar al nuevo y mejorado Paris y que el guerrero respondería a la ofensa en apenas unos segundos, pero lo cierto era que no pensaba fingir que eso le entristecía lo más mínimo. Así pues, allí lo esperaba.

–Tío, ¿qué es esa humedad que tienes en el pecho? ¡Me encanta!

Sexo no dijo ni palabra, se limitó a enseñarle un dedo y a quedarse muy quieto, pero las emociones se le salían por los ojos en forma de sombras malhumoradas. Aunque tampoco eso le estropeó la diversión a William.

Era obvio que Paris tenía intención de asesinar a alguien que no era William antes de que el día llegara a su fin, porque, como también era obvio, allí estaba ocurriendo algo más que una simple humillación. William intuía que ese alguien sería... ¿la ausente Sienna, quizá? No, ella ya estaba muerta. ¿Zacharel? Eso esperaba. Esperaba que Paris le diera su merecido al angelito.

William no tenía buena relación con los habitantes del Cielo y, si bien parecía que no reconocían la increíble belleza de su rostro, sin duda se lo tirarían como perros en celo si revelara su verdadera imagen.

Pero eso no significaba que fuera a hacerlo jamás. Bueno, sería mejor no entrar en eso, ni siquiera con el pensamiento. En aquel reino abundaban los seres capaces de leer la mente de los demás.

En el mismo instante que desapareció Paris tras una esquina, se materializó Lucien delante de William. En su rostro había un gesto de desesperación y llevaba en brazos a Ashlyn, jadeando.

Las palabras que salían de su boca eran cosas que solo dirían una prostituta callejera o un yonki necesitado de una buena dosis. Y quizá también Lucifer, el autoproclamado rey del inframundo.

−¿Has tenido un mal día? −William jamás había oído tantas vulgaridades de boca de aquella belleza. Y lo cierto era que nunca le había parecido tan guapa.

−Danika nos dijo que debía tener los bebés allí donde estuvieras tú −le explicó el guardián de la Muerte sin preámbulo alguno, con el rostro en tensión y los ojos llenos de veneno−. No ha sido nada divertido, ni tampoco fácil, seguir tu rastro, especialmente sabiendo que mis compañeros me necesitan. Llévanos a alguna cama ahora mismo.

−¿Estás seguro que dijo que tenías que llevarla donde estuviera yo? −preguntó William para asegurarse.

−Una cama. Ahora mismo.

−¡Ahora! −chilló Ashlyn−. Ya vienen. Por favor. Si no, le diré a Maddox que has intentado meterme mano.

−Qué cruel. Juró que me arrancaría lo mejor de mi anatomía si me atreviera siquiera a respirar cerca de ti −mientras hablaba, William los llevó al piso de arriba, al dormitorio que él mismo había limpiado con la intención de liberal a la inmortal y pasar unos días explorando su cuerpo en todas las posturas posibles. Hasta el momento no había habido suerte.

Lucien dejó a Ashlyn con extremo cuidado.

−Voy a buscar a Maddox.

−Gracias. *Ayyyyy, Dioooooooos* −le apretó la mano a

Lucien hasta hacerle crujir los dedos y no se la soltó hasta que remitió el dolor, una eternidad después–. Tráelo ya, si no quieres que te arranque la cara y... ¡*Ahhhhhh*! –volvió a gemir como un alma en pena.

–También podrías decirle que intentó meterte mano –sugirió William, siempre dispuesto a ayudar.

–Volveré enseguida. Cuida de ella –le ordenó Lucien antes de desaparecer.

No era necesario que le dijera qué ocurriría si no lo hacía.

–Vaya, vaya –murmuró William en cuanto estuvo a solas con la Novia de Chuky embarazada. ¿Se suponía que debía hacer el bien? Sí, claro. Lo mejor que podía hacer era quedarse donde estaba y tratar de no vomitar.

Uno a uno, Lucien fue llevando a los demás guerreros. Primero a Maddox y después los demás y sus mujeres, además de los dos objeto divinos que tenían en su poder. ¿Acaso habían atacado la fortaleza de Budapest?

Como nadie había tocado el puente levadizo, las gárgolas no habían ido a buscarlos, así que podían moverse libremente o salir corriendo de allí.

Sin embargo, varias horas después, Ashlyn seguía de parto. Los bebés querían y debían salir, pero estaban atascados y allí no había ningún médico, con lo que nadie sabía qué hacer para ayudarla.

Maddox estaba a punto de explotar de los nervios y no dejaba de ir de un lado a otro, gritando y dando puñetazos a las paredes. Los demás habían dejado de explorar el castillo y se habían reunido en el pasillo al que daba la habitación de Ashlyn. Allí estaban todos menos Danika, que había tenido la valentía de asumir la tarea de dirigir el parto.

–Ven aquí –le gritó la rubia a William.

Le sorprendía haberla oído porque aún le sangraban los oídos después de la última tanda de gritos y maldiciones que había soltado Ashlyn. Se había apoyado en la pared más lejos de la parturienta y su misión era impedir que nadie se acercara a ella–. ¿Quién, yo?

–Sí, tú. Cuando les dije a los chicos que Ashlyn iba a necesitarte no era para que te quedaras de pie como un pasmarote.

Vaya, qué listilla.

–Te voy a dar una noticia, pequeña Danika. No sé absolutamente nada de partos humanos –no obstante, se acercó a la cama. Las dos mujeres estaban empapadas en sudor, pálidas y temblorosas. Y asustadas, a juzgar por el tamaño de sus pupilas.

–Pero sí de partos de demonios, ¿verdad?

A veces olvidaba que Danika era en esos momentos el Ojo que Todo lo Ve y que tenía la capacidad de ver lo que ocurría tanto en el Cielo como en el Infierno, en el pasado y en el presente. Y también había olvidado que Maddox era mitad humano y mitad demonio, y un cuarto de imbécil por haber engendrado una prole demoníaca.

–Está bien. Yo me encargo –por fin sabía qué hacer, lo cual era un alivio. Para él. Porque Ashlyn estaba a punto de experimentar el mayor dolor de su vida, un dolor del que querría escapar aunque fuese muriendo.

–No voy a dejar que te toque –gruñó Maddox al tiempo que se disponía a impedir que se acercara a su mujer.

William no se había dado cuenta de que había entrado ese imbécil. Lo miró con una ceja levantada.

–¿Quieres que tu mujer salga de esta?

–Por supuesto.

–¡Entonces sal de aquí ahora mismo! Y tú también, Dani, y dile a tu hombre que haga guardia en la puerta y que no deje entrar a nadie. Y cuando digo nadie, quiero decir nadie. Da igual lo que oigan –si se enteraban de lo que pensaba hacer, le cortarían las manos con un cuchillo oxidado.

Sobre la cama, Ashlyn había dejado de retorcerse y de gritar, estaba demasiado débil. Casi era demasiado tarde.

—¡Vamos! –gritó William–. Soy la única oportunidad que tienen de seguir con vida.

La menuda Danika agarró al corpulento Maddox de la cintura y consiguió sacarlo de allí. William cerró la puerta y la bloqueó con el primer mueble que encontró, así dispondría de unos minutos si se le colaba alguien a Reyes.

Respiró hondo un par de veces. Le tembló la mano al sacar el puñal.

—Lo siento –dijo y se puso manos a la obra.

Capítulo 36

Después de un rato en la mazmorra situada en la parte inferior del castillo, Paris se zafó de las gárgolas y fue en busca de sus amigos. A pesar de lo mucho que se alegraba de verlos, le preocupaba todo lo que había ocurrido en su ausencia. Galen había secuestrado a Ashlyn, Legion se había entregado para salvar a la embarazada, Kane seguía desaparecido y no habían sabido nada de él. Ni siquiera Amun conseguía seguir su rastro.

Se derrumbó en un banco que alguien había colocado frente a la puerta del dormitorio de Ashlyn. Intentaba mantener la calma y no pensar. Zacharel tenía a Sienna. Seguramente la habría conducido hasta la salida del reino y ella estaría camino de... donde fuera. Por fin se había liberado del vínculo que la unía con aquel lugar y podía seguir su propia voluntad.

Era lo mejor. Aunque fuera una mierda.

«La deseo», protestó Sexo.

«Sí, yo también».

—A este castillo le falta algo —comentó Viola al tiempo que se sentaba junto a él.

Era la primera que hablaba con él en tono distendido. Sus amigos estaban demasiado preocupados por Ashlyn como para hacer otra cosa que pedir agua, toallas y un bozal para... alguien. Seguramente para William.

La diosa había cambiado el vestido de vampiresa por una camiseta brillante y unos pantalones de seda grises de tela tan fina que se le traslucía la ropa interior. Bueno, quizá no se hubiera olvidado del todo de su empeño por llamar la atención.

–Oye, ¿me estás escuchando? ¡Claro que me estás escuchando! Necesito que alguien me dé permiso para redecorar este lugar o me temo que tendré que marcharme.

«¡La deseo!». En un abrir y cerrar de ojos, Sexo estaba echando espuma por la boca y pegando botes dentro de la cabeza de Paris, desesperado por Viola como si Sienna no existiese. Lo cierto era que estaba más desesperado de lo que Paris lo había visto jamás.

«La necesito. Tengo que hacerla mía ahora mismo».

¿A qué venía eso? Hacía solo unas horas que se habían acostado con Sienna. Sexo debería haber estado saciado y lleno de energía al menos hasta el día siguiente.

«¡La deseo! ¡La deseo, la deseo!».

Paris frunció el ceño y cuando, unos segundos después, pasó Kaia delante de él, meneando las caderas, su pene reaccionó como un misil en busca de su objetivo. Y frunció el ceño aún más.

Normalmente cuando pensaba en acostarse con una mujer con la que ya había estado, su erección se desinflaba como un globo pinchado. O, si no recordaba haber estado con alguien, sencillamente no se le ponía dura mientras esa persona estuviese cerca. Eso no quería decir que... No, no podía ser.

«¡La deseo! ¡La deseo, la deseo!».

Parecía que sí que era posible. Podría acostarse con Viola, con la que no había estado nunca, y con Kaia, con la que sí había estado ya, al menos eso era lo que parecía hacer pensar el movimiento de su pene. En lugar de excitarlo, la idea lo llenó de pavor. ¿Cómo era posible?

«Tu compromiso con Sienna... No sé... Lo que sé es que puedo estar con todas y quiero hacerlo».

Pero... Paris había soñado con encontrar una mujer con la que pudiera estar más de una vez. Cualquier mujer. Después del primer encuentro con Sienna, había creído que ella era su única posibilidad de conseguirlo. Ahora que había descubierto que podría conseguir lo mismo con alguna otra, o con cualquiera, por lo que parecía, se daba cuenta de que seguía deseando solo a Sienna.

Nunca había estado con una mujer como ella. Alguien que lo sabía todo de él y que aun así lo aceptaba. Alguien que daba más de lo que recibía, incluso cuando él quería dárselo todo. Alguien valiente que no tenía miedo de regañarlo, pero tampoco de pedirle disculpas si cometía un error. Alguien que luchaba por lo que creía, que estaba dispuesta a hacer lo que hiciera falta para alcanzar la victoria, algo que en otro tiempo había odiado y que sin embargo ahora admiraba.

De pronto vio la cara de Strider a solo unos centímetros de la suya.

—Espero que ese bulto que tienes en los pantalones sea por la diosa que tienes al lado y no por la pelirroja que acaba de pasar.

«Me gustaba más cuando estaba preocupado». En lugar de responder y correr el peligro de acabar peleándose con Strider, Paris asintió.

—Es por la diosa, claro.

Por fin comprendía la actitud posesiva de Strider, esos celos que lo hacían capaz de matar a cualquiera que se atreviera a mirar siquiera a su mujer. Porque Paris mataría a cualquiera, hombre o mujer, dios o diosa, bueno o malo, que intentase algo con Sienna.

Pero su respuesta había bastado para calmar al guerrero.

—Está bien —se puso recto y chascó los dedos de las dos manos—. Entonces no hay problema.

Paris lo vio alejarse y se dio cuenta de que Gideon estaba observando la escena. El guardián del demonio de las Mentiras debía de haber percibido su engaño porque nadie descubría una mentira mejor que él, por pequeña que fuera.

Paris apartó la mirada con sentimiento de culpa. Aquello no debería suceder.

Su demonio se echó a reír con regocijo y con deseo.

Se sentía sucio y avergonzado. Por primera vez se alegraba de que Sienna hubiese decidido no ir tras él, ya que no le habría gustado nada que lo viera así. Necesitaba una ducha. Necesitaba frotarse hasta arrancarse la piel capa a capa hasta desangrarse.

Maldijo al sentir que manaba de su cuerpo ese aroma a champán y chocolate que conocía tan bien.

«No voy a acostarme con Kaia, con Viola, ni con ninguna de las mujeres que hay aquí».

No le importaba lo que quisiera su cuerpo o su demonio. No iba a permitirlo.

«No puedes obligarme a hacerlo. ¿Lo entiendes? Para ahora mismo o me cortaré el pene y me alegraré de que nos debilitemos hasta morir».

«Pero...».

«¡No! No quiero oír ninguna excusa, ni súplicas».

No iba a acostarse con nadie. Ni ese día, ni el siguiente, ni el otro. De ninguna manera. Con nadie que no fuera Sienna, pensó con una determinación que le resultó sorprendente. No le importaba que eso lo debilitase. Aún podía sentir la suavidad de su piel en las manos y su dulce olor en la nariz. No iba a renunciar a todo eso.

–Hola. Sigo aquí –dijo Viola haciendo un mohín–. ¿No te importa que me vaya si no me das lo que quiero?

En esos momentos no tenía la paciencia necesaria para tratar con aquella criatura.

–No puedes salir del castillo. Ahora mismo es el lugar más seguro para ti, más aún que la fortaleza de Budapest. Galen y sus Cazadores no pueden entrar y, si lo intentan, nos enteraremos.

Además, había visto la sangre en las ventanas y en las puertas y sabía que era de William. Eso quería decir que tampoco los monstruos de las sombras podrían entrar ya.

—¿Quién ha dicho que me importa estar a salvo? Lo que quiero es poner unos cuantos retratos míos ahí y ahí —dijo, señalando los lugares elegidos.

—Se lo comunicaré al decorador —farfulló Paris.

Sexo todavía no había renunciado a meterse dentro de ella, por lo que Paris volvió a sentir ese hormigueo en el pene. Apretó los dientes. La diosa era guapísima, de eso no había ninguna duda. Tenía una feminidad natural que muchas jamás conseguirían aunque se lo propusiesen. En otro tiempo se habría muerto de deseo por ella, pues, al margen de su personalidad, era exactamente su tipo. Con muchas curvas.

Pero después de haber alcanzado una satisfacción que jamás habría imaginado y que lo había cambiado para siempre, no soportaba la idea de tener que conformarse con menos. Lo que necesitaba era el cuerpo de Sienna; ella hacía que todas las demás parecieran invisibles. Su olor, su sabor, todo en ella estaba hecho para volverlo loco de un modo que no podría hacerlo nadie más.

—Eres exasperante —le dijo Viola.

¿Él era el exasperante? Sí, claro.

—Puedes decorar todo lo que te parezca. ¿Contenta? —si no cambiaba de tema, la diosa se pasaría el día hablando de aquella estupidez y tendría que acabar cortándole la lengua—. ¿Dónde está tu perro?

—Mi pequeña princesa descansa en mi nueva habitación. Le afectan mucho los viajes.

—Claro —todos los demonios de Tasmania eran muy delicados. Por cierto, ¿a qué venía eso de llamar «princesa» a un macho?

Paris se frotó la cara con la mano. Estaba cansado, hambriento y destrozado. En cuanto supiera que Ashlyn y los niños estaban bien se iría de allí, buscaría a Sienna y se aseguraría de que ella también estaba bien. Después se separaría de ella para siempre y así, cuando volviera a acostarse con alguien, no tendría la sensación de estar engañándola y traicionando su confianza.

Claro que quizá... quizá pudiera estar con ella una última vez. El sexo con ella había sido toda una revelación y no solo porque le hubiera dado fuerzas y hubiese tenido los mejores orgasmos de toda su vida, sino también porque estando con ella, lo importante no había sido él. Lo importante eran ellos dos, los deseos y las necesidades de los dos.

No había nada sucio en ello. Se acariciaban, se besaban y se daban placer el uno al otro porque les hacía sentir bien, porque entre ellos había una pasión incontrolable.

—¿... me escuchas? —Viola movía los brazos con exasperación.

Paris meneó la cabeza y a punto estuvo de decirle la verdad, pero luego se contuvo de hacerlo. Al demonio que llevaba dentro la diosa le habría dado un ataque.

—Sí, claro que te escucho. Es muy interesante.

Maddox seguía yendo de un lado a otro. Reyes intentó hacerlo parar un poco con una palmadita en el hombro, pero el futuro padre le retiró la mano y siguió caminando. El siguiente en intentarlo fue Lucien, pero tampoco tuvo mucho éxito. Como castigo, Anya le puso la zancadilla cuando pasó delante de ella.

—¿Por qué siempre intento hacerme amiga de los casos imposibles? —preguntó Viola—. ¿Cómo puedes ser tan egoísta de no hacerme caso mientras te cuento cosas tan interesantes? Pero claro, no debería sorprenderme. Estás casado gracias a mí y ni siquiera me has dado las gracias.

—Sí, sí. Muy interesante —murmuró Paris sin pensar, pero entonces escuchó realmente lo que acababa de decir y se giró para mirarla de frente—. ¿Has dicho la palabra «casado» refiriéndote a mí?

–Sí. Y nunca me repito, excepto cuando lo hago, que normalmente es cuando explico lo suave que tengo el pelo o lo sexy que soy. Oye, ¿crees que alguien tendrá unos frutos secos? ¿De esos que pican?

«No voy a ahogarla».

–¿Con quién se supone que estoy casado y cuándo se ha celebrado la ceremonia?

–Ah, ¿no te lo he dicho? Estás casada con tu amiga la fantasma, esa por la que te hiciste los tatuajes. Así es como se celebran los matrimonios de los no muertos. Ceniza con ceniza, polvo con polvo y todas esas cosas. Claro que en tu caso, solo tú estás casado, ella no, así que puede acostarse con quien le venga en gana sin infringir ninguna ley o tener que enfrentarse a ningún castigo.

Paris abrió la boca y luego volvió a cerrarla cuando Viola siguió hablando. Y hablando.

–Calla un momento. ¿Cómo que estoy casado con Sienna?

Silencio.

Pero la mirada de Viola lo decía todo.

–Perdona –murmuró–. Es que me he quedado atónito. No puede ser... Lo que estás diciendo es que... Es imposible.

–Es posible y sí, es lo que estoy diciendo. Por eso, en parte, puedes seguir interactuando con ella. Te has unido a ella.

Unido a ella. Su cerebro estaba sufriendo un cortocircuito. Estaba casado con Sienna. Realmente era suya. Su mujer. Su esposa. Para siempre.

Y por lo visto, aunque parecía que su cuerpo podría adentrarse en el de cualquier otra que eligiese, al hacerlo estaría violando una ley cuya existencia desconocía y con ello, se haría merecedor de un castigo que no sabía quién le impondría.

Ahora comprendía la reacción de Sexo ante las demás mujeres. La infidelidad lo alimentaría y lo fortalecería aún más que estar con alguien simplemente. Pero también lo haría el hacer el amor con Sienna. Se había casado con ella antes de encontrarla y, desde entonces, habían hecho el amor tres veces.

–¿Estás segura? –le preguntó en cuanto hizo una pausa.

Se dio cuenta de que deseaba que fuera cierto, lo deseaba tanto que estaba impaciente por escuchar la respuesta. Quería estar unido a Sienna para siempre.

Viola le dio un golpecito en la cabeza.

–Yo nunca me equivoco. Ahora escúchame bien, Paris. Tenemos que hablar en serio un minuto.

¿No estaban haciéndolo ya?

–¿Entonces es que lo de estar casado no era en serio? –la mataría si era así. Solo tenía que apretarle la carótida y dejar que se ahogara.

–Claro que era en serio –le agarró la cara con las dos manos y lo miró con tristeza–. Vaya, qué bien hueles –se acercó a él más y más–. Muy, muy bien.

Maldito demonio.

–Dime la verdad –le pidió con un sensual susurro–. ¿Crees que soy la mujer más bella que has visto en tu vida? Y, lo que es más importante, ¿te parece que esta ropa me hace gorda?

–Te voy a devolver al ángel caído –farfulló Paris, alejándose un poco, lo poco que le permitió ella–. Ese será su castigo por perseguirme.

–¿Qué ángel? –preguntó ella, confundida.

No se acordaba de su pretendiente. Estupendo.

–¿Qué me pasa? ¿Por qué me siento así? –preguntó antes de soltar un gemido–. No te encuentro atractivo, no quiero volverte loco de pasión y, sin embargo, estoy más que dispuesta a estar contigo.

De pronto se oyó un grito que puso fin a la conversación y lo libró de tener que responder. Todos se quedaron inmóviles, sin atreverse siquiera a respirar.

—Ashlyn —Maddox se acercó a la puerta, pero Reyes se le puso delante.

El guardián de la Violencia luchó con todas sus fuerzas, pero tuvieron que ayudarle varios guerreros más. Paris se disponía a unirse a ellos cuando vio asomar por el pasillo unas alas negras que le resultaban muy familiares.

Levantó la mirada y se encontró con unos preciosos ojos castaños, más abiertos de lo habitual. Sienna tenía la cara roja y los ojos hinchados como si hubiese estado llorando. Echó a correr hacia ella sin pensarlo.

Sienna no estaba enfadada. Lo que sentía era mucho más fuerte, tanto, que no podría describirlo con una sola palabra. Era una mezcla de rabia, culpa, tristeza y más rabia. Tenía el corazón destrozado. Su hermana estaba muerta, la había matado la reina de los Titanes. Le había cortado la garganta y la había dejado tirada en el suelo como si fuera basura.

Cuando Cronos se había marchado, lo primero que había pensado era que necesitaba encontrar a Paris y refugiarse en sus brazos. No para llorar, no creía que pudiera volver a hacerlo, sino para olvidarlo todo aunque solo fuese por un momento. Pero entonces había descubierto que se le habían adelantado.

Aquella belleza lo tenía agarrado y bien agarrado. Seguramente ella contase con la aprobación de sus amigos. El grupo parecía haber invadido el castillo y era posible que no la dejasen acercarse a Paris.

Todos ellos iban armados hasta los dientes y en sus rostros había una mirada feroz. Parecían muy ocupados intentando reducir a uno de ellos, que había acabado debajo de todos los demás.

Hacía ya una eternidad que había estado investigando a aquellos guerreros, por lo que no debería haberse asustado al verlos en carne y hueso. Seguramente lo habría hecho si Ira no lo estuviese pasando en grande mostrándole imágenes de todos ellos con la guapísima rubia.

Con esa sonrisa y ese cuerpo, debía de hacer que los hombres cayeran rendidos a sus pies para después abandonarlos y olvidarse de ellos.

Le haría lo mismo a Paris. ¿Por qué no iba a enamorarse él también? Era la mujer más hermosa que había visto jamás. Si incluso ella se sentía atraída.

Paris apareció frente a ella y la estrechó en sus brazos. Olía a deseo.

–Me alegro tanto de verte.

–Tú...

–¿Qué ocurre, pequeña? ¿Qué ha pasado?

Sienna lo miró a los ojos y se apartó de él.

–Desaparezco unas horas –durante las cuales había decidido estar con Galen para salvarle la vida a Paris, aunque aún no lo había hecho–, y te encuentro con otra –soltó una amarga carcajada. El saber que sucedería no la había preparado para el terrible dolor que suponía verlo con sus propios ojos–. Intentaste avisarme y te dije que lo entendía –¡pues no lo entendía!

–¿Con otra? ¿Con Viola? –hizo una mueca–. No, no. Solo estábamos hablando.

–Ya. No era eso lo que decía tu cuerpo –no había más que ver su erección apuntando a la rubia, una erección que ahora podía sentir apretándose contra su cuerpo y que hacía que lo deseara con todas sus fuerzas.

–¿Estás celosa?

–¡No!

–Sí que lo estás –se echó a reír, encantado–. ¿Sabes cuánto me excita eso?

–A ti te excita todo –replicó con furia. Estaba tan contento consigo mismo. Y con ella–. No estoy celosa.

–Claro que lo estás y me encanta. Lo que ocurre es que a mi demonio le pasa algo raro, eso es todo. Pero te prometo que nunca he estado, ni pienso estar con esa diosa.

—¿Es una diosa?

—Una diosa sin el menor atractivo para mí.

Podía ser mentira. Y también podía ser verdad. No, decía la verdad, decidió rápidamente sin necesidad de que Ira se lo confirmase. Paris no era de los que mentían. Él no temía las consecuencias de sus actos.

—No importa —dijo, derrotada—. No debería haber vuelto.

—¿No importa? ¿Ya no te importa lo nuestro? —la agarró de los brazos con las dos manos y la obligó a mirarlo—. Sé que dijimos que nos separaríamos en cuanto pudieras salir del reino, pero quiero que lo reconsideremos. Yo ya no quiero que nos separemos, no puedo hacerlo. Sé que te costará creerlo y da igual cómo reaccione mi cuerpo, solo te deseo a ti. ¿Lo entiendes?

—Paris —lo interrumpió Strider—. ¿Con quién hablas, amigo?

Ambos se volvieron. Los guerreros habían dejado de pelearse y todos ellos, excepto la diosa rubia y el de las cicatrices, estaban mirando a Paris como si se hubiese vuelto loco.

—No pueden verme —le explicó ella.

Paris no tuvo que responder nada porque se abrió una puerta en medio del pasillo y apareció William. Estaba pálido y lleno de sangre.

—¿Qué le ha pasado? —preguntó, asombrada.

—Escuchadme todos —dijo William en voz alta para captar la atención de los presentes—. Tengo buenas y malas noticias. Como soy una persona muy positiva, empezaremos por las buenas. Ashlyn ha sobrevivido al parto y la pequeña multitud que llevaba dentro también.

El pasillo se llenó de suspiros de alivio, pero ninguno tan fuerte como el de Maddox.

—¿Entonces, cuál es la mala noticia? —preguntó alguien.

Después de una dramática pausa, el guerrero respondió:

–Me he quedado sin suavizante, así que necesito que alguien me traiga más. Sí, Lucien, te estoy mirando a ti. Y sí, de nada por todo lo que he hecho por vuestra feliz familia. Esos enanos me han clavado las uñas, pero bien.

–¡William! –protestó alguien–. Omite todos los detalles innecesarios. Nos tienes en ascuas.

–Eso sí que es gratitud. Bueno, pasad todos a conocer a vuestros nuevos sobrinos, Muerte y Caos. En cuanto los conozcáis, tendréis que admitir que he acertado con los nombres.

Capítulo 37

Paris se alegraba enormemente de que los bebés de Maddox y Ashlyn estuvieran bien y tenía ganas de conocerlos, pero antes tenía que encargarse de su mujer. Se la echó al hombro como si fuera un saco de patatas y gritó a todo el mundo:

—No quiero que nadie entre a mi habitación, oigáis lo que oigáis.

Dicho eso, echó a andar hacia el dormitorio que habían utilizado ya antes, situado al otro lado del salón de las estatuas. Todos sus amigos lo miraron con extrañeza hasta que desapareció al girar la esquina. La mayoría aún no se había recuperado de la pelea con Maddox y estaban algo aturdidos, pero sobre todo creían que Paris había estado cinco minutos hablando solo.

«Aún la deseo», anunció Sexo con gran sorpresa.

«No te preocupes, la tendrás».

Sienna se había quedado muda y siguió así durante unos segundos, pero a cada paso se ponía más nerviosa, hasta que acabó golpeándole la espalda, tirándole del pelo y tratando de darle patadas en las pelotas. Paris subió las escaleras, recorrió otro pasillo, abrió una puerta con el hombro y la cerró con el pie, ansioso por evitar que lo dejara impotente.

Había estado a punto sufrir un ataque de ira, pero se

había calmado al ver a Sienna. Así de simple. Dijera lo que dijera Zacharel, era evidente que jamás podría hacer daño alguno a aquella mujer.

Había vuelto a buscarlo y eso merecía una recompensa.

Apenas la dejó en el suelo, Sienna se lanzó a atacarlo y, para ser sincero, él se alegró de que lo hiciera. Cualquiera cosa mejor que ese gesto de derrota. Lo golpeaba con sus pequeños puños y él lo aceptó hasta que se dio cuenta de que había cerrado mal el puño y se iba a hacer daño en la mano; entonces la agarró de la muñeca, se la llevó a la espalda y la apretó contra sí.

—¡Suéltame!

—Enseguida —le abrió el puño y se lo volvió a cerrar con el dedo pulgar por fuera—. Así es como tienes que pegar.

Los siguientes puñetazos sí que le dolieron.

—¡No vas a salir de la habitación hasta que te haya matado!

—Puedes hacerme lo que quieras, pero antes quiero que me des una explicación. ¿A qué viene todo esto?

—¡Ahhh! —se apartó de él y comenzó a caminar de un lado a otro como un león enjaulado. Todo su cuerpo desprendía energía—. ¡Todos los hombres sois una mierda! Y, por si tienes alguna duda, eso te incluye a ti.

Sienna fue hasta una cajonera y la empujó con todas sus fuerzas, el mueble cayó al suelo, que retumbó bajo sus pies, la madera se resquebrajó y se salieron los cajones. Jadeando y con cara de furia, Sienna agarró uno y se lo tiró a Paris. Él se agachó, con lo que el cajón dio contra la puerta. A ese lo siguió otro que apenas tuvo tiempo de esquivar.

—¿Qué hacen aquí tus amigos? ¿No tienes miedo de que los espíe y averigüe todos sus secretos?

—No —ya no. La había juzgado mal, pero no iba a volver a cometer el mismo error—. Igual que tú no tienes miedo de que me acueste con cualquiera mientras estamos juntos.

Otro cajón que salía volando.

—¡Eso es lo que le dijiste a Susan!

—Lo sé y desde entonces tengo que soportar los remordimientos que me provoca. A ti jamás te lo haré. Dime que lo sabes.

—Sí, lo sé, pero hace unos minutos no estábamos juntos, por eso has ido tras las primeras piernas bonitas que has visto. No soy tu novia y nunca lo seré, así que no puedo quejarme, ¿verdad?

—No —respondió él con calma—. Nunca serás mi novia —«porque eres mi esposa».

Jamás habría imaginado que utilizaría esas palabras, pero ahora que las había dicho, o pensado, se disparó su sentimiento de posesión hacia Sienna. El hecho de que fuera la mujer más sexy que había conocido solo servía para encenderlo más y más. Era la misma esencia de la pasión. Sí, se había puesto duro como una barra de acero.

Salió volando otro cajón. Ya solo quedaban cuatro. La dejaría que se desahogara y luego intervendría.

—Estoy harta de este mundo, de las mentiras, los trucos y las muertes —uno—. Esa mujer va a pagar por lo que ha hecho, claro que va a pagar —dos—. Voy a subirme al carro de la violencia y voy a matar a unos cuantos yo también, empezando por la diosa. Sin la ayuda de Ira, lo haré con mis propias manos —tres—. Ese imbécil de Cronos cree que puede manipularme a su antojo, pero no es así. ¡Estoy harta de todos vosotros! —cuatro—. ¡No pienso salvaros, se acabó! ¡He acabado contigo! Así que puedes irte...

Paris se lanzó sobre ella, la agarró por la cintura y la tiró en la cama. Sienna desplegó las alas para frenar el golpe, pero enseguida se encontró con él encima y no pudo escapar. Por una vez, no tuvo cuidado alguno al atraparla bajo su cuerpo. La agarró de las muñecas y se las puso sobre la cabeza. Ella intentó escapar, pero solo consiguió frotarse contra su erección.

Se le escapó un gemido de deseo.

«¡Más!».

—¿Estás mojada, pequeña? —no le pidió permiso, le agarró las dos muñecas con una sola mano y con la otra le subió la camisa y el sostén, para poder verle y tocarle los pechos. Tenía los pezones rosados y duros, llamándolo a gritos.

—No —dijo, pero los dos sabían que mentía—. No estoy mojada, no, no.

Le chupó un pezón y luego el otro. Sienna volvió a gemir, esa vez con más fuerza, y comenzó a mover las caderas. Él siguió chupando hasta que no aguantó más y coló la mano que tenía libre por debajo de los pantalones y de las braguitas, directa a esa humedad que ella se esforzaba en negar. Sienna pegó un bote en el colchón al sentir sus dedos.

«Sí, sí, sí».

Un dedo, luego dos y luego tres. Los hundió en su calor, tan hondo como pudo.

—Paris... yo... ¡Ahh, sí!

—Eso es —sentía la cálida humedad en la mano, abrazándolo a la perfección también así—. Antes, cuando me chupaste, yo quería hundir la cara entre tus piernas y sigo queriendo hacerlo. Voy a hacerlo muy pronto y entonces me beberé todo este jugo que sale de tu cuerpo.

—Paris... me voy a... ya estoy a punto —cerró los ojos con fuerza—. Suéltame las manos. Yo también quiero tocarte. Necesito hacerlo.

—Ya lo estás haciendo con tu cuerpo. Pequeña, me la has puesto dura mucho antes de rozarme siquiera.

—¿Sí?

—Claro. ¿Sigues enfadada conmigo?

—Sí, pero no pares.

—Tengo que hacerlo. Tengo que darte algo más —retiró los dedos antes de que alcanzara el clímax, lo que la hizo protestar—. Tengo que darte algo mucho mejor.

Los dos tenían la respiración acelerada, la necesidad se había apoderado de ambos. Paris se sentía ebrio de pasión, le ardía la sangre y apenas podía pensar.

Le bajó los pantalones y las braguitas solo lo justo. Después se abrió la cremallera de los suyos, pero no perdió el tiempo en bajárselos. No podía hacerlo. En cuanto su pene quedó libre, lo puso sobre el sexo húmedo de Sienna. Ella apenas podía abrir las piernas, así que cuando la penetró, su cuerpo lo apretó con fuerza, como si no quisiera volver a soltarlo.

Lanzó un grito de placer que a él lo volvió loco.

Cada vez que embestía, le rozaba el clítoris con la pelvis y ella gemía cada vez con más fuerza. Las palabras que salían de su boca ya no tenían sentido, eran puro deseo. Puro sexo. Paris sentía los testículos apretados, golpeándose contra sus muslos. Sentía también sus pezones, frotándole el pecho y la fricción le provocaba un torbellino de sensaciones. Satisfacción, necesidad, lujuria.

Le agarró la cara con la mano que aún tenía libre, pues con la otra aún le tenía agarradas las muñecas.

—Mírame —le pidió al tiempo que bajaba un poco el ritmo.

Sienna tardó unos segundos, pero finalmente lo hizo. Tenía los ojos encendidos, las pupilas dilatadas.

—No has acabado conmigo. ¿Me oyes? No has acabado. Tú eres mía.

—Yo... —otro grito, levantó las caderas hasta levantarlo también a él y hacer que se hundiera en ella aún más de lo que parecía posible.

Sexo gritó también, arrollado por un placer tan increíble.

Paris estalló. El orgasmo salió disparado de sus testículos, por toda su erección y se coló dentro de ella, llenándola con su semilla. Fue tan intenso que vio las estrellas.

Cuando por fin acabó, abrió los ojos y encontró a Sienna derrumbada sobre el colchón. Debía de estar aplastándola, así que rodó sobre la cama, pero como aún no había salido de ella, la arrastró consigo. Quedó acurrucada sobre su pecho, con la cara apoyada en el hueco de su cuello.

Hubo un largo silencio durante el cual fueron recuperando la respiración y sus corazones se fueron calmando. En ese silencio, Paris tuvo que admitir una gran verdad: jamás había experimentado nada igual con ninguna otra persona, ni lo haría nunca. No quería hacerlo nunca con nadie que no fuera ella.

—Nunca he tenido genio —murmuró ella.

Paris le acarició la espalda suavemente.

—Pues está claro que ahora sí lo tienes.

Ella le dio un mordisquito en el cuello. Sexo no reaccionó, se había quedado dormido.

—No deberíamos haberlo hecho.

—Quería calmarte y lo he conseguido. El misionero ha triunfado.

Otro mordisco.

—Lo que quería decir era que no deberíamos haberlo hecho enfadados.

—No he podido contenerme —reconoció Paris—. Me ha gustado ese ataque de genio.

—Sí, ya lo he visto. ¿Hay alguna postura en la que no lo hagas bien? Empiezo a tener complejo.

—Si la hay, ¿me ayudarás a practicarla hasta que me salga igual de bien que las demás?

—Lo haremos tantas veces que acabarás perdiéndote el respeto a ti mismo.

Paris se echó a reír. No pudo evitarlo, estaba... feliz. Hablaban como si fueran amigos. Eran amigos.

—No iba a acostarme con la diosa —le dijo entonces—. Te lo juro. Nunca me acostaría con ella.

Sienna le dio un beso en el pecho, justo encima del corazón.

—No hagas eso. No prometas ese tipo de cosas porque, por muy celosa que estuviera... y sí, estoy reconociendo que he sufrido un ataque de celos, prefiero que te acuestes con miles de mujeres como esa a que pierdas las fuerzas y mueras.

Paris sintió una presión en el pecho. Se salió suavemente de su cuerpo, ambos gimieron al separarse, después la desnudó y se desnudó él, dejó la pistola en la mesilla y el puñal bajo la almohada y volvió a abrazarla, pero no sin antes darle un beso en cada pezón.

—Quiero que hablemos de ello y de por qué estabas tan enfadada, porque sé que hay algo más aparte de la diosa —le dijo—. Pero antes quiero decirte unas cuantas cosas y quiero que tú me hables de ti. Quiero conocerte mejor —en todos los sentidos.

No se levantarían de la cama hasta que hubiese conseguido que desnudara también su alma.

—De acuerdo.

—Susan Dille —comenzó a decir él—. Sentí algo por ella. Quería que las cosas funcionaran entre nosotros, pero estaba muy débil y al final me di por vencido y me acosté con otra. Ella se enteró y a partir de entonces todo empezó a estropearse. No quiero que me pase lo mismo contigo.

—¿Por qué soy distinta? —susurró Sienna—. Quiero decir, ¿por qué puedes estar conmigo más de una vez?

—Yo también me lo he preguntado y he llegado a la conclusión de que es porque el deseo que siento por ti es más fuerte que mi demonio.

—Paris... Es lo más bonito que me han dicho nunca.

—Me alegro. Bueno, es hora de que confieses. Empieza a hablar.

Capítulo 38

−Yo... mmm −fue todo lo que dijo Sienna.

−Vamos, pequeña −Paris le pasó las manos por el pelo−. Sé que tengo una personalidad horrible y un aspecto espantoso, pero ayúdame a conocerte mejor.

Sienna se echó a reír.

−No estoy de acuerdo con lo del aspecto espantoso.

−¿Pero con lo de la personalidad sí? Vaya, me ha dolido.

Respondió con una carcajada mayor.

−No creo que esto te ayude demasiado, solo a saber lo tonta que soy. Una vez intenté taparme las pecas con autobronceador y acabé pareciendo una zanahoria podrida.

−A mí me encantan tus pecas, tengo la fantasía de pasar la lengua por todas y cada una de ellas. Quiero más secretos −estaba ansioso por conocerlos todos.

Hubo una larga pausa y, cuando Sienna volvió a hablar, ya no había ni rastro de comicidad en su voz.

−El tipo con el que me iba a casar, bueno, iba a tener una hija con él, pero... −un escalofrío la hizo estremecerse−. La perdí. Perdí a mi pequeña y, después de eso, me vine abajo y él se marchó. Me trasladaron a otra división de los Cazadores.

−Sienna, lo siento mucho, pequeña.

Tenía los ojos llenos de lágrimas, pero parpadeó hasta hacerlas desaparecer.

Nadie llegaba a recuperarse del todo de algo tan doloroso.

—Nunca me permito pensar en ella. Seguramente no esté bien, pero...

—Pero así puedes sobrevivir y seguir adelante. ¿Cómo se llamaba? —estaba seguro de que Sienna ya habría pensado un nombre para la pequeña.

Hubo otra pausa más breve.

—Rebecca Skye.

Paris recordó que Sienna le había preguntado si quería tener hijos algún día. Probablemente ella habría querido tener otro, aunque la herida de haber perdido a la primera nunca se cerraría. Pero los no muertos no podían tener hijos, lo que no sabía era si podían adoptar, quizá a algún niño con habilidades especiales. Anya había recorrido el mundo salvando a dichos niños de los Cazadores. Sienna sería una madre magnífica; cariñosa y feroz con cualquiera que intentara hacer daño a su prole.

—Seguro que está en el Cielo. No en el de Cronos, ni este, aunque no sé si esto es el Cielo, ni tampoco en el de Zacharel. Nunca se lo he contado a nadie, pero cuando morí, supe que había un lugar maravilloso en el que pasar la eternidad y otro terrible. Puede que Cronos sea mi lugar terrible, pero seguro que Rebecca está en otro sitio mejor, en el que reine un dios mucho mejor que Cronos y que la Deidad de Zacharel. No sé... Bueno, ahora quiero hablar de otra cosa, de algo más alegre.

Paris estaba dispuesto a darle esa alegría, aunque le habría gustado hacerle miles de preguntas sobre ese «lugar mejor», sobre su dolor y sus sueños.

—Me gusta ver películas románticas, de aventuras, de miedo, cualquier cosa que no tenga subtítulos. Esas cosas intelectualoides son un aburrimiento.

Después de oír una explicación tan encantadora, Paris

le puso la mano en el trasero, el trasero más maravilloso del planeta, y se dio cuenta de que otra vez estaba excitado.

–Cuéntame más cosas –le pidió ella–. Yo también quiero saber cosas de ti.

–Te contaré todo lo que quieras saber –aseguró con total sinceridad.

–Tus amigos y tú... estáis muy unidos.

Esos mismos amigos le habrían dicho que Sienna intentaba sonsacarle información que luego podría utilizar contra él. Pero Paris sabía que no era así.

–Nos crearon juntos. Somos una familia.

–¿Os crearon?

–Sí. Zeus nos hizo con la sangre de sus mejores guerreros, acero, instintos y alguna cosa más.

–¿Entonces no tenéis padres ni madres?

–No.

–Lo siento. Tener familia de sangre no siempre es un lecho de rosas, pero suele ser reconfortante. Siento que no la hayas tenido.

–Supongo que eso ha hecho que estemos aún más unidos, aunque a veces sí que me he preguntado cómo habría sido. Después siempre pienso que todos ellos morirían por mí y me doy cuenta de que tengo todo lo que necesito.

–No es habitual que haya alguien capaz de morir por uno. Y si tienes a más de una persona, entonces es genial.

–Sí.

–Me alegro. En realidad es mejor que una familia.

Parecía triste.

–¿Tú no tienes a nadie así?

–No. Nunca lo he tenido.

Eso le rompió el corazón a Paris. «Yo moriría por ella», pensó. «Me lanzaría sobre una espada por ella».

–Ahora soy yo el que lo siento. Tú moriste por mí, y

sin embargo yo... –vaya, no habían sido las palabras más acertadas.

Esperaba que Sienna se pondría en tensión, pero no fue así.

–Es cierto. Tienes mucha suerte.

No se había ofendido, más bien parecía estar bromeando. Eso hizo que a Paris volviera a rompérsele el corazón por ella.

–Cuando nos conocimos, me dijiste que estabas escribiendo una novela romántica –le recordó él–. Incluso tenías unas cuantas páginas, se te cayeron al chocar conmigo. ¿Era cierto? ¿Las habías escrito tú? Cuando me desperté y me di cuenta de que estaba encerrado, di por hecho que sería todo mentira, pero ahora que te conozco mejor, no estoy tan seguro.

–Las había escrito yo, sí. Me encantan las novelas románticas y es cierto que quería escribir una. Puede que algún día lo haga. Pero no creo que haya una editorial para autores no muertos.

–Bueno, ya tienes un lector. Me encantaría leer lo que has escrito y lo que escribas más adelante. ¿Me dejarás hacerlo?

Sienna se pasó la lengua por los labios, rozándole la piel también a él.

–¿Alguna vez... te has enamorado? –le preguntó, sin responder a lo que él le había pedido.

Paris lo dejó pasar.

–Una vez creí haberlo hecho, pero no salió bien. Alguna otra vez me quedé con alguna mujer después de haberme acostado con ella porque quería algo más. Incluso alguna vez he salido con mujeres sin acostarme con ellas, con la esperanza de tener una relación, pero entre medias tenía que acostarme con otras y eso hacía que me sintiera culpable y dejara de verlas hasta que desaparecía el sentimiento de culpa.

–Lo siento.

—No lo hagas. No es culpa tuya.
—Supongo que el hecho de que los Cazadores pongan en peligro a todos los que quieres no ayuda mucho.
—No, es cierto.
—¿Cómo llevas eso, el que siempre haya alguien persiguiéndote?
—No es fácil, no voy a mentirte. A veces llevamos las cosas al límite con las drogas, el alcohol, el sexo o el vicio que sea, pero siempre seguimos adelante y cuidamos los unos de los otros —sintió la tentadora caricia de su respiración—. Últimamente nos hemos vuelto bastante normales, con historias de amor y todo, mientras nos defendemos de nuestros enemigos, claro.
—Los Cazadores... a la mayoría les han lavado el cerebro. Nos dicen una y otra vez lo malos que sois, que todas las crueldades e injusticias que hemos sufrido son culpa vuestra y que nuestras vidas serían perfectas si desaparecierais. Nos muestran imágenes horribles de torturas, enfermedades y muertes. Van siempre directos a las debilidades de cada persona. En mi caso era mi hermana, por eso me decían que nadie secuestraría niñas pequeñas si no hubiera demonios.
Primero había perdido a su hermana y luego a su hija. Paris la abrazó fuerte.
—Siento mucho lo que le ocurrió —y que hubiera tenido que sufrir tanto en su cortísima vida, un sufrimiento al que él había contribuido—. Debería habértelo dicho la primera vez que me hablaste de ella, pero...
—Pero aún no nos fiábamos el uno del otro.
Le dio un beso en la sien.
—Siempre hemos sabido que los Cazadores nos observaban. Supongo que por eso sabías ese día que yo estaba en Roma y qué droga tenías que utilizar conmigo.
—Lo supe por Dean Stefano, mi jefe, a él se lo dijo Galen y a Galen, seguramente, Rhea, la esposa de Cronos. Es curioso, pero hasta después de morir, nunca comprendí bien esa cadena de mandos.

Paris se dejó llevar y le dio otro beso en la sien. Otra vez estaban hablando de cosas serias y a él no le importaba, pero no quería ir contra sus deseos.

—Voy a cambiar de tema, ¿te parece bien?

—Sí, por favor —respondió ella con evidente alivio.

—Sé que no has estado casada, pero, aparte del imbécil ese que te dejó... ¿alguna vez has querido casarte? —intentó preguntárselo como si no le importara demasiado, pero no pudo ocultar cierta ansiedad.

Ella reaccionó con sorpresa y Paris no sabía si eso era bueno o malo. Se sentó de golpe en la cama y apretó esos labios rojos que él había besado hasta hacerlos inflamar.

—Yo...

Tenía que ser valiente.

—Quiero que te cases conmigo —le dijo de golpe. Quería que estuviese unida a él igual que lo estaba él a ella, en mente, cuerpo y alma.

—Paris...

—No digas nada todavía —le pidió al tiempo que le pasaba la mano por el pelo—. Piénsalo —en el fondo lo que ocurría era que no quería volver a hablar de separarse de ella.

No iban a separarse, no había más que decir al respecto. No iba a dejarla escapar y estaba seguro de que tampoco iba a engañarla. Por mucho esfuerzo que le supusiera.

De ahora en adelante, su sexo solo tendría un hogar. Por supuesto que habría problemas y dificultades de todo tipo. Seguramente más de las que podía imaginar, pero prefería enfrentarse a dichos problemas con ella a estar sin ella y vivir plácidamente.

—Tengo que decirte algo —dijo Sienna en un susurro y con el gesto de derrota de nuevo en el rostro—. Te he mentido. No voy a matarla y él sí que puede manipularme. Si no, acabaréis todos muertos y no puedo permitirlo.

—¿A quién no vas a matar? ¿Quién puede manipularte? Cuéntamelo y yo lo solucionaré todo.

–No puedes. Rhea... ella... Cuando se llevaron a mi hermana, estábamos bañándonos en la piscina del barrio. Mi madre siempre nos decía que no fuéramos solas, pero yo tenía catorce años y creía que podía con todo. Skye tenía muchas ganas de bañarse, así que, en lugar de ir al parque, como le dijimos a mi madre, fuimos a la piscina. Ese día estaba llena de gente, yo tuve que ir al baño y, cuando volví, vi que se la llevaba alguien que yo no conocía. La gente debió de pensar que estaba teniendo una rabieta porque nadie hizo nada para impedir que se la llevaran contra su voluntad y yo no pude alcanzarlos.

Paris abrió la boca para intentar consolarla, para decirle que no había sido culpa suya, que aunque hubiese mentido a su madre, no había sido ella la que había secuestrado a una niña inocente, pero no llegó a decir nada porque ella no había terminado de hablar.

–Hoy me he enterado de que todos estos años, Skye estaba viva. Hasta hace poco, que la asesinaron. Rhea la mató. Si la hubiera encontrado antes, habría podido impedirlo, pero no lo hice y ahora tengo que vivir sabiendo que ella... que yo no... –estaba farfullando, las palabras salían de su boca como si llevaran atrapadas mucho tiempo y ahora necesitaran liberarse.

Paris se moría de dolor por ella, un dolor que jamás había sentido. Estaba dispuesto a hacer cualquier cosa por ella.

–Sigue, pequeña. Cuéntamelo todo.

La vio estremecerse, pero respiró hondo y prosiguió con valentía.

–Cronos me había dicho que Galen tenía prisionera a Skye, después me dijo que en realidad no sabía dónde estaba y luego me mostró su cuerpo sin vida y cubierto de sangre.

Paris sabía lo vil que podía ser Cronos, pero aquello era demasiado. Tenía que darle su merecido muy pronto. No era de extrañar que Sienna hubiese aparecido en el castillo tan disgustada.

–Lo siento muchísimo, pequeña. No sabes cuánto desearía aliviar tu dolor –por fin le dijo lo que quería que supiese–. Todo esto no es culpa tuya. Tú no eres responsable de lo que hacen los demás, nunca lo has sido ni lo serás jamás. Pero sé que es muy doloroso y, hagas lo que hagas al respecto, yo quiero ayudarte.

–Cronos quiere que espíe a Galen y que... que esté con él.

–¿Cuando dices «estar con él», te refieres a estar con él sexualmente?

Ella asintió, avergonzada, pero también un poco resignada, como si creyera que no merecía nada mejor.

–El que hayas considerado hacerlo me hace pensar que quieres castigarte –dedujo él–. Por lo que me hiciste a mí y por lo que crees que permitiste que le ocurriera a tu hermana.

Sienna lo miró fijamente, con obstinación.

–Es posible.

–Pensemos qué otras cosas has hecho y veamos si mereces semejante castigo. Luchaste por una causa en la que creías. Te acostaste con un hombre por el que te sentías atraída a pesar de todo. Salvaste a ese hombre cuando podrías haberlo dejado morir lenta y dolorosamente.

Sienna apretó el puño y esa vez lo hizo bien.

–Te dije que te odiaba justo antes de morir.

–Todas las parejas se dicen cosas que realmente no sienten cuando discuten.

–¡Pero yo sí lo sentía! Y antes de eso, te drogué.

–Sí, y yo tenía intención de acostarme contigo y luego abandonarte como había hecho con miles de personas. ¿Y sabes una cosa? En ese momento no me parecía que hiciera nada malo. Me gustaban las mujeres y sin embargo las utilizaba, pero pensaba que tenía todo el derecho del mundo a hacerlo. Necesitaba que alguien me abriera los ojos y tú lo hiciste.

–No, tú...

—No busques excusas. Has visto todo lo que he hecho y sabes que lo que digo es cierto.

—¿Estás diciendo que no me guardas ningún rencor? —resopló como si le pareciera imposible.

Paris la agarró del pelo y la miró a los ojos.

—Lo que te estoy diciendo es que te adoro.

Una vez más, Sienna se quedó muda durante unos segundos, completamente atónita.

—¿Me adoras? —le preguntó por fin con apenas un hilo de voz.

—Sí, has oído bien.

La brusquedad con la que respondió la hizo suspirar, algo que le sorprendió y lo excitó al mismo tiempo.

—Olvida lo que he dicho antes. Eso es lo más bonito que me han dicho nunca.

—¿Tú no tienes nada que decir? —la presionó ligeramente, intensificando el juego.

—Sí. Cronos dice que la única manera de evitar que tus amigos y tú muráis es que yo esté con Galen.

No, no. Galen había sido su compañero de aventuras mientras vivían en los Cielos. Paris había admirado su frialdad, su capacidad para hacer lo que fuera necesario para salirse con la suya. Incluso habían compartido algunas mujeres, a veces al mismo tiempo.

Entonces no le había importado, pero ahora sí. Y no solo porque Galen se hubiese convertido en su mayor enemigo, sino porque Sienna era suya y solo suya.

—No vas a irte con Galen —de ninguna manera, por nada del mundo. Paris prefería morir antes que permitir que ocurriera—. Solo para que lo sepas, parece ser que hoy mis amigos han acribillado a balazos al guardián de la Esperanza, así que no creo que sirva para mucho en estos momentos.

—Pero se recuperará y entonces... —se lo contó todo. Le habló de la Sala de los Futuros, de los cuadros, de los tres destinos posibles del mundo.

Era mucha información para asimilarla tan rápido, pero nada de eso cambiaba lo que pensaba sobre que Sienna fuese en busca de Galen y se convirtiese en su amante.

—Tenemos tiempo —le aseguró—. Encontraremos una solución. Pase lo que pase, tú no vas a irte con él. Eres mía y solo mía. Y yo soy tuyo. Jamás volveré a acostarme con otra persona. ¿Comprendes? Nunca más. Tú eres la definitiva y no habrá nadie más. Sienna, quiero que estés siempre conmigo.

Mientras lo escuchaba, Sienna se quedó boquiabierta.

—No digas esas cosas.

—Pequeña, voy a hacer mucho más que decirlo, voy a jurarlo con mi propia sangre —agarró el puñal de debajo de la almohada, pero Sienna se lo arrebató rápidamente y lo tiró al suelo y, en cuanto se dio cuenta de que intentaría agarrar el suyo, hizo lo mismo, para después tirar también la pistola que había dejado en la mesilla.

Pero lo más sorprendente de todo fue que a Paris no le molestó que lo hiciera. Solo quería impedir que se hiciera daño y estaba dispuesta a sacrificar su propia felicidad por él.

—¿Estás desafiándome? —le preguntó él. Tenía las alas desplegadas, tapando el resto de la habitación, y el cuerpo, completamente desnudo, apretado contra él. Podía sentir la humedad de su sexo—. Creo que acabas de desafiarme.

—No.

—Debes saber que si le quitas las armas a un hombre, es como si le dieras un rodillazo en las pelotas. Debes atenerte a las consecuencias —se movió tan rápido que Sienna no pudo resistirse. La tumbó boca arriba, se colocó encima y la penetró.

Sin preliminares. Sexo puro y duro en su versión más salvaje. Pero ella estaba muy mojada, así que fue fácil.

—¡Paris!

—Aquí me tienes, pequeña.
—¿Así es como tratas tú a los que te desafían? —le preguntó entre jadeos.
—Solo a ti.
El gemido de placer que salió de sus labios quedó flotando en el aire, mezclado al suspiro de felicidad de Paris. Cuando terminara con ella, no le cabría ninguna duda de que no podría estar con otro hombre que no fuera él, porque no iba a dejar ni un milímetro de su cuerpo sin explorar.

Capítulo 39

Galen apareció en el centro de la habitación y Legion se encogió aún más en el rincón sombrío en el que se había refugiado. Llevaba allí más de una hora, tras haber llegado siguiendo las indicaciones que le había dado él. No tenía ni idea de cómo era el resto del lugar porque no había tenido el valor de salir de aquella habitación. Y, afortunadamente, tampoco había entrado nadie.

Aunque había tenido ganas de hacerlo, ni siquiera se había atrevido a recorrer el resto de la habitación. Había montones de monedas de oro, joyas resplandecientes y armas antiguas, unas armas con las que no podría herir a su captor, así que, ¿para qué quería verlas?

Galen había sustituido la túnica blanca con la que lo había visto en el templo por otra roja. Una túnica empapada que no dejaba de gotear. En el aire había un olor metálico. Fue entonces cuando se dio cuenta. La túnica no era roja, estaba empapada en sangre.

De pronto lo vio caer al suelo. Tenía las alas desgarradas y aún llevaba flechas y puñales clavados en el pecho.

Toda esa sangre...

«Manos que la agarraban de los pechos y de los muslos. Dientes que la mordían, garras que le sacaban los ojos, algo duro entre las piernas. Risas, muchas risas. Grilletes en las muñecas y en los tobillos».

Sintió el amargor de la bilis en el estómago y después en todo el cuerpo. Tuvo que taparse la boca con la mano, con una mano temblorosa. Nunca se libraría del recuerdo del tiempo que había estado en el Infierno, pero había veces que la invadía por completo y la arrastraba a otra clase de infierno. Un infierno de humillación, degradación, impotencia y horror.

–¡Fox! –gritó Galen con la voz rota–. Te necesito.

Legion debió de lloriquear al oír el grito porque Galen miró hacia donde se encontraba ella. Tenía los ojos rojos y las mejillas manchadas. ¿Acaso iba a mirar mientras ese «Fox» le hacía cosas?

La expresión de su rostro se suavizó un poco, solo un poco, pero lo suficiente para frenar la histeria que se sentía en el aire.

–Si te parece que tengo mal aspecto, deberías ver cómo ha quedado el otro.

Legion sintió un ápice de esperanza. La esperanza de que hubiera algo mejor, un futuro con el hombre que tenía delante. El pánico la invadió de nuevo y, aunque luchó contra él con todas sus fuerzas, acabó por hacer desaparecer ese frágil hilo de esperanza.

–No me hagas daño, por favor –le suplicó.

Él frunció el ceño.

Se oyeron unos pasos afuera antes de que se abriera la puerta y apareciera una mujer de cabello negro y rasgos marcados. Era atractiva, tenía un aire majestuoso y los ojos de un extraño color, mezcla de azul y oro.

Pero su piel no tenía buen aspecto, tenía magulladuras en la cara y, aunque llevaba una pistola en las manos, estaba temblando. Enseguida encontró a Legion y apuntó hacia ella.

«Sí», pensó Legion con repentino alivio. «Por fin el final de todo».

–¡No! –Galen se interpuso en la trayectoria de la bala a pesar de todas sus heridas.

La chica, ¿Fox?, retiró el dedo del gatillo y bajó el arma.

Legion sintió el peso de la decepción en los hombros. Quizá debería haber acabado con su vida hacía mucho tiempo. ¿Por qué no lo había hecho? Ya no lo sabía, no lo recordaba.

—No le hagas daño —ordenó Galen con ferocidad—. Jamás.

La confusión se unió a la decepción. ¿Acababa de defenderla?

—¿Ha sido ella la que te ha hecho eso?

—No. Ayúdame a llegar a la cama.

Fox no apartó la mirada de ella en ningún momento, una mirada llena de odio que no la abandonó mientras acostaba a Galen cuidadosamente.

¿Serían amantes?

—Trae las herramientas y sácame toda esta porquería —le pidió Galen, que estaba visiblemente débil.

Fox le lanzó una mirada de advertencia a Legion antes de salir de la habitación.

—¿Crees que te obedecerá? —le preguntó Legion—. ¿Sobre lo de hacerme daño?

Los ojos azules como el cielo de Galen se posaron en ella, adoptando de nuevo ese aire sensual que a Legion no le pasó por alto.

—Sí. Yo soy el único por el que debes preocuparte.

Eso quería decir que pensaba torturarla personalmente. Legion no tenía la menor duda de que lo haría.

«Algo que le desgarraba la piel, un aliento fétido en la cara y luego en el pecho».

Se echó los brazos alrededor del vientre. «Distráete», se dijo a sí misma.

—¿Eso te lo han hecho los Señores?

—Sí —respondió de nuevo—. Tal y como te prometí, los he dejado marchar sin hacerles nada.

—Gracias —otra de las cosas que nunca la abandonaba era la constante preocupación por ellos.

Hubo un largo silencio durante el que volvieron a descontrolársele los pensamientos. De pronto se imaginó qué sería de ella en cuanto Galen se hubiese recuperado.

—¿Por qué los odias tanto? —le preguntó para romper el silencio.

—No los odio —apoyó los codos en las rodillas—. Solo intento protegerme.

—¿Por qué?

—¿Quién lo hará si no? Pero ya está bien de hablar de mí. ¿Qué te ocurrió en el Infierno?

Sintió que la sangre la abandonaba, dejándola pálida y helada.

—No puedo hablar de ello. No me obligues a hacerlo, por favor.

Galen la miró, reflejando en su rostro distintas emociones. Furia, arrepentimiento, esperanza, celos y furia de nuevo.

Fox no tardó en volver con una bolsa negra en la mano. Legion se apretó las rodillas contra el pecho, tratando de ocupar lo menos posible, para convertirse en un blanco diminuto. Pero parecía que la muchacha no quería seguir intimidándola; estaba completamente centrada en Galen.

Le cortó la túnica y lo observó detenidamente.

—Te va a doler mucho.

—No me importa. Haz lo que tengas que hacer.

Mientras trabajaba, Legion le miraba la nuca. Quizá porque Galen no dejaba de mirarla a ella como si quisieran colarse debajo de su piel y llegar hasta su alma.

Notó que Fox estaba poseída por algún demonio; era algo que Legion percibía después de haber crecido entre los oscuros señores del Infierno. Podía sentir el mal dentro de ella y su... desconfianza. Sí. Eso era lo que sentía.

Desconfianza. El más fuerte entre los fuertes, con muchos sirvientes que lo ayudaban. Legion era sirviente de los Conflictos, un demonio con el que siempre había luchado la Desconfianza. Pero la Desconfianza no estaba en buenas condiciones. Ahora comprendía que la chica tuviese la piel grisácea y el rostro magullado. Debía de tener que luchar constantemente con el demonio para no acabar completamente loca.

—¿Quieres contarme lo que ha ocurrido? —le preguntó Fox.

—No —respondió Galen de inmediato—. No quiero hacerlo.

—Hazlo de todos modos. Te fuiste a Roma con los Innombrables a buscar la Capa, no he sabido nada de ti durante cuatro semanas. Creía que habías muerto. Y de pronto vuelves medio muerto.

Le había retirado todos los proyectiles y estaba limpiándole la sangre del pecho. Después le cosió las heridas, devolviendo cada trozo de piel a su lugar y recomponiendo los tatuajes que lo adornaban. Una mariposa en el pecho izquierdo y otra en el derecho.

¿Dos mariposas?

Legion levantó la mirada hasta sus ojos. Él seguía observándola, como retándola a decir algo. Pero Legion cerró la boca y guardó silencio.

—Conseguí la Capa, secuestré a la mujer de Maddox y la cambié por esta otra —dijo señalando a Legion—. Oye, ¿no podrías al menos tratar de parecer una mujer?

—Pues vaya. ¿Por qué esta? —preguntó Fox con desprecio.

—No te preocupes por ella. Es mía y no va a hacerme ningún daño. ¿Verdad, Legion?

«Ojalá pudiera». Meneó la cabeza.

—Dilo. Dilo con palabras.

Sintió un escalofrío.

—No voy a hacerte daño —no podría aunque quisiera. Aunque la atara y la... Otra vez la bilis.

—Porque voy a ordenarte que cuides de mí y vas a obedecerme —no era una pregunta.

—Sí —susurró ella de todos modos.

—Cálmate —le pidió Fox—. Tienes el pulso acelerado y eso hace que sangres más.

A Legion le sorprendía que la muchacha le hablase con tanta libertad y, sobre todo, que Galen no hiciera nada al respecto. Debía de gustarle mucho esa mujer, pensó con... ¿celos?

Imposible. No quería absolutamente nada con Galen. ¡Nada! Lo odiaba por lo que les había hecho a Aeron y a Ashlyn.

Una vez lo hubo vendado, Fox lo tapó bien y se quedó a su lado, acariciándole la cabeza.

—No le hagas nada —le pidió Galen antes de dejarse llevar por el sueño.

Fue entonces cuando Fox se volvió hacia Legion y le lanzó la mirada más diabólica que había visto nunca... y había estado con el mismísimo diablo.

—Puede que Galen piense que eres suya, muchachita, pero él es mío y yo protejo y defiendo con uñas y dientes lo que es mío. Hazle el menor daño y ni siquiera él podrá impedir que me vengue de ti como mereces.

Capítulo 40

Cronos entró en cólera al descubrir que los Señores habían encontrado su escondite, el Reino de Sangre y Sombras, donde tenía encerrados a Sienna y a los tres guerreros poseídos. Habían invadido su castillo privado. Todos excepto Torin, el guardián del demonio de la Enfermedad, que se había quedado en la fortaleza de Budapest después de negarse a que Lucien lo teletransportara. Le había dicho que era demasiado arriesgado, por mucho que fuese cubierto de pies a cabeza con prendas de protección.

Solo con tocarle la piel, Lucien se contagiaría de la enfermedad que corría por las venas del otro guerrero. Torin siempre ponía a sus amigos por delante incluso de sí mismo, una actitud que Cronos no comprendía ni respetaba. Pero esa vez le recordó al rey de los Titanes que había una manera de inclinar la situación a su favor.

Torin haría cualquier cosa por poder tocar a una mujer sin hacerle daño; incluso aceptar un regalo que no era un regalo. Un regalo que era en realidad una condena de muerte. Un regalo que serviría, además, para estropearle los planes a Rhea. Pero claro, él no lo sabría, pensó Cronos con una sonrisa en los labios.

A diferencia de Lucien, Cronos no necesitaba tocar a alguien para moverlo, solo con decir una palabra, Torin apareció frente a él.

Con un puñal en cada mano, el guerrero miró a un lado y otro en busca del culpable de su repentino viaje. Al ver a Cronos, se quedó inmóvil, aunque sus ojos siguieron examinando el lugar, fijándose en todos los detalles y buscando las posibles salidas.

A su alrededor se extendía un enorme campo de ambrosía que inundaba el aire del dulce aroma de los pétalos violetas que brillaban bajo el sol.

—Cronos —dijo Torin con un leve movimiento de cabeza. Si le molestaba o le causaba algún otro tipo de emoción el que lo hubiesen sacado de la fortaleza por primera vez después de siglos, no dio muestra alguna.

Mientras lo miraba, a Cronos se le pasó por la cabeza que todos sus problemas se debían a la indulgencia que había mostrado con los Señores. Daban órdenes y esperaban que él obedeciera, pero cuando era él el que daba las órdenes, se negaban a hacer lo mismo, a veces abiertamente y otras de manera más solapada. Su error había sido intentar convertirse en uno de ellos; debería haberles demostrado el poder que tenía y las consecuencias que conllevaba el desafiarlo. No era amigo suyo, jamás lo sería. Era su rey, su señor.

Y estaba a punto de demostrárselo.

—¿Me has llamado?

Ah, sí, claro que iba a demostrárselo. Cronos observó detenidamente al guerrero que iba a utilizar. Torin tenía el pelo blanco, un cabello que enmarcaba un rostro extraordinario que cualquier humano que tuviera la mala suerte de verlo desearía el resto de su vida; unos ojos verdes con un brillo pecaminoso y unos labios que nunca habían sentido el sabor de una mujer.

—Acompáñame —le ordenó, esperando que obedeciera.

Y así fue. Echaron a andar por el campo, las hojas les acariciaban las piernas mientras Cronos barajaba los pros y los contras de su decisión.

—Bueno, ¿qué pasa?

El descaro de Torin lo enervaba, pero prefirió no decir nada, al menos por el momento.

—Tengo una tarea para ti.

—Tú y tus tareas —gruñó el guerrero—. Torturar, matar, reunir a mis compañeros y mandarlos a lugares peligrosos... siempre igual. Cuéntame de qué se trata esta vez. Seguro que me volverá loco.

—Ese tono.

—El mío.

«Cálmate».

—Pues no vuelvas a utilizarlo si no quieres quedarte sin lengua.

Silencio.

Mejor así.

—Enfermedad, hoy voy a hacerte un regalo. El mayor tesoro que tengo. A pesar de la actitud tan decepcionante y ofensiva que estás mostrando hacia mí.

Lo vio menear la cabeza.

—Está bien, morderé el anzuelo. ¿De qué se trata?

—Mi... Llave de Todo —le fastidiaba tener que hacerlo después de lo que le había costado conseguirla.

—Estupendo, pero no tengo la más mínima idea de qué es eso.

Por supuesto. Cronos había matado a todos aquellos que lo sabían, excepto a cuatro. ¿Quiénes eran esos cuatro? Anya, diosa menor de la Anarquía y antigua propietaria de la llave, su padre, Tártaro, que se la había dado a ella, Lucien, que conocía todos y cada uno de los secretos de Anya, y Reyes, que una vez se había atrevido a encadenar a Cronos para negociar la libertad de su mujer. Esos cuatro seguían con vida solo porque le eran de utilidad, pero todos ellos sabían que, si alguna vez hubiesen hablado de la llave, le habría dado igual que le fueran útiles y habría acabado con ellos.

—Es una llave que lo abre todo, puertas, celdas, maldiciones. Todo. Nada podrá retenerte. Y si alguien intenta quitártela, morirá –eso no significaba que Torin pudiera librarse de su demonio, pues estaban unidos, eran las dos mitades de un solo ser, no podían vivir el uno sin el otro.

–Suena bien, pero, ¿por qué yo?

Porque Torin pasaba mucho más tiempo solo que con sus amigos. Porque nunca se enamoraría, ni lo traicionaría desvelando sus secretos a una mujer mientras estaban en la cama, algo que le había ocurrido a Cronos más veces de las que habría deseado.

–Si hablas a alguien de este regalo –continuó diciendo, sin dignarse a responder a su pregunta–, os mataré, a ti y a la persona a la que se lo hayas contado. Si intentas regalarla, te mataré a ti y a tus seres queridos. Y cuando te pida que me la devuelvas, lo harás sin titubear. Un segundo de duda, solo un segundo, y haré algo más que matar a tus seres queridos, les aplicaré torturas que ni imaginas.

Torin no dejó de caminar en ningún momento.

–Bueno, gracias por pensar en mí, pero prefiero comer piedras.

Con un simple pensamiento, Cronos le lanzó un golpe de energía a las sienes que lo tiró al suelo y lo hizo retorcerse de dolor. Enseguida empezaron a sangrarle los oídos.

Cronos se inclinó sobre él y le preguntó.

–¿Qué decías? –un movimiento de mano y el dolor desapareció.

Torin se quedó en el suelo, jadeando, empapado en sudor.

–Que me encantan las piedras, gracias por el bocado.

Cronos apretó los labios. Controlar a los Señores requería sin duda alguna más esfuerzo del habitual, pues sus tácticas de siempre no funcionaban con ellos. Sonreían cuando les hacía daño, se reían cuando los amenazaba, y eso le resultaba tan frustrante como fascinante. A pesar de todo, eran hombres de honor, jamás faltaban a su palabra. Era una costumbre bastante estúpida, pero al menos sabía qué esperar de ellos.

Lo único que funcionaba con ellos era amenazar a aquellos a los que querían. Pero Torin no podría cooperar solo por miedo, no con algo tan importante como la Llave de Todo.

—Haremos una cosa, tú cuidas de la llave y yo te haré el favor que quieras —le propuso Cronos—. Cualquier cosa, pero tiene que ser algo que yo pueda hacer, claro.

Los ojos del guerrero se llenaron de desconfianza y Cronos supo que estaba sopesando las alternativas que tenía. Decirle que no al rey y atenerse a las consecuencias o aceptar y enfrentarse a las posibles trampas. Sin duda las habría, pero con tal recompensa, no podía decir que no.

—Creo que los dos sabemos lo que deseas —lo presionó Cronos—. La oportunidad de tocar a una mujer sin hacerla enfermar y propagar una epidemia.

Cronos lo vio contener la respiración y supo que lo había conseguido.

—¿Puedes darme esa oportunidad?

—Es posible. ¿Qué pasó con el frasco de agua que te dio el ángel Lysander? —si quedaba al menos una gota, Torin podría tocar a una mujer y luego salvarla dándole esa gota, porque esa agua lo curaba todo. ¿Podría tocarla después? No, pero Cronos ya habría cumplido con su parte del trato.

—Desapareció. Y los ángeles no nos dan más.

Una lástima. Pero era lógico porque para aproximarse siquiera al Río de la Vida, los ángeles tenían que sufrir experiencias terribles. El mismísimo Cronos jamás se había atrevido a acercarse.

—Hay una mujer... puedo hacer que venga y podrás tocarla sin hacerla enfermar.

—Ya, pero no, gracias. Prefiero elegir yo a la mujer.

—Eso no puedo concedértelo y no es parte del trato. Querías poder tocar a una mujer y yo puedo traerte una.

Torin consideró la posibilidad durante un largo rato.

—¿Está muerta?

—No, está viva.

—¿Es una anciana? ¿O una niña?

—No. No es ni muy joven, ni muy vieja.

—¿Cómo es posible...?

—Las explicaciones tampoco forman parte del trato. ¡Decídete!

Torin terminó por asentir, tal y como esperaba Cronos.

—Muy bien. Trato hecho.

No quiso sonreír. Cuando la llave dejara de estar en sus manos, Rhea perdería también sus poderes y entonces podría encerrarla y hacer lo que quisiera con ella.

Lo que no le había mencionado a Torin era que la Llave de Todo borraba la memoria de aquel que la entregaba, excepto la de Cronos y seguramente también la de Rhea, por la conexión que había entre ambos. Cronos había creado la llave y se había asegurado de que nunca pudiera ejercer un efecto negativo en él. Pero nadie más, y tampoco Torin, se libraba de ello.

Torin se arrodilló para después ponerse en pie, pero Cronos negó con la cabeza.

—Quédate ahí. Puede que esto te duela un poco.

Al otro lado de los Cielos, Lysander salió de la nube que compartía con su compañera, la arpía Bianka, desplegó las alas y se elevó hasta quedar sostenido en el aire.

—Te he fallado –dijo Zacharel, apretando los dientes.

La tormenta de nieve que lo acompañaba allí donde fuera no dejaba de ganar en intensidad, los copos se le metían en los ojos y entre las plumas de las alas, lo que hacía que le pesaran más.

—No me has fallado y no vas a hacerlo. Tengo fe en ti. Ahora infórmame sobre la chica.

Zacharel se concentró unos segundos antes de comenzar a hablar.

—Piensa que podrá separarse de Paris dentro de unos días, pero cada vez están más unidos. En realidad, es peor aún, ella ahora lleva dentro su oscuridad —él mismo había visto las sombras en sus ojos después de apartar a Paris de ella.

—La guerra está cada vez más cerca —respondió Lysander—. Nos seguirá siendo de gran ayuda.

—¿Estás seguro? Cronos la ha engañado para convencerla de que lo ayude. No me sorprende que él le mintiera, pero esperaba que el demonio de Sienna se diese cuenta y no ha sido así. Ahora que Paris sabe que está casado con ella, luchará a muerte por ella —creía que Paris no se enteraría jamás de la unión que había ahora entre ellos, por eso le había ayudado a hacerse los tatuajes. Paris lo habría hecho de todos modos aunque él no le hubiese ayudado.

—Cronos es un loco ambicioso, pero Paris me ha sorprendido. Puede que él le haya pasado su oscuridad, pero ella ha compartido parte de su luz con él —reflexionó Lysander—. Si la desea tanto como yo a mi Bianka, no va a ser fácil que se separe de ella.

Muy cierto. La pasión, el deseo, la lujuria o como se quisiese llamar a esa necesidad de emparejarse, seguía siendo algo completamente ajeno a Zacharel, algo que no comprendía, pero cuya fuerza no podía negar cada vez que esos dos se miraban.

Paris y Sienna se atraían como dos imanes. Estaban luchando el uno por el otro y una separación acabaría con ellos. Había sido una locura creer que podría convencer a Paris de alejarse de ella voluntariamente. Tendría que hacerlo por la fuerza.

—Haré lo que desees —prometió inclinando la cabeza.

Lysander respiró hondo.

–La necesitamos. Sea como sea, necesitamos contar con ella. Haz lo que haga falta para convencerla de que se ponga de nuestro lado y, si eso no basta, tráela a la fuerza.

En las profundidades del Infierno, Kane luchaba por no recuperar la consciencia. Se sabía muy vulnerable mientras dormía, pero prefería eso mil veces al dolor indescriptible que suponía que le volvieran a meter las tripas y luego le graparan de nuevo la carne. Pero las grapas no habían bastado y habían tenido que cauterizarlo con fuego líquido. Se sentía como si alguien le hubiese puesto un autobús encima del pecho y luego lo hubiesen pisoteado todos los pasajeros.

Pero lo peor eran las continuas carcajadas de su demonio. A Desastre le estaba encantando. Le encantaba el dolor, la degradación y la impotencia. Seguramente era lo mismo que había sentido Legion cuando había estado allí abajo.

Debería haberla apoyado más. Debería haber intentado ayudarla. Aunque él no quería que lo ayudaran. Una parte de él aún deseaba morir.

Los jinetes, Negro y Rojo, eran dos tiranos que también actuaban como salvadores. Al oírlo gritar mientras lo «operaban», lo habían amordazado y lo habían encadenado cuando había empezado a retorcerse. Pero no lo hacían con crueldad, era más bien algo pragmático, como si estuviesen haciéndole un favor. Y él no iba a quitarles la razón.

Rojo se encontraba ahora a su lado, echándole el humo del puro que se estaba fumando.

–¿Estás ya listo para echar una partidita de póquer?

Siempre que veían que estaba despierto, le hacían la misma pregunta. Kane meneaba la cabeza sin saber por qué era tan importante para ellos esa partida de cartas.

–Lástima –dijo con sincera tristeza–. Espero que dentro de poco.

Kane asintió porque no sabía qué otra cosa podía hacer y después cerró los ojos. Se dejó arrastrar a su lugar preferido, un gran vacío negro en el que reinaba la nada.

Capítulo 41

A la mañana siguiente, después de pasar toda la noche haciendo el amor con Sienna, Paris se dio una ducha, se puso la ropa que alguien le había llevado de casa, se armó y se aseguró de que el puñal de cristal de Sienna seguía en la mesilla de noche, donde ella pudiera utilizarlo si lo necesitaba. Después salió de la habitación, muy a su pesar, y entró en un mundo completamente nuevo.

Por lo visto Danika, el Ojo que Todo lo Ve, había visto que iban a ocurrir cosas terribles en la fortaleza de Budapest y había presentido que la mejor manera de protegerse era estando con William. Así que allí estaban todos, una gran familia feliz, aunque Paris jamás entendería cómo habían conseguido instalar tan rápido en el castillo una sala de pesas, una barra de bar y una sala multimedia.

Se fijó en todos los cambios para no pensar en la mujer que había dejado durmiendo plácidamente en su cama. Desnuda y saciada gracias a sus manos y a su cuerpo. No iba a pensar en sus gemidos, ni en sus gritos de placer pidiéndole más. No iba a pensar en cómo le había hecho pedir más también a él. Ni en cómo encajaban sus cuerpos. A la perfección.

Quizá al principio se hubiese obsesionado con ella sin conocerla realmente. Pero ahora sí la conocía. Bajo esa fachada tan correcta y formal, bajo esa obstinación de acero, había un ser amable y dulce. Una mujer delicada. Sienna amaba con todo el corazón y luchaba con uñas y dientes para proteger lo que era suyo. Sacrificaba su cuerpo, su tiempo y su vida por lo que creía suyo.

Ese genio suyo resultaba muy excitante. Su erección había crecido con cada cajón que le había lanzado. ¿Cuántas mujeres serían tan valientes como para retarlo de esa manera? No muchas. Sin embargo, ella lo había hecho, porque cuando ella lo miraba, no veía su cuerpo, ni su pelo, ni su oscuro pasado. Solo veía al hombre que era. Solo eso.

A punto estuvo de darse media vuelta y volver al dormitorio. Quería sentir su húmeda excitación en la cara, sus uñas clavándosele en la espalda. Quería que lo dejara marcado para siempre y así todo el que lo mirara sabría que era suyo. Y...

¿Qué demonios era eso que había colgado en la pared? Se detuvo en seco. Igual que en la fortaleza de Budapest, las paredes estaban ahora decoradas con retratos. Lo que ocurría era que en todos ellos aparecía Viola.

Viola con vestido de noche. Viola con ropa de cuero. Viola tumbada. Viola de pie. Había un sinfín de poses distintas.

—Estoy impresionante, lo sé —afirmó la susodicha a su espalda antes de llegar junto a él, ataviada con un ajustado suéter rosa y unos pantalones del mismo color—. Los he traído de una de mis casas.

—Ya. Sí, impresionante.

—¿Cuál te gusta más? —se llevó un dedo a la barbilla en actitud pensativa—. A mí me cuesta elegir.

—No sé. Déjame pensar.

Mientras hacía como que estudiaba los cuadros, oyó el ronroneo de Sexo, que quería acercarse más a ella. Un segundo después, Paris lucía una erección innegable. Se pasó la mano por el pelo. Se sentía como si estuviese traicionando a Sienna.

«¿Por qué me haces esto?», le preguntó a su demonio. «Creía que ya lo habíamos hablado».

«Me sienta bien la infidelidad. Quiero sentirme bien».

«Pues no va a ser así. Quiero que lo pienses detenidamente. Cada vez que estamos con Sienna es como un dos por uno, o quizá mejor que eso. Es humana, fantasma, nos surte de ambrosía, pero además es una antigua Cazadora y un demonio, todo dentro del mismo cuerpo, un cuerpo delicioso, por cierto. Si la engañamos, la perderemos. Nunca volveríamos a encontrar semejante chollo».

«Es como una orgía».

«Exacto».

Hubo una pausa.

«Bueno...».

–¿Y bien? –insistió Viola.

Ah. ¿Qué podía decirle para dejarla tranquila?

–La verdad es que no puedo escoger uno. Todos son igual de increíbles.

–Tienes razón. Haré que te envíen uno a tu habitación, así podrás observar todos los detalles durante horas. Encontrarás muchas sorpresas. De nada –dijo antes de marcharse, satisfecha.

Paris se quedó allí un momento, pensando en el ángel caído que se sentía atraído por aquella mujer. Tenía que hacer algo para unir a esos dos. Porque, ¿qué peor castigo iba a encontrar para él que acabar con ella el resto de la eternidad?

Siguió caminando y, en el siguiente pasillo, se encontró con Anya. No le sorprendió verla quitando los retratos de Viola y sustituyéndolos por imágenes suyas. Parecía que había empezado la guerra de la decoración.

–Gwen, Kaia, en serio –decía la diosa mientras colgaba un cuadro y trataba de mantener el equilibrio en lo alto de una escalera–. Es la misión más importante de vuestra vida. ¡Salid aquí ahora mismo, par de vagas!

Paris bajó la cabeza y continuó andando para que no lo

reclutara a él también. Al pasar, vio a las hermanas arpías en uno de los dormitorios, estaban observando un dibujo de Galen a tamaño natural. Tenía cuernos, los dientes torcidos y tres dedos en cada mano, unos pies demasiado grandes y, en lugar de genitales, tenía una X. Una X muy pequeña.

Gwen hacía como si tuviera un arco en la mano y fuese a disparar la flecha al corazón, mientras que Kaia apuntaba a la entrepierna.

Volvió a sentir el ronroneo de Sexo, quizá por falta de costumbre porque en seguida dejó de hacerlo. Pero lo mejor de todo fue que Paris no llegó a excitarse.

Suspiró aliviado, aunque con cautela.

«Si nos metemos en esto de la relación, la voy a necesitar muy a menudo».

El demonio estaba dispuesto a intentarlo. Paris no pudo contener la alegría y levantó el puño hacia el techo.

«Lo sé y te prometo que estaremos con ella más de lo que crees».

Estaba resultando ser un día increíble. En sus labios apareció una sonrisa con la que podría haber iluminado toda una ciudad. Tenía miles de cosas que hacer. Hablar con Cronos, darle una paliza a su mujer, matar a Galen aprovechando que estaba débil y encontrar a Kane, pero antes, quería charlar un poco con sus amigos y conocer a los nuevos miembros de la familia.

En el piso de abajo encontró una mesa repleta de comida de la que agarró al pasar una manzana y una caja de caramelos de canela. Las dos cosas juntas eran sencillamente deliciosas.

Muchos de sus compañeros seguían reunidos frente a la puerta de la habitación de Ashlyn, comiendo, charlando, riendo... Hacía mucho tiempo que no los veía tan relajados. Así debería ser siempre su vida, pensó Paris.

William estaba en un rincón, charlando animadamente con una muchacha de pelo oscuro que se acurrucaba junto a él. Gilly era aún una adolescente a punto de convertirse en una mujer adulta, había sufrido numerosos abusos durante su infancia y, desde que Danika la había adoptado, la muchacha siempre se mostraba muy recelosa con todos excepto con William. Por algún motivo, adoraba a aquel cretino.

Quizá porque no sabía que William había asesinado a toda su familia hacía muy poco. Paris se preguntó cómo reaccionaría cuando se enterara. Porque acabaría haciéndolo. La verdad siempre acababa sabiéndose.

Gilly odiaba a su madre, a su padrastro y a sus hermanos, pero en el fondo probablemente también los quería y era difícil olvidar esa clase de sentimiento. Lo más seguro era que se marchara, y William iría tras ella para protegerla, ya que no podría evitarlo. Todos los hombres llevaban dentro ese instinto que los hacía proteger a los demás y, una vez que lo sentían, también era difícil de olvidar.

Aunque la necesidad de derramar sangre era aún más fuerte, como bien sabía Paris. Con cada vida que había arrebatado, había crecido su desesperación por encontrar a Sienna. Pero ahora ya la tenía a su lado. Estaban juntos y no iba a dejarla escapar.

Cuando llegó junto a la pareja, le dio una palmadita en el hombro a la chica para que lo mirara. Ella gritó asustada, le dio una bofetada y se escondió en el regazo de William. Paris no quería que pensara que estaba enfadado o que tenía intención de devolverle el golpe, así que centró toda su atención en el guerrero.

–¿Qué se sabe de los inmortales?

Podría haber pasado por sus habitaciones, situadas en esa misma planta, pero prefería escuchar los chismorreos de boca de William y ahorrar tiempo.

Willy frunció el ceño.

–Pide disculpas.

–No hace falta que se disculpe –dijo Paris, sonriendo a la muchacha–. Últimamente he descubierto que tengo una cara ideal para recibir bofetadas.

—No hablaba con ella, sino contigo. Discúlpate por haberla asustado.

Ah.

—Perdona, Gilly.

La muchacha respondió con una sonrisa. Tenía un rostro encantador, de ojos oscuros como el pelo y piel bronceada, y un cuerpo con unas curvas que ningún padre querría para su hija.

—No te preocupes. Ha sido culpa mía. Me olvidé de dónde estaba.

—Lo comprendo. Yo también querría olvidarme para no tener que verle la cara a Willy.

Eso la hizo reír y Paris volvió a lo suyo.

—Dime, ¿qué hay de los inmortales?

William se encogió de hombros.

—No ha habido ningún cambio. Lo he intentado todo, pero no ha habido manera. Están atrapados en esas habitaciones.

—¿Se sabe algo de Kane?

—Ah, sí —se llevó la mano al cuello y se dio un ligero masaje—. Está vivo, en el Infierno, pero en manos enemigas. Si queréis que vuelva, vais a tener que ir a buscarlo personalmente.

Había algo raro en su tono de voz.

—¿Cómo lo sabes? —ni siquiera Amun había conseguido averiguar nada.

—El caso es que lo sé. El grupo sale mañana y, por cierto, no estás invitado. Me imagino que es porque creen que estás loco y que te enrollas contigo mismo, pero eso solo es una suposición.

Qué más daba.

—¿Quién va?

—Amun, Haidee, Cameo, Strider y Kaia.

Mayoría de chicas. ¿Acaso estaban cambiando sus equipos operativos?

—¿Tú no vas?

—Sí, claro. Los que lo tienen han puesto una condición para soltarlo, pero... no. No creo que pueda. Tengo cosas que hacer, ya sabes. Tengo planeada una velada íntima con mi suavizante.

Paris ya se lo imaginaba.

—¿Quién lo tiene? ¿Y por qué quieren que vayas tú? —no se molestó en llevarle la contraria sobre lo de ir porque, sinceramente, le importaba una mierda. Si la condición para que soltaran a Kane era que fuera él, tendría que ir y punto.

William miró a Gilly con absoluta amabilidad y admiración.

—¿Por qué no me haces un favor enorme y me traes unos ositos de gominola?

La muchacha lo miró con desconfianza.

—Qué condescendiente —aun así, Gilly se levantó para concederles la privacidad que buscaba William.

—Cuidado con esa boca —le dijo William mientras se alejaba—. Las respondonas no resultan atractivas.

—Tienes razón. Debería respetar a mis mayores —respondió la chica sin volverse a mirarlo.

Paris se echó a reír.

—¿Qué le estás enseñando?

William se puso muy serio de repente.

—A sobrevivir. Volviendo a lo de antes. Resulta que los que tienen a Kane son unos bestias que conocí cuando estuve allí abajo.

Eso le recordó a alguien.

—¿Te refieres a los Jinetes del Apocalipsis? Sí, Amun mencionó que te adoran.

—Maldito Amun —protestó con sed de venganza—. ¡Menudo chismoso! —meneó la cabeza antes de pasar a otra cosa—. Hablando de chismorreos. ¿Has visto ya a Pistola y a Revólver?

—¿A quién?

—Muerte y Caos. Les cambio el nombre cada dos horas o así.

Sí, pero, ¿cómo se llamaban en realidad?

—A eso he venido.

—Haberlo dicho antes —William le echó un brazo por los hombros y lo llevó hasta la puerta, pasando entre todos los demás—. Apartaos, mutantes. Paris es el próximo.

—Me toca a mí —protestó Cameo con toda la tristeza del mundo y se interpuso en su camino—. ¿Sabes que cada año mueren siete mil niños de...?

—Justo por eso no vas a entrar —le respondió William dedicándole una dulce sonrisa—. Además, yo he traído al mundo a esos dos demonios, así que yo elijo el orden y digo que el siguiente es Paris.

Cameo frunció el ceño. Era una de las mujeres más bellas que Paris había visto en su vida. Más aún que Viola. Tenía una larga melena negra, ojos brillantes y labios gruesos y rojos como una rosa.

—¿Sabes que un uno por ciento de los bebés nacen muertos? —dijo entonces, con la misma tristeza.

Sin duda era muy bella, pero también muy deprimente.

Llevaba dentro al demonio de la Tristeza y el sonido de su voz bastaba para romperle el corazón a cualquiera, pero si además empezaba con las estadísticas más funestas, que cada vez soltaba más a menudo y sin que nadie se lo pidiera, el resultado era sencillamente desmoralizador.

—Que alguien le traiga un caramelo a esta muchacha y se lo meta en la boca —gritó William antes de abrir la puerta sin llamar—. Señoras, nos toca.

Reyes estaba sentado junto a la cama con gesto amenazador, Strider se encontraba a su izquierda mirando al bebé que tenía en brazos su amigo.

Ashlyn estaba sentada en la cama, pálida y visiblemente débil. Maddox estaba junto a ella, con el otro bebé.

—Fuera todo el mundo —ordenó William—. Paris quiere ver a Maza y Martillo.

—No los llames así —le pidió Maddox.

Paris jamás había oído hablar con tal suavidad al guardián de la Violencia. Era increíble.

—¿Cómo quieres que los llame? ¿Clavo y Tuerca? ¿Menisco y Rótula? No, esos no me gustan. Vamos, tío, tus hijos son dos personajes duros, necesitan nombres con fuerza, no como esos que les habéis puesto.

Reyes se puso en pie y le dio el bebé a William antes de despedirse de Paris con una palmadita en el hombro. Strider hizo lo mismo, pero se detuvo a decirle:

—Ven a verme al gimnasio cuando termines.

Paris asintió, tratando de no dejarse llevar por la aprensión. En cuanto hubieron salido, se quitó de la cabeza la conversación que le esperaba y se acercó a William, que parecía muy cómodo con el bebé en brazos. Muchas veces, en secreto, Paris había contemplado la idea de formar una familia algún día, porque de ningún modo habría querido engendrar un hijo en una aventura de una noche. Pero ahora con Sienna, que jamás tendría oportunidad de ser madre...

Querría hacerlo por ella.

Por fin miró al primer niño medio humano, medio demonio que llegaba a la familia y lo que vio lo dejó asombrado.

—¿A que es una pequeña demonio preciosa? —le preguntó William, entusiasmado—. Claro que lo es.

La niña hacía ruiditos de felicidad y levantaba las manitas. Tenía los ojos muy abiertos, unos ojos dorados, brillantes y llenos de inteligencia, a pesar de la adoración con la que miraban a William. Y sí, era preciosa. Tenía ya algunos rizos color miel, pero lo más sorprendente era que tenía todos los dientes, unos dientes muy afilados y, en las manitas, pequeñas garras igual de afiladas.

—¿Crees que alguna vez podrá pasar por humana? —preguntó en voz baja, para que no lo oyera la madre, que seguramente estaría muy sensible.

—Es posible y es posible que no —respondió Ashlyn—.

El tiempo lo dirá. En cualquier caso, son los dos muy bonitos.

Claro que lo había oído. Ella sí era humana, pero era capaz de oír cualquier conversación, aunque hubiese tenido lugar años atrás. Esa era su gran cruz. Y probablemente también la de los mellizos, que nunca podrían ocultarle nada a su madre.

–¿Cómo se llama? –preguntó Paris.

–Ever –respondió William sin ocultar su rechazo.

Ever levantó un puño con aparente orgullo, o quizá era enfado.

–Es un nombre perfecto, igual que ella –aseguró la madre, parpadeando como si le costase mantenerse despierta.

–Duérmete, mi amor –le dijo Maddox–. Yo me encargo de todo.

–Gracias –respondió ella, recostándose ya hacia un lado.

–¿Quieres agarrarla en brazos? –le preguntó William a Paris.

–¿A Ashlyn? No, gracias –Maddox lo mataría, igual que el mataría al guerrero que se atreviera a tocar a Sienna. Claro que ninguno de ellos, excepto William y quizá Lucien, podrían verla.

William meneó la cabeza.

–A la bebé, tonto. A Ever.

–Ah.

–¿Tenéis que hablar tan alto? –los reprendió Maddox con esa suavidad que desentonaba tanto con la ferocidad de sus rasgos.

–No, no quiero agarrarla –respondió. Era demasiado grande y seguramente le haría daño. Además, la pequeña acababa de enseñarle los dientes para dejar claro que estaba muy a gusto donde estaba.

Se acercó a ver al niño, en brazos de su orgulloso padre. Igual que su hermanita, parecía tener ya varios meses. En lugar de castaño, el pelo del pequeño era negro y sus ojos, violeta, como los de su padre. De la cabeza le salían dos cuernecitos y en las manos tenía escamas negras y suaves como el cristal.

El pequeño observaba atentamente a Paris, que tuvo la sensación de que, con solo mirarlo, había descubierto todos sus defectos y debilidades y se preparaba para atacar.

—¿Cómo se llama?

—Urban —respondió William antes de que pudiera hacerlo Maddox, y lo hizo con el mismo rechazo que antes.

Ever y Urban, muy original.

—¿Por qué habéis elegido esos nombres?

—No hemos sido nosotros —reconoció Maddox—. Los han elegido ellos.

Paris abrió los ojos de par en par.

—¿Hablan?

—No, pero se comunican muy bien.

¿Cómo?

—Vaya... He oído que fue un parto difícil.

Maddox se puso en tensión, William meneó la cabeza y le hizo un gesto a Paris para que cambiara de tema. Pero era demasiado tarde.

—Este pedazo de animal abrió a mi mujer, le sacó los bebés y volvió a coserla —se le movían las aletas de la nariz de la fuerza con la que respiraba—. Sin anestesia.

—No había tiempo —se excusó William—. Estaban abriéndose paso a zarpazos, Ashlyn habría muerto si hubiera esperado más. Mejor un corte limpio de cuchillo que los que hacen unas garras como las de estos dos. Por cierto, de nada. Te recuerdo que están todos vivos.

Paris abandonó el barco como un cobarde, dejando solo a William frente a la ira de Maddox. Una vez salió de allí, se dirigió al gimnasio del piso inferior. Allí encontró a Strider, corriendo como un poseído. Que lo era, claro.

Tenía el pelo rubio pegado a la frente por el sudor.

Torin se encontraba también allí, en el otro extremo de

la sala, levantando pesas con las que podría haber hecho pedazos el suelo de mármol. Por un momento, Paris se quedó inmóvil del asombro porque Torin nunca se acercaba demasiado a los demás por miedo a que alguien lo tocara accidentalmente.

Pero, ¿cómo había llegado allí? Por lo que él sabía, Enfermedad no había querido que Lucien lo transportara. ¿Y cuándo demonios se había puesto tan cachas? Normalmente se pasaba el tiempo encerrado en su habitación, vestido de negro de pies a cabeza. Pero allí, sin camiseta, Paris pudo comprobar que con ese cuerpo podría darle una buena paliza.

Sus dos compañeros dejaron de hacer lo que estaban haciendo en cuanto se dieron cuenta de que había entrado. Paris se quitó la camisa, se despojó de las armas y se acercó a la máquina en la que estaba entrenando Strider.

–¿De qué querías hablar? –ocupó la máquina de al lado y se puso a correr también, simulando una pendiente. El ejercicio le sentó de maravilla, hacía mucho tiempo que no practicaba.

–¿Qué es eso que he oído de que tienes por aquí a una Cazadora invisible? –le preguntó Strider, secándose la cara con una toalla–. La Cazadora que está poseída por el demonio de la Ira, para más señas.

Era de esperar.

–Ya no es de los Cazadores y no voy a discutir mi relación con ella.

–Claro que lo vas a hacer. Está bajo el mismo techo que mi mujer.

–Tu mujer puede cuidarse sola sin ningún problema.

–Es cierto –admitió Strider con evidente orgullo–. Aun así, un enemigo al que no se puede ver sigue siendo el más peligroso. Esa chica tuya podría causarnos todo tipo de problemas.

Paris subió la velocidad de la máquina, hasta que la máquina empezó a temblar.

—No va a hacernos ningún daño.

—Os dejo solos –anunció Torin a su espalda y, un segundo después, salió de allí.

—¿Me estás diciendo que la mujer que te drogó y que vio cómo te torturaban ya no es una amenaza para ti y para todos nosotros? –le preguntó Strider con escepticismo–. Vamos, Paris.

—Hemos solucionado las cosas –ahora él también estaba empapado en sudor y le ardían los músculos, dos sensaciones que le encantaban.

—En la cama, por supuesto, lo que quieres decir que estás pensando con otra parte de tu anatomía que no es el cerebro precisamente.

«No lo desafíes, no lo desafíes, no se te ocurra hacerlo». Había que tener mucho cuidado con Strider porque su demonio aprovechaba cualquier indicio de confrontación y era Strider el que tenía que solucionarlo a golpes, hasta dejar sin conocimiento al adversario si no quería sufrir el castigo durante días.

—Te recuerdo que a Haidee la aceptó todo el mundo y también era una Cazadora.

—Sí, pero ahora es la personificación del Amor. Es difícil no confiar en ella. Pero a tu chica ni siquiera podemos verla, con lo que no podemos juzgar su comportamiento y sus palabras por nosotros mismos. No podemos ver cómo actúa contigo. ¿De verdad necesitas que te vuelva a decir que estás pensando con la entrepierna?

La oscuridad empezaba a crecer en su interior.

—Lo que necesito es que no te metas en esto –aclaró Paris–, antes de que se pongan feas las cosas y tengamos que solucionarlo con la fuerza –si tenía que enfrentarse a su amigo para que no insultara a su mujer, lo haría.

Silencio. Y luego un suave:

—Siento...

—¿Un ardor cuando haces pis?

—Muy maduro por tu parte –dijo Strider, pero se calmó

un poco–. Tú y yo... tenemos historia. Cosas que los demás no saben y que nosotros hacemos como si no hubiesen pasado, pero los dos sabemos que es una de las razones por las que nos separamos durante el tiempo en que el grupo se dividió en dos, yo me fui con Sabin y tú con Lucien.

Paris sintió calor en las mejillas, un calor que no tenía nada que ver con el ejercicio físico que estaba haciendo.

–Dijimos que nunca hablaríamos de ello, ni lo pensaríamos –y Paris había cumplido su parte del trato.

–Las cosas cambian. Tú estabas débil, a punto de morir, no había ningún ser humano cerca y no querías que ninguno de nosotros te ayudara.

–Cállate –el día estaba empeorando por momentos.

–Mi demonio se lo tomó como un desafío y yo me encargué de cuidar de ti. Ahora te pido que, a cambio, cuides tú de tus amigos. Deshazte de esa chica –continuó diciendo Strider–. Solo nos falta un objeto, solo uno, y en cuanto lo consigamos podremos empezar a buscar la caja de Pandora. Por fin estaremos salvados. No solo puede espiarnos, también podría robarnos y hacer daño a los más vulnerables del grupo; podría arruinarnos por completo. Piénsalo bien. Hazlo por mí.

Strider lanzó la toalla al cesto y salió de la sala.

Capítulo 42

Sienna pasó los siguientes días en una neblina de felicidad con algunos momentos de dolor. Excepto por dos cosas, todo era perfecto. Pero no iba a pensar en esas dos cosas porque entonces tendría uno de sus extraños ataques de furia y haría pedazos todo el castillo.

En lugar de eso, pensaría en la adoración que Paris sentía por ella. Pensaría en todas las veces que habían hecho el amor, en que cada vez él se mostraba más impaciente por estar dentro de ella. La había poseído de las maneras más escandalosas, placenteras y emocionantes, y después, se habían pasado horas conversando.

No había ningún tema prohibido. Habían hablado de los Cazadores, de dónde estaban sus campamentos, de los nombres de los altos mandatarios, de la cueva en la que se suponía que Galen se reunía con Rhea y llevaban a cabo rituales para alcanzar «el gran bien». Después habían hablado de ellos dos, de adónde viajarían y qué harían si no tuvieran que luchar en aquella guerra.

Paris prefería la montaña, con el frío, la nieve y una manta frente a una buena chimenea. Ella escogía la playa, pues quería verlo salir del mar con el agua cayéndole por ese vientre perfecto hasta llegar al lugar de su cuerpo que más le gustaba... porque las olas le habrían arrancado el traje de baño.

Esa mañana, lo había visto salir de la ducha con una pícara sonrisa en los labios y sin toalla alguna que lo cubriera, y ella no había podido resistirse. Intentaba desesperadamente proteger su corazón, a pesar de que él seguía insistiendo en que debían estar juntos, pero Sienna sabía que tendría que ir en busca de Galen, que tenía que impedir que Rhea se hiciese con el trono de los Titanes, pero no podía matar a su gran enemiga, porque eso supondría matar también a Cronos y, como bien había dicho él, si el moría, reinaría el caos y Paris moriría.

La única manera de salvarlo era controlar a Galen y, con ello, a Rhea. No era la mejor manera de vengarse, no, pero era lo único que podía permitirse.

Habría deseado tanto que Skye conociera a Paris, que hubiera visto la bondad que había en él, que el hombre y el demonio en realidad no eran el mismo ser, que el demonio era oscuro, peligroso y destructivo, mientras que el hombre era divertido, cariñoso y admirable. Exactamente igual que Sienna no era Ira, solo era una mujer que luchaba por defender lo que estaba bien.

Una vez había considerado la idea de devolverle el demonio a Aeron, pero, si lo hacía, moriría de verdad y para siempre y entonces no podría vengar la muerte de su hermana de ninguna manera. Además, lo necesitaba porque aún no había descubierto qué era eso que le había parecido «extraño» sobre la muerte de Skye.

«No llores, *Enna*. Los chicos son tontos, ya lo dice mamá. Si ese estúpido de Todd no quiere ir al baile contigo, es porque es un imbécil».

«Cuánto te echo de menos, Skye». Sienna dio la vuelta a la esquina... y se chocó con un cochecito de golf. Después de caer al suelo se fijó en que el pequeño vehículo tenía unas llamas naranjas pintadas sobre un fondo azul y la que iba al volante era la diosa menor de la Vida del Más Allá, guardiana del demonio del Narcisismo.

—Lo siento —la mayoría de las veces, Sienna no se molestaba en mirar por dónde iba porque solo Paris, Viola y Lucien podían verla y tocarla. A los demás podía atravesarlos sin que nadie se enterara. Pero como el cochecito era de Viola, Sienna sintió el golpe perfectamente.

–Llego tarde –dijo Viola agitando un trozo de papel en el aire–. ¿Tú también? ¿Necesitas que te lleve a alguna parte?

Como de costumbre, Ira le llenó la cabeza de imágenes de Viola, rompiendo corazones, traicionando a los demás para salvarse a sí misma y sin importarle nunca el dolor que provocaba a su paso.

«Castígala».

Era solo un susurro. Por algún motivo, últimamente Ira se comportaba de maravilla, no intentaba controlarla y parecía saciado aunque ella no había hecho nada para que así fuera.

–Sienna, mujer… fantasma. ¿Quieres que te lleve? No puedo perder tiempo.

–Sí, gracias –la verdad era que quería estar unos minutos a solas con ella, así que era la oportunidad perfecta–. De hecho he estado buscándote –ya no sentía el menor rencor hacia ella porque había observado a Paris cuando estaba con ella y era obvio que apenas la aguantaba.

Después de observarla tanto, Sienna sabía cómo comportarse con ella y sabía también que Viola era una de las pocas personas que la escucharía sin condenarla directamente.

–Pues entonces súbete y quítate de ahí. No quiero perderme la mejor parte.

No le preguntó qué era eso de «la mejor parte» porque sabía que habría tenido que escuchar una larga explicación sobre todo lo que tuviese que ver con ella. Se limitó a levantarse del suelo y sentarse junto a la diosa con mucho cuidado de no aplastarse las alas.

–¿Y bien? –le preguntó la diosa a la vez que pisaba el pedal que volvía a poner en movimiento el cochecito, a toda velocidad, por cierto–. ¿De qué querías hablarme?

Para empezar, debía halagarla.

—Con tu inteligencia y tu poder, eres la única que puede ayudarme.

—Eso es obvio. Soy sencillamente extraordinaria —se echó la melena rubia hacia atrás con un movimiento de cabeza. Llevaba un vestido dorado que se le ajustaba a los pechos y a las caderas, perfecto para cualquier alfombra roja—. ¿Y?

—Estoy intentando encontrar la mejor manera de pedirte lo que necesito.

—Prueba a abrir la boca y pronunciar las palabras. Es lo que hago yo y puedes estar segura de que mis métodos son siempre los mejores.

Sienna se mordió la lengua para no contestar algo indebido. No creía que Viola pretendiese ser tan arrogante, pero no sabía cuánto más podría soportarlo.

—Verás, se me acaba el tiempo.

Ese era el motivo de sus recientes ataques de furia. Pronto tendría que marcharse de allí y no solo porque hubiese oído a algunos de los amigos de Paris preparando un ataque contra ella, o porque esos mismos amigos la odiasen y nunca fueran a perdonarla ni a fiarse de ella, sino porque tenía que ir en busca de Galen, asegurarse de que no se acercara a Cronos para que Rhea tampoco se acercase al trono de su esposo. Y no quería pensar en las cosas nauseabundas que tendría que hacer para conseguirlo.

—¿Quieres que te consiga más tiempo? —le preguntó Viola, como si estuviese en su mano—. Tendrías que devolverme el favor con un doscientos por ciento de interés, claro, pero...

—No, no es eso. Verás, cuando yo me vaya, Paris empezará a debilitarse —habían empezado a bajar las escaleras con el cochecito y se dio un golpe en la cabeza contra el techo del vehículo. «Por favor, no quiero que mi próxima muerte sea en un cochecito de golf»—. No sé si lo sabes, pero tiene que acostarse con alguien todos los días si no quiere que su cuerpo se venga abajo. Su demonio es... tiene muchas necesidades, ya sabes.

–Sí, sí, qué aburrimiento –llegaron al piso de abajo y continuaron a toda velocidad.

–Cuando me vaya, quiero que te asegures de que se acueste con las mujeres que le lleve Lucien.

Ahí estaba el segundo motivo de sus ataques. Lucien desaparecía todos los días y aparecía con mujeres con la esperanza de que alguna de ellas pudiera seducir a Paris y alejarlo de ella.

A Paris no le costaba ningún esfuerzo no hacer caso a sus amigos, pero alguien tan persistente como Viola sin duda encontraría la manera de salirse con la suya. Pues la diosa jamás podría aceptar un fracaso.

–Por lo que estoy oyendo, soy la única capaz de evitar que tu hombre muera –resumió Viola–. ¿Y qué gano yo si lo salvo?

El nudo que se le había formado en la garganta le impidió hablar por un momento. Aquello iba a matarla. Quería a Paris para ella sola y para siempre, pues lo amaba en cuerpo y alma. Sí, lo amaba. Se había ido enamorando de él lentamente y ahora era algo contra lo que no podía luchar.

Lo era todo para ella. Era su luz cuando todo se volvía oscuro. Cuando lloraba, él la consolaba y cuando reía, se reía con ella. La trataba como si fuera un tesoro incomparable. La cuidaba y se preocupaba por cualquier molestia que pudiera sufrir.

Ella haría cualquier cosa, se enfrentaría a quien fuera, para asegurarse de que no le ocurriera nada malo. Estaba dispuesta a sufrir lo que fuera necesario por él, siempre y cuando supiera que él estaba vivo.

–¿Qué quieres de mí? –Sienna no iba a poner objeciones, le daría a la diosa lo que le pidiese. Así de sencillo.

–Tú eres la Ira, ¿verdad? Bueno, pues cuando te pida

que mates a algún enemigo mío, lo harás sin hacer preguntas ni titubear.

—Siempre y cuando ese enemigo no sea alguien que conozcan Paris o sus amigos, o que quieran que siga con vida por algún motivo.

La diosa lo pensó durante unos segundos antes de asentir.

—Trato hecho.

—Bien. Ahora tengo otra petición que hacerte —anunció Sienna y le resumió en pocas palabras lo que quería.

Viola le lanzó una sonrisa pícara.

—Es una sorpresa viniendo de ti. No sabía que te gustaran esas cosas. Con lo poquita cosa que pareces. Pero las calladitas siempre sois las peores, ¿no crees?

—¿Lo harás?

—Entonces me debes dos asesinatos. Con las mismas condiciones.

—De acuerdo.

—Ahora agárrate porque voy a poner esto al máximo. Estoy prácticamente segura de que no empezarían sin mí, pero estos Señores a veces hacen cosas muy raras, así que nunca se sabe.

—Por fin te encuentro —dijo de pronto una mujer de pelo negro y rizado, el gesto inocente de un querubín y las alas de un blanco inmaculado.

Viola pisó el freno de golpe al ver aparecer a aquella criatura y el cochecito derrapó antes de detenerse justo antes de aplastar a la recién llegada.

—¿Qué pasa hoy, que os echáis todas encima de mí y no dejáis que llegue a mi destino? ¿Tan celosas estáis?

—Es a Sienna a la que busco.

—¿A mí? —el corazón le dio un vuelco y no fue por el repentino frenazo—. Cielos —susurró con un anhelo que salía directamente de su demonio.

—Sí, a ti. Soy Olivia —dijo el ángel con la más dulce de las sonrisas. Llevaba una larga túnica blanca que le llegaba hasta los tobillos y hacía que pareciera recién salida de un sueño.

Viola se bajó del cochecito y salió corriendo.

—Que os divirtáis, chicas. A mí me necesitan en otra parte —dijo antes de meterse en el salón de baile que había un poco más adelante.

—Sé quién eres —dijo Sienna, aunque nunca la había visto. Se acercó a ella con las piernas temblorosas, «mi cielo», y alargó la mano para rozarle el cabello—. Creo que mi demonio te ama.

En el rostro de Olivia apareció una sonrisa luminosa como el sol.

—¿Qué tal está mi chico? —preguntó mientras acariciaba a Sienna detrás de la oreja.

Ira ronroneó como un gatito.

—Pues está... bien.

—Me alegro. Es un encanto, ¿verdad?

«¿Ira?».

El demonio se tumbó boca arriba, dejándose llevar por el éxtasis.

—Me gustaría que tú y yo tuviéramos una pequeña charla en algún momento —le propuso Olivia después de retirar la mano—. Aeron me envió en tu busca. Quería hablar contigo personalmente, pero no puede verte y le habría resultado muy duro hablar con la mujer que tiene a su demonio a través de un tercero. Quizá podáis hacerlo algún día. Pero me estoy apartando del tema. Está preparado para abandonar su castillo e ir en busca de Legion, pero no lo hace porque dice que Paris está a punto de sufrir un aneurisma y cree que eres la única capaz de calmarlo.

Paris. La preocupación la invadió de inmediato y el amor de su demonio por aquel ángel quedó relegado a un segundo plano.

—¿Dónde está?

—Solo tienes que seguir el rastro de Viola —dijo Olivia, señalando en dirección al salón de baile.

Sienna salió disparada y, al cruzar el umbral de la puerta, que encontró abierta, se detuvo en seco. En el interior del salón había un grupo de guerreros acompañados por sus parejas. Todos ellos tenían un trozo de papel en la mano. Viola estaba situada en el centro y parecía ansiosa por recitar su papel.

La mirada de Sienna fue directa a Aeron, el guerrero que había albergado antes al demonio de la Ira. Tenía el cabello negro y muy corto, unos bonitos ojos color violeta y el cuerpo lleno de tatuajes, pero las imágenes de sus víctimas habían sido sustituidas por retratos de su ángel.

Al verlo, Ira se volvió loco dentro de la cabeza de Sienna, desesperado por salir y poder tocarlo. «Amigo. Amigo mío».

«Lo sé, pero no es el momento de poneros al día».

Sinceramente, no sabía si algún momento sería bueno para hacerlo. Aquel tipo le daba miedo; cualquiera diría que comía niños.

Ira protestó. El demonio siempre había querido volver con Aeron tanto como a Sienna le habría gustado devolvérselo, pero ahora ella había cambiado de opinión y esperaba que Ira lo hubiese hecho también. En realidad, su demonio parecía estar tan enganchado a Paris como ella.

«Amigo. Habla con amigo».

«Pronto», le prometió Sienna. Ira gimoteó y se vio obligada a apartar la mirada de él. Paris estaba delante del grupo, de espaldas a la puerta y, por tanto, a ella. Estaba desnudo de cintura para arriba y tenía los puños apretados.

Anya estaba leyendo en voz alta:

—«... eres buena persona, supongo. Quiero decir que, si Lucien dice que eres bueno, es que lo eres. Tienes un cuerpo estupendo y, aunque yo no me lo haría contigo sin hacerme después un reconocimiento médico de urgencia, hay muchas mujeres con poca autoestima que estarían encantadas de estar contigo».

—Anya —protestó Lucien con evidente exasperación.
—¿Qué? —le preguntó ella con total inocencia—. Dijiste que empezáramos la carta con cumplidos para después ir a la raíz del problema. Así que cierra la boca para que pueda terminar. Tú ya has leído la tuya —se aclaró la garganta y volvió a bajar la mirada al papel—. Me parece enfermizo que te enrolles con una mujer invisible. Enfermizo y espeluznante. Si vuelvo a verte abrazando aire, voy a tener que arrancarme los ojos».

—Ya está bien —dijo Paris violentamente.
—Me toca a mí —anunció Viola.

Pero la diosa de la Anarquía prosiguió sin hacer caso a ninguno de los dos.

—Si a todo eso de la invisibilidad le unes que la chica en cuestión es una Cazadora, el resultado es un auténtico desastre y eso no puede ser bueno para tu salud. Ni para la nuestra, claro. Por eso te pedimos humildemente que te sometas a algún tipo de tratamiento antes de que esa mujer acabe contigo, y no me refiero precisamente a polvos.

No le gustaba nada oír todo eso. Debería haberle dado igual, ella misma se lo había buscado y no había hecho nada para ganarse su confianza. Pero aun así, dolía mucho. Los amigos de su amante habían montado todo eso para apartarlo de ella.

Paris se llevó una mano a la espalda y la posó sobre la empuñadura del cuchillo.

No quería que entrara en guerra con sus amigos por su culpa. Ni ahora, ni nunca. Así que lo mejor era que se marchara cuanto antes.

Sintió una presión en el pecho que sin duda anunciaba el tremendo dolor que iba a sufrir. Pero no importaba. Pasaría un día más con él, solo uno, y luego se despediría de él para siempre.

—Paris —dijo, haciendo todo lo posible para disimular su dolor.

Él se dio media vuelta y la miró con esos ojos azules que tanto amaba y que ahora estaban llenos de furia.

–Sube a la azotea conmigo –le pidió con voz tranquila–. Necesito practicar el vuelo –era cierto y de hecho por eso no podía marcharse de allí en ese mismo instante. Tenía que estar preparada para cualquier cosa. Y sí, quería despedirse bien... en la cama–. Allí no tienes por qué preocuparte de las enredaderas porque las gárgolas se las comen hasta dejar limpias todas las paredes. Y la sangre de William impedirá que se acerquen las sombras. Así que nadie nos molestará.

–Mis amigos estaban... Necesitan... –respiraba con tal fuerza que se le movía la nariz.

–No. No vas a enfadarte con ellos por esto –era una orden que no tenía poder para darle, pero aun así lo hizo.

–Claro que voy a hacerlo.

Viola les contó a los demás la conversación que solo Lucien y ella podían oír, encantada de convertirse en el centro de atención. Sienna no la escuchaba, lo único que le importaba en ese momento era Paris.

–Paris, no me han ofendido –insistió con más fuerza, aunque lo cierto era que no la habían ofendido, la habían destrozado–. Ven conmigo, por favor. Necesito que me ayudes.

Pero no parecía dispuesto a seguirla y sus ojos seguían inyectados en sangre, así que solo le quedaba una opción.

–Agárrame –dijo antes de lanzarse a sus brazos. Cualquier cosa con tal de impedir que hiciera daño a los amigos que tanto quería, algo por lo que jamás podría perdonarse a sí mismo.

–No, no te acerques a mí mientras estoy... así.

Pero ya lo había hecho y Paris no tuvo más remedio que agarrarla con sus fuertes brazos. Pudo sentir el temblor de su cuerpo.

–Si les haces daño, me mancharás las paredes de sangre –le advirtió en tono seductor. Solo una vez aparte de esa se había servido de tretas tan femeninas con él y había sido la primera vez que se habían visto. Ahora levantó la cara para mirarlo y parpadeó varias veces–. Ven conmigo a la azotea, Paris. Por favor.

Él la miró durante varios segundos hasta que por fin se relajó. La besó en la boca con fuerza y luego se alejó de allí con ella en brazos.

–Mis ojos –gimió Anya.

–Creo que acabamos de cometer un gran error –declaró Lucien en tono de gravedad.

Paris no miró atrás y tampoco lo hizo Sienna.

Capítulo 43

Nada más poner un pie en la azotea, Paris sintió la presencia del mal acechándolos. Gracias a la sangre de William, las sombras no podían entrar en el castillo, tal y como había dicho Sienna, pero lo que los acechaba no era exactamente una sombra.

Sexo se retiró de inmediato, pues no parecía querer tener nada que ver con lo que iba a ocurrir.

Con la mano en el cuchillo de cristal, Paris dejó a Sienna en el suelo y la colocó a su espalda. El cielo era una inmensidad de terciopelo negro sin una sola estrella y la luna, una guadaña roja. El aire estaba lleno de humedad, caliente en unos lados y fría en otros.

O Sienna presentía el peligro igual que él, o sabía que no debía distraerlo, ya que se mantuvo en silencio. Paris fijó la mirada en un punto aún más negro que los demás, tras el cual apareció otro y luego otro, se fusionaron y se alargaron... hasta que apareció un hombre frente a ellos, completamente envuelto de negro y con un velo de niebla.

Sienna lanzó un grito ahogado. Paris no habría sabido decir si de miedo o de fascinación.

Era un hombre muy guapo, para aquellos a los que les gustaran los asesinos en serie; con unos fríos ojos negros y más músculos de los que Paris había tenido nunca.

Paris se agazapó como si se preparase para atacar. Aquel tipo había cometido un error al acercarse a él en ese momento porque, desde que había entrado al salón y se había dado cuenta de que sus amigos habían montado todo aquello para apartarlo de Sienna, había estado haciendo verdaderos esfuerzos por controlar la oleada de furia que sentía.

Comprendía por qué lo hacían. De verdad. Y no los culpaba por ello, pero habían llevado las cosas demasiado lejos.

Dio la orden mental para que el cuchillo de cristal se transformase en un arma capaz de destruir a aquella criatura, el objeto se transformó de inmediato en... ¿una linterna? ¿Qué era eso, una broma?

El Hombre Sombra se echó a reír, soltó una carcajada espeluznante sin un ápice de alegría o sentido del humor.

—Sé lo que estás preguntándote. Puedo pasar por alto lo de la sangre y lo haré si es necesario. Mis fantasmas se alimentan de los inmortales, es el precio que tienen que pagar por estar aquí. Pero ahora que está ahí dentro el Señor de la Oscuridad, su enemigo, no pueden hacerlo. Es inaceptable.

—Tus fantasmas no van a alimentarse de mis amigos —recordó la imagen del guerrero en un charco de sangre, con las tripas fuera. Apenas había podido ver el dolor de aquel prisionero, así que no podía ni imaginar lo que había debido de sentir.

—Tenemos que encontrar otra solución o tendré que expulsaros de mi reino. Te aseguro que no os gustarán nada mis métodos.

Había momentos para el enfrentamiento físico y otros en los que era mejor negociar.

—¿Qué otra cosa podrían comer?

—Inmortales —respondió enfadado—. Solo inmortales.

—Entonces tenemos un problema —se echó hacia atrás, acercando a Sienna a la puerta.

El Hombre Sombra se lanzó sobre ellos, aquella niebla oscura se desplegó como si tuviera alas. Paris apretó el interruptor de la linterna y enfocó la luz hacia la oscuridad, pero antes de que pudiera alcanzar a su adversario, el Hombre Sombra se alejó por el aire.

Cuando se detuvo, se quedaron mirando el uno al otro.

—¿Eso es todo lo que sabes hacer? —con esa provocación solo pretendía ganar tiempo para que Sienna pudiese entrar en el castillo. Solo esperaba que ella se diera cuenta, pero no oyó sus pasos, ni el ruido de la puerta.

—Si te enseñara todo lo que sé hacer, sería lo último que vieras.

—Demuéstramelo.

Así fue cómo comenzó un enfrentamiento que parecía una coreografía sacada de *Star Wars*. Era curioso que los dos conociesen los movimientos. Paris utilizaba la linterna como si fuera un sable de luz, moviendo el haz dorado con las contorsiones que hacía su cuerpo para esquivar aquellas alas de bruma.

Por fin hubo contacto. La luz alcanzó al hombre en una pierna, se oyó un chisporroteo y después un grito de cólera que a Paris se le clavó en la mente como si fueran balas y le hizo tambalearse.

Lo que le costó muy caro.

Una de las alas le dio en el brazo con tal fuerza que se le cayó la linterna. Parecía que no estaban hechas solo de bruma. Entonces aquel enorme cuerpo lo envolvió y lo inundó con sus gritos. El sonido era tan alto que le retumbaron los tímpanos hasta estallarle y sintió el calor húmedo de la sangre que le salía de las orejas.

Él también gritó a la vez que se tapaba los oídos y caía de rodillas. Sintió que un millón de hormigas le trepaba por el cuerpo y empezaban a morderle, arrancándole la piel y la carne.

Otro grito y de pronto se alejó la oscuridad. Necesitó unos segundos para orientarse, pero lo que vio le dio ganas de vomitar. El Hombre Sombra estaba a poca distancia de él, Sienna lo mantenía alejado con la linterna. Veía que movían la boca, pero no podía oír lo que decían.

Hasta que de pronto... ¡zas! Se le curaron los tímpanos y recuperó el oído con una explosión de sonido.

—¿... con cuántos estás dispuesto a conformarte? —decía Sienna, tratando de disimular el asco que sentía.

—Cinco. Al día.

—¡Nunca se han comido cinco en un día! Uno —sugirió—. A la semana.

—Tres. Al día.

—Tres en una semana.

Hubo un momento de silencio antes de que el Hombre Sombra asintiera.

—Hecho. El primer pago será hoy.

—De acuerdo, pero siempre y cuando todos nosotros, los Señores, sus parejas, los bebes, los inmortales y yo, estemos a salvo vayamos donde vayamos y hagamos lo que hagamos en este reino.

Otro silencio y de nuevo asintió.

—Hecho. Pero deberás darte prisa, mujer. Podría cambiar de opinión antes del primer pago —dicho eso, la niebla negra se disipó y desapareció del todo.

Sienna corrió junto a Paris y se arrodilló junto a él para examinar sus heridas.

—¿Estás bien?

Paris dejó caer la cabeza. No la había salvado, ni siquiera la había ayudado. Había tenido que salvarlo ella a él. La había fallado. ¿Qué clase de guerrero era?

—Lo siento mucho, pequeña.

—¿El qué? ¿Por qué? —le devolvió la linterna.

Una orden y volvió a convertirse en el cuchillo de cristal.

—Te he fallado. Podría haberte hecho daño.

Ya se lo había advertido Zacharel, ¿no? Le había avisado de que el mal genio se apoderaría de él y haría daño a su mujer. Paris había pensado que eso quería decir que la golpearía o algo así, algo que estaba seguro de que no haría jamás. Pero no era eso. El ángel sabía lo que decía. El mal genio le haría perder la cabeza y, al hacerlo, permitiría que otros le hicieran daño.

No podía volver a ocurrir. No volvería a perder la concentración de esa manera, pasara lo que pasara.

—Paris, tú nunca me has fallado —le aseguró con determinación.

Claro que lo había hecho, pero era la última vez. Al ponerse en pie sintió un dolor insoportable en los muslos. Después ayudó a Sienna a levantarse también y la llevó al interior del castillo. Fueron hasta un rincón, comprobó que la ventana más cercana seguía protegida con la sangre de William y luego le agarró el rostro con ambas manos.

—Espérame aquí, ¿de acuerdo? Tengo que pedirle a Lucien que encuentre tres... comidas aceptables.

—No hace falta que sean inmortales —le dijo ella—. Al final ha reconocido que los inmortales saben mejor, pero que les vale cualquiera.

Entonces sabía muy bien a quién utilizar. Aún quedaban Cazadores encerrados en las mazmorras de Budapest.

—¿Quién...?

—No te preocupes por eso —no sabía cómo reaccionaría si se enteraba y resultaba que los conocía—. Ahora que lo pienso, ¿por qué no vas mejor a nuestra habitación en lugar de quedarte aquí? Me reuniré contigo en cuanto pueda —antes de que pudiera responder, le dio un beso y la dejó allí.

No tardó en localizar a Lucien. El guerrero seguía en el salón de baile y, al ver a Paris, le pidió mil disculpas con los ojos llenos de arrepentimiento.

—Ya hablaremos más tarde de eso. Ahora necesito que hagas algo.

Apenas había terminado de explicarle la tarea cuando desapareció para volver unos minutos después con un Cazador en cada mano. Los humanos eran más fáciles de transportar que los inmortales.

Ninguno de los dos tenía fuerza para defenderse, así que se quedaron allí sin protestar y Lucien pudo ir en busca del tercero.

Paris pensó que quizá debería sentirse mal por lo que estaba haciendo, pero aquellos hombres habían intentado matar a sus amigos y a sus amantes. Les habrían cortado la sangre a sus mujeres sin dudarlo un momento.

Lo tenían merecido.

Una vez reunidos los tres, Lucien y él los llevaron al piso superior. Sienna no se había movido del rincón donde la había dejado. Paris maldijo entre dientes al verla, pero ella no dijo nada al ver a los Cazadores, se limitó a observar con los ojos abiertos de par en par mientras Lucien y él los sacaban a la azotea.

—Quédate aquí —le ordenó antes de cerrarle la puerta en la cara. No quería que viera lo que iba a ocurrir.

Se acercaron al borde del tejado y miraron hacia abajo. Había una buena altura hasta llegar al suelo, encharcado de sangre. No importaba. No iba a sentirse culpable. Pero sí que se preguntó si Sienna los conocía o si imaginaba que iba a utilizar la información que ella le había dado para encontrar a más Cazadores y utilizarlos para lo mismo que aquellos siempre que fuera necesario.

«Suéltalos», le ordenó una voz sin cuerpo que reconoció como la del Hombre Sombra.

Fue entonces cuando los Cazadores empezaron a forcejear, intentando soltarse. Paris y Lucien intercambiaron una mirada de horror antes de lanzarlos al vacío. Las sombras aparecieron enseguida y los engulleron. La noche se llenó de gritos de dolor, más espeluznantes aún que los que había oído cuando lo había envuelto el Hombre Sombra. Y después, silencio.

«Has cumplido el trato», dijo la voz que arrastraba el viento. «Estáis a salvo. Por ahora».

No estaba seguro de poder fiarse del Hombre Sombra, pero Sienna lo habría descubierto si hubiera mentido antes, así que no había más que hablar.

—Gracias —le dijo a Lucien.

—No hay de qué —una pausa y luego un suspiro—. Escucha, de verdad siento mucho lo de antes y voy a hablar con los demás. En ningún momento me gustó lo que íbamos a hacer, no me parecía bien presionarte de ese modo. Ahora voy a asegurarme de que todos respeten a tu mujer. Si la quieres, la aceptaremos.

Paris sintió un nudo en la garganta.

—Gracias —dijo de nuevo.

Lucien le puso la mano en el hombro con cariño y con más fuerza de la que sin duda pretendía. Después se marchó y apareció Sienna.

—Ya está, ¿verdad?

Paris asintió en silencio, con aprensión.

—Bien. Esos hombres habían hecho cosas horribles, vi sus pecados. Ira quería que yo los castigara.

¿Eso era todo? ¿No iba a cuestionarlo, ni a censurar lo que había hecho? ¿Simplemente lo aceptaba?

—Te amo —le dijo Paris, que no pudo contener las palabras. No podía seguir ocultando la verdad, ni siquiera a sí mismo.

Ella se quedó boquiabierta y lo miró con los ojos completamente verdes, el color marrón había desaparecido de ellos. Lo que sentía por aquella mujer no se parecía a nada que hubiera sentido antes. Moriría por ella y lo haría feliz.

Era perfecta para él. Lo hacía feliz. Lo llenaba de calma y de deseo. Era todo un desafío.

—Yo... —en sus mejillas aparecieron dos círculos rosados. Quizá de excitación. Al menos eso esperaba.

—No, no digas nada —le tendió una mano—. Ven aquí.

Sienna dio un paso y entonces pudo abrazarla y sentir el aroma tropical de su cuerpo que lo llenaba de energía.

Nada ni nadie podría separarlo de ella. Era suya y siempre lo sería.

Le cubrió el cuello de besos, de los besos más dulces del mundo.

—Vamos a practicar un poco el vuelo, ¿de acuerdo? —le propuso después.

—Sí.

Ella también lo amaba, tenía que ser así. Si no lo amaba, tendría que seducirla y cortejarla hasta que lo hiciera. «Sería la batalla más importante de mi vida».

Pasaron las siguientes horas entrenando la técnica para abrir las alas lo más rápido posible y despegar los pies del suelo. Paris nunca había volado, pero repitió todo lo que le había contado Aeron, todo lo que había aprendido observando a su amigo y comprobó con deleite los progresos de Sienna. El problema era que sabía que había muchas cosas que ignoraba.

Sexo acabó por salir de su escondite con tanto contacto físico y lo presionó para que hiciera algo más.

«Aún no. Esto es muy importante».

«Me lo prometiste. Muy a menudo, dijiste».

«Y así ha sido, estúpido exigente».

—Así nunca aprenderá a mantenerse en el aire —dijo entonces una voz masculina que conocía bien.

Paris no se molestó en volverse a mirar.

—¿Qué sugieres que haga, entonces? —era lo único relacionado con Sienna en lo que estaba dispuesto a admitir sugerencias.

Zacharel se acercó a ellos frotándose la barbilla.

—Solo puedo enseñarla como me enseñaron a mí. Tiene que ponerse en el borde del tejado y extender las alas tanto como puedo.

—¿Y si me caigo? —preguntó Sienna, asustada—. No podré agarrarme a mí misma.

—No te caerás —aseguró el ángel con una convicción que no dejaba lugar a dudas.

Sienna miró a Paris a los ojos y él asintió. Era muy importante que aprendiera a volar porque algún día podría salvarle el alma. Sí, tal y como habían demostrado las sombras, las almas también podían sufrir ataques devastadores.

Pasó a su lado y, al sentir el roce de sus dedos, Paris le agarró la mano y decidió acompañarla. Cuanto más se acercaban al borde del tejado, más temblaba ella.

–¿Tienes miedo a las alturas, pequeña?

–No debería, pero es que es una buena caída.

–Todo va a ir bien. No vamos a dejar que te pase nada. Te lo prometo.

–Apártate –le ordenó Zacharel y Paris obedeció, aunque a su pesar–. Ahora extiende las alas –le dijo a Sienna.

Paris nunca había reparado en la belleza de aquellas dos enormes alas negras como la noche. Tenían unas finas líneas moradas que se arremolinaban en el centro para después seguir hasta las puntas.

–Muy bien. Ahora intenta no tener miedo –y sin decir nada más, Zacharel la empujó al vacío.

Ella lanzó un grito de horror mientras caía... y caía...

–¡Nooooo! –Paris se lanzó tras ella para intentar alcanzarla.

Pero Zacharel lo detuvo con un gancho de derecha en la mandíbula y lo tiró al suelo. Sexo gimoteó en su interior, pero se negó a replegarse.

–¡Dijiste que no iba a caerse! –gritó Paris mientras se ponía en pie con la intención de volver a lanzarse a por ella.

–No se ha caído. La he empujado.

–Si le pasa algo...

Zacharel desapareció para volver un segundo después con Sienna a su lado. Estaba completamente lívida y, al comprobar que estaba en suelo firme, se derrumbó temblando.

–Hijo de perra –le dijo al ángel.

–Es la única manera de aprender –respondió Zacharel sin el menor sentimiento–. Así es cómo aprendemos todo. Además, no eres más que un alma, así que dudo mucho que te hubiera pasado algo aunque te hubieses estrellado contra el suelo.

–¡Lo dudas!

–Vamos, chica demonio, un poco de valor. Ponte de pie y vamos a intentarlo otra vez.

Esa vez fue Paris el que le propinó un gancho de derecha. El ángel echó la cabeza a un lado, pero apenas se limitó a parpadear, algo confuso, quizá.

–Vuelve a hacer eso y acabo contigo.

Paris no esperó a que respondiera, agarró a Sienna en brazos y la llevó al dormitorio.

Capítulo 44

—¿Por qué no te das una ducha y te relajas un poco, pequeña? –le sugirió Paris a Sienna al dejarla sobre la cama–. Yo volveré enseguida.

Sienna no tenía ni idea de qué planes tenía y adónde iba, pero asintió. La verdad era que no le iría mal estar un rato a solas y tratar de calmar un poco el ritmo al que le latía el corazón.

Paris le dio un beso en la frente y salió de allí cerrando la puerta tras de sí. Una ducha, sí, era lo que necesitaba. Acababa de caer al vacío, directa a una muerte segura al ser incapaz de hacer funcionar sus alas. La única razón por la que había sobrevivido era que el ángel que había intentado acabar con ella la había agarrado justo antes de estrellarse.

«Castígalo», ordenó Ira.

Era la primera vez que el demonio deseaba hacer daño a un ángel, lo que quería decir que, o se había tomado el empujón como una afrenta personal, o había recuperado el hambre.

De camino al baño, se fijó en que Viola había ido a buscarla. En la mesilla de noche había un anillo, tenía una sola piedra, una amatista, en el centro. Bien. Sí. Bien. No era doloroso.

El agua caliente la ayudó a relajarse un poco, pero no

se entretuvo mucho. Se enjabonó el pelo y el cuerpo, se aclaró y salió a secarse en menos de cinco minutos. Vaya días. Sin embargo, a pesar de haber estado a punto de morir, tenía la sensación de que recordaría aquel día como el más feliz de su vida. Paris le había dicho que la amaba.

Le había dolido mucho no decirle que ella también lo amaba a él, especialmente mientras le tocaba las alas y le enseñaba lo que sabía sobre técnicas de vuelo. Pero al día siguiente tenía que marcharse y abandonarlo para siempre, no volvería a verlo y... Bueno, era mejor no pensarlo.

Al salir del baño lo encontró sentado a los pies de la cama, mirando hacia ella con los codos apoyados en las rodillas. En su rostro había una expresión que jamás había visto, una ternura tan increíble que le temblaron las rodillas.

—Ven aquí —le pidió.

Soltó la toalla y, completamente desnuda, obedeció sin dudarlo. Se detuvo entre sus piernas y él le puso las manos en las caderas. El roce la hizo estremecer.

—¿Dónde has ido? —sumergió los dedos en su cabello, deleitándose en el tacto suave y el movimiento de los mechones.

—Solo he salido al pasillo. Estaba a punto de explotar y no quería que lo vieras. Le he dado unos cuantos puñetazos a la pared y ahora solo quiero abrazarte un rato. ¿Puedo?

Siempre.

—Sí.

La acercó un poco más hacia sí y apoyó la cabeza sobre su pecho, pegando el oído a los latidos de su corazón y acariciándole la piel con su respiración. Estuvieron así varios minutos, hasta que la necesidad de tocarlo y de estar con él de verdad la hizo temblar.

Paris debió de sentir su deseo porque tiró de ella un poco más, hasta tumbarla encima de su cuerpo. Rodaron por el colchón para quedar ambos de lado, ella delante de él. Sentía su pecho en la espalda y su erección entre las nalgas.

—Déjame que te ame —susurró él—. Quiero llenarte, moverme y derramarme dentro de ti. Quiero meterme en ti hasta lo más hondo, pequeña —le puso una mano en cada pecho y le frotó los pezones suavemente, creando una deliciosa fricción.

—Sí —volvió a responderle. No podía pensar con claridad, él había invadido sus pensamientos.

Bajó una mano hasta colársela entre las piernas y ahí encontró el centro mismo de su deseo.

—Esta miel. Es toda mía —exploró con un dedo los pliegues de la piel para después metérselo y luego otro.

Ella acompañó los movimientos de sus dedos con todo el cuerpo, arqueando la espalda hacia él.

—Me encanta lo que me haces.

Sintió el roce de sus dientes en el lóbulo de la oreja al mismo tiempo que le metía un tercer dedo. Gemido tras gemido, el placer que sentía fue inundando la habitación.

—Mójame, pequeña. Quiero que me empapes.

Siguió moviéndose contra él, se perdió en él y lo hizo feliz. No quería que volvieran a encontrarla, quería quedarse allí para siempre, con él.

—Es increíble. Quiero más.

Cerró los ojos y de pronto oyó sonidos que se le habían escapado hasta entonces. Su respiración entrecortada, cada vez más acelerada. El roce de sus caderas contra las sábanas y el de un cuerpo contra otro.

—Paris.

—Quiero hacerte disfrutar —dijo con una voz gutural, casi animal—. Quiero tenerte en la boca, comerte y sentir tu sabor en la garganta. Vas a dejarme que lo haga, verdad.

—Sí, Paris, sí.

Gritó al notar que retiraba los dedos, pero no se sintió

vacía mucho tiempo. Le agarró la pierna de arriba y la separó de la otra, y entonces se sumergió tan adentro como le había prometido. Volvió a gritar, pero esa vez de alivio, llena y loca de necesidad.

Se movió dentro de ella y no dejó de hacerlo ni siquiera mientras le pasaba dos dedos, mojados de ella, por los labios y se los metía en la boca.

–Chúpalos.

Lo hizo, sintió su propio sabor y aquella experiencia nueva le resultó increíblemente erótica. Le chupó los dedos como él le pedía, los acarició con la lengua e incluso los mordió. Después desaparecieron los dedos y al girar la cara para buscarlos, se encontró con su boca, con su lengua. Entretanto, no dejaba de moverse dentro de ella; estaba a punto de salir y luego volvía a zambullirse hasta lo más profundo.

Era algo más que sexo, se lo decía el instinto. Estaban creando una unión, un vínculo. Lo sentía por todas partes y no se saciaba de él. Jamás podría saciarse de él.

–¿Dónde estoy? –le preguntó él de pronto, moviéndose con más fuerza.

–Aquí –respondió con un gemido de pasión–. Conmigo.

–¿Dónde estoy?

–Dentro de mí.

–Eso es. Estoy dentro de ti. Soy tuyo y tú eres mía –le dio otro beso con el que le robó el alma y confirmó que era suya y solo suya–. Te gusta.

No era una pregunta, pero ella respondió de todos modos.

–Me encanta. Me vuelve loca –habían estado juntos muchas veces ya, pero nunca había sido tan intenso.

Paris parecía querer poseerla en todos los sentidos y, qué demonios, también ella quería poseerlo a él. Echó la mano hacia atrás y lo agarró del pelo con fuerza.

Él gimió.

Arqueó las caderas hacia atrás, golpeándose contra él una y otra vez, para sentirlo más y más. La presión crecía y crecía. Un poco más...

–¡Paris! –un golpe más y estalló por dentro, se deshizo mientras lo apretaba para que supiera que estaba justo donde tenía que estar. Era todo perfecto.

La giró un poco para tumbarla completamente boca abajo, con la cara en la almohada, y siguió más y más fuerte. De sus labios salió un profundo rugido mientras la llenaba, vaciándose interminablemente. Ella lo acompañó con un segundo orgasmo que la llevó aún más lejos en su conocimiento del placer.

Cuando volvió a la realidad, abrió los ojos y tuvo que preguntarse si había perdido el conocimiento porque de pronto estaban tumbados los dos de lado, mirándose a la cara y, sin embargo, no recordaba haberse movido. Él aún tenía la respiración entrecortada, así que no debía de haber pasado mucho tiempo. La observaba como si quisiera memorizar todos sus rasgos.

–Quiero marcharme contigo –le dijo él–. Que nos vayamos a algún lugar donde Cronos no pueda encontrarte y nadie pueda hacerte daño.

Se le encogió el corazón. En ese «nadie» estaban incluidos sus amigos.

–Ya te he dicho que no quiero que te enfades con nadie por mí.

–Te han faltado al respeto.

–Me lo merecía.

–¡No! –dio un puñetazo al cabecero que hizo que saltaran varias astillas de madera–. Te dije que no hablaras así de ti misma. Ellos no son perfectos, ninguno de ellos lo es. Todos hemos cometido errores en nuestras vidas, cosas que harían avergonzarse hasta a un criminal.

–Pero todos ellos se han reformado.

–Y tú también. No digo que quiera alejarme de ellos para siempre. Los quiero mucho y los necesito. Solo quiero darles tiempo para que te acepten. Debes saber que, si yo alguna vez hubiese tratado a sus mujeres como te han tratado ellos a ti, me lo habrían hecho pagar muy caro.

Tenía que cambiar de tema. Tenía que hacerlo si no quería que la obligase a cambiar de opinión. Paris era todo lo que necesitaba y decía cosas tan maravillosas.

—No creo que sea posible esconderse de Cronos —dijo.

—Existen unos medallones —respondió, algo más tranquilo—. Al ponérselos, uno se esconde de Cronos y de sus seguidores. Él mismo nos los dio una vez y luego nos los quitó. Puedo robar uno.

¿Y hacer enfurecer a la bestia y ponerse en peligro para el resto de la eternidad?

—No. Tengo que hacerlo, Paris. Tengo que ir a buscar a Galen, y Cronos va a llevarme hasta él. Tengo que hacerlo —repitió sin demasiada fuerza. «Por ti y por mí».

—¿Eso es todo? —la rabia volvía a reflejarse en sus ojos—. ¿Ni siquiera vas a pensártelo? ¿Aunque la idea de que mi enemigo respire el mismo aire que tú me haga sentir deseos de matar?

También ella sintió rabia.

—No hay nada que pensar porque se trata de asegurarme de que sigas con vida y no te pongas en peligro.

—Yo tampoco quiero que tú te pongas en peligro —argumentó, más tranquilo, pero solo un poco—. Piénsalo. Sin ti me moriré. Sé que te estoy haciendo un chantaje emocional, pero estoy dispuesto a hacer cualquier cosa con tal de no perderte. Mataré, mentiré, traicionaré, engañaré y lucharé. Lo que haga falta.

—Paris, yo...

Pero no había terminado.

—Llevo toda la vida luchando y follando y pensé que era feliz hasta que me abriste los ojos y me di cuenta de que me había limitado a existir y a aceptar lo que me había tocado. Puede que atrajeras mi atención por mi demonio, pero la mantuviste por cómo eres. Podría estar con quien quisiera y no lo hago, y no pretendo presumir, lo que te digo es que ahora que sabe que estoy comprometido contigo, Sexo hace que me excite con todas las mujeres que se me cruzan por delante, pero yo no quiero estar con ninguna de ellas y no voy a hacerlo.

«Cuidado», se dijo Sienna. Ese hombre, al que amaba con todo su corazón, podría convencerla de cualquier cosa. No podía pasar el resto de la noche con él. Tenía que marcharse y tenía que hacerlo cuanto antes.

Lo supo con tal certeza que la hizo estremecer.

–Sienna, pequeña, sé que estoy siendo muy duro y que te estoy presionando mucho. Pero... solo te pido que me des un poco de tiempo, ¿de acuerdo? Encontraremos una solución. Tiene que haberla. Confía en mí.

–Confío en ti –dijo con la voz quebrada, rota como su corazón, y era cierto, pero eso no iba a detenerla.

–Muy bien –debió de pensar que acababa de acceder a darle tiempo.

Y ella no lo sacó del error.

–Ahora quiero que me escuches con atención. ¿Te acuerdas cuando te dije que no dejaras que nadie probara tu sangre y que siempre te limpiaras bien si te herían? –esperó a verla asentir antes de continuar–. Te lo dije porque Cronos te ha convertido en una fuente de ambrosía. Tu sangre es una droga para los inmortales, una droga muy adictiva.

–No es... –para qué terminar la frase. No había nada imposible. Ella misma era la prueba viviente, o más bien no muerta, de ello. La amargura creció en su interior y se unió a la rabia y a la desesperanza–. ¿Cómo lo ha hecho? ¿Y por qué? –en realidad ya sabía la respuesta a la segunda pregunta.

Lo había hecho para que le resultara más fácil «seducir» y controlar a Galen. ¡Cómo se había atrevido! ¡Cómo había podido convertirla en un narcótico andante!

«Castígalo... Castígalo».

Sí. Claro que lo castigaría. Pero eso no iba a impedirle que hiciera lo que tenía que hacer, pues era la vida de Paris lo que estaba en juego. Pero después de eso, Cronos y ella tendrían que verse las caras frente a frente.

Ira le dio la razón.

—Lo siento mucho, pequeña —le dijo Paris—. Ojalá pudiera volver atrás e impedirle que lo hiciera.

Volvía a derretirse por él.

—¿Hay alguna manera de limpiarme?

—No, que yo sepa.

Se inclinó hacia él y apoyó los labios en los suyos. Sabía que él quería seguir con la conversación, pero de todos modos se entregó al beso y aceptó su lengua. Mientras estaba distraído, agarró el anillo que había dejado Viola y se lo puso en el dedo.

Sintió las lágrimas quemándole los ojos.

—Sienna —le dijo Paris poniéndole una mano en la mejilla como hacía siempre y mirándola como si fuera un preciado tesoro al que jamás podría hacer daño—. Háblame. Dime qué estás pensando, por favor.

«Hazlo. ¡Hazlo!». Pero antes un beso más, solo uno. Se llenó la boca de él, de su calor, de su sabor. Tenía por delante una eternidad de amargura, pero ese era su castigo por lo que le había hecho. Una parte de ella pensaba que hasta Ira estaba de acuerdo, porque lo oía ronronear como había hecho con Olivia, alimentándose de la tristeza de Sienna.

«Hazlo». Pero ¿serviría de algo contarle lo que pensaba? No, lo que tenía que hacer era conseguir que Paris dejara de amarla. Tenía que olvidar la promesa que le había hecho y seguir adelante con su vida. Ser feliz.

Así que lo hizo. Hizo lo único que le garantizaba que él la odiara para siempre.

Le puso en la garganta el dedo en el que llevaba el anillo, tal y como había hecho la otra vez, el día en que se habían conocido. Tenía el pulso irregular.

«Hazlo».

—Lo siento —susurró en tono trágico al tiempo que lo hacía. No debería haberlo dicho, debería haberse mostrado fría, sin corazón.

Él abrió los ojos de par en par.

—¿Qué... —y entonces lo comprendió. El líquido entró en su corriente sanguínea y le llegó al cerebro rápidamente. En lugar de gritar o maldecirla, Paris dijo—. No me dejes. No... te vayas... Quédate... conmigo... por favor...

Por mucho que luchó contra el efecto, no pudo detenerlo y no tardaron en cerrársele los ojos. Los brazos cayeron muertos a los lados de su cuerpo, completamente inmóvil a excepción de su pecho, que se movía al ritmo de la respiración. Sienna necesitó toda la fuerza del mundo para levantarse de su lado y vestirse con la ropa que le había proporcionado Cronos, una camiseta roja de manga larga, pantalones de cuero negro y botas militares. No dejó de llorar en ningún momento

Agarró dos cuchillos, ninguno de ellos de cristal, esos los dejó sobre la mesilla de noche, el uno al lado del otro. Eran de Paris y sin duda iba a necesitarlos. Se ajustó los cuchillos a las muñecas con los mangos hacia abajo, solo tenía que sacudir los brazos y le caerían en las manos.

Cerró los ojos un momento. «Tengo que hacerlo, tengo que hacerlo», se repitió a sí misma. No mitigó el dolor, ni hizo que se sintiera mejor, o menos culpable. Si al menos Paris la hubiera mirado con rabia en ese último instante. ¿Por qué había tenido que ser tan comprensivo?

No iba a engañarse, sabía que iría tras ella.

Tenía que impedirlo.

A punto estuvo de derrumbarse al cerrar la puerta de la habitación, pero consiguió dejarla atrás y seguir andando por el castillo hasta la habitación de Lucien. Lo encontró sentado en una butaca de terciopelo, con Anya acurrucada contra su pecho.

El guerrero enseguida sintió su presencia y abrió los ojos.

—¿Qué ocurre? —le preguntó Anya—. Te has puesto en tensión.

Al comprobar que se trataba de Sienna, Lucien se relajó un poco.

—Anya, querida, ¿me harías un favor? —le pidió mientras le acariciaba el pelo.

—Claro, querido, lo que quieras —respondió ella, lamiéndole el cuello—. Ya lo sabes.

Pero él le levantó la cara.

—¿Irías a la cocina y me prepararías un chocolate caliente? Con nata montada.

—¿Qué? —frunció el ceño—. Pensé que querías algo completamente distinto y depravado y estaba completamente dispuesta a hacerlo. Y vas y me pides un chocolate...

—Por favor, Anya. Tengo un antojo.

—¿Estás embarazado?

—Anya.

—¿Qué? Es una pregunta lógica teniendo en cuenta lo que estás rechazando para pedirme eso, pero está bien. Mi hombre tiene un antojo —salió de la habitación sin dejar de protestar y sin imaginar que estaba dejándolo a solas con Sienna.

—He drogado a Paris —confesó en cuanto se cerró la puerta.

Lucien se puso en pie de un salto.

—¿Le has hecho daño?

—No, no. Claro que no —se apoyó en la pared, incapaz de seguir sosteniéndose a sí misma—. Cronos quiere que... espíe a Galen y lo controle —¿por qué tenía que ser tan difícil? Había drogado al hombre al que amaba, lo de ahora debería ser mucho más sencillo en comparación—. Es la única manera de salvar a Paris, y a todos vosotros, de una muerte segura. Cuanto más tiempo me quede aquí, más probabilidades hay de que Galen ataque a Cronos y Rhea se haga con el trono —y más le costaría dejar a Paris.

Lucien la miró fijamente con el ojo azul, que parecía

capaz de hipnotizarla, mientras que el marrón la dejaba inmóvil.

–Podría acusarte de mentir, de decir eso para que no sospechemos que lo que estás haciendo es reunir a tu gente para desvelarles todos nuestros secretos.

Se mordió los labios para no maldecir, pero enseguida siguió adelante.

–Sí, podrías hacerlo, pero Paris confía en mí y quiere que me quede. No permitiría que me fuese.

Durante la pausa que hizo a continuación reparó en que Ira estaba en completo silencio; realmente debía de haberse alimentado de su dolor, y ahora Lucien no le preocupaba en absoluto. Y quizá fuera cierto que Aeron lo había conseguido y los Señores estaban exentos de la sed de venganza del demonio. Daba igual. No iba a estar mucho más tiempo cerca de ellos. Ira podría alimentarse de su tristeza el resto de la eternidad.

–Paris querrá venir en mi busca –siguió diciendo–. Supongo que lo sabes.

–¿Para vengarse de ti por haberlo drogado?

–No. Para salvarme de Galen.

Lo vio apretar los labios y fruncir el ceño.

–¿Qué quieres que haga yo?

–Que se lo impidas –aquellas palabras eran como puñales que se le clavaban en la garganta–. Tengo que quedarme con Galen y encontrar la manera de controlarlo.

–Te voy a dar un consejo, mátalo –le sugirió Lucien.

Ojalá pudiera hacerlo.

–Dice Cronos que no puedo, que si Galen muere, también lo haréis vosotros. No tengo alternativa –declaró al tiempo que se cuadraba de hombros con determinación, una determinación que de pronto la hizo más fuerte.

No era débil, ni cobarde. Ya no. Iba a hacerlo aunque para ello tuviese que renunciar a su propia felicidad.

–No dejes que venga a por mí. Que se quede aquí y no pierda las fuerzas. Eso es todo lo que quería decirte.

Hubo una larga pausa.

–Sabes lo que me estás pidiendo, ¿verdad?

–Sí –bajó la mirada al suelo para controlar una nueva oleada de lágrimas–. Eres un buen amigo suyo y me alegro –el nudo que tenía en la garganta apenas la dejaba hablar–. Me alegro de que te tenga. Cuida de él, Lucien. Si averiguo algo que pueda ayudaros, encontraré la manera de haceros llegar la información. Podéis fiaros o no, pero la recibiréis.

–Sienna...

–Cuida de él, por favor –repitió y salió de allí sin necesidad de abrir la puerta. Echó a andar hacia la azotea.

Solo le quedaba una cosa por hacer.

Capítulo 45

Sienna levantó bien las alas, que ya no arrastraban por el suelo. Le dolían los hombros, pero podía soportarlo. Su determinación era absoluta. Fuerte como una roca. Inquebrantable.

Iba a hacerlo. Sin vacilar.

Fue hasta el borde del tejado. La oscuridad del reino la envolvió de nuevo. No había ni rastro de la sombra, quizá hubiera cumplido su promesa de dejarlos en paz a cambio de comida. Ira había percibido el peligro que suponía aquella... cosa, pero las imágenes que le había mostrado, eran borrosas, sombrías, por lo que no les había aclarado nada a ninguno de los dos.

Así pues, no sabía muy bien lo que sería capaz de hacer aquella criatura. Le creía porque no tenía otra opción.

Extendió los brazos. No se paró a pensar en lo que podría o debería haber sido.

—¡Cronos! ¡Cronos! ¡Te invoco!

Vio un destello blanco a su lado. Se giró y se encontró con la imagen de Zacharel, tan hermoso como siempre, con un aura que desprendía energía y, sin embargo, sintió miedo al verlo. No había emoción alguna en su rostro.

Ira reaccionó como si acabara de ver a Olivia.

«¡El Cielo!».

—Mi gente te necesita, Sienna —anunció el ángel—. Ya te lo dije.

Lo miró fijamente.

—Y yo te dije que te pusieras a la cola.

—¿Por qué iba a hacerlo si puedo llevarte a mi antojo?

—Si fuera así, ya lo habrías hecho.

Tuvo que asentir ante tanta lógica.

—Entonces ven conmigo voluntariamente. Eres la clave de nuestra victoria.

«Estoy tan harta de todo eso».

—¿Por qué soy la clave? ¿Cómo puedo serlo?

—No lo sé.

«Estoy tan harta de la falta de respuestas».

—Entonces no vas a tener esa llave. Además, no sabía que los ángeles y los demonios trabajaran juntos.

Su mirada se suavizó ligeramente.

—Los demonios de los grandes señores, como el que llevas dentro, fueron ángeles una vez. Yo conozco, o conocía, a tu Ira. Hubo un tiempo en que su justicia no estaba pervertida, sino que era justa de verdad.

—Eso no cambia nada —¿dónde demonios estaba Cronos?—. Lo primero es Paris y esta es mi manera de salvarlo —y si Paris no le había hecho cambiar de opinión, mucho menos iba a hacerlo Zacharel.

—¿Por qué lo amas? —le preguntó el ángel, frunciendo el ceño, y de verdad parecía no comprenderlo—. ¿Por qué te sacrificas por él?

—Es fuerte.

El ángel respondió resoplando.

—Hay otros igual de fuertes.

Recordaba haber hecho lo mismo con Paris, contradecir todas sus palabras. No imaginaba que fuera tan molesto.

—Es inteligente, generoso, cariñoso, amable y...

—Es un asesino.

Continuó hablando como si él no lo hubiera hecho.

—Me protege y hace que me sienta especial. Cuida de mí y también se sacrifica por mí.

—¿Quieres un sacrificio? Muy bien. Pon un precio y me encargaré de ello ahora mismo.

Eso despertó la esperanza en su interior.

—¿Puedes salvar a Paris del destino que me ha mostrado Cronos? Muere en dos de los posibles futuros. ¿Puedes salvarlo a él y a sus amigos?

—No —respondió sinceramente y no debería haberle sorprendido, pero lo hizo—. El destino ya está en marcha, no hay manera de pararlo.

La esperanza se desvaneció tal y como había surgido.

—De acuerdo. ¡Cronos! —gritó de nuevo—. ¡Cronos!

—El rey de los Titanes te ha mentido, supongo que lo sabes. Te ha mentido en muchas cosas.

—¿Respecto a Paris? —preguntó, conteniendo la respiración.

—No.

Lo demás no importaba.

—¡Cronos!

—Ayúdanos, Sienna —parecía frustrado—. En los Cielos se está fraguando una guerra. El bien contra el mal y supongo que querrás estar en el bando del bien.

«Eso ya lo he oído antes».

—¡Cronos!

—Nosotros nunca te mentiremos —dijo, acercándose a ella—. Y tendrás oportunidad de vengarte de todo lo que te han hecho, a ti y a tus seres queridos.

A Ira le entusiasmó la idea y se lo demostró pegando botes dentro de su cabeza. También a ella le gustaba la idea de luchar, por fin, en el bando de los ángeles, y una parte de ella deseaba decir que sí. Pero, sí, siempre había un pero.

—Lo siento, de verdad que lo siento, pero he tenido que drogar a un buen hombre para hacer esto y tú no puedes garantizarme que no le pase nada, así que no puedo ayudarte.

Zacharel la observó detenidamente en silencio durante un rato.

—Muy bien. Dejaré que te vayas con el Titán. Cuando me necesites, y me necesitarás, solo tienes que decir mi nombre y acudiré.

Para llevarla a los Cielos.

—Encuentra la manera de salvar a Paris y a sus amigos y seré toda tuya. Como ves, he aprendido algo en este mundo de los inmortales. Todo tiene un precio. La vida de los Señores o no hay trato.

—Muy bien —repitió Zacharel antes de desaparecer.

Un segundo después apareció Cronos frente a ella y parecía enfadado. En su rostro había un gesto siniestro. Al menos había abandonado el estilo gótico y los trajes por la túnica blanca.

—¿Primero me llamas y luego no me dejas aparecer? —preguntó el rey, iracundo—. ¿Cómo has conseguido frenarme?

Una vez más, Ira se quedó mudo, incapaz de ver el pasado de Cronos, lo cual era muy frustrante para los dos. A pesar de que lamentaba las cosas que el demonio le había hecho hacer, lo cierto era que confiaba mucho en su capacidad para juzgar a la gente.

—Yo no te he frenado —respondió con sinceridad mientras pensaba lo mucho que lo odiaba por todo lo que le había hecho y lo que le estaba haciendo a Paris—. Te he llamado para decirte que ya estoy preparada para ir en busca de Galen. Pero antes...

Se acercó a él lentamente y entonces agitó los brazos. Los cuchillos le cayeron en las manos y entonces comenzó una locura de movimientos. Lo empujó contra la pared del castillo y le puso un cuchillo en la yugular.

Cronos podría habérsela quitado de encima, pero todo ocurrió tan rápido que solo pudo mirarla con asombro.

—Me has alimentado a base de ambrosía y me has convertido en una especie de surtidor de ambrosía ambulante.

Entonces sí la empujó y habría caído al vacío si no hubiese batido las alas.

—Hice lo que tenía que hacer para que esto funcionase. Tenías razón, no eres lo bastante guapa para atraer la atención de Galen y necesitamos su atención.

No iba a pedirle disculpas, el muy cabrón.

Algún día...

—Y ahora permíteme que me gane la tuya —añadió Cronos con voz más suave.

Sienna parpadeó y entonces se dio cuenta de que todo había cambiado a su alrededor. De la oscuridad a la luz, de lo inhóspito al lujo.

Sobre su cabeza colgaba una enorme araña de cristal de un techo de madera labrada cuidadosamente. A los lados, las ventanas estaban cubiertas con enormes cortinajes de terciopelo rojo, a juego con la tapicería de las sillas y los sofás que había por la sala. Bajo sus pies, una gruesa manta de lana tejida. Y en el aire, el aroma a jazmín y madreselva.

—¿Dónde estamos? —preguntó.

—En tu nueva casa.

No iba a llorar.

—¿Es aquí donde vive Galen?

—¿Cuándo está en el reino de Rhea? Sí. Normalmente están todas las habitaciones ocupadas por sus hombres, pero ahora hay algunos desaparecidos —Cronos la agarró de los brazos y la obligó a mirarlo a los ojos—. Dentro de sesenta segundos, exactamente, vas a entrar en esa habitación —dijo, mirando hacia una puerta cerrada que había a su espalda.

¿Por qué tenía que esperar un minuto? Claro que, ¿qué más daba?

—De acuerdo.

—Galen no te aceptará tal como eres, ya no porque apestas a Paris, que es su enemigo.

¿Cómo iba a convencer de nada a un hombre tan terrible? Estupendo.

—Solo hay una manera de solucionarlo —anunció Cronos.

—¿De qué se trata? —preguntó al tiempo que se le helaba la sangre en las venas.

—De esto.

No lo vio moverse. Estaba ahí agarrándola y al segundo siguiente le había dado una puñalada en el estómago. El dolor era insoportable, pero aumentó aún más al bajar la mirada y ver el cuchillo hundido en su vientre.

Ira rugió de rabia ante semejante injusticia. Ya no necesitaba ver el pasado de Cronos para desear castigarlo duramente.

—¿Por qué...? —no pudo seguir hablando porque la sangre le salía por la boca a borbotones.

«Algún día lo mataré».

«Castiga. Castiga. Castiga».

—Ya te lo he dicho, Galen no te habría querido de otra manera —Cronos dio un paso atrás, llevándose el cuchillo consigo y sin disculparse por lo que había hecho.

«Lo odio». La sangre le empapaba la camiseta y la piel. Le temblaban las rodillas.

«Castiga. Castiga. Castiga».

Se acercó a él, de nuevo con los cuchillos en la mano.

Lo vio sonreír.

—No deberías malgastar conmigo la poca energía que te queda. Te sugiero que entres ahí y encuentres a Galen. Si no, volveré junto a Paris y lo mataré yo mismo.

Dicho eso, desapareció de su lado, dejándola sola mientras se desangraba.

Empezaba a ver borroso. Zacharel tenía razón, pensó. Cronos le había mentido y la había traicionado una y otra vez, y ella se lo había permitido como una tonta. Se arrepentía de las decisiones que había tomado. Pero no podía llamar al ángel.

Ira y ella deseaban lo mismo. Algún día, acabaría con Cronos, con Rhea y con Galen, salvaría a Paris y se olvidaría del resto del mundo.

Capítulo 46

Paris se despertó sobresaltado y se incorporó pegando un bote. Estaba aturdido y sentía una fuerte aprensión en el pecho. Tocó el resto de la cama. Estaba fría, vacía.

–Sienna –la llamó, pensando que quizá estuviera en el cuarto de baño. Necesitaba abrazarla y saber que estaba bien.

Silencio.

–Sienna –esa vez gritó y, con la vibración de su propia voz, se le despertaron los recuerdos y se le aclaró la mente.

Sienna lo había dejado. Lo había abandonado para ir en busca de Galen. Puso los pies en el suelo, sin hacer caso al aturdimiento que sentía.

«La necesito», dijo Sexo.

«Lo sé. La encontraré».

–No te levantes –le dijo una voz conocida. Lucien acababa de materializarse en la habitación.

Paris se puso en tensión y trató de pensar. Su amigo acercó una silla a la cama y se sentó en una postura aparentemente relajada, pero la expresión de su rostro era de preocupación.

–Tngo que levantarme –dijo mirando a su alrededor en busca de todo lo que necesitaba. Ropa, calzado, armas. Entonces vio los dos cuchillos de cristal sobre la mesilla. Apretó los dientes. Se había marchado sin el arma que él le había dado para que pudiera protegerse.

Por un instante, el temor fue más fuerte que él mismo. Dejó caer la cabeza sobre las manos.

«La necesito».

«¡Lo sé, maldita sea! ¿Acaso crees que no lo sé?».

–Vino a verme –le dijo Lucien–. Me pidió que me asegurara de que no salías de aquí.

Paris levantó la cabeza y miró a su amigo a los ojos con repentina furia.

–¿Le has hecho daño?

–No.

Bien.

–¿Qué le has dicho?

–Ya hablaremos de eso. Parece ser que también habló con Viola y le pidió que se asegurara de que tu demonio estaba bien alimentado.

Aquello lo dejó boquiabierto. Sienna quería que se acostara con otra mujer. Cualquier otro más débil se habría vuelto loco y, si bien estaba enfadado y dolido comprendía por qué lo había hecho. Sienna quería su bienestar por encima de todo, incluso de sí mismo. A él le ocurría lo mismo, precisamente por eso iba a ir tras ella. Iba a encontrar la manera de atarla a él para siempre, fuera como fuera.

«Es nuestra», afirmó Sexo a pesar de su reticencia inicial.

«No seré yo el que te lleve la contraria».

Se puso en pie y se tambaleó.

Lucien se acercó.

–¿Vas a intentar impedirme que vaya en su busca? –le preguntó a modo de desafío porque nadie podría impedírselo.

–No –respondió el guerrero–. Voy a acompañarte a recuperar a tu chica.

Sienna se arrastró hasta la puerta, dejando un rastro de

sangre tras de sí, pero por fin llegó. Esperaba poder atravesar la madera, pero no fue así. Alcanzar el picaporte fue toda una odisea. A cada segundo que pasaba se sentía más débil.

Pero había dos cosas que le daban fuerza. El odio que sentía hacia Cronos, Rhea y Galen, y el amor por Paris. Había llegado hasta allí y ahora no iba a echarse atrás. Empezaba a ver estrellas entre la bruma que le nublaba la visión y le costaba respirar como si el aire se hubiese vuelto sólido.

Giró el picaporte y empujó la puerta con el hombro. Chirrió al abrirse. ¡Sí! Lo había conseguido.

Avanzó a gatas. Una mano delante de la otra, una rodilla y luego la otra. Cada vez había más estrellitas.

A pocos metros de ella, oyó lloriquear a una mujer.

Y maldecir a un hombre.

¿Sería Galen?

—Ayudadme... —logró decir.

Oyó unos pasos y unas plumas que rozaban el suelo de madera. Después apareció un hombre rubio muy guapo que se agachó junto a ella. Ahí estaba Galen, el hombre del retrato. Tenía el torso desnudo y lleno de vendajes con manchas de sangre. Tenía un puñal en la mano y lo levantaba como si hubiese pretendido atacarla y luego se lo hubiese pensado mejor.

—¿Tú quién eres? —le preguntó.

Se le aceleró el pulso y eso hizo que sangrara más.

—Soy... Ira. De los Cazadores —¿por qué su demonio no le mostraba imágenes de los pecados de Galen? ¿Estaría tan débil como ella? Quizá dependiera de su fuerza como a veces dependía ella de la de él.

A un lado de la habitación, vio levantarse de entre las sombras a una joven de pelo claro y piel pálida. ¿Sería Legion, la muchacha que estaban buscando los Señores? ¿La que se había ofrecido a cambio de Ashlyn?

¿La misma por la que Galen había puesto en peligro su propia vida?

«Es un infierno», gimoteó Ira.

—¿Qué haces aquí? —le preguntó Galen—. ¿Cómo has llegado aquí?

Sienna lamentó no haber preparado una historia convincente. Pero no tenía nada y no se le ocurría ninguna excusa para convencer a Galen de que podía fiarse de ella. Al menos hasta que pudiera defenderse.

—Ayuda —se limitó a decir.

Legion se acercó.

—¿Ira? No puedo verte, pero puedo sentirte.

«Mi infierno».

—Apártate, Legion —le ordenó Galen y, automáticamente, la muchacha volvió a su rincón.

¿Qué le habría hecho para provocarle tanto temor? ¿Qué tenía intención de hacerle? En cualquier caso, Sienna no podía dejarle que le hiciera daño, tendría que encontrar la manera de protegerla.

—Es mía —declaró Galen con furia, como si le hubiese leído los pensamientos—. Tócala y morirás, pero antes jugaré un poco contigo.

Sienna lo miró. Últimamente la habían amenazado tanto, que aquellas frases empezaban a no ser más que ruido.

Se pasó la lengua por los labios y se acercó un poco más a ella.

—Hueles muy bien —dijo en otro tono más suave—. Muy, muy bien.

Sienna se quedó inmóvil. Por una parte deseaba que probara su sangre para poder controlarlo, pero por otra parte la idea le repugnaba. A pesar de lo mucho que despreciaba a Cronos, de pronto le agradeció que le hubiese puesto esa ambrosía en las venas porque, en cuanto Galen cayese rendido por su poder, Paris estaría a salvo.

Entonces podría escribir un nuevo futuro y crear una cuarta alternativa. Tal y como se había prometido, mataría al rey y a la reina de los Titanes. No tendría piedad de ellos.

Galen siguió oliéndola con placer, pero de repente se puso en pie y gritó:

—¡Fox!

Maldito fuera. Sienna reunió las pocas fuerzas que le quedaban y fue tras él. Tenía que hacerle probar su sangre. Alargó una mano ensangrentada hacia él.

—¡Fox! —volvió a gritar, con los ojos abiertos de par en par, horrorizado al comprobar que estaba contra la pared y no podía moverse mientras ella seguía acercándose...

Entonces una mano la agarró del pelo y tiró de ella hacia atrás. Parecía que había alguien más en la casa que podía verla, pensó mientras se le escapaban las fuerzas.

—Mátala —ordenó Galen—. Mátala.

Kane sabía que estaba soñando. ¿Cómo si no iba a poder ver a Amun y a Haidee enfrentándose a los dos jinetes, puñal en mano? ¿Por qué si no iba a tener Haidee la cara azul como el hielo y el pelo a punto de congelársele? ¿Por qué si no iba a estar William limándose las uñas, apoyado en la pared?

¿Qué hacía si no aquella hermosa mujer con el cabello rubio mirándolo con esos ojos color lavanda, frunciendo el ceño y tirando de los grilletes que le inmovilizaban las muñecas y los tobillos?

Quizá no estuviese soñando. Quizá aquella mujer fuese un ángel.

—¿Muerto? —preguntó.

Había deseado morir tantas veces, que quizá hubiese conseguido por fin que su alma abandonase el cuerpo. Quizá se hubiese librado de su demonio y lo habían enviado a ese reino secreto de los Cielos en el que vivían Baden y Pandora. Un reino en el que los poseídos por demonios debían pasar toda su otra vida.

Baden había sido su mejor amigo y el guardián de la Desconfianza. Aeron había estado durante un tiempo en aquel reino secreto y había hablado con Baden, incluso con Pandora, que los odiaba con una intensidad que no había decrecido con el paso de los siglos.

Aeron había escapado con su Olivia. Pero Kane no quería escapar.

—¿Muerto? —preguntó otra vez y, mientras hablaba, el cerebro le envió una advertencia. «Mía».

Aquella mujer, que debía de ser la criatura más hermosa que había visto en su vida, solo dijo una palabra.

—No —pero Kane sintió la fuerza de su voz en todo el cuerpo. Una fuerza pura, embriagadora.

«Mía», era ya un rugido.

Los ángeles no podían mentir, así que estaba claro que había dicho la verdad. Si no estaba muerto, entonces estaba vivo. La idea no le gustó demasiado. Detestaba que aquella belleza lo viera en semejante estado. En su peor momento; violado, herido, débil.

—Entonces mátame —le pidió.

«Mía», la voz era cada vez más fuerte. No comprendía ese afán de posesión, ni quería comprenderlo.

Se hizo un intenso silencio. La calma antes de la tempestad porque, al segundo siguiente, Desastre protestó con fuerza. A gritos desde el interior de su cabeza.

No, no estaba muerto.

Se llevó las manos a los oídos y fue entonces cuando se dio cuenta de que le habían soltado las cadenas que le ataban los brazos. Lo había hecho aquella mujer. Lo había liberado.

—No —dijo de nuevo—. No voy a matarte.

«Mía».

«Calla».

Volvió a la teoría de que todo era un sueño, solo eso, lo que significaba que ella haría lo que él desease, ¿verdad?

—Mátame.

Le puso las manos en las axilas y lo incorporó. Kane

sintió su calor, la suavidad de sus manos y el aroma erótico del pachuli.

«Mía».

Sintió un grito en la garganta que amenazaba con llegar hasta la boca. Le pesaban los brazos, no podía moverlos y sin embargo tenía que luchar contra el deseo de agarrarla. Quería besarla en la boca y meterse dentro de su cuerpo.

Quería... y lo haría.

«Mía, es mía».

La rubia, que de pronto ya no era una rubia, sino una hermosa mujer negra, no, una latina ardiente, lo observaba de cerca con sus penetrantes ojos oscuros.

—No he venido para acabar con tu vida —le dijo—. Te voy a llevar al mundo de los humanos y, a cambio, tú me matarás a mí. Antes quiero que lo jures.

Desastre dejó de gritar y se echó a reír.

Cronos recorrió la Sala de los Futuros a solas, mientras sus emociones se inclinaban hacia la destrucción. La había buscado por todas partes, pero no había logrado encontrar a Rhea. Los Cazadores que había apresado y encerrado habían desaparecido, así que imaginaba que Rhea los había soltado de alguna manera. Y Sienna aún no había hecho su trabajo con Galen.

Si tenía que arrasar el mundo entero solo para salvarse él, lo haría.

Iba a salirse con la suya de un modo u otro. Dominaría el mundo de los humanos, controlaría a su mujer y tendría la vida, la vida eterna porque era inmortal y rey, el más poderoso de todos, aunque alguno que otro lo hiciera temblar.

Se detuvo frente a un jarrón que había esculpido y pintado uno de sus Ojos hacía ya mucho tiempo. En él se veía a Scarlet, la odiada hija de Rhea, guardiana del demonio de las Pesadillas, estaba quitándole la cabeza. Dos supuestos asesinatos. Dos lugares distintos y dos momentos distintos.

¿Por qué?

Nunca había podido resolver ese misterio. Se suponía que solo había una persona que pudiera matarlo... ¿A menos que Galen y Scarlet trabajaran juntos? Pero se odiaban el uno al otro y luchaban en bandos contrarios. La prueba era que hacía poco que Scarlet se había colado en los sueños de Galen y lo había convencido de su propia perdición. Aquellos sueños habían hecho que Galen atacara al compañero de Scarlet, Gideon, lo que la había enfurecido aún más.

Cronos parpadeó un par de veces mientras pensaba algo. ¿Podría ser tan sencillo? ¿Sería posible que Scarlet se hubiese colado en los sueños de su Ojo? ¿Acaso le había mostrado una realidad falsa? Scarlet y él eran enemigos de nacimiento, y sus continuos enfrentamientos se habían convertido en una especie de juego.

Quizá, pensó. Eso querría decir que iba por el buen camino. Galen era el mayor peligro, así que había que controlarlo cuanto antes.

Ahora Sienna sabía lo implacable que podía ser cuando quería asegurarse de alcanzar sus objetivos y sin duda cumpliría con su parte del trato. Si no lo conseguía, Cronos cumpliría la amenaza que le había hecho y mataría a Paris. Y haría que ella estuviese delante.

Capítulo 47

Suspensión de la pena, pensó Sienna. Y solo porque Fox, la guardaespaldas de Galen, había hecho lo que no había hecho él y había probado su sangre. Se había manchado las manos de sangre mientras la sacaba a rastras del dormitorio y la llevaba a un sótano en el que no había nada más que una mesa y un desagüe debajo. Sienna se había encargado de que así fuera. Le había prometido a Paris que mataría a cualquiera que probara su sangre e iba a hacer todo lo que estuviera en su mano para cumplir con su palabra.

Al dejarla en la mesa, la mujer había percibido el dulce aroma de la ambrosía y se había chupado la mano. Después de cerrar los ojos y gemir de placer, había querido darse un buen festín; se le había echado encima y la había lamido y mordido a su antojo, tras lo cual no la había matado, sino que la había llevado a un dormitorio y la había atado en un rincón.

De eso hacía ya... ¿cuántos días? Sienna había perdido la cuenta. El tiempo pasaba muy despacio y al mismo tiempo demasiado deprisa. La herida de la puñalada de Cronos se había curado ya, pero Fox le había hecho muchas otras para seguir bebiéndose su sangre, por lo que no había conseguido recuperar las fuerzas.

¿Qué estaría haciendo Paris? ¿La odiaría? ¿Habría

conseguido Lucien impedir que saliera del castillo? Sí, probablemente. Los Señores habían dejado muy claro lo que opinaban de ella, así que aprovecharían la oportunidad para sembrar sentimientos negativos en Paris.

«No pienses en eso. No es bueno para tu salud mental».

Necesitaba un plan. Lo primero que tenía que hacer era sacar de allí a Legion. Después, volvería y obligaría a Galen a probar su sangre, pues sería la única manera de que confiara en ella después de escapar con su prisionera. Y necesitaba que se fiara de ella; no podría matarlo si no podía acercarse a él.

Recordó el rostro aterrado de Legion. No era la mujer de Galen, por mucho que Galen creyese que sí.

Ira se estiró dentro de su cabeza. Estaba tan débil como ella. Necesitaba alimentarse, estaba desesperado por castigar a alguien y Galen era el candidato perfecto.

Se movió para intentar frotar las muñecas contra la pared, pero las alas se interponían en su camino y la mordaza le impedía pedir ayuda a gritos. Claro que tampoco lo habría hecho porque Zacharel se la habría llevado a los Cielos. Así que tenía que pensar en otra alternativa.

En ese momento se abrió la puerta y apareció Fox. Llevaba botas de combate, pantalones de cuero negros y un corpiño. Nada más entrar se pasó la lengua por los labios y se arrodilló frente a ella. Iba a por su dosis.

—¿Me has echado de menos? —preguntó al tiempo que sacaba el cuchillo.

«Vamos, lucha. Haz algo».

—Me das lástima. Galen fue lo bastante fuerte para resistirse, no como tú. ¿No te da vergüenza?

Pero estaba demasiado extasiada con el olor de la ambrosía como para responder, ni siquiera comprobó que siguiera atada, cosa que hacía siempre. Su adicción iba en aumento y eso era bueno.

—Supongo que no. Eres demasiado estúpida para...

Con un rugido, Foz se lanzó contra ella, momento que Sienna aprovechó para darle un rodillazo en la cara que la tiró al suelo.

—Vas a pagar muy caro lo que acabas de hacer —la amenazó.

Sienna consiguió ponerse en pie con gran esfuerzo, pues tenía las manos atadas a la espalda y los tobillos inmovilizados con otra cuerda. No sabía qué iba a pasarle, pero tampoco le importaba. De pronto apareció Legion detrás de Fox, con una sartén de hierro en la mano. El golpe del hierro al aterrizar en la cabeza de Fox retumbó en toda la habitación.

Nada más ver caer a Fox, Legion soltó la sartén como si le quemara las manos y se quedó allí, jadeando y mirándola horrorizada.

—Quítale el cuchillo y suéltame —le ordenó Sienna rápidamente—. Lo siento, pero no disponemos de mucho tiempo.

Legion no se movió, estaba temblando y llorando.

—Yo... sé que estás aquí, pero no puedo verte, ni oírte.

No. No, no, no. Si no podía verla, tampoco podría tocarla. Sienna intentó todo lo que se le ocurrió para hacerse sentir, mientras Ira daba botes en su cabeza, desesperado por escapar. Finalmente, no le quedó otra opción que dejar que el demonio se hiciera cargo de la situación.

Aquella fue la primera vez que fue consciente de los cambios de su cuerpo y de su mente. No sabía si era porque se había hecho más fuerte o porque Ira estaba más débil, el caso fue que sintió cómo su piel se llenaba de escamas y le salían garras y colmillos.

Un segundo después, Legion exclamó:

—Ira.

La muchacha reunió el valor necesario para agarrar el cuchillo de Fox, acercarse a Sienna y cortar las cuerdas para liberarla.

—Sabía que no te había matado —aseguró la joven con

voz suave–. Podía sentir a mi Ira. Habría venido antes, pero Galen me ordenó que no saliera de la habitación mientras él estuviera allí. Han sido necesarios tres días para que se recuperara. Esta mañana salió y yo aproveché para seguir a Fox hasta aquí.

Sienna se quedó solo con un dato. Tres días. Paris habría tenido que acostarse por lo menos con una mujer, quizá con dos. «No pienses tampoco en eso». No podía permitirse derrumbarse anímicamente.

Por fin libre, se metió el cuchillo en la cinturilla del pantalón, se puso en pie y le tendió una mano a Legion. La joven se había quedado inmóvil, mirando a su alrededor con profunda tristeza.

—¿Dónde está ahora Galen? –le preguntó Sienna, aún con la voz de su demonio.

—No lo sé. No ha vuelto desde esta mañana.

Eso era bueno.

—Vámonos –le dijo con un gesto–. Tú y yo tenemos que salir de aquí ahora mismo.

—No puedo.

—Claro que puedes.

—No. Hice una promesa –su tristeza aumentó visiblemente–. Tengo que quedarme aquí con él.

«Eso ya lo veremos». Con promesa o sin ella, Sienna iba a sacarla de allí. No podía perder el tiempo discutiendo y tampoco le serviría de nada luchar con ella con lo débil que estaba. Solo quedaba una opción.

—Está bien. Me iré sin ti –mintió–. Pero antes necesito un arma.

A pesar del dolor, se agachó a agarrar la sartén de hierro y golpeó a la joven igual que ella había golpeado a Fox.

Legion cayó al suelo encima de la otra mujer. Iba a quedarle una buena marca.

Echársela al hombro fue una hazaña prácticamente imposible, pero por fin consiguió levantar a la muchacha. El esfuerzo hizo que Ira perdiera el control de su cuerpo y, al mismo tiempo, ella perdió bastante fuerza. Tuvo que apoyarse en la pared para llegar hasta la puerta y salir al pasillo.

Un larguísimo pasillo que recorrió dando tumbos y tras el que le esperaba una escalera de caracol, pero aún estaba muy lejos. De pronto vio a Galen caminando hacia ella, armado hasta los dientes y con la muerte en el pensamiento, no había duda. Sienna no pudo hacer otra cosa que verlo acercarse, empeñado en recuperar a Legion.

No iba a haber manera de que confiara en ella. Su única esperanza era conseguir que probara su sangre, entonces ya no querría matarla. ¿Verdad? Tenía que ser así.

Estaba a punto de soltar a Legion cuando vio aparecer a Zacharel a un lado y al tipo de las sombras al otro. ¿Cuánta gente iba tras ella? Galen también los vio y gritó una oscura amenaza. Estaban más cerca de alcanzarla que él.

Y entonces ocurrió. La bruma negra la envolvió primero. Legion y ella se vieron transportadas a un mundo de gritos espeluznantes entre los que creyó oír las protestas de Zacharel, pero seguramente no era cierto porque el ángel no experimentaba emoción alguna.

Ira se replegó a un rincón de su mente y, justo cuando Sienna había abierto la boca para gritar también, Ira lanzó de nuevo aquellas imágenes borrosas y no supo cómo reaccionar. Intentó luchar para liberarse, pero la bruma negra no la dejaba moverse ni ver lo que tenía alrededor.

—Mujer —le dijo la sombra—. Quiero proponerte un trato.

Perdió a Legion en medio de la niebla y, por más que lo intentó, no consiguió volver a agarrarla, pero la veía flotando con los ojos cerrados.

—¿Tienes nombre? —le preguntó ella.
—Sí.
Al ver que no decía nada más, insistió.

–¿Y se puede saber cuál es?
–Algunos me llaman Hades.
¿El rey de los muertos? ¿El Gran Señor del Inframundo? ¿El dios griego? ¿El mismo al que los Cazadores temían más que a ningún otro? ¿Ese Hades? «No voy a dejarme intimidar».

–Te escucho –le dijo porque no sabía qué otra cosa decir.

–Tu hombre te necesita.

Al oír eso se le encogió el estómago.

–¿Qué quieres decir?

–Está rechazando a todas las mujeres y cada vez está más débil. Puedo llevarte con él, siempre que lleguemos a un acuerdo.

Paris estaba cada vez más débil. La noticia de que se hubiese empeñado en serle fiel no debería haberla alegrado, pero así fue.

–¿Cómo sé que dices la verdad? ¿Qué quieres a cambio? –¿más cuerpos para alimentar a las sombras?

–A diferencia de ese imbécil de Cronos, yo no tengo necesidad de mentir. Una parte de mí espera que digas que no para poder obligarte y disfrutar con tu sufrimiento, tus gritos se unirían a los otros en una maravillosa sinfonía. Pero hoy me siento magnánimo y voy a darte una oportunidad.

«Esto solo puede acabar mal».

–Oí lo que te dijo el ángel –siguió diciendo–. Y también lo que te dijo Cronos. Eres clave para la victoria y quiero que juegues en mi equipo.

¡No! Antes todos la rechazaban y ahora todo el mundo la quería.

–Lo siento, pero no. Ya he elegido bando.

–Imaginaba que dirías eso. Pero también te oí negociar con la diosa. Ella te pidió un favor y aceptaste. Yo quiero lo mismo.

–¿Quieres que mate a un enemigo tuyo? –increíble.

–No. Solo quiero que me hagas un favor que ya especificaré más adelante. Será lo que yo desee, siempre y cuando no haga ningún daño ni a tu hombre ni a sus amigos. ¿De acuerdo?

–No puedo volver con Paris. Antes tienes que hacer otra cosa para salvarlo.

–No puedo, pero tú sí. Lo único que tienes que hacer es dejarme que te lleve con él. Así de fácil.

Demasiado fácil.

–Me costó mucho dejarlo, casi me mata.

–Y si no vuelves, lo matarás a él –su voz se había convertido en una caricia–. Deja que te lleve con él. Puedes estar con el, darle fuerzas y salvarlo, y después convencerlo de que renuncie a ti. Nadie ha sido capaz de hacerlo, ni lo será.

«Qué débil soy. No puedo dejarlo morir».

–La chica se viene conmigo. Eso no es negociable.

–Claro que lo es. Tendrás que hacerme otro favor.

¿Cuántos favores iba a deber cuando todo eso acabase?

–De acuerdo, pero con las mismas condiciones.

–Muy bien.

Aunque apenas se veía nada en la oscuridad, creyó ver una sonrisa.

–Te llevaré con tu hombre y a la chica con Aeron.

Sienna parpadeó y de pronto se encontró en una tienda de campaña situada en algún lugar fuera del Reino de Sangre y Sombras. Había muchísima luz. Entonces vio la alfombra de piel y dejó de importarle dónde estaba. Paris estaba allí tumbado completamente inmóvil. Demasiado inmóvil. La invadió el miedo hasta que respiró hondo y sintió ese aroma. El aire olía a champán y a chocolate, una fragancia que la embriagó porque era la del demonio de Paris. Se le hizo la boca agua y se le aceleró el pulso. Se olvidó por completo de sus propias heridas al sentir aquel calor húmedo entre las piernas.

—Paris —susurró. Tenía la piel caliente, empapada en sudor. Estaba desnudo y muy excitado—. Ay, Paris —«no puedo dejar que vuelva a ocurrir esto. Tengo que hacer algo».

—¿Sienna?

Se inclinó sobre él y lo besó con la certeza de que ese pequeño gesto bastaría para hacerlo revivir. Cuanto más se besaban, más pasión había en sus movimientos y, cuando por fin abrió los ojos, se encontró con ese brillo rojo. La agarró por la cintura y la tiró sobre la alfombra, boca arriba.

Le arrancó la ropa y, en cuanto estuvo desnuda, le separó las piernas y se metió dentro de ella con fuerza, hasta lo más profundo.

Mientras se movían juntos, él echó la cabeza hacia atrás con un rugido y ella levantó las caderas para sentirlo aún más adentro. Era brutal, maravilloso.

Cuánto lo había echado de menos. Lo necesitaba tanto. Le clavó las uñas en las nalgas, apretándolo fuerte contra sí. Se dejó llevar por una pasión que era más fuerte que ella misma, una pasión que la consumía, que le rompía el corazón para luego volver a unir los pedazos. El amor que sentía por él no tenía límites.

Justo cuando estaba a punto de alcanzar el clímax, Paris se detuvo de golpe y la miró a los ojos, con preocupación y temor.

—¿Te he hecho daño, pequeña? —le preguntó mientras le acariciaba los labios.

—Luego hablamos. Ahora hazme el amor —estaba a punto. En cualquier momento estallaría de placer.

Sintió la vibración de su sexo dentro, como si sus palabras lo hubiesen excitado aún más.

—¿Qué haces aquí?

—¡No hables! —y le apretó la erección.

—Sí —bajó las caderas una vez y otra, cada vez con más fuerza.

Sus bocas se encontraron e intercambiaron gemidos y jadeos, sus lenguas intercambiaban fluidos y fue mejor que nunca. Sienna no quería que acabase nunca, pero, pero... ¡Ah!

Fue como si dentro de ella estallaran miles de pequeñas bombas de placer. Paris dijo su nombre una y mil veces mientras se corría y ella gritó el de él. Le regaló hasta la última gota de su pasión y ella disfrutó del momento, emocionada.

Cuando por fin se derrumbó sobre ella, Sienna lo abrazó y no dejó que se moviera de allí, justo donde quería tenerlo, donde querría que estuviese siempre. En ese momento, no se creía capaz de volver a abandonarlo.

—Te amo —susurró—. Te amo con todo mi corazón.

—Más te vale —le dijo él al oído.

«Ese es mi hombre», pensó con una sonrisa en los labios, una respuesta muy propia de Paris.

Se soltó de sus brazos, solo para tumbarse a su lado y seguir abrazándola.

—Ahora que ya no me estoy muriendo, hablemos —anunció con gesto más sombrío.

Capítulo 48

Paris trató de mantenerse relajado para que Sienna no se sintiera incómoda, ni se diera cuenta de que prácticamente no la dejaba moverse. La tenía abrazada con tal fuerza que le permitía respirar, pero poco más.

No iba a dejar que se fuera a ninguna parte.

Afortunadamente, Sexo se había retirado a descansar y no podía decir nada.

–Está bien –dijo ella–. Hablemos. Yo primero. ¿Me odias?

–¿Odiarte? Pequeña, no te ofendas, pero puede que sea la mayor tontería que hayas dicho nunca.

–No me ofendo. Es un alivio después de lo que te hice...

–Lo único que hiciste fue recordarme que tengo que estar muy alerta contigo –lo cierto era que lo que había hecho le había hecho albergar la esperanza de que lo amara tanto como él a ella.

–¿No estás enfadado conmigo porque fuera en busca de Galen?

¿Cómo iba a enfadarse si él habría hecho lo mismo?

–Solo estoy enfadado conmigo mismo. Debería haberte dejado tan exhausta, que no pudieras volver a caminar.

–Necesitas un poco más de práctica –bromeó.

–Qué bruja.

Al acariciarle la cara, se fijó en que tenía varios cortes y magulladuras que reconoció enseguida porque a él también lo habían atado unas cuantas veces. Eran quemaduras de cuerdas.

—¿Esto te lo ha hecho Galen?

El horror se reflejó en el rostro de Sienna.

—No quiero hablar de eso.

Muy bien. Antes quería que se sintiera segura y tranquila, pero ya averiguaría quién se lo había hecho y, fuera quien fuera, buscaría venganza.

—Entonces te diré algo que debes saber. No me he acostado con nadie mientras tú no estabas —a pesar de lo débil que estaba y de todas las mujeres que le habían llevado sus amigos. Al final, todos excepto Lucien habían salido en busca de Sienna.

Por cierto, tenía que decirles que dejaran de hacerlo.

Y, hablando de Lucien, seguramente se habría pasado por allí mientras hacían el amor con la intención de protegerlo de lo que estuviera provocando esos ruidos y, al descubrir de qué se trataba, se habría alejado discretamente.

—Lo sé —susurró mientras le acariciaba el pecho con las yemas de los dedos—. Confío en ti, Paris, pero has estado muy cerca de la muerte —le besó el pecho, justo encima del corazón—. No me gusta que hayas llegado a estar así.

—No pasa nada. Y, para que lo sepas, Sexo también te ha echado de menos.

Sienna soltó una carcajada que era como música para sus oídos.

—Me alegro mucho de oír eso. Ahora tengo que marcharme, no tengo más remedio, pero necesito saber que vas a cuidarte y...

—No.

—No seas así.

—Intenta marcharte. Ya verás lo que ocurre.

—Paris...

—Quédate a mi lado o me dejo morir. No hay más que decir. Prométemelo.

Se hizo un tenso silencio.

—Tengo un plan que debo llevar a cabo.

—Los planes se cambian.

Le dio un suave puñetazo en el pecho.

—Eres imposible.

—Dime lo que quiero oír, Sienna.

De sus labios salió un suspiro de resignación.

—Está bien. Me quedo contigo, pero vamos a tener que buscar una solución al problema de Cronos y Rhea, otra para el problema de Galen y otra para esa profecía que dice que tú y tus amigos vais a morir. Porque, no sé si te lo he dicho, pero Cronos me dijo que si Galen muere, tus amigos y tú moriréis. Y si Cronos muere, tus amigos y tú moriréis también.

—No digo que dude de lo que oíste, pero sí que dudo mucho de la fuente de dicha información. Aunque lo que dijera fuera cierto, seguro que hay una manera de anular la profecía. Siempre la hay. No me preocupa en absoluto —de hecho, más que preocupado, estaba eufórico. Y, ¿eso que tenía en los ojos eran lágrimas? Sí, sí que lo eran. No le importaba si eso le hacía menos duro. Lo único que le importaba era que Sienna estaba allí, a su lado, y era toda suya—. Gracias —le dijo bajando la mano hasta su cintura, pero no bastaba con esas palabras—. Ahora que estamos oficialmente juntos, quiero contarte algunas cosas sobre mí. No quiero ocultarte nada. Quiero que me conozcas tal y como soy.

Sienna debió de adivinar a qué se refería.

—No tienes por qué hacerlo. No me importa lo que hicieras en el pasado.

—Pero quiero que sepas dónde te estás metiendo exactamente. Así, si Ira te enseña alguna vez algo sobre mí o mis amigos te dicen algo, no te llevarás ninguna sorpresa y no nos causará problemas.

—Digas lo que digas, no cambiará lo que siento por ti.
—Me alegro, pero voy a decírtelo de todos modos.
—Está bien —dijo con un suspiro que le acarició la piel. Ella lo amaba. Todo iba a ir bien.
—Verás, Sienna, soy adicto a la ambrosía, pero no he vuelto a tocarla siquiera desde antes de volver a encontrarte —se apresuró a añadir—. Si alguna vez pasa algo y tengo tu sangre cerca, no tienes por qué preocuparte porque jamás te haré ningún daño.
—Lo sé —asintió—. No puedo creer que te drogara. No sabía nada de tu adicción, de haberlo sabido, habría encontrado otra manera de dejarte sin sentido. Lo siento muchísimo, jamás podré perdonármelo.
—Tienes que perdonártelo ahora mismo. Es una orden. Claro que, antes de perdonarte, tendré que darte unos azotes.
Eso la hizo reír de la manera más adorable que había oído nunca.
—Me lo merezco.
También él se echó a reír con dulzura.
—No puedes aceptar un castigo, pequeña. Tienes que defenderte.
Sienna soltó una especie de ronroneo que lo hizo excitarse de nuevo.
«Cuéntale el resto para que podáis pasar a lo bueno cuanto antes».
—Bueno, aún queda algo. Sé que Ira te mostró mi pasado, pero no estoy seguro de que te lo enseñara todo. Ya te hablé del esclavo, pero no es el único hombre con el que he estado.
—¿No? Bueno, yo también me besé con una chica en la universidad —dijo sin necesidad de pararse a pensarlo—. Era mi compañera de habitación. Afuera llovía mucho, fue muy romántico.
Una vez más estaba dispuesta a aceptarlo todo de él sin escandalizarse... cómo no iba a amarla.

–¿Te gustó?

–La verdad es que sí –dijo en tono de confesión.

Y a él le gustaba imaginarlo. No pudo evitar preguntarse qué podría proponerle que le supusiera un desafío demasiado excitante para decir que no. Iba a ser un placer tratar de averiguarlo.

–Después de los azotes, creo que nos vamos a imaginar que yo soy tu compañera de piso y me vas a contar cómo os besasteis –«y después te voy a convencer para que hagamos cosas que ni siquiera imaginas».

–Eres incorregible.

–Pero tú me quieres de todas maneras.

–Eso siempre. Te querré siempre.

Antes de que pudiera responder hubo una explosión frente a la tienda. Paris agarró los cuchillos de cristal, le dio uno a Sienna y se quedó con otro. Un segundo después estaba en pie, sin preocuparse por estar desnudo.

Era Cronos y, a juzgar por la expresión de su rostro, estaba furioso. El primer impulso de Paris fue atacar, pero se contuvo. El segundo, pensar con más calma. Necesitaba respuestas.

La mirada del rey pasó de largo a Paris y se centró de lleno en Sienna, que acababa de terminar de ponerse la ropa.

–Lo has estropeado todo –le dijo con una especie de rugido.

Paris se colocó delante de ella a modo de escudo que la protegiera de la mirada del rey. Pero con un solo movimiento de mano, Cronos lo lanzó a un extremo de la tienda y quedó maniatado por cuerdas invisibles.

El pánico le llenó la boca de un sabor amargo.

La oscuridad despertó en su interior y con ella, el deseo de matar al rey de los Titanes. Luchó con tal fuerza contra aquellas ataduras, que se le desgarraron los músculos, pero eso no le impidió seguir.

Miró a Sienna y le dijo con la mirada que utilizara el

cuchillo de cristal. Pero ella no le hizo caso, se limitó a mirar a Cronos con la cabeza bien alta.

—No voy a volver con Galen —anunció.

—Aunque se hubiese enganchado a ti, Galen jamás confiaría en ti, ni te seguiría, ya que te odia por haberte llevado a su prisionera y por haber herido a su soldado. Y no es de los que perdona, más bien se venga de todo multiplicándolo por mil.

—Tiene que haber otra manera de hacerlo y la vamos a encontrar. Danos un poco de tiempo.

—¿Tiempo? —repitió Cronos, furibundo—. Una vez me preguntaste por qué quería que me ayudaras voluntariamente y la respuesta era muy sencilla. Sabía que algún día me darías la espalda y, ahora que ya lo has hecho, eso no me preocupa. Pero me temo que te has quedado sin tiempo. Voy a destruir todo lo que aprecias de algún modo.

Paris observó con horror cómo Cronos desapareció para volver a aparecer frente a Sienna. La agarró del pelo, justo en el momento que él consiguió liberarse por fin, a costa de dislocarse los dos hombros. Echó a correr hacia ellos.

Pero cuando ya casi los tocaba, oyó gritar a Sienna:

—¡Zacharel! Yo te invoco.

Cronos alargó la mano y apuñaló a Paris antes de que él pudiera alcanzarlos. Sienna lanzó un chillido de pavor y desaparecieron los dos, ella con la mirada clavada en los ojos de Paris, mientras este caía al suelo, derrotado por el dolor que lo consumía.

Capítulo 49

–Es la última vez que hacemos esto –gritó Sienna, preocupada por Paris y desesperada por volver con él–. Estoy harta de que todo el mundo me lleve de un lado a otro sin preguntar –a su alrededor estaba todo negro. Sin color, sin vida, solo un vacío sin fin–. Que sea la última vez.

–Fuiste incapaz de hacer lo más sencillo y ahora tendrás que conformarte con el plan B –le advirtió Cronos, rasgando el silencio con el cuchillo de su voz.

«No voy a preguntarle. No quiero saber cuáles son sus planes».

–¡Zacharel! –volvió a llamarlo. ¿Trabajar con los ángeles? ¿Por qué no? Podría aprender a volar bien y controlar su propio destino de una vez por todas.

Vio una ráfaga de luz y luego volvió la oscuridad. Otra ráfaga un poco más larga. Creyó ver también unas nubes enormes sobre un cielo nocturno. Una estrella por ahí y otra por allá, como ojos que la miraban y observaban todos sus movimientos. Debía de estar en otro reino. Uno en el que no vivía ni una sola criatura.

Dio un giro de ciento ochenta grados y se encontró de nuevo con Cronos a varios metros de distancia. Tenía los brazos cruzados sobre el pecho y las piernas separadas. De pronto se alegró de no haber soltado el cuchillo de cristal de Paris.

–Otro motivo por el que quería que actuases por voluntad propia –dijo Cronos–. Si me hubieses dado la espalda, te habrías convertido en soldado de Rhea y habrías pasado a estar bajo su protección.

¿Ahora quería hablar? Pues podía meterse las confesiones por donde le cupieran.

–Llévame otra vez con Paris ahora mismo.

–¿O qué? –le preguntó con sorna.

–O me enfrentaré a ti –«iba a hacerlo de todos modos, solo se ha adelantado un poco».

El rey de los Titanes soltó una sonora carcajada.

–Podrías intentarlo.

–Llévame con Paris –insistió Sienna–. Es tu última oportunidad.

Pero él siguió hablando como si nada.

–No fue Rhea la que mató a tu hermana. Lo hice yo.

El corazón le dio un vuelco antes de apresurarse a negarlo.

–No.

Seguro que mentía para castigarla porque, si era cierto, significaría que habría ayudado al hombre que le había quitado la vida a su querida Skye y la había dejado tirada en un charco de sangre. Querría decir que habría derramado su sangre por un hombre que había asesinado a una inocente y habría estado a punto de sacrificar su propia vida y su felicidad por el asesino de su hermana...

¡No!

Sin embargo, de pronto tenía sentido que Ira hubiese visto algo extraño en relación a la muerte de Skye. Se le quedó la boca seca y se le formó un nudo en la garganta que apenas la dejaba respirar.

–La agarré con mis propias manos y le corté el cuello. Vi cómo la vida se le escapaba. Pero antes maté a su marido ante sus ojos. Puedo demostrártelo –se quitó una cadena que llevaba al cuello. De ella colgaba una mariposa con un diamante negro en el centro.

En ese momento desapareció lo que fuera que había impedido que Ira le mostrara sus pecados. Sienna cerró los ojos y se llevó las manos a la cabeza al ver la escena ante sí. Vio a Cronos, agarrando a Skye y a otro hombre, haciéndolos arrodillarse. Lo vio matar al hombre y vio a Skye lanzarse voluntariamente contra su cuchillo. Cronos hizo el movimiento definitivo para acabar con ella. Y después la vio muerta.

Las náuseas le revolvieron el estómago y la furia se encendió en su interior, quemándola por dentro como cristales incandescentes.

–Llevo mil años vivo –le dijo Cronos–. ¿Crees que no he tenido tiempo de aprender unos cuantos trucos?

«Lo castigaremos», dijo un susurro dentro de ella. «LO CASTIGAREMOS», repitió con un grito.

«Sí», respondió ella. Lo haría por Skye, por Paris y por sí misma.

–Has arruinado mi plan y ahora voy a asegurarme de arruinar el tuyo. Negociaré con Galen para convertirlo en mi aliado a cambio de entregarte a él, así podrá castigarte como considere oportuno. Y si se te pasa por la cabeza la idea de huir con tu amante, lo haré sufrir antes de matarlo. Y puedes estar segura de que lo mataré, pues tiene intención de vengarse de mí por todo lo que te he hecho.

No era la primera vez que el rey le lanzaba esa misma amenaza.

El odio se unió a las náuseas y a la oscuridad que la impulsaba a destruir, a matar. No se resistió a la fuerza de dicha oscuridad, sino que se entregó por completo a ella.

Cronos iba a sufrir el castigo que merecía. Allí mismo.

«Espera», le dijo Ira. «Todavía no...».

No sabía qué pretendía su demonio, pero confiaba en él.

–¿Sabías que se necesitan cuatro objetos para encontrar la caja de Pandora? –siguió diciendo Cronos–. Galen tiene uno y los Señores los otros tres, pero eso va a cambiar. Voy a quitarles el Ojo que Todo lo Ve, la Jaula de la Coacción y la Vara Cortadora y se las entregaré a Galen, así tendrá las cuatro cosas. Estará tan agradecido que me jurará lealtad eterna y prometerá no hacerme daño. Él encontrará la caja y tus queridos Señores morirán.

«Espera...».

–Confías mucho en Galen, por lo que veo. ¿De verdad crees que cumplirá con su palabra? ¿Que no intentará también quitarte a tu demonio? –esbozó una sonrisa orgullosa –. Estoy segura de que es tan poco fiable como tú. ¿Qué harás si después de hacer todo eso por él, intenta matarte de todos modos? ¿Lucharás con él? ¿O aceptarás la sentencia de muerte?

Cronos echó a andar hacia ella, pero se detuvo a medio camino. De lo más profundo de su cuerpo, salió una carcajada espeluznante.

–Hablando del demonio, o en este caso, del hombre que se hace pasar por ángel. Ahí viene Galen y nunca lo he visto tan enfadado. Quiere lo que le quitaste y te lo va a hacer pagar muy caro.

«Espera...».

–Tráemelo –dijo Sienna porque también ella quería castigar a Galen por todo el daño que le había hecho a Paris. Por todo lo que le había hecho a Legion. Por fin iba a hacerlo.

El rey le lanzó una mirada de rabia y frustración. Estaba claro que no le gustaba nada su falta de miedo.

Lo sentía por él.

«Espera...».

–No te preocupes, pequeña. Ya lo hemos traído –anunció Paris, a la espalda de Cronos.

Entonces desapareció la oscuridad como si hubiesen abierto todas las cortinas y todo se inundó de luz. El sol brillaba con fuerza. Sienna no cerró los ojos, los mantuvo bien abiertos. Paris estaba pálido y sangrando, pero se mantenía firme. Lo acompañaban todos los demás Señores, formando un arco detrás de Cronos, que por fin se volvió a mirarlos. Iban armados para la batalla y, a diferencia de la imagen del cuadro, no estaban allí para protegerlo.

Pero eso no era todo, tras ellos había un ejército de ángeles alados y preparados también para la batalla. Allí estaba Zacharel, todo determinación y frialdad, la misma que desprendía la nieve que caía sobre él. Sienna ya no lamentaba su falta de emoción, sino que la agradecía. Estaba dispuesto a hacer lo que fuera necesario para alcanzar sus objetivos.

—Has incumplido las reglas, Cronos —dijo el ángel guerrero—, y vas a pagar por ello.

¿Qué reglas?

—¿Podemos unirnos a vosotros? —preguntó otra voz, esa de mujer, a la espalda de Sienna—. Llevo mucho tiempo esperando este momento.

Sienna se dio media vuelta y se encontró con una bellísima mujer castaña que no podía ser otra que Rhea. La reina de los Titanes estaba junto a Galen, que miraba a Sienna como si fuese a ser su primer objetivo, y flanqueándolos, todo un ejército de Cazadores entre los que reconoció algunas caras.

«Ya he elegido bando. Cuidado», advirtió con la mirada.

—¿Qué es esto? —preguntó Cronos.

—La primera batalla de la nueva guerra —anunció Zacharel.

—Que empiece pues. Pero voy a necesitar un ejército, ¿no? —movió la mano y apareció un cuantioso grupo de personas, dioses y diosas que lo rodearon y lo escondieron en un mar de túnicas y togas inmaculadas. Estaba claro que no estaban preparados para la batalla porque iban sin armar.

Pero al darse cuenta, aparecieron de golpe las armas.

—¡A muerte! —gritó Cronos.

Como si ese grito marcara el comienzo del combate, los ejércitos se lanzaron al ataque.

«¡Ahora!», gritó Ira.

Sienna abrió su mente para que el demonio se hiciera con el control de la situación y se metió de lleno en la batalla.

Capítulo 50

Prioridad número uno: Sienna.

Por una vez, Sexo no se escondió en un rincón de la mente de Paris, sino que le infundió fuerzas para ir en su busca. Cerrada ya la herida del cuchillo de Cronos, Paris se dejó guiar por la oscuridad de su interior sin que esta lo consumiera. Los tres juntos formaban un ser poderoso.

De pronto vio a un hombre, un Cazador, que se acercaba a ella por detrás empuñando una pistola. Paris se lanzó sobre él y le asestó una puñalada en el cuello sin darle tiempo a que pegara un solo tiro.

Zacharel le había avisado de que en aquel reino entre reinos, justo encima del corazón de los Cielos, todo el mundo podría verla. Y, si podían verla, también podrían tocarla y hacerle daño. Por tanto podrían matarla igual que a él. Ira no podría curar su cuerpo, herido ya durante su ausencia, de la que todavía no le había hablado.

La primera víctima de Paris cayó a sus pies. Uno menos. Ya solo quedaban unos mil.

—¿Serías capaz de volar y ponerte a salvo? —le preguntó mientras mataba a otro Cazador. Ahí iba el segundo.

Ella no respondió y, temiendo lo peor, Paris se volvió para protegerla de cualquier peligro, pero descubrió que lo había adelantado y estaba librando su propia batalla. O había dejado que Ira la controlara, o había aprendido mucho en la última hora. Más bien parecía lo primero. Mejor así.

Se movía entre la multitud empuñando el cuchillo de cristal y con la mirada clavada en Cronos. Los Cazadores iban cayendo a su paso. Se giraba, se agachaba y lanzaba golpes a uno y otro lado. De pronto desplegó las alas y se levantó del suelo.

Era un verdadero ángel de la muerte. Paris nunca había visto nada tan hermoso. Fue tras ella y acabó con todos los que se atrevieron a mirarla. Sin titubear.

Alguien le lanzó una estrella que se le clavó en el brazo y le hizo sangrar. Pero eso no lo frenó, ni siquiera buscó al culpable. Había demasiada gente, demasiadas alas y demasiadas armas.

Algunos dioses podían disparar con sus propias manos, otros lanzaban cristales de hielo. Salvo con Cronos y Rhea, Paris nunca había tenido el menor problema con ningún Titán, pero parecía que los ángeles sí que los habían tenido y, puesto que los ángeles eran sus aliados, atacó sin pensar ni hacer preguntas a cualquier Titán que se pusiera en su camino.

Pero, ¿por qué Titanes contra ángeles? Quizá fuera una cuestión territorial. Era posible. Pero, aunque hubiera sido simplemente porque no les gustaban los Titanes, también los habría apoyado.

Un grupo de Cazadores se abalanzó sobre Sienna, ganándose toda su atención y su furia. Parecía que la habían reconocido como uno de los suyos, o más bien como traidora de los suyos, pues su odio era evidente. Le sorprendió la rapidez con que la habían encontrado, era como si Rhea y Galen la hubiesen colocado en el primer puesto de los que había que matar.

Con una rapidez que el ojo humano era incapaz de seguir, Paris pasó entre ellos, girando y moviendo los brazos, cortando lo que encontraba a su paso. Vio que uno de ellos llevaba una pistola y, sin dejar de andar hacia él, le lanzó el cuchillo de cristal como si fuera un boomerang, y precisamente en eso se convirtió para cortarle la muñeca antes de que tuviese tiempo de disparar.

Pero se le había escapado otro Cazador que estaba apuntando a Lucien. Fue a lanzar el cuchillo, pero se oyó antes el disparo, que alcanzó a Lucien en un costado. El guerrero gritó de dolor, pero no cayó, sino que siguió luchando.

Los demás Señores acudieron en su ayuda. Eran los mejores. Llevaban mucho tiempo luchando juntos, en los Cielos y en la Tierra. Sabían cómo colocarse para cubrirse los unos a los otros y qué hacer cuando herían a alguno. Pero Lucien no necesitó demasiada ayuda porque fue tras el que lo había herido sin dudarlo y no paró hasta verlo caer muerto.

–Cuidado –lo avisó Paris al ver que se le acercaba otro por detrás.

Lucien se agachó y el puñal del Cazador se clavó en el aire. Paris tuvo tiempo de llegar a él, primero lo aturdió a puñetazos para después terminar el trabajo con el cuchillo.

–Gracias –le dijo Lucien.

–No hay de qué –buscó a Sienna con la mirada. Mierda, la había perdido de vista. Aún había muchos en pie, los heridos habían abandonado el campo de batalla, aunque muchos no habían podido escapar.

La sangre salpicaba por todas partes y salían volando distintas partes del cuerpo. ¿Eso que tenía a sus pies era un ala? Sí, vaya, pobre ángel.

«Encuentra a Sienna», le ordenó su demonio.

Fue hacia donde la había visto por última vez, dejando un rastro de muerte a su paso. Para eso lo habían creado. Para luchar. Para matar. También sufrió algunas heridas, pero no le impidieron continuar.

De pronto vio caer a Maddox por el rabillo del ojo. Y luego a Reyes. ¿Y ese otro era Sabin? Se pondrían bien, se dijo a sí mismo. Todos ellos eran fuertes como Lucien.

A pocos metros de él vio que Gideon estaba herido en el estómago y sangrando abundantemente, pero seguía luchando contra dos gigantes. No veía a Strider, pero allí estaban Kaia, Gwen, Haidee y Scarlet, moviéndose entre el enemigo con una sonrisa en los labios.

«Los chicos deben de estar bien para que ellas estén tan contentas», dedujo Paris y le cortó la cabeza desde atrás a uno de los dos gigantes para que Gideon pudiese concentrarse en el otro. Había tantos Cazadores, tantos inmortales... Si habían conseguido herir a sus amigos, Sienna podría...

¡Allí estaba! Vio de refilón sus alas negras, empapadas en sangre, pero no sabía si era de ella o de otra persona. La impaciencia y la preocupación lo impulsaron a correr hacia ella. Lanzó un grito de guerra al ver que un hombre se abalanzaba sobre ella e, inmediatamente, se abalanzó él sobre dicho hombre. Una ligera torsión de cuello y misión cumplida.

Se puso en pie y se acercó a su mujer, que estaba dando buena cuenta de otro Cazador. Tenía los brazos cubiertos de sangre hasta los codos, la camisa rota y una herida en el costado.

La oscuridad volvió a crecer en su interior.

Zacharel apareció de pronto frente a ella, desafiando a los Titanes a ponerse en su camino. Muy cerca se encontraba Cronos y fue toda una sorpresa verlo luchar. Varios hombres de Rhea estaban golpeándolo como si fuera una piñata, sin embargo no habían conseguido hacerle ni un rasguño. Era demasiado fuerte y demasiado rápido. Demasiado poderoso. Maldito fuera.

Los Cazadores cayeron y entonces quedaron Cronos contra Rhea, nadie se interponía en su camino. Ambos llevaban espadas cortas y se lanzaron a la vez contra el otro. Hubo contacto. Metal contra metal, saltaban chispas.

—¡Perra!
—¡Cabrón!

–Si tu hombre me mata, morirás también –espetó Cronos.
–Habrá merecido la pena.

A su alrededor, todos, humanos, ángeles y Señores, sintieron que aumentaba su furia, pues sus emociones se alimentaban de las de los reyes.

A Paris se le pasó por la cabeza que la batalla debía de estar haciendo temblar al mundo entero, provocando terremotos, tornados, tsunamis, erupciones volcánicas y todo tipo de tormentas. ¿Qué encontrarían a su regreso?

«Concéntrate».

«Mata», pensó y se lanzó al ataque con uñas y dientes. Por fin estaba junto a Sienna y, cómo no, fue entonces cuando apareció Galen. Estaba cubierto de sangre y temblando de furia. En un abrir y cerrar de ojos, le puso una espada en el cuello a Sienna.

No tuvo tiempo de defenderse, pues estaba demasiado ocupada acabando con otro Cazador.

–¡No! –gritó Paris al tiempo que se lanzaba sobre ellos. La espada de Galen le cortó el pecho en lugar del cuello, pero rompió la piel, el músculo y el hueso. La sangre salía a borbotones.

De pronto oyó un grito agudo que le perforó los tímpanos. Era Sienna, que lo había visto. Paris pensó que quizá el golpe le había dado en el corazón porque se le detuvo un instante al oír su voz. Se le nubló la vista, los cuerpos se convirtieron en manchas. Una negra, Sienna y su ira, y otra blanca, Galen y su fuerza bruta; los dos enzarzados en una pelea brutal.

«Vamos, vamos», no iba a dejarse vencer tan fácilmente.

Se puso en pie, pero enseguida volvió a caer bajo el peso de un cuerpo que se le vino encima. El agresor empezó a pegarle en la cara; le rompió el labio. No sabía quién era, pero intuía que se trataba de un humano, así que lo repelió de una patada y se lo quitó de encima.

–Siempre he querido tener el honor de matar a uno de los tuyos.

Paris lanzó el cuchillo y dio en el blanco. Otro cuerpo que caía.

Sienna... Sienna... ¡Allí! Seguía luchando con Galen, pero ahora se movía más despacio y en sus alas había más manchas rojas. Las tenía rotas y estaba débil, dolorida. Paris se acercó a ellos con la mirada clavada en su objetivo y dispuesto a acabar con el que se pusiera por delante. Fue entones cuando ocurrió.

Galen se sentó encima de ella, dispuesto a asestarle el golpe definitivo.

—¿Dónde está Legion? —le gritó el Guardián del demonio de la Esperanza, arrodillándose sobre los hombros de Sienna.

—No voy a decírtelo... —en su voz no había ni rastro de la voz profunda de Ira, lo que quería decir que ahora no era el demonio el que la controlaba. Por tanto estaría sintiendo todo el dolor de sus heridas.

«¡Date prisa! ¡Ve con ella!». Se tambaleó, recuperó el equilibrio y siguió andando. Cada vez más cerca, pero no lo suficiente.

Otro humano, otro golpe, otro muerto.

—¿Dónde está? —insistió Galen.

—Donde nunca podrás encontrarla —respondió Sienna.

Justo detrás de ellos, Cronos atacó a Rhea con tal fuerza que la despojó de la espada. El rey la agarró del pelo y la obligó a arrodillarse. Una vez en esa postura, sacó un trozo de cadena y le ató las manos a la espalda mientras ella no dejaba de lanzar maldiciones a diestro y siniestro. La reina no podría ir a ninguna parte hasta que él quisiese.

De repente sintió un profundo dolor en la espalda y supo que alguien le había apuñalado por la espalda. Una vez más le fallaron las rodillas y cayó al suelo. Dio orden de que el cuchillo se alargase y así pudo matar al que aún tenía detrás. Siguió avanzando a gatas en busca de Sienna, seguro de que llegaría junto a ella aunque cada vez perdía más sangre.

Galen se apartó de ella, pero Sienna no se movió.

¿Qué le había hecho ese cabrón? Siguió gateando hacia ella.

—Espera, pequeña. Ya casi estoy.

Cronos y Galen se encontraron en el centro del campo de batalla. Los dos heridos y cojeando.

—Vaya, vaya. Por fin nos encontramos —dijo el rey. Tosió y escupió un diente. Había soltado el arma para atar a su mujer y ahora no llevaba ninguna.

No podía moverse con el pensamiento, estaba demasiado débil.

Galen sí levantó su espada.

—Vaya, vaya, desde luego. Veo que no has traído lo que prometiste y ahora estás indefenso.

—¿Yo? De eso nada. Si quieres a tu mujer —continuó diciendo—, vete ahora mismo. Yo te la traeré y podrás quedártela. Pero no podrás volver a desafiarme nunca más. Así que márchate.

Vio estremecerse a Sienna y sintió un gran alivio. Ya casi estaba ahí, casi... Entonces, ella se puso en pie, sacudió la cabeza y miró a su alrededor, aún bajo el efecto de Ira. Cronos le daba la espalda y, aunque miraba hacia ella, Galen no le prestaba ninguna atención.

El cuchillo de cristal que llevaba en la mano reflejaba la luz. Entonces creció igual que había hecho el de él y el extremo se curvó en forma de gancho; se había transformado en una guadaña, la única arma capaz de matar al hombre que ocupaba el trono de los Titanes. Paris adivinó lo que iba a hacer y se quedó helado.

Cualquiera que estuviera mirando desde detrás de Galen, la perspectiva del cuadro de Danika, vería solo a Cronos, no a la mujer menuda que había detrás de él. La mujer que estaba a punto de cambiar el mundo.

—Jamás me postraré ante ti —aseguró Galen con desprecio—. Y recuperaré a mi mujer sin tu ayuda.

—Entonces lo harás después de que yo la haya matado.

Galen rugió y le temblaba la mano con la que empuñaba el arma.

–En realidad –dijo Sienna mientras Galen se abalanzaba sobre él–, vas a ser tú el que muera –y también ella se lanzó hacia el rey.

Su arma era más grande y fuerte, por lo que se adelantó a Galen.

Cronos no llegó a saber qué o quién le dio.

Su cabeza salió volando y el cuerpo cayó al suelo. Rhea soltó un grito ensordecedor, pero por un momento adoptó un gesto triunfal.

–Ha merecido la pena –murmuró y luego se quedó callada, completamente inmóvil.

«Mi mujer», pensó Paris con orgullo. «Ha sido ella la que lo ha hecho. Ella ha ganado».

Mientras la multitud gritaba al descubrir lo que había ocurrido, del cuerpo del rey se alzó una figura negra con los ojos rojos, fauces afiladas y una cola larga. Otra parecida surgió del cuerpo de Rhea, pero la suya tenía cuernos y garras tan largas como sables.

Eran los demonios que escapaban.

La Avaricia y los Conflictos salieron volando enloquecidos y desaparecieron en medio de la noche. Dos de los demonios de Pandora quedarían de nuevo libres por el mundo.

–Alguien debería ir tras ellos –quiso decir Paris, pero entonces oyó gritar a Sienna y se olvidó de todo.

La vio extender los brazos, contorsionar la espalda y echar la cabeza hacia atrás antes de gritar una y otra vez.

Por fin llegó a su lado y ella se calmó, pero siguió en la misma postura, temblando. Paris quería estrecharla en sus brazos, pero debía protegerla, haciéndole de escudo. Ahora y siempre.

Allí estaba Galen, jadeando y quizá pensando en atacar, pero la batalla había acabado tan bruscamente como había comenzado. Los pocos Cazadores que quedaban se dieron cuenta de que estaban en franca minoría y se batieron en retirada aunque no encontrarían muchos lugares en los que refugiarse. Dioses y diosas cubiertos de sangre se arrodillaron, algunos inclinaron la cabeza, otros se limitaron a observar, atónitos.

Los ángeles rodearon a Sienna, como retando al guardián de la Esperanza a que se acercara a ella.

—Saludemos a la nueva reina —dijo una diosa de pronto.

El resto de los Titanes repitió la frase y, uno a uno, fueron arrodillándose ante Paris, que no comprendía muy bien lo que estaba pasando; no podían referirse a él al hablar de la nueva reina. Tenía sus momentos, pero bueno, quizá fuera algo de los Titanes, como cuando Viola llamaba «princesa» a una mascota macho.

—Se dirigen a la chica que tienes detrás —le explicó Zacharel.

¿A Sienna? ¿Sienna era la reina? ¿La reina de los Titanes? Aún agachado, Paris se giró a ver qué tal estaba. La sensación de aturdimiento no hizo sino aumentar.

—Las decisiones que tomamos perfilan nuestro destino —añadió el ángel—. Aunque hasta ahora no lo he sabido con certeza, el destino de Sienna era convertirse en la herramienta principal del rey, ya fuera para provocar su caída o su salvación, dependiendo de las decisiones que tomara Cronos.

—Pero él debería... seguro que lo sabía. Sus Ojos... sin duda se lo dijeron —las palabras le quemaban en la garganta y lo debilitaban más y más.

—Seguramente lo hicieron —dijo Zacharel—. A su manera. Pero es posible que Cronos no quisiera verlo, o que ellos no se lo mostraran todo. Ahora el trono le pertenece a Sienna. Por eso todos queríamos que estuviese de nuestro lado. Todos los poderes que Cronos fue robando durante siglos ahora irán a parar a ella.

«¿Elijo bien a las mujeres, o no?», pensó con una carcajada que le llenó la boca de sangre.

Una densa bruma le nublaba la mente, pero no lo suficiente como para no darse cuenta de que se estaba muriendo. Había perdido demasiada sangre y cada vez le costaba más respirar. Pero ahora sabía que Sienna estaría siempre a salvo y eso era lo más importante. No podía pedir más. Excepto, quizá, haber podido compartir el futuro con ella. Eso le habría gustado mucho.

Sin apenas fuerzas ya, se dejó caer sobre su regazo.

–¿Paris?

Lo envolvió una oscuridad que nada tenía que ver con la furia.

–Te... amo –dijo.

–¡Paris!

–Salva a... mis amigos... no les dejes... morir –la oscuridad se apoderó de él y no se enteró de nada más.

Excepto de una palabra.

–¡Paris!

Su voz parecía arrastrarlo. Un destello blanco. Luego oscuridad. Otro destello blanco más largo. Y otro, y otro aún más largo... era como si su cuerpo y su demonio estuviesen separándose... hasta que oyó de nuevo la voz de Sienna y todo volvió a aparecer a su alrededor.

–¡... no vas a dejarme! No voy a permitírtelo. ¿Recuerdas cuando hablamos de tener a alguien por quien morir? Bueno, pues tú eres ese alguien para mí. Si te mueres, te seguiré –estaba muy furiosa, a punto de tener uno de sus ataques de mal humor–. ¿Me has oído?

El suelo tembló bajo su cuerpo.

Paris sonrió porque en ese momento se dio cuenta de algo maravilloso. Todo iba a salir bien. Sienna era muy obstinada. Había derrotado a Cronos y había demostrado ser más lista que Galen. Comparado con todo eso, aquello no era nada.

Estarían juntos de una manera u otra. Ella se encargaría de que así fuese.

Capítulo 51

Sienna odiaba tener que dejar a Paris en la cama y no quería que no la viera al despertar. Su cuerpo aún estaba recuperándose de las graves heridas que había sufrido en la batalla y, cuando abriera los ojos, querría respuestas. Unas respuestas que ella respondería encantada en cuanto las supiera.

Así que después de acariciarle la cara, salió del dormitorio que compartían en el Reino de Sangre y Sombras, pero se detuvo de inmediato. Un momento. Ahora podía trasladarse con el pensamiento, ¿verdad?

De hecho, era así como había llevado allí a Paris y a todos sus amigos. Solo había hecho falta un pensamiento: «Me gustaría que estuviéramos todos en casa» y al abrir los ojos, habían aparecido todos en el castillo. La sorpresa la había dejado muda durante un buen rato. Después se había pasado horas imaginando las posibilidades que le ofrecía aquel nuevo don: Hawái, Rusia, Irlanda...

De eso hacía dos días. Dos días que le parecían una eternidad, durante los que había conseguido perfeccionar la técnica de esa nueva habilidad. Pero había otros poderes a los que no iba a acostumbrarse con tanta facilidad.

Ahora tenía tanto poder dentro que a veces le daba la impresión de que no le cupiera dentro del cuerpo y que en cualquier momento fuese a estallar en mil pedazos. Por lo visto, al cortarle la cabeza a Cronos, la mayoría de sus poderes habían pasado a ella, y también sus pertenencias. Como por ejemplo, la casa que tenía en los Cielos e incluso su harén, cuyas integrantes había puesto en libertad de inmediato.

Una de las mujeres llamada Arca le había preguntado si la enviaba Paris, porque, a cambio de su ayuda, Paris había prometido liberarla en cuanto hubiese salvado a Sienna. Arca lo había ayudado y ahora la deuda había quedado saldada.

Además de todo eso, ahora los aliados de Cronos eran suyos y también sus enemigos. Pero no le preocupaba mucho.

También podía sentir la oscuridad dentro, esa oscuridad de la que le había hablado Zacharel, la misma que le había pasado Paris y que a Ira le encantaba devorar. Su demonio ya no se alimentaba de ella sino de Paris, absorbía esa parte de él y lo aliviaba de una gran parte de la carga. Sin duda a Zacharel le parecería bien.

Se trasladó a la habitación de Lucien con el pensamiento, con la intención de hacer la ronda diaria para comprobar qué tal estaban todos los amigos de Paris. Anya y él estaban en la cama, durmiendo plácidamente. Las heridas del guerrero habían sido más leves que las de Paris y esa mañana por fin había podido levantarse de la cama, solo para ir en busca de Anya y volver a la cama con ella.

Maddox y Ashlyn estaban también en la cama, pero ellos estaban cuidando de los bebés, que estaban encantados en los brazos de sus padres. Maddox llevaba un enorme vendaje y aún estaba magullado y pálido, pero sonriente. El pequeño Urban miró a Sienna y le guiñó un ojo.

No podía ser. ¿O sí?

Strider y Kaia estaban... haciendo el amor. «¡Ay, mis ojos!» Sienna salió de inmediato de allí.

En la siguiente habitación encontró a Sabin y Gwen...

en la misma situación. ¿Qué le pasaba a todo el mundo? ¿Acaso el demonio de Paris los había poseído a todos?

Gideon y Scarlet estaban acurrucados el uno junto al otro, charlando. Era la conversación más rara que había oído Sienna en su vida.

—Te odio.

—Yo a ti más.

—No, yo a ti mucho más.

A otra cosa.

Amun y Haidee estaban en la cocina, haciendo galletas. Haidee tenía harina en las mejillas, pero también en los pechos y en el trasero, gracias a las manos de Amun.

Reyes y Danika estaban en su habitación. Reyes también estaba curándose de las heridas y Danika, pintando.

Como sabía que era el Ojo que Todo lo Ve, Sienna prefirió no mirar el cuadro que tenía entre manos porque no quería acabar tan obsesionada con el futuro como Cronos y olvidarse de vivir el presente.

Lo único a lo que había prestado atención había sido a la afirmación de que la fortaleza de Budapest muy pronto sería un lugar demasiado peligroso para vivir, aunque no sabía el motivo. También había aceptado la sugerencia de que el grupo al completo se quedara a vivir en el castillo durante un tiempo.

Cameo estaba limpiando sus armas frente a la tele. Sí, los guerreros habían encontrado la manera de llevar la televisión por cable hasta aquel reino inmortal.

Aeron y Olivia... ¿otra vez, no? De verdad, el castillo cada vez se parecía más a la jaula de los monos de un zoo. Sintió cierta nostalgia de su demonio, pero ya nunca gimoteaba.

«¿Te alegras de estar conmigo?», le preguntó Sienna. «Al menos un poco».

«No estás tan mal», respondió el demonio y ella se echó a reír.

Ira cada vez hablaba más con ella, llegaban a mantener

verdaderas conversaciones y no un simple intercambio de palabras aisladas. Ira la había ayudado mucho en el campo de batalla, había guiado sus movimientos, pero sin controlarla por completo para que pudiera seguir tomando sus decisiones.

Legion se encontraba en la habitación que habían elegido para ella y, aunque estaba atada a una pared, la cadena era tan grande que podía moverse libremente, pero no volver con Galen para cumplir con su promesa.

«Tendré que arreglarlo», pensó Sienna.

«Esperanza seguirá luchando a muerte para recuperarla», le recordó Ira.

Probablemente, pero ya se ocuparía de eso en otro momento.

Viola y su perro princesa estaban ahí dentro con Legion. Viola no paraba de contar anécdotas sobre sí misma. Su público no podía escapar, así que era la audiencia perfecta. Aunque pobre Legion.

Torin estaba en su habitación frente al ordenador. Tenía una actitud distante y Sienna no pudo evitar preguntarse en qué estaría pensando.

Y de pronto lo supo, incluso pudo escuchar sus pensamientos:

«¿... debo hacer con la Llave de Todo? Cronos no me va a pedir que se la devuelva porque está muerto y... ¿a qué viene eso de que la mujer de Paris sea la reina de los Titanes? Parece una broma. Una antigua humana y además muerta, y también exmiembro de los Cazadores. Ya sabemos el rollo que es que nos dirijan seres poseídos por demonios. ¿Ahora tenemos que inclinarnos ante ella? Maldita sea, todo esto es muy raro y no tengo ni idea...».

¡Ya!, pensó, bajando el volumen de su propia mente. Igual que no quería conocer el futuro, tampoco quería saber más de lo que le correspondía sobre el presente. No estaba bien invadir de ese modo la mente de otra persona.

Sienna no había hablado demasiado con los Señores

en los últimos dos días, había estado muy ocupada cuidando de Paris y adaptándose al nuevo puesto, pero ahora sabía que muchos de ellos aún no la veían con buenos ojos. Bueno, no importaba. Haría falta tiempo y ella estaba dispuesta a dárselo. Cualquier cosa con tal de estar con Paris.

A continuación apareció en las habitaciones que ocupaban los prisioneros inmortales de Cronos, Cameron, Winter e Irish. A diferencia de las otras veces, no vio escenas de sus crímenes pues, parecía que Ira había quedado saciado hasta el hartazgo durante la batalla y no sentía apetito alguno.

Cameron fue el primero en verla y avisó a los demás. No le sorprendía que pudieran verla porque todo el mundo podía hacerlo.

–Ambrosía. Otra vez tú. Eres la espía invisible de ese hijo de perra.

–Buenas noticias –respondió ella–. Ese hijo de perra ha muerto y, obviamente, yo ya no soy invisible.

Los tres la miraron boquiabiertos. Irish no dijo nada, los otros dos soltaron una amarga carcajada.

–Sí, claro.

–No me lo creo.

–Voy a soltaros –anunció y consiguió que se callaran de inmediato.

No lo había hecho antes porque no había sabido bien si era lo más sensato ¿Qué harían cuando se enteraran de que ahora era su reina? ¿Intentarían matarla? Pero luego había llegado a la conclusión de que tampoco pasaría nada si lo intentaban porque sus poderes eran mucho mayores.

–Si hacéis el menor daño a los Señores del Inframundo, que son como vuestros hermanos –les recordó con gran énfasis–, lo lamentaréis, pues están bajo mi protección y los defenderé a muerte. ¿Comprendido?

Los tres asintieron sin demasiada convicción.

—Preguntad por ahí y comprobaréis que puedo haceros mucho daño —añadió antes de acercarse a la puerta de la habitación de Winter y hacer desaparecer el escudo que le impedía salir. La muchacha desapareció de inmediato. Luego hizo lo mismo con los otros dos, que también se esfumaron en un abrir y cerrar de ojos.

Algo tan fácil hacía solo unos días le había sido imposible.

Por desgracia, aún no había terminado con sus tareas.

A William no lo encontró en su dormitorio, la que estaba allí, durmiendo en su cama, era esa chica humana, Gilly. En el aire no había olor a sexo, sino a miedo y también a consuelo. Gilly había acudido allí preocupada por William, que también había resultado herido en la batalla. Él la había consolado hasta que se había quedado dormida a su lado y después se había marchado.

Lo encontró sentado al borde de la azotea, comiendo caramelos y charlando con otro hombre. Con Hades. Los dos percibieron su presencia antes de verla.

—Hola, muchacha a la que ayudo una y otra vez —dijo William, con un sentido del humor intacto a pesar de las heridas de guerra.

—Hola, muchacha que me debe multitud de favores —dijo Hades por su parte.

Seguía envuelto en una bruma negra, pero quizá los poderes le habían mejorado la vista, porque veía cosas que antes había pasado por alto. Hades tenía el cabello largo y negro como el carbón, los ojos también negros, sin pupilas y un rostro aún más hermoso que el de Paris. Bueno, que otras mujeres considerarían más hermoso, pero no ella.

Era muy fuerte y en el pecho llevaba tatuadas muchas estrellas diminutas.

«Me gusta», dijo Ira.

«Eso me da un poco de miedo, la verdad».

—¿Has decidido ya qué quieres que haga por ti? —le

preguntó, preocupada porque sabía que podría pedirle cualquier cosa que no perjudicara a Paris ni a sus amigos, y ella tendría que concedérsela.

Hades meneó la cabeza y esbozó una sonrisa arrebatadora.

—Te lo diré pronto.

—De acuerdo —se alejó de allí y un segundo después estaba en los Cielos, en la nube de Zacharel.

Era increíble que los ángeles vivieran en nubes y que esas nubes fueran como casas con muebles, pasillos y jardines. Zacharel tenía una cama, pero en ella había atado un hombre con el pelo rosa y unas lágrimas tatuadas cerca de los ojos. Estaba amordazado y, a excepción de la sábana que le llegaba a la cintura, completamente desnudo.

«No mires. No es asunto mío». En la mesilla había un frasco con un líquido de aspecto pegajoso. No quería ni pensar qué hacía con esa cosa.

—Zacharel —llamó al ángel mientras observaba detenidamente al hombre de pelo rosa.

Era el mismo que había atacado a Paris en la cueva y, ahora que lo veía bien, no era un hombre, sino un ángel caído. ¿Qué hacía retenido precisamente en el lugar del que había decidido huir?

Zacharel apareció por la puerta del fondo. Estaba desnudo y mojado, y, ay, Dios, sencillamente increíble. Tenía los músculos perfectamente marcados, un atributo de considerable tamaño y ni un solo pelo.

El único defecto aparente de su anatomía era una mancha negra, tan grande como un puño, que tenía en el pecho, justo sobre el corazón. Tenía sangre en algunos puntos de la mancha, como si se la hubiese tatuado. Pero, no. Ese no era el único defecto. También tenía marcas de latigazos en las costillas. Lo que no sabía si considerar un defecto era la nieve que seguía cayendo a su alrededor.

Se detuvo en seco al verla y se apresuró a cubrirse con una túnica. También desaparecieron la cama y su ocupante.

—¿Cómo has entrado?

—Perdona —le dijo Sienna—. La verdad es que solo con pensarlo, he aparecido aquí.

—¿Qué quieres?

—Quería darte las gracias —gracias a él Paris y sus amigos seguían con vida—. Me diste agua del Rio de la Vida. Entonces no sabía lo que tenías que hacer para conseguirla, pero ahora sí lo sé y soy consciente de que tuviste que hacer alguna clase de sacrificio.

La información le llegaba a pequeñas dosis. Esa misma mañana se había dado cuenta de que los ángeles debían renunciar a algo querido solo para poder acercarse al agua y, para poder llevarse un poco, debían sangrar. En grandes cantidades. Quizá los latigazos se debieran a eso.

Después de la batalla, mientras Paris se quedaba sin energía además de sin sangre, Zacharel le había entregado un frasco de agua a cambio de que prometiera ayudar a los ángeles en la siguiente guerra. Por lo visto, la batalla contra Cronos no era la que necesitaba ganar.

—Haré todo lo que pueda por ti —añadió Sienna.

Sus poderes tenían ciertos límites, claro. No podía recuperar a su hermana, por mucho que lo había intentado. Tampoco podía encontrar a Kane, ni curar a los demás. Cronos nunca había sido el ser todo poderoso que había fingido ser.

—Tienes mucho que aprender de ti misma —le dijo el ángel—. Vas a pasar las próximas semanas con nosotros para que te enseñemos todo lo necesario.

—En cuanto se recupere Paris y entonces él vendrá conmigo —aseguró y rezó al Cielo para que él quisiera hacerlo.

—¿Compartió su oscuridad contigo, y aun así lo deseas?

—Claro. Yo soy una luz para él y, de algún modo, su oscuridad es mi luz.

—Eso es...

—No importa. El caso es que quiero que esté a mi lado y eso es todo.

Dicho eso, desapareció porque aún le quedaba una parada más que hacer antes de volver junto a Paris.

La casa de Galen.

Fox y él estaban sentados en la cocina frente a un sinfín de pistolas y de munición.

Ira rugió, pero no dijo nada.

Galen parecía molesto y Fox, agotada. Tenía la nariz roja e inflamada. Nada más verla, se puso en pie de un salto y a punto estuvo de lanzarse sobre ella, sin duda para chuparle la sangre.

Pero Sienna volvió a sentarla con un movimiento de mano.

Galen se puso en pie también.

–¡Tú!

–Sí, yo.

–Quiero recuperar a mis mujeres. A Legion y a Fox.

–Y yo quiero que liberes a Legion de la promesa que te hizo.

–Jamás.

–Imaginaba que dirías eso.

Quizá debería haberlo matado por todo el mal que había hecho, pero la mayoría de sus Cazadores habían muerto en la batalla, así que quizá fuera bastante sufrimiento. Además no quería que su demonio quedase en libertad como Avaricia y Conflictos, que habían pertenecido a Cronos y a Rhea, respectivamente.

–Como bien sabes, los Innombrables estaban unidos a Cronos y, ahora que ha muerto, son libres. Intenté volver a encadenarlos, pero cuando me di cuenta de quiénes eran y de que yo también podía controlarlos, ya habían huido –lo miró fijamente antes de continuar–. Quieren tu sangre, Galen, así que no tardarán en venir a por ti –de hecho, le extrañaba que no lo hubieran hecho ya–. ¿De verdad quieres someter a Legion a semejante peligro?

Pasó un largo rato. Su respuesta demostraría lo que realmente sentía por la chica.

—No, no quiero —admitió encorvando los hombros.

Eso quería decir que le importaba de verdad.

—Yo... la liberto —dijo entre dientes—. La libero de tener que cumplir la promesa que me hizo.

Sienna no dijo nada, pero estaba atónita. No sabía qué decir, así que pasó al siguiente punto.

—Tienes algo que quiero.

Galen no se hizo el despistado.

—La Capa de la Invisibilidad.

—Sí.

—Es mía. Mía.

Deseaba con todas sus fuerzas que él se la diera. Pero el libre albedrío era algo mucho más fuerte que sus nuevos poderes. Por eso Cronos se había esforzado tanto en convencerla de que hiciera lo que él quería. Mortal, inmortal o rey, todo el que atentaba contra el libre albedrío, era castigado duramente. Sienna estaba segura de que gracias a eso lo había derrotado. Porque Cronos le había robado la voluntad, su libre albedrío, y, al hacerlo, había perdido también el suyo.

—¿Qué puedo ofrecerte para convencerte de que me des la Capa? —le preguntó. Había aprendido un par de cosas sobre la negociación.

—Protección —dijo él—. Debes protegerme de los Innombrables.

A los Señores iba a encantarles la idea.

—Durante un año.

—Para siempre.

—Dos años.

—Para siempre.

—Dos años —insistió ella.

Galen la miró, sorprendido.

—Está bien. Dos años de protección. Puede que en ese tiempo te mate y me quede con tus poderes.

Para entonces, ya habrían encontrado la caja de Pandora, pero eso no se lo dijo.

—No juegues conmigo, Galen, si no quieres acabar en una prisión para inmortales.

Eso lo dejó pálido.

Sin duda se imaginó pudriéndose junto a los griegos a los que una vez había traicionado.

—Dame la Capa.

Se sacó una cosa gris del bolsillo del pantalón y se la tiró.

—Ahí la tienes.

No había tiempo para celebrar la victoria.

—¡Sienna!

Oyó la voz de Paris al otro lado de la enorme distancia que los separaba. Se le sonrojaron las mejillas de alegría. ¡Estaba despierto!

—Tengo que irme —dijo después de guardarse la capa y volvió al dormitorio del castillo con un pensamiento.

Capítulo 52

Paris estaba a punto de perder los nervios cuando por fin apareció su mujer. Contuvo la respiración y dejó caer la cabeza sobre los almohadones. La melena oscura le caía sobre un hombro y llevaba un vestido bordado en verde y oro. Las alas arqueadas sobre los hombros.

Nunca la había visto tan hermosa.

Paris suspiró de felicidad cuando ella se echó en sus brazos.

—¡Cuánto me alegro de que estés despierto!

—¿Es cierto que ahora eres la jefa?

Sienna se echó a reír.

—Qué manera de decirlo. Pero bueno, sí, soy una especie de jefa vuestra. No dejaban de venir Titanes de todas partes a presentarme sus respetos y al final he tenido que decretar por ley que me concedieran un poco de espacio.

La reina Sienna. Le gustaba.

—Supongo que eso me convierte en el rey Paris.

Ella se rio.

—Siempre supe que te esperaba algo grande.

—Ahora podré dar órdenes a todos mis amigos.

—Claro.

Paris sonrió, estaba a punto de estallar de felicidad.

—Sabía que me salvarías. ¿Entonces ahora soy el alma de un no muerto?

—No, sigues estando muy vivo –le dijo con una tierna sonrisa–. Y sigues teniendo a tu demonio.

Sí, ya lo había sentido despertar y reclamar a Sienna, solo a ella. Sexo ya no quería acostarse con cualquiera a todas horas; estaba entregado por completo a Sienna y no quería perderla.

La abrazó con fuerza, sin sentir dolor alguno. Estaba curado.

—Cuéntame qué ha pasado por aquí.

—Después de que perdieras el conocimiento, yo estuve a punto de perder los nervios, pero Zacharel me calmó y me explicó mi nueva situación. También me dio un frasco con agua del Río de la Vida para que todos vosotros os curarais. Pero el frasco tenía un precio.

—¿Qué precio? –preguntó Paris de inmediato.

—Verás, los ángeles quieren que los ayude en la guerra. Yo les he dicho que estaba dispuesta a hacerlo, pero que no viviría allí con ellos, que me quedaría contigo, si tú me aceptas. Pero sí que tendremos que pasar unas cuantas semanas allí para que puedan enseñarme a utilizar mis poderes. Estoy divagando, ¿verdad?

—Me encanta que divagues. Por cierto, ¿acabas de decir «si tú me aceptas»? –no pudo contenerse y la besó con todas sus ganas–. Te acepto hoy y todos los días de mi vida. Te ayudaré a ayudar a los ángeles y sí, iré contigo donde tengas que ir.

—Cuánto me alegro de que lo hagas –dijo Sienna, aliviada–. Ah, definitivamente, tu oscuridad también está dentro de mí.

—¿Qué? –se quedó pálido, preocupado–. Lo siento mucho. Yo no…

—No te preocupes… esposo.

Todo se detuvo dentro del cuerpo de Paris. El corazón, los pulmones, incluso el cerebro.

—¿Sabes que me casé contigo?

—Claro –dijo con una enorme sonrisa en los labios–.

Ahora sé muchas cosas. Cosas con las que puedo cambiar el mundo.

–¿Y te parece bien estar unida a mí para siempre? Porque no será un verdadero matrimonio hasta que tú lo digas.

–Pues ya lo estoy diciendo. Me parece más que bien.

Cuánto la amaba.

–Estupendo, porque yo siento lo mismo. Esposa.

A Sienna le tembló un poco la sonrisa como si estuviera conteniendo el llanto. Después de eso le habló de Arca y, en lugar de justificarse una vez más por su pasado, Paris se limitó a besarla tiernamente. Ella lo amaba y lo había perdonado porque veía lo mejor que había en él.

–Gracias –le dijo–. Te lo agradezco de corazón.

–De nada. Volviendo al tema de la oscuridad –fingió ponerse seria, pero no lo consiguió porque era dulce como la miel y a él le encantaba que fuera así–. Ira se alimenta de ella y eso lo tiene más tranquilo. ¿Sabes lo que significa eso? Que somos perfectos el uno para el otro. En todos los sentidos.

–Estoy completamente de acuerdo. Tú y yo somos una familia y te quiero más de lo que jamás podré explicar con palabras.

–Me alegro porque yo te quiero del mismo modo.

Le dio un solo beso en la boca porque si le daba otro, no podrían seguir hablando.

–¿Dónde estamos ahora?

–De vuelta en el Reino de Sangre y Sombras. Están todos los señores excepto Kane. Amun y Haidee lo encontraron y lucharon por él, pero volvieron a perderlo. Pero no te preocupes, estoy trabajando en ello y te prometo que lo encontraré.

–No lo dudo –dijo, orgulloso.

–Ahora quiero enseñarte algo –anunció y, sin apartarse de él, levantó una mano y la movió en el aire. Aparecieron destellos de luz, partículas que se unían y luego colores que tomaban forma.

Paris vio a Baden. Cabello rojo y cuerpo musculoso. La alegría y el dolor crecieron en su interior. Vio a Pandora. Cabello negro y cuerpo esbelto. Culpa y vergüenza. Vio a Cronos. Pelo castaño y cuerpo musculoso. Arrogancia. Vio a Rhea. Cabello negro, cuerpo esbelto. Reivindicación. Movían la boca, pero no podía oír lo que decían. Estaban entre las columnas de un templo.

–Estoy muerta –dijo Sienna–, pero viva. Así que puedo hacer algo que ni siquiera podía hacer Cronos cuando ocupaba el trono. Puedo viajar allí y hablar con ellos, creo que incluso podría hacer volver a tu querido Baden.

A Paris se le llenaron los ojos de lágrimas. Todo aquello era un sueño hecho realidad.

–Sería maravilloso. Gracias.

También a ella se le llenaron los ojos de lágrimas y tuvo que aclararse la garganta.

–Bueno, ¿qué quieres ahora, las buenas o las malas noticias?

¿Aún había más?

–Las malas, sea lo que sea.

–Ahora que Cronos ha muerto, sus enemigos han pasado a ser los míos, pero no sé muy bien quiénes son y, por tanto, no sé bien en quién puedo confiar. Además, los Innombrables están libres y tengo que proteger a Galen de ellos.

Soltó el aire que había estado conteniendo. No sabía qué esperaba oír, pero desde luego aquello no le parecía tan malo.

–Nos enfrentaremos a los enemigos según vayan apareciendo. Y ya hablaremos detenidamente de Galen.

Sienna lo besó tiernamente en el cuello antes de hablar.

–Ahora vienen las buenas noticias. Primero, los Cazadores prácticamente han desaparecido. Y, segundo, Galen me ha dado la Capa de la Invisibilidad.

–¿Qué?

–En estos momentos, no tenéis ningún enemigo.

–No... –no tenía palabras. Sintió primero sorpresa, luego emoción, asombro y otra vez sorpresa. Llevaban tanto tiempo luchando contra los Cazadores, miles de años, y ahora de pronto habían desaparecido. Le costaba asimilarlo–. ¿Cómo has conseguido que Galen te diera la capa? –le preguntó cuando recuperó la voz.

–Prometiéndole que lo protegería de los Innombrables. No le gustaba nada la idea, pero ha claudicado y se ha conformado con solo dos años de protección.

–No habría hecho falta que te molestaras porque, para empezar, a todos nos gustaría ver muerto a Galen. Además, ahora que ya no quedan Cazadores, no necesitamos la Capa para colarnos en territorio enemigo.

–Vaya, de nada –dijo, algo ofendida.

–Lo siento, lo siento. Soy un desagradecido. Lo que quería decir es que siento mucho que hayas tenido que negociar con Galen y ahora tengas que protegerlo –lo que significaba que también él tendría que protegerlo.

–De todos modos, os vendrá bien la Capa. Nunca se sabe cuándo va a aparecer otro enemigo y siempre es bueno contar con el mayor número de armas posible.

–Tienes razón.

«Nuestra chica».

«Exacto».

–Además, ahora podemos buscar la caja de Pandora –le recordó Sienna con entusiasmo.

Su maravillosa mujer había conseguido los cuatro objetos, que necesitaban no solo para protegerse del enemigo, sino también para encontrar la caja de Pandora y destruirla antes de que alguien pudiera utilizarla en su contra. El objetivo por el que llevaban luchando tanto tiempo estaba más cerca que nunca.

—Pero no empecemos a buscarla todavía —dijo, tirándole de la ropa.

—Tienes razón —dijo ella hablando contra sus labios, unos labios que después siguió lamiendo y besando—. Ya empezaremos después. Mucho después.

«¡Me apunto!».

En un rincón de la mente de Sienna, se colaron los pensamientos de un hombre.

«¿A qué viene esto? Otra vez tengo que disculparme».

Era la voz de Strider, pensó Sienna, que iba camino hacia el dormitorio.

«Intenté convencer a Paris de que dejara a esa chica, igual que intenté convencer a Amun de que dejara a la suya, y los dos acabaron sufriendo por ello. Por no hablar de lo que debieron sentir las mujeres. Así que ya está bien. No pienso entrometerme más en lo que hagan mis amigos con las mujeres. Claro que los únicos que quedan solteros son Kane y Torin, pero Torin es como un recluso, así que no cuenta. Y si Cameo trae alguna vez un chico a casa, lo cual no parece probable, tendrá que demostrar que está a la altura, sea como sea. Maldita sea, ya casi he llegado. Más vale que Kaia me lo agradezca porque ha sido ella la que ha insistido en que viniera. Odio pedir disculpas y más con lo vengativo que es Paris, seguro que me hace arrodillarme y suplicar. Estoy seguro. ¡Va a ser muy humillante!».

Llamaron a la puerta.

—Lárgate —gritó Paris, con las manos en las nalgas de Sienna.

—Tengo que hablar contigo —respondió Strider, con voz tensa—. Y también con Su Alteza, que supongo que estará ahí contigo. En realidad no tengo que llamarla Alteza, ¿no?

—Sí, claro que tienes que llamarla Alteza. Pero hablaremos más tarde.

–Ah, está bien. Bueno, que lo siento. Hasta luego –«sí, era tan doloroso como imaginaba», pensó Strider.

Se oyeron los pasos alejándose.

–¿A qué venía eso? –preguntó Paris.

«No voy a reírme», se dijo Sienna a sí misma.

–Estaba pidiéndonos disculpas por haberse entrometido en lo nuestro y haberme juzgado apresuradamente.

–Te quiero, pequeña –dijo Paris.

–Yo a ti también –respondió ella con una enorme sonrisa.

Una vez desnudos, Paris se sumergió en su cuerpo y sintió que por fin estaba en casa. Y en paz. Su mujer estaba con él y siempre lo estaría. Siempre estarían juntos.

Pasara lo que pasara, estarían juntos, tal y como él había deseado desde el principio.

Epílogo

Una vez más, Zacharel estaba en los Cielos junto a Lysander, observando la felicidad de Paris y Sienna.

–He conseguido que nos ayude –dijo–. Pero no como tú querías. Paris vendrá con ella.

–No ha sido la farsa que yo me temía –admitió Lysander–. A veces me olvido que siempre hay que hacer concesiones cuando se trata de personas y de sus emociones.

Las emociones eran una pérdida de energía en opinión de Zacharel. Uno vivía, luchaba y, un día, moría. Todo lo demás era completamente innecesario.

–Me sorprende que encajen tan bien juntos –siguió diciendo Lysander–. Y aún más que se ayuden tanto sentimental y físicamente. Jamás lo habría imaginado.

Tampoco él. Estaba seguro de que Paris arrastraría a Sienna al infierno y de que ella no tendría fuerzas para tirar de él.

–¿Y qué pasa ahora?

–Tendré que empezar con la preparación de Sienna y ocuparme de Paris. Tú, mientras, cumplirás las órdenes de la Deidad.

–Muy bien –esas órdenes, o más bien esa condena, había llegado esa misma mañana. Zacharel había sido convocado en el templo de la Deidad, donde se sometería a un segundo castigo por los pecados del pasado. Como si no bastara con aquella continua nevada–. Reconocerás que te ha tocado lo más fácil.

–Así es. Lo cierto es que no te envidio, amigo mío.

Zacharel dirigiría su propio ejército de guerreros. Guerreros como él, pero peores. Hombres que habían desafiado las reglas demasiadas veces. Hombres que, supuestamente, le enseñarían el valor de las reglas celestiales.

No se parecían a los ángeles que había conocido hasta ahora. Algunos de ellos tenían amantes, decían palabras obscenas y bebían. Algunos tenían tatuajes y *piercing* y un espíritu tan oscuro como el de muchos humanos.

La Deidad había asegurado que, si los entrenaba bien, acabaría con la nieve que caía sobre sus alas y él también podría quedarse en los Cielos. Si fallaba, y fallaban ellos, caerían todos juntos y no podrían volver al único hogar que habían tenido.

Fuese como fuese, Zacharel tenía que conseguir quedarse en los Cielos. Allí estaba su mayor tesoro y prefería morir a tener que separarse de él. No creía que fuese un vínculo emocional, más bien una cuestión práctica, esencial para su supervivencia.

«Puede que no sobrevivas aunque te quedes aquí», se dijo a sí mismo mientras se frotaba la mancha negra que crecía en su pecho.

–Si alguna vez me necesitas –la voz de Lysander lo apartó de sus pensamientos–, solo tienes que llamarme.

–Gracias. Lo mismo te digo. Si alguna vez me necesitas... –«puede que no esté aquí para ayudarte». En ese momento resonaron en su mente las últimas palabras que le había dicho la Deidad: «Tu vida está a punto de cambiar de un modo que ni imaginas. Espero que estés preparado».

¿Lo estaba? Seguramente, sus hombres y él no tardarían en comprobarlo.

Glosario de personajes y términos de los Señores del Inframundo

Aeron: Antiguo guardián de la Ira.
Amun: Guardián de los Secretos.
Ángeles guerreros: Asesinos celestiales de demonios.
Anya: Diosa de la Anarquía; pareja de Lucien.
Arca: Mensajera de los dioses.
Ashlyn Darrow: Mujer humana con habilidades sobrenaturales; esposa de Maddox.
Baden: Guardián de la Desconfianza (Muerto).
Bianka Skyhawk: Arpía, hermana de Gwen y consorte de Lysander.
Blanco: Uno de los Jinetes del Apocalipsis.
Cameo: Guardiana de la Tristeza.
Cameron: Guardián de la Obsesión.
Capa de la Invisibilidad: Artefacto de los dioses, que tiene el poder de esconder a quien la lleva de los ojos de los demás.
Cazadores: Enemigos mortales de los Señores del Inframundo.
Cebo: Mujeres humanas, cómplices de los Cazadores.
Cronos: Rey de los Titanes, guardián de la Avaricia.
Danika Ford: Mujer humana; novia de Reyes.
Dean Stefano: Cazador; mano derecha de Galen.
dimOuniak: La caja de Pandora.
Ever: Hija de Maddox y Ashlyn.
Fox: Actual guardiana de la Desconfianza, sirvienta de Galen.
Galen: Guardián de la Esperanza y de los Celos.
Gideon: Guardián de la Mentira.
Gilly: Mujer humana.
Griegos: Antiguos dirigentes del Olimpo, actualmente prisioneros en el Tártaro.
Gwen Skyhawk: Arpía, hija de Galen y esposa de Sabin.

Hades: Padre de Lucifer y de William.
Haidee: Antes Cazadora, amada de Amun.
Innombrables: Dioses injuriados, prisioneros de Cronos.
Jaula de la Coacción: Artefacto de los dioses que tiene el poder de esclavizar a todo aquel que está en su interior.
Kaia Shyhawk: Arpía, hermana de Gwen y de Bianka, esposa de Strider.
Kane: Guardián del Desastre.
Legion: Sirviente demonio con cuerpo humano, amiga de los Señores del Inframundo.
Lucien: Guardián de la Muerte. Líder de los guerreros de Budapest.
Lucifer: Príncipe de la oscuridad. Gobernante del Infierno.
Lysander: Ángel guerrero de elite y consorte de Bianka Shyhawk.
Maddox: Guardián de la Violencia.
Negro: Uno de los Jinetes del Apocalipsis.
Ojo que Todo lo Ve: Artefacto de los dioses que tiene el poder de ver lo que ocurre en el Cielo y en el Infierno.
Olivia: Ángel, amada de Aeron.
Pandora: Guerrera inmortal que custodiaba *dimOuniak* (muerta).
Paris: Guardián de la Promiscuidad, también se le conoce como Señor del Sexo.
Princesa Fluffikans: Demonio de Tasmania vampiro, mascota de Viola.
Púkinn: Se le conoce también como Irish, guardián de la Indiferencia.
Reino de Sangre y Sombras: Siniestra y recóndita zona de Titania.
Reyes: Guardián del Dolor.
Rhea: Reina de los Titanes, separada de su esposo, Cronos. Guardiana de los Conflictos.

Rojo: Uno de los Jinetes del Apocalipsis.
Sabin: Guardián de la Duda, líder de los guerreros griegos.
Scarlet: Guardiana de la Pesadillas, esposa de Gideon.
Screech: Equivalente inmortal de Tweeter.
Señores del Inframundo: Guerreros de los dioses griegos, viven exiliados y todos ellos llevan un demonio dentro.
Sienna Blackstone: Cazadora humana fallecida, actual Guardiana de Ira.
Skye: Hermana de Sienna.
Strider: Guardián de la Derrota.
Tártaro: Dios griego del Confinamiento; también prisión para inmortales del Monte Olimpo.
Titania: La ciudad de los dioses, antes se llamaba Olimpo.
Titanes: Actuales dirigentes del Olimpo.
Torin: Guardián de la Enfermedad.
Única Verdadera Deidad: Líder de los ángeles.
Urban: Hijo de Maddox y Ashlyn, hermano mellizo de Ever.
Vara Cortadora: Artefacto de los dioses que tiene el poder de separar el alma del cuerpo.
Viola: Diosa de la Vida del Más Allá.
Verde: Uno de los Jinetes del Apocalipsis.
West Godlywood: Principal hotel de Titania.
William: Guerrero inmortal.
Winter: Guardiana del Egoísmo.
Zacharel: Ángel guerrero.
Zeus: Rey de los griegos.

ÚLTIMOS TÍTULOS PUBLICADOS EN HQN

Profecía en el crepúsculo de Maggie Shayne

Juego sucio de Susan Andersen

Susurros de Carla Neggers

La cortesana del rey de Judith James

Sólo para ti de Susan Mallery

La rendición más oscura de Gena Showalter

Mentira perfecta de Brenda Novak

Deseada de Nicola Cornick

Romance en la bahía de Sheryl Woods

Amar peligrosamente de Sarah McCarty

La última profecía de Maggie Shayne

Convénceme de Victoria Dahl

Crimen perfecto de Brenda Novak

Tiempos de claroscuro de Deanna Raybourn

Solo para él de Susan Mallery

Chicas con suerte de Kayla Perrin

www.ingramcontent.com/pod-product-compliance
Lightning Source LLC
LaVergne TN
LVHW030331070526
838199LV00067B/6235